SARAH LINDBERG

DIE FABRIKANTINNEN

Schwesternbande

rütten & loening

SARAH LINDBERG

DIE FABRIKANTINNEN

Schwesternbande

ROMAN

rütten & loening

MIX
Papier aus verantwortungsvollen Quellen
FSC® C083411
www.fsc.org

ISBN 978-3-352-00975-4

Rütten & Loening ist eine Marke
der Aufbau Verlage GmbH & Co. KG

1. Auflage 2022

Gesetzt durch Greiner & Reichel, Köln
Druck und Binden CPI books GmbH, Leck, Germany
Printed in Germany

www.aufbau-verlage.de

Weil die Welt nichts Treueres kennt

Für Anni und Emmi.

Für die eine,
die ich gekannt und so sehr geliebt habe –
und die andere,
die ich jetzt erst kennenlernen durfte.
In großer Dankbarkeit für euch beide,
jede für sich,
und dennoch für immer Schwestern.

EINS

Wo lebt sich's besser als im Schoße der Familie?

JEAN-FRANÇOIS MARMONTEL,
FRANZÖSISCHER SCHRIFTSTELLER
(1723–1799)

Juni 1927

Emmi lag schon eine geraume Weile lang wach in ihrem schmalen Bett, hatte den Kopf aus dem Kissen gehoben und lauschte auf die Geräusche im Haus, die zu ihr herauf auf den Dachboden drangen.

Jetzt fiel eine Etage unter ihr mit einem leisen, metallischen Klacken eine Tür ins Schloss, die Tür zwischen dem Schlafgemach der Eltern und der kleinen Kammer des Vaters, in der sich sein Schreibtisch aus schwarzer Eiche befand und der schmale, hohe Schrank aus dem gleichen Holz, worin er seine Jagdgewehre aufbewahrte. Emmi erkannte das am leichten Schrappen des Türblattes über den Dielenboden. In einem alten Haus wie diesem hatte eine jede Tür ihr ureigenes und unverwechselbares Geräusch, wenn man wie Emmi genau hinhorchte. Ein helles Klirren folgte, ganz so, als hätte der Vater eines seiner Gewehre aus dem Schrank genommen und dabei der Kolben gegen das Metall der Halterung geschlagen.

Verwundert lauschend richtete Emmi sich noch etwas mehr in ihrem Bett auf.

Heute war Sonntag. Nicht irgendein Sonntag, sondern der Sonntag, dem die Familie des Schuhmachermeisters Gustav Engel und seiner Ehefrau Dorothea, von allen stets Thea genannt, schon seit Wochen mit gespannter Freude entgegenblickte. Gestern Abend, als die Zeit gekommen war, sich schlafen zu legen, hatte ihre um zwei Jahre jüngere Schwester Anni ihr noch vorhergesagt, dass sie vor lauter Aufregung bestimmt kein Auge zubekommen würde und sie deshalb die ganze Nacht mit ihr über das bevorstehende Ereignis am nächsten Tag plaudern müsste. Doch kurz nachdem Annis Blondschopf das Kissen berührt hatte, vernahm Emmi das gleichmäßige tiefe Atmen ihrer Schwester, die allen Ankündigungen zum Trotz sofort eingeschlafen war.

Emmi hingegen hatte eine Ewigkeit nicht in den Schlaf gefunden und dann so wirr geträumt, dass sie weit vorm Morgengrauen mit Schweißperlen auf der Stirn und dröhnendem Herzen erwacht war. Seitdem lag sie da und lauschte auf die frühmorgendlichen Geräusche im Haus. Dass ihr ihr feines Gehör jedoch verraten würde, dass der Vater an diesem ganz besonderen Tag noch frühmorgens zur Jagd ginge, damit hatte sie wahrlich nicht gerechnet und war nun dementsprechend verwundert.

Ob Mutter das wohl recht war? Sie konnte es sich nur schwerlich vorstellen, dass Thea Engel die Jagdpläne ihres Gatten gutheißen würde. Seit Tagen machte sie sich mit den Vorbereitungen für das Fest verrückt. Dabei war ihre größte Sorge, dass sie etwas vergessen haben könnte oder schlichtweg nicht beachtet hatte. Alles sollte perfekt sein, eine rundum gelungene Feier anlässlich des vierzigsten Geburtstags des Schuhmachers Gustav Engel.

Nahezu das ganze Dorf war dazu von ihr eingeladen worden. Lediglich die Gieseckes hatten bisher vergeblich auf eine der schlichten, aber dennoch edlen Karten gehofft, die sie dazu berechtigte, an dem Fest des Jahres, wie man das Ereignis bereits überall im Dorf nannte, teilnehmen zu dürfen. Ein Streit zwischen dem Jubilar Gustav Engel und seinem ehemaligen besten Freund Ernst Giesecke, der bereits einige Jahre zurücklag, hieß es, sei der Grund dafür, dass das Ehepaar Giesecke im Hause Engel nicht erwünscht war. Etwas Unüberwindbares, das zwischen den beiden jungen Familienvätern vorgefallen war, die sich im Ersten Weltkrieg Seite an Seite freiwillig gemeldet hatten, um es den Feinden Deutschlands zu zeigen.

Gustav hatte nur wenig von der Zeit damals erzählt, nur so viel, dass an der Front sehr schnell die Ernüchterung bei ihnen und all den anderen euphorisch in den Krieg ziehenden Männern eingetreten war, als ihnen bewusst wurde, dass sie nichts als Kanonenfutter waren. Beide Männer hatten den Krieg überlebt, beide mit schweren Verletzungen an Leib und Seele. Die körperlichen Wunden waren inzwischen bei den ehemals besten Freunden verheilt, doch das große Seelenleid trug besonders Gustav noch so offensichtlich in sich, dass es manchmal sehr schwer für seine Frau und seine beiden Töchter war, zu ihm durchzudringen. Zu verstehen, warum er in bestimmten Momenten so grob, abweisend und kalt ihnen gegenüber auftrat, wo er doch eigentlich ein liebevoller und warmherziger Ehemann und Vater war und sich so auch benehmen wollte.

Nein, das Leben mit Gustav Engel war nicht immer ganz einfach für seine Familie, aber wohl am schwersten für den Schuhmacher selbst.

Vielleicht ging es ihm heute Morgen wieder einmal nicht so gut, überlegte Emmi. Womöglich hatte er wie sie in der Nacht schlecht geträumt und dann weit vorm Morgengrauen wach in seiner Hälfte des Ehebettes dagelegen. Emmi malte sich weiter aus, dass er schließlich beschlossen hatte, ein bisschen in die Natur zu gehen, auf die Jagd, die er über alles liebte. Dabei ging es dem Schuhmacher nicht in erster Linie um das Erlegen des Wildes, vielmehr genoss er die Ruhe und, so grotesk, wie es sich auch anhören mochte, den Frieden, wenn er auf dem Hochsitz saß, das Gewehr schussbereit, und darauf wartete, dass ein Reh oder vielleicht sogar ein Hirsch aus dem Dickicht des Waldes hinaus auf die Wiesen und Felder trat.

Emmi konnte es sich nur als ein plötzlich gefasster Entschluss des Vaters erklären, denn dass sein frühmorgendlicher Ausgang mit der Mutter abgesprochen war, erschien ihr schier unmöglich, so wie Dorothea Engel immer wieder betont hatte, dass sie für den heutigen Festtag Unterstützung und Mithilfe von ihrem Ehemann und den Töchtern erwartete.

Im nächsten Moment bestätigte sich Emmis Verdacht, dass der Vater kurzweg beschlossen hatte, sich noch vorm Morgengrauen aus dem Haus zu schleichen. Die überraschte Stimme der Mutter erklang. »Gustav? Du hast mir doch versprochen, dass du mir …«

Weiter kam sie nicht. Gustav Engel schnitt ihr das Wort ab. »Thea, bitte leg dich wieder schlafen. Es ist noch nicht einmal fünf Uhr durch. Vorm Frühstück bin ich wieder zurück.«

Emmi hatte sich inzwischen auf leisen Sohlen aus der kleinen Kammer geschlichen, die sie sich nicht ganz freiwillig mit ihrer Schwester Anni teilte. Eigentlich hatte der Vater die Bodenkammer nur für sie hergerichtet, damit sie in Ruhe lernen und in ihren geliebten Büchern lesen konnte, ohne dabei von Anni, dem stets fröhlichen Wirbelwind der Familie, immer wieder gestört zu werden.

Gustav Engel war sehr stolz auf seine kluge Tochter Emmi. Sie hatte die Aufnahmeprüfung der höheren Töchterschule *Marienlyzeum* ohne Probleme geschafft und war so blitzgescheit und fleißig, dass sie den schulischen Anforderungen mit Leichtigkeit entsprach und er sich sicher war, dass ihr beizeiten das Abitur mit Bravour gelingen würde. Anschließend sollte sie studieren, o ja, das wünschte er sich für seine Älteste von Herzen und brachte deshalb nicht nur Monat für Monat das Schulgeld für die höhere Töchterschule auf, sondern legte jede Reichsmark, die die Familie irgendwie entbehren konnte, dafür zur Seite.

Die lebhafte Anni hingegen war nicht so ehrgeizig. Das Lernen war ihr ein Gräuel, und für die Bücher, die ihrer älteren Schwester Emmi so wichtig waren, hatte sie nichts übrig. Den Anforderungen der Mittelschule war sie nur schwerlich gewachsen und wäre sicherlich auf der Volksschule besser aufgehoben gewesen. Doch Gustav Engel wollte für seine Töchter nur das Beste, und das war seiner Meinung nach eine möglichst gute Schulbildung.

Ansonsten war es für den Schuhmacher wahrlich kein Leichtes, dem Sonnenschein Anni etwas gegen ihren Willen aufzuerlegen oder ihr gar zu verbieten. Anni klimperte mit den langen Wimpern ihrer himmelblauen Augen, zog einen Schmollmund, und schon hatte sie ihren Vatilein um den Finger gewickelt.

So war es auch mit der Dachkammer gewesen, die er ursprünglich nur für Emmi eingerichtet hatte. Doch das hatte Anni nicht gepasst, weil sie nicht allein in der Schwesternschlafkammer sein wollte, und so hatte sie kurzerhand ihre Matratze nach oben geschleppt und direkt neben Emmis Schlafstelle auf den Boden gelegt.

Nun gab es im Haus eine sehr beengte Dachbodenkammer und einen weitaus geräumigeren Raum direkt darunter, die beide von Anni in Beschlag genommen wurden, wie immer es ihr gerade beliebte.

Vorsichtig schlich sich Emmi zu der schmalen Treppe. Sie

hockte sich auf die zweitoberste Stufe, beugte sich mit dem Oberkörper so weit wie möglich nach unten und konnte aus dieser Position einen Blick auf die Eltern erhaschen, die sich auf dem engen Flur mit etwas Abstand gegenüberstanden. Ihr Herz raste. Das junge Mädchen war hin- und hergerissen zwischen der Neugierde und dem Unrecht, das darin bestand, dass sie heimlich die Eltern belauschte. So etwas gehörte sich nicht und entsprach auch eigentlich nicht ihrer Art. Aber jetzt konnte sie einfach nicht widerstehen.

Thea Engels blondes Haar war am Vorabend von ihrer guten Freundin Marie zu kunstvollen Wasserwellen gelegt worden und zum Schutze der festlichen Frisur noch mit einer dünnen Frisierhaube bedeckt. Über ihrem fast bodenlangen, geblümten Nachthemd hatte sie sich ihren blauen Morgenmantel übergezogen, die nackten Füße steckten in den dazu passenden Pantoffeln. Gustav hingegen war schon vollständig für die Jagd angekleidet, hatte das Gewehr bereits geschultert, lediglich der Jägerhut aus dunkelgrünem Filz fehlte noch.

»Du hast fest versprochen, dass du heute nicht zur Jagd gehen würdest«, hielt Thea ihrem Gatten vor. »Es ist noch so viel zu tun, Gustav, ich brauche dich hier im Haus. Die Tische müssen aufgestellt, die Stühle aus dem Schuppen getragen werden, und das Spanferkel muss jemand vom Metzger abholen. Das alles wolltest du doch erledigen, so haben wir es besprochen.«

Gustav Engel atmete geräuschvoll durch. Dabei verursachte seine Nase ein pfeifendes Geräusch. Das geschah häufig, wenn ihm etwas nicht behagte, er sich gestört und allzu sehr bedrängt fühlte. Eine Angewohnheit, so behauptete es jedenfalls seine Frau, die er neben der immer wiederkehrenden Schwermut ebenfalls von seinem knapp zweijährigen Kriegseinsatz zurückbehalten hatte.

»Nun lass mir doch noch wenigstens für zwei, drei Stunden meine Ruhe, Thea«, brummte er unwirsch. »Die ersten Gäste erwarten wir am Nachmittag zu Kaffee und Kuchen, bis dahin ist noch viel Zeit.« Gustav Engel schien einen Moment über seine eigenen Worte nachgedacht zu haben und begann nun langsam den Kopf zu schütteln. »Wenn ich es mir genau überlege, dann bin nicht ich derjenige, der sich diesen ganzen Zirkus überhaupt gewünscht hat. Für mich wären eine Tasse guter Bohnenkaffee und ein feiner Topfkuchen, den wir zusammen mit unseren Töchtern im Hof genießen, mehr als ausreichend gewesen. Du bist diejenige, Thea, die auf diese viel zu große Feier bestanden hat. Ich wollte das nicht. Sicher nicht. Im Dorf rätseln sie schon darüber, wie wir uns das überhaupt leisten können, so eine aufwendige Feier mit Essen und Trinken für viele Gäste. Die Leute kommen noch auf die Idee, dass es uns zu gut gehen könnte, und bringen demnächst ihre Schuhe nach Hildesheim zum Schuhmacher, weil sie uns den angeblichen Reichtum nicht gönnen. Du weißt doch, wie sie sind … die Leute.«

Thea seufzte. »Nein, Gustav, so sind die Leute nicht! Sie freuen sich mit und für uns und kommen alle sehr gerne zu deinem vierzigsten Geburtstag, um diesen Tag mit dir gebührend zu feiern. Es tut mir in der Seele weh, wie grob du manchmal sein kannst, wie schlecht du von den Menschen, unseren Freunden und Nachbarn hier denkst, von denen niemand dir und uns etwas Böses will. Früher warst du nicht so, früher hast du zuerst immer an das Gute in den Menschen geglaubt …«

»Früher«, stieß Gustav Engel verächtlich hervor, begleitet von einer wegwerfenden Handbewegung.

»Mach, was du für richtig hältst, Gustav.« Resigniert zuckte Dorothea mit den schmalen Schultern. Dann wandte sie sich um und ging zurück in die Schlafkammer der Eheleute. Bevor sie die Tür hinter sich ins Schloss zog, rief sie ihrem Mann noch mit bitterer Stimme zu: »Herzlichen Glückwunsch zum Geburtstag. Das mag ein toller Tag werden.«

Emmi hörte, wie ihr Vater leise vor sich hin murmelte, während er die knarrenden Holzstufen ins Erdgeschoss hinabstieg, wo sich außer der Wohnküche und der guten Stube die Schusterwerkstatt und ein daran angrenzender kleiner Verkaufsraum befanden. Es gab zwei Türen, die nach draußen führten. Durch die eine gelangte man vors Haus, musste dafür aber durch die Schusterei gehen. Die andere führte in den Hinterhof. Durch diese Tür, das hörte Emmi am Schrappen des Türblattes beim Aufziehen, verließ der Vater das Haus.

So schnell und dabei so leise wie nur möglich huschte Emmi zurück in die Dachkammer, wo sie über ihre schlafende Schwester auf der Matratze am Boden stieg, um zu der Dachluke zu gelangen. Emmi stellte sich auf die Zehenspitzen, machte sich ganz groß, damit sie hinunter in den Innenhof blicken konnte. Gerade hatte sich der Vater auf sein schwarzes Herrenrad geschwungen und trat nun so entschlossen in die Pedale, dass Emmi sich denken konnte, wie sehr ihn der frühmorgendliche Streit mit der Mutter geärgert hatte.

Eigentlich war er nicht so … so garstig und unfreundlich, so grob und vor allem herzlos. Nur eben manchmal, an diesen bestimmten Tagen, wenn sich unter seine Züge einfach kein noch so kleines Lächeln mischen wollte und es beinah so war, als hätte jemand in seinem Gesicht dunkle Vorhänge zugezogen, und er nicht in der Lage war, sie mit einem Ruck beiseitezuschieben.

»Alles Gute zu deinem Geburtstag, Vati«, flüsterte Emmi und wandte sich schließlich von der Dachluke ab.

Später würde sie ihm natürlich noch richtig gratulieren und auch einen Kuss auf die Wange geben. Und dann würden sie alle miteinander ein ganz wunderbares Geburtstagsfest feiern. Emmi war sich sicher, dass nachher alles wieder gut sein würde.

ZWEI

Das Böse ist das Fehlen des Guten.

LEW NIKOLAJEWITSCH TOLSTOI,
RUSSISCHER SCHRIFTSTELLER
(1828–1910)

Etwa zur selben Zeit war der Landwirt Siegfried Wegner ebenfalls auf sein Herrenrad gestiegen und radelte nun den schmalen Feldweg entlang. Nach einigen Hundert Metern hatte er das Dorf erreicht. Die Dorfstraße und die engen Wege, die davon abgingen, waren menschenleer. Nur hinter wenigen Fenstern flackerte bereits das Licht. Wer nicht das Vieh im Stall zu versorgen hatte oder aufs Feld musste, der schlief noch. Schließlich war Sonntag, da konnte man ruhig etwas länger im Bett liegen bleiben.

Außerdem fand heute das große Geburtstagsfest des Schuhmachers Gustav Engel statt, und neben gutem Essen würde dort auch sicherlich reichlich Alkohol angeboten und selbstverständlich nicht verschmäht werden. Da war es nicht verkehrt, wenn man bestmöglich ausgeruht den Tag anginge.

Siegfried Wegner hatte vorhin auch nur schwerlich aus dem

Bett gefunden und war sich sicher, dass ihm das Aufstehen am nächsten Morgen noch viel mehr Probleme bereiten würde, weil er dem Alkohol alles andere als abgeneigt war. Dennoch hatte er an seiner sonntäglichen Jagdverabredung mit seinem Schwager Otto Pahnke festgehalten.

Als er die Dorfkreuzung passiert hatte, konnte er seinen Schwager schon von Weitem ausmachen. Der hochgewachsene, hagere Mann lehnte mit dem Rücken gegen die rote Backsteinmauer, die seinen großen Hof umgab. Otto Pahnke war im Dorf der mit Abstand wohlhabendste Mann, hatte die Stallungen und Ausläufe voll mit Gänsen und besaß etliche Hektar Ackerland. Auf seinem Hof standen mehrere Männer und Frauen des Dorfes und der näheren Umgebung in Brot und Arbeit, im Wohnhaus hatte die ältere Witwe Frida Wichmann nicht nur in der Küche das Ruder fest in der Hand.

Nach einer Ehefrau und Kindern suchte man jedoch vergeblich auf dem Anwesen des Großbauern. Otto Pahnke konnte sich selbst keinen Reim darauf machen, warum es ihm trotz seines sichtbaren Wohlstands einfach nicht gelingen wollte, ein weibliches Geschöpf dauerhaft an sich zu binden. Sie kamen, harrten eine meistens recht kurze Zeit aus und hatten es dann allesamt sehr eilig, das Anwesen wieder zu verlassen.

Hinter vorgehaltener Hand erzählte man sich im Dorf, dass es an seiner mangelnden Körperpflege läge und auch daran, wie er sich dem weiblichen Geschlecht gegenüber aufführte. Keine noch so zu allem entschlossene Frau könnte sich Nacht für Nacht mit ihm dasselbe Bett teilen, weil der Mann nun mal so grausam stank und es ihm dazu an jeglichem Feingefühl fehlte, er sich grob das nahm, wovon er meinte, dass es ihm zustände. Er selbst wollte davon jedoch nichts hören, ließ nur selbstbewusst verlauten, er könnte sich gut riechen und auch gut ausstehen, das reichte!

Eine Hand hatte Otto Pahnke tief in die Tasche seines grünen Jägerrocks gesteckt, in der anderen hielt er eine Zigarette.

»Moin, Siegfried. Bist spät dran«, begrüßte er seinen Schwager, als der ihn endlich erreicht hatte.

»Elise ist wach geworden«, erwiderte Siegfried Wegner und stieg vom Rad.

»Verstehe«, meinte sein Schwager Otto mit wissendem Blick.

»Die veranstaltet ein Theater wegen der Feier bei Engels, du hältst es nicht aus.« Siegfried Wegner schüttelte den Kopf und ergriff dann die ihm von seinem Schwager angebotene Zigarette. »Seit Tagen sitzen Gerda Fritsche und Marie Bünger ununterbrochen bei uns herum und denken sich irgendwelche Überraschungen für den Jubilar aus. Dabei bin ich mir sicher, dass Gustav nicht der Sinn nach so einem Spektakel steht. Dem gefällt es nicht, im Mittelpunkt zu stehen, der ist doch lieber ganz für sich in seiner Schusterei, und seit der im Krieg war, ist der ja sowieso nicht mehr der Alte.«

»Wenn der Schuss mal nicht nach hinten losgeht.« Otto grinste gehässig und ließ dabei eine Reihe bräunlich gelber, vom Nikotin verfärbter Zähne sehen, bevor er fast schon verächtlich hinterherschob: »Dämliche Weibsbilder.«

Siegfried nickte. »Du sagst es.«

Dann schwangen sie sich auf ihre Räder und fuhren die Straße entlang zum Dorf hinaus. Seite an Seite, die Jagdgewehre über den Schultern, radelten sie am Gasthaus *Lindenhof* vorbei, über den holprigen Feldweg, der zu dem kleinen Waldstück führte, und hatten nach einem guten Kilometer ihr Ziel schließlich erreicht.

Siegfried Wegner stieg vom Rad und atmete die frische, kühle Morgenluft tief ein. Was für eine herrliche Ruhe, dachte er und fühlte sich einen Moment einfach nur glücklich. Weit weg von den vorwurfsvollen Blicken seiner Elise, weil er nicht bereit war, bei irgendwelchen Überraschungen für Gustav Engel mitzumachen, über die der sich sowieso nicht freuen würde. Und dann das Geschnatter der anderen Frauen. Unerträglich! Seit Tagen ging das nun schon so. Siegfried Wegner machte zehn Kreuze, wenn morgen wieder alles beim Alten wär und seine Elise sich wieder etwas beruhigt hätte.

Zudem hatten ihn Elises geschäftiges Tun und Handeln tatsächlich etwas Angst eingejagt, was seinen vierzigsten Geburtstag betraf, der im nächsten Jahr anstand. Wenn sie anlässlich Gustav Engels Ehrentag schon so einen Aufstand machte, wie würde sie wohl erst verrücktspielen, wenn es um das Fest in der eigenen Familie ginge. Er mochte es sich nicht ausmalen, nicht jetzt, wo es gerade so schön ruhig und friedlich um ihn herum war.

Noch einmal tief durchatmend ließ er den Blick umherschweifen, genoss die frühmorgendliche Landschaft, den Nebel, der von den Wiesen und Äckern emporstieg, und das fröhliche Morgengezwitscher der Vögel. Wunderbar!

Doch der Moment war von kurzer Dauer, dann zuckte Siegfried Wegner erschrocken zusammen, weil sein Schwager Otto brüllte: »So eine elende Sauerei!«

»Was ist passiert?«, wollte Siegfried Wegner wissen. Er machte einen Schritt auf den Hochsitz zu, den sein Schwager bereits hinaufgestiegen war, anscheinend nicht gewillt, ihm zu antworten. »Otto? Jetzt rede schon!«

»Komm hoch, schnell!«, verlangte sein Schwager mit bestürzter Stimme, so dass Siegfried Wegner, noch bevor er die hölzerne Plattform des Hochsitzes erklommen hatte, schmerzlich bewusst wurde, dass etwas Schreckliches passiert sein musste.

Der Tote lag auf dem Bauch. Mit dem Gesicht auf den Holzplanken. Um seinen Kopf herum hatte sich der Boden dunkel verfärbt. Blut. Überall Blut. Selbst an die Planken, die den Hochsitz umrandeten, war es hinaufgespritzt.

Den linken Arm hielt der Tote eng an den Körper gepresst, den rechten auf Kopfhöhe. Das eine Bein war angewinkelt, das andere lang ausgestreckt, als hätte er im Vornüberfallen noch einen großen Ausfallschritt gemacht.

»Dreh ihn um«, krächzte Siegfried Wegner mit rauer Stimme.

»Bloß nicht. Wir fassen hier nichts an. Wegen der Spuren«, bestimmte sein Schwager Otto.

»Aber wir müssen doch sehen … ich meine, vielleicht lebt der n…«

»Unsinn!«, fiel sein Schwager ihm grob ins Wort. »Der ist mausetot. Und keiner von uns fasst den an.«

Siegfried Wegner nickte wortlos. Einen kurzen Moment herrschte Schweigen zwischen den Männern, sie standen einfach nur da und starrten auf den Toten auf dem Hochsitz.

Dann aber räusperte Siegfried Wegner sich und wollte von seinem Schwager wissen: »Kannst du erkennen, wer der Tote ist?«

Doch der hob nur ratlos die Schultern. »Das Einzige, das ich erkennen kann, ist, dass er kein Gesicht mehr hat. Das hat dem nämlich einer weggeschossen.«

Siegfried Wegner schüttelte sich vor Grauen. »Wie kann so etwas bloß geschehen? Ich meine, hier bei uns. Ich … ich verstehe das nicht.«

»Vielleicht ein Streit … mit einem Unbekannten. Immerhin liegt sein Jagdgewehr direkt neben ihm. Offenbar hat er noch versucht, an sein Gewehr zu kommen, den Angreifer abzuwehren, was weiß ich denn. War schließlich nicht dabei.«

Erneut nickte Siegfried Wegner, und nochmals herrschte danach für einen Moment ratlose Stille auf dem Hochsitz.

»Einer von uns muss runter ins Dorf, die Polizei verständigen«, beschloss Otto Pahnke schließlich. »So schnell wie möglich. Und den Bestatter auch gleich. Aber das wird wohl die Polizei regeln, wenn die erst mal hier ist.«

»Ich fahre«, bot Siegfried Wegner an und war erleichtert, als sein Schwager gleich einwilligte.

»Beeil dich aber, Siegfried. So ganz wohl ist mir auch nicht, den Toten zu bewachen. Gut möglich, dass sich sein Mörder hier noch irgendwo in der Nähe herumtreibt. Will nicht der Nächste sein, der mit nur noch halbem Kopf daliegt.«

Siegfried Wegner war bereits eilig die ersten Holzstufen hinabgestiegen. Nun verharrte er abrupt in der Bewegung. Verdammt, er musste ein Stück durch den Wald radeln, um den Feldweg zu erreichen, der ins Dorf führte. Wenn sein Schwager mit seiner Befürchtung richtiglag und sich der Mörder des armen Kerls oben auf dem Hochsitz hier noch irgendwo in der Nähe herumtrieb, dann war es durchaus möglich, dass er ihm begegnete. Aber jetzt einen Rückzieher machen, das brachte er auch nicht fertig.

Im Grunde genommen verstand er sich mit dem drei Jahre älteren Bruder seiner Frau Elise recht gut, was nicht nur allein daran lag, dass sie beide begeisterte Jäger waren, es gab noch einiges mehr, wofür die verschwägerten Männer sich gleichermaßen interessierten. Da sie meistens draußen im Freien Zeit miteinander verbrachten, störte er sich auch herzlich wenig an seinem zugegeben manchmal beinahe schon bestialischen Körpergeruch. Doch bei all der Freundschaft war Siegfried Wegner durchaus bewusst, dass sein Schwager nicht zögern würde, sich öffentlich über ihn lustig zu machen, wenn er ihn jetzt aufgrund seines Unbehagens bat, an seiner Stelle runter ins Dorf zu fahren und die Polizei zu verständigen.

Bei jeder passenden und bestimmt auch unpassenden Gelegenheit würde er ihm sein Drückeberger-Verhalten unter die Nase reiben und ihn damit zum Gespött des Dorfes machen. Das war sicher wie das Amen in der Kirche. Otto Pahnke mangelte es an Benehmen, und er hatte keinen Respekt vor anderen. Das behauptete selbst seine Schwester vom ihm und hatte es überhaupt nicht gern, dass ihr Siegfried so viel Zeit mit dem ungeliebten Bruder verbrachte.

Somit blieb Siegfried nichts anderes übrig, als sich mit mulmigem Gefühl auf sein Rad zu schwingen und so kräftig in die Pedale zu treten, als wäre der Teufel höchstpersönlich hinter ihm her.

»Weiß man denn schon, um wen es sich bei dem Toten handelt?«, wollte Kommissar Helmers aus Hildesheim von den Polizisten Lehmann und Rensing erfahren. Die beiden um einiges jüngeren und dienstniedrigeren Männer waren eine ganze Weile vor ihrem Kollegen am Tatort eingetroffen.

»Er hat kein Gesicht mehr«, gab Lehmann leicht irritiert zurück.

Kommissar Helmers schnaufte entnervt und erklärte dann mit deutlichem Spott in der Stimme: »Eine Möglichkeit wäre es gewesen, zunächst die Taschen des Toten zu durchsuchen und so seine Identität festzustellen.«

Lehmann und Rensing sahen sich an, dachten das Gleiche – was für ein Großtuer –, bevor Rensing neben dem Toten in die Hocke ging und anfing, dessen Taschen zu durchsuchen. In der Innentasche seiner moosgrünen Lodenjacke wurde er schließlich fündig.

»Eine Einladungskarte«, rief er beinah triumphierend aus und streckte das Schriftstück in die Höhe.

Kommissar Helmers nahm ihm die Karte ab und unterzog sie einer genaueren Begutachtung.

»Hierbei handelt es sich um die Einladung zu einer Geburtstagsfeier, die am heutigen Tag stattfinden soll. Ein gewisser Gustav Engel feiert seinen vierzigsten Geburtstag. Die Karte ist an einen Ernst Giesecke und Familie gerichtet. Demnach ist davon auszugehen, dass es sich bei dem Toten um Ernst Giesecke handelt.«

»Der unter diesen Umständen wohl kaum noch an dem Fest teilnehmen kann«, entfuhr es Lehmann eine Spur zu unbefangen.

»Junger Kollege, was soll denn so ein dummes Geschwätz?«, wurde er dafür prompt von Kommissar Helmers gerügt.

»Ich meinte ja nur …«, versuchte Lehmann, sich herauszureden, beließ es dann aber dabei, als Helmers sich betont laut räusperte.

»Wie auch immer. Fahren Sie jetzt ins nächstgelegene Dorf, das ja wohl Groß-Algermissen sein müsste, und finden heraus, ob ein gewisser Ernst Giesecke dort wohnhaft ist und zurzeit außerhäuslich. Falls das der Fall sein sollte, können wir davon ausgehen, dass es sich bei dem Toten um diesen Giesecke handelt. Wenn er jedoch nicht derjenige ist, junger Kollege, dann befragen Sie die Anwohner, auf wen die Beschreibung unseres Toten zutreffen könnte.«

Lehmann nickte. Dass er im Dorf weiterermitteln sollte, behagte ihm weitaus mehr, als noch länger unter der Fuchtel dieses schlecht gelaunten Kommissars zu stehen. Sein Verhalten war zwar nicht untypisch für Diensthöhere, aber dieser Helmers war wirklich eine ganz besonders fiese Ausgabe seiner Spezies. Kurz gesagt: Lehmann fand das Arschloch nicht zum Aushalten.

Was Lehmann daran allerdings nicht so behagte, war der Punkt, dass er womöglich gleich die Tränen einer frisch verwitweten Frau samt ihrem hysterischen Gekreische aushalten musste. Doch unterm Strich gesehen war sein Kollege Rensing definitiv schlechter dran, denn der wurde nun schroff von Helmers aufgefordert, seine Suche nach Hinweisen in der Kleidung des Toten gefälligst fortzusetzen.

»Außer einer Jacke trägt er auch noch eine Hose, falls Ihnen das entgangen sein sollte, junger Kollege. Hosen haben bekanntlich Taschen … Vordertaschen, Gesäßtaschen und womöglich auch aufgesetzte Beintaschen.«

Rensing kam der groben Aufforderung erneut nach und wurde auch direkt fündig. In der Gesäßtasche entdeckte er die Geldbörse des Toten. Neben einigem Münzgeld befanden sich darin auch die Jagdbefugnis des Mannes und sein Führerschein, beides war allerdings nicht auf den Namen Ernst Giesecke ausgestellt.

Kommissar Helmers versuchte noch, den jungen Kollegen

aufzuhalten, den Weg zu den Gieseckes konnte der sich nun wahrlich ersparen. Doch Lehmann war bereits davongefahren.

Murrend stieg er die Stufen hinab und wandte sich nun endlich Otto Pahnke zu, den er vorhin nur rüde angewiesen hatte, dass er sich gefälligst nicht vom Tatort entfernen dürfe, da er noch als Zeuge befragt werden müsse. Es war ihm zunächst wichtiger gewesen, sich einen Überblick von dem Tatort, dem Opfer und den Umständen, wie der Tote aufgefunden wurde, zu verschaffen. Besonders dann, wenn so junge wie inkompetente Kollegen wie Lehmann und Rensing vor ihm dort eingetroffen waren.

»Ist Ihnen ein gewisser Gustav Engel bekannt?«, fragte er Pahnke, der sich allmählich ziemlich ärgerte, dass man ihn hier so lange herumstehen lassen hatte. Die Polizisten wussten wohl nicht, wen sie vor sich hatten. Unerhört! Doch all das ließ er unausgesprochen, als nun der Name des Schuhmachers fiel. Wenn das wirklich stimmte, um Himmels willen, die arme Thea und ihre beiden Töchter! Und das ausgerechnet an Gustavs Geburtstag, seinem Ehrentag, den das ganze Dorf heute mit ihm feiern wollte.

Jetzt, wo er sich den Anblick des Toten noch mal in Erinnerung rief, war es tatsächlich denkbar, dass es sich um Gustav handelte. Von der Statur her und weil er Jäger war. Nur hatte er vorhin keinen Moment an den Schuhmacher gedacht, da der doch heute seinen Geburtstag feierte und ihm sicherlich nicht der Sinn danach stand, frühmorgens zur Jagd zu gehen.

Oder vielleicht ja gerade deshalb?

Die Weibsbilder, Thea allen voran, hatten bestimmt ein mächtiges Theater deswegen veranstaltet.

»Haben Sie Hinweise gefunden, dass es sich bei dem Toten um Gustav handelt?«

»Ich stelle hier die Fragen«, fuhr Kommissar Helmers ihn unwirsch an. »Und Sie haben gefälligst zu antworten.«

Otto Pahnke schluckte unwillkürlich. So angeschnauzt zu werden passte ihm ganz und gar nicht und war er wahrlich auch nicht gewohnt. Normalerweise war er derjenige, der das Sagen hatte, und die anderen kuschten. So hatte das zu sein, nicht anders. Doch die Neugierde siegte schließlich, und außerdem war er sowieso viel klüger als dieser dämliche Polizist. Der Klügere gibt bekanntlich nach, sagte er sich selbst und nickte.

»Ja, natürlich ist mir Gustav bekannt. Er ist unser Schuster, ein Familienvater und …«

Der schrille Schrei einer Frau hinderte ihn am Weiterreden.

Erschrocken fuhren die Männer zum Hochsitz herum. Von ihnen unbemerkt war Thea Engel auf dem Rad angefahren gekommen, nachdem sie von Siegfried Wegner gehört hatte, dass sein Schwager und er einen Toten auf dem Hochsitz unterhalb des kleinen Forstes entdeckt hätten. Eine böse Vorahnung hatte sie augenblicklich beschlichen, die in dem Moment, als sie die Empore des Hochsitzes erreichte, zur schrecklichen Wahrheit wurde. Der Tote war ihr Mann Gustav. Sie brauchte nicht sein Gesicht zu sehen, um das zu erkennen.

DREI

Die Bande der Familie sind im Himmel nicht gelöst.

JEAN BAPTISTE HENRI LACORDAIRE,
FRANZÖSISCHER DOMINIKANER
(1802–1861)

Den Arm ganz fest um ihre Schwester Anni gelegt, stand Emmi am offenen Grab des Vaters. Thea Engel hatte wenige Augenblicke zuvor einen Zusammenbruch erlitten. Gerade als sie die kleine Schaufel in die Hand genommen hatte, um damit etwas von der dunklen Erde auf den Sargdeckel ihres geliebten Ehemannes hinabfallen zu lassen, waren ihr die Beine weggesackt. Wenn Otto Pahnke nicht so geistesgegenwärtig reagiert und nach ihr gegriffen hätte, wäre sie womöglich in die Grube gestürzt. Eine schreckliche Vorstellung, die noch Tage später zu Unwohlsein bei der Trauergemeinde führte.

Die Witwe des Schuhmachers Gustav Engel war daraufhin von zwei Nachbarsfrauen zurück zur Kapelle geleitet worden, wo sie vollends erschöpft auf den erstbesten Stuhl gesunken war. Emmi hatte der Mutter folgen wollen, doch Anni weigerte sich, mit ihr zu kommen.

»Wir müssen uns verabschieden, Emmi«, hatte sie verzweifelt geflüstert. »Wir müssen unserem Vati doch noch Lebewohl sagen …«

Also hatte Emmi ihren Arm um Anni geschlungen, sie ganz fest an sich gezogen und war die drei, vier Schritte bis an den Rand der Grube gegangen.

Ein letzter Gruß, zwei Schaufeln Erde und ein Strauß Vergissmeinnicht, der dem Vater versichern sollte, dass sie ihn niemals vergessen würden … seine ihn über alles liebenden Töchter.

»Komm jetzt, Anni«, forderte Emmi die jüngere Schwester nach einer ganzen Weile auf, die sie auf den Sarg des Vaters gestarrt hatten. »Die Trauergemeinde möchte sich doch auch noch von Vater verabschieden.«

»Was interessieren mich die anderen«, schniefte Anni. »Keiner von denen teilt unseren Schmerz. Keiner von denen weiß, wie sich das anfühlt …«

»Vater war beliebt und wurde von allen geschätzt. Wir sind nicht die Einzigen, die um ihn trauern«, hielt Emmi dagegen.

»Aber … aber sie sind mir egal.« In Annis Stimme schwang nun ein Anflug von Hysterie. Emmi ahnte, dass es dringend an der Zeit war, die jüngere Schwester von hier fortzubringen. Doch so zart und zerbrechlich Anni auch äußerlich erschien, in ihrem Inneren schlug ein Löwenherz, das dem jungen Mädchen Kräfte verlieh, die ihr niemand zugetraut hätte. Emmi gab sich redlich Mühe, doch Annis Schuhsohlen schienen wie im Boden verankert zu sein. Hilfe suchend sah sie sich schließlich um. Eigentlich hatte sie gehofft, dass der vier Jahre ältere Bruder ihres verstorbenen Vaters, Friedhelm Engel, der in Begleitung seiner neuen und wesentlich jüngeren Ehefrau Gundula zur Beerdigung erschienen war, ihr zu Hilfe eilen würde. Doch Onkel Friedhelm hatte schon genug mit seiner laut wehklagenden Gattin zu tun. Die hatte dem verstorbenen Schwager zwar nicht besonders nahegestanden, liebte aber theatralische Auftritte, die ihr noch mehr Aufmerksamkeit einbrachten.

Emmi konnte die neue Frau ihres Onkels nicht ausstehen, was sie natürlich niemals laut ausgesprochen hätte. Onkel Friedhelm hingegen war ein angenehmer Mann, mit dem man ganz wunderbare Gespräche führen konnte und der im Gegensatz zu seiner Gundula über einen ausgesprochen feinen Geist verfügte. Emmi hatte sich schon häufig gefragt, was Onkel Friedhelm nur an der schrillen Gundula fand, und sich einmal sogar getraut, ihn direkt danach zu fragen. Onkel Friedhelm hatte gelacht, sein warmes, leicht bäriges Lachen, und gemeint, dass Gundula ein paar Qualitäten hätte, die ihn für so manches entschädigen würden.

»Qualitäten?« Emmi hatte sich keinen Reim darauf machen können.

»Davon musst du nichts wissen, denn du wirst im Gegensatz zu meiner Gundi nichts davon brauchen, Emmi, weil du nämlich viel im Kopf hast.« Auch das hatte Emmi nicht verstanden.

Nun war der Onkel auf jeden Fall vollends darum bemüht,

seine überlaut wehklagende Gemahlin zu beruhigen, so dass er Emmis Hilfe suchenden Blicke nicht wahrnahm.

Otto Pahnke hingegen hatte die beiden jungen Mädchen, die selbst in ihren schlichten schwarzen Kleidern und den gleichfarbigen Spangenschuhen noch überaus apart anzusehen waren, nicht aus den Augen gelassen. So wie er zuvor schon der verzweifelten Witwe des verstorbenen Schuhmachers im wahrsten Sinne des Wortes unter die Arme gegriffen hatte, umfasste er nun Annis freien Oberarm und schob sie mit sanfter Gewalt vom Rand der Grube weg.

Zunächst ließ Anni es geschehen. Dann aber rief sie laut: »Was ist das für ein übler Gestank? Emmi, was ist das bloß? Kommt das aus der Grabstelle … aus Vatis Sarg?«

Reichlich pikiert ließ der Gänsemastbauer von dem Mädchen ab und trat zurück in die Gruppe der Trauergemeinde.

Emmi hingegen nutzte den Augenblick und zog ihre jüngere Schwester mit sich hinüber zur Kapelle, wo die Mutter noch immer nicht in der Lage war, sich von dem eigens für sie herbeigeholten Stuhl zu erheben.

»Emmi, du bist doch schon so vernünftig«, sprach Gerda Fritsche, die Nachbarin der Engels zur linken Seite, zu ihr. »Lauf nach Hause und mach die letzten Handgriffe. In Bälde wird die Trauergesellschaft bei euch zum Leichenschmaus erscheinen, und wenn ich eure Mutter richtig verstanden habe, müssen die Schnittchen dringend aus der Kühlung geholt und der Blechkuchen auch noch aufgeschnitten werden. Vielleicht kannst du schon den Kessel auf den Herd stellen, damit wir dann flugs Bohnenkaffee und Tee aufbrühen können. Ich würde dir dann zur Hand gehen, Emmi, aber ich mag eure Mutter jetzt nicht allein lassen.«

»Geht es ihr noch nicht besser?«, erkundigte Emmi sich besorgt. Nicht, dass die Mutter noch eine Herzattacke oder so etwas erlitt. Wie schlimm es wohl wäre, wenn sie nach dem Vater nun auch noch die Mutter verlören. Nein! Emmi schüttelte den Kopf. Ihre Mutter war stark. Sogar viel stärker, als der Vater es gewesen war. Nicht körperlich – sie war zierlich und klein, kaum größer als die vierzehnjährige Anni, sondern innen drinnen. Aber ihr war auch nicht so viel Schrecken und Grauen im Krieg widerfahren wie ihrem Ehemann, der bis zu seinem Tod sehr darunter gelitten hatte. Das war auch der Grund, warum sich das Gerücht im Dorf breitgemacht hatte, der Schuhmacher habe sich selbst die Flinte in den Mund gesteckt und abgedrückt. Er habe aus freien Stücken seinem Leben ein Ende bereitet, und das ausgerechnet an seinem Ehrentag, seinem vierzigsten Geburtstag, und ohne auch nur einen Gedanken an seine Frau und die beiden unschuldigen Töchter zu verschwenden.

Emmi hatte davon gehört und war regelrecht in Zorn geraten. Niemals wäre der Vater zu so etwas fähig gewesen. Niemals hätte er seine drei Mädels, wie er sie an guten Tagen liebevoll genannt hatte, im Stich gelassen. Mochte er manchmal auch wortkarg oder ganz und gar in sich gekehrt gewesen sein. Der Blick ohne jegliche Freude, um den Mund ein schmerzlicher Zug, doch sein Herz hatte zu jeder Zeit für seine drei Mädels geschlagen.

»Aber warum denn nicht, Emmi?«, fragte Gerda Fritsche.

»Was … ähm … wie bitte?«

»Ich will wissen, warum du mir den kleinen Gefallen nicht tun willst, Emmi? Du siehst doch, dass ich mich um deine Mutti kümmern muss. Und nun auch noch um die Anni. Schau nur, wie sie an eurer Mutti hängt. Aber du bist doch vernünftig, Emmi, ein kluges Mädchen. Du musst jetzt laufen und die ganze Vorbereitung erledigen. Was glaubst du, was die Leute sagen, wenn sie gleich bei euch sind und nichts steht bereit?«

»Ich habe doch nicht gesagt, dass ich das nicht machen werde«, verteidigte Emmi sich.

Die Nachbarin legte die Stirn in Falten. »Und warum hast du dann den Kopf geschüttelt?«

»Ach so. Ich … ich war in Gedanken. Ganz woanders …«

Die Nachbarsfrau sah zwar immer noch nicht wirklich überzeugt aus, aber sie tätschelte Emmis Schulter.

»Gut so, Emmi. Du bist wenigstens vernünftig.« Sie warf einen bedeutungsvollen Blick auf Anni, die wie ein Klammeräffchen an Thea Engel hing. »Die Anni ist ja leider etwas *anders*.«

Emmi lag schon eine heftige Erwiderung auf der Zunge. Aber dies war der Tag, an dem sie ihren geliebten Vati zu Grabe getragen hatten. Gleich würde der Leichenschmaus im Haus der Engels stattfinden. Emmi würde alles dafür tun, dass ihr Vater sich nicht für seine drei Mädels schämen müsste.

»Kann ich Anni hierlassen?«

Gerda Fritsche war einverstanden. »Ich warte noch, bis es den beiden etwas besser geht, dann machen wir uns auf den Weg. Und wenn wir es nicht schaffen, dann bitte ich euren Onkel, dass er uns in seinem Automobil mitnimmt.«

Emmi war sich zwar sicher, dass Tante Gundula sich mit Händen und Füßen dagegen wehren würde, die buckelige Verwandtschaft, wie sie sich des Öfteren schon über die Familie des Schuhmachers ausgelassen hatte, in dem neuen todschicken schwarzen Automobil ihres Gatten mitzunehmen. Dennoch nickte sie, sagte: »Das ist eine gute Idee«, und verließ schließlich das Friedhofsgelände.

Als sich eine gute halbe Stunde später die Trauergemeinde im Haus der Engels zusammenfand, hatte Emmi in der guten Stube alles so weit vorbereitet, dass die Gäste sich sogleich mit Kuchen vom Blech und Brotschnittchen samt frisch aufgebrühtem Bohnenkaffee oder Schwarztee stärken konnten.

Thea Engel hatte sich Gott sei Dank etwas gefangen und nickte ihrer Tochter dankerfüllt zu, als sie erkannte, wie gut Emmi sich um alles gekümmert hatte. Sie drückte ihrer Ältesten die Hand und sagte leise: »Es tut mir leid, dass ich dich damit allein gelassen habe.«

Emmi beeilte sich abzuwinken. »Das muss es nicht, Mutti. Ich habe es gern getan. Die Hauptsache ist, dass es dir wieder besser geht. Du wieder zu Kräften gekommen bist.«

»So ist es, Emmi. Ich bin wieder stark … stark und tapfer für uns drei. Das verspreche ich dir.«

Nach einer flüchtigen, aber liebevollen Umarmung wandte Thea sich schließlich ihren Gästen zu und erkundigte sich, ob es noch irgendwo an irgendetwas fehlte. Die Witwe hatte zu ihrer gewohnten Form und Haltung zurückgefunden.

Anni hingegen war noch immer untröstlich und kaum in der Lage, sich aufrecht zu halten. Erneut war es Gerda Fritsche, die Emmi zur Seite nahm und sie bat, die jüngere Schwester in ihre Kammer zu bringen.

»Es nützt ja nichts, wenn das Mädchen wie ein Häufchen Elend am Tisch sitzt und die Gäste sich kaum unterhalten mögen.«

Emmi lag zum zweiten Mal an diesem schlimmen Tag eine heftige Erwiderung auf der Zunge. Es war Annis gutes Recht, kummergebeugt dazusitzen und um den Vater zu trauern. Doch gerade als sie den Mund aufklappte, erhaschte sie den Blick der Mutter, die ihr wortlos zu verstehen gab, dass sie bitte schweigen und der Aufforderung der Nachbarin nachkommen solle.

Zukünftig würden sie auf die Unterstützung der Nachbarn und der wenigen Verwandtschaft, die sie hatten, angewiesen sein. Eine Schusterei ohne Schuster brachte kein Geld ein. Das war gewiss. Thea würde sich um Arbeit bemühen müssen. Genauso wie Emmi. Unter diesen Umständen würde sie wohl kaum mit der Schule weitermachen können. Ohne das Geld, das die Schusterei einbrachte, waren ihre Pläne allesamt hinfällig geworden. Es würde für die Mutter schon schwer genug sein, das Haus, in dessen Untergeschoss die Schusterei und ein kleiner Verkaufsraum untergebracht waren, halten zu können. Was das Schulgeld betraf, daran mochte Emmi im Moment erst gar nicht denken.

Anfang letzten Jahres war der Metzger Jansen aus ungeklärten Gründen im Kanal eingebrochen und ums Leben gekommen. Die Witwe hatte am Ende das Haus samt der Metzgerei nur noch verkaufen können, da die drei Söhne noch klein waren und sie selbst zwar ab und an im Laden mitgearbeitet hatte, aber ihren Mann nicht ersetzen konnte. So hatten sie nicht nur den treu sorgenden Familienvater und Ehemann verloren, sondern auch ihr Zuhause. Mit Grauen erinnerte Emmi sich daran zurück und wie sehr die Buben geweint hatten, als ihre Habseligkeiten auf einen Pritschenwagen geladen worden waren und sie von ihrem Zuhause Abschied nehmen mussten. So ein Unglück durfte ihnen nicht widerfahren. Der Verlust des Vaters wog schon zentnerschwer, darüber hinaus noch das Zuhause zu verlieren, nein, so weit durfte es unter keinen Umständen kommen.

Also schluckte Emmi ihren bissigen Kommentar herunter, ging zu ihrer jüngeren Schwester, bat sie, mit ihr zu kommen, und geleitete sie behutsam hinauf in die obere Etage, in die Schlafkammer der Schwestern.

»Kannst du bitte bei mir bleiben, Emmi?«, flehte Anni sie an. »Ich mag nicht allein sein. Ich bilde mir ein, Vati ist hier noch immer irgendwo. Ich weiß, ich sollte keine Angst vor ihm haben, das ist gemein von mir, denn Vati ist … war der liebste …« Aufschluchzend brach Anni ab.

Emmi war sofort bei ihr und nahm sie fest in den Arm. Tröstend strich sie ihrer Schwester über das weiche honigblonde Haar.

»Gräm dich nicht, Annilein, ich kann dich gut verstehen. Ich meine ihn auch noch immer in seiner Werkstatt bei der Arbeit zu sehen. Ich kann sogar seine Stimme hören, wie er leise vor sich hin murmelt.«

Anni löste sich ein wenig aus der Umarmung ihrer Schwester. Sie beugte den Kopf zurück, so dass sie Emmi direkt in die graublauen Augen blicken konnte.

»Dann … dann bin ich also nicht verrückt?«

Vehement schüttelte Emmi den Kopf. »Nein. Herrgott, Anni, natürlich nicht. Wie kommst du nur auf so einen dummen Gedanken?«

Annis Unterlippe zitterte ein wenig, als sie antwortete: »Weil die Leute im Dorf sagen, dass Vati komisch im Kopf war. Und ich bin doch seine Tochter und ihm so ähnlich …«

»Die Leute, Anni, sie reden immer und über jeden«, fiel Emmi ihrer Schwester ins Wort. »So sind die nun mal. Und das meiste davon ist einfach nur Unsinn. Vati war nicht komisch im Kopf. Er hat sich nur manchmal an seine Zeit im Krieg erinnert, und das waren dann bestimmt keine guten Erinnerungen. Und was dich angeht, Anni, du bist ganz genau richtig, so wie du bist.«

Anni lächelte unter Tränen. »Du bist lieb.«

Emmi strich ihr mit dem Zeigefinger sacht über die tränennasse Wange. »Du darfst dir nichts einreden lassen, Anni. Hör einfach nicht hin, wenn sie das nächste Mal dummes Zeug reden. Ja?«

Anni nickte beruhigt. Doch als Emmi Anstalten machte, die kleine Kammer zu verlassen, geriet sie direkt wieder in Panik. »Wo willst du denn hin, Emmi?«

Emmi atmete tief durch. »Ich kann Mutti mit den Gästen nicht allein lassen. Ich muss ihr weiter zur Hand gehen, mich um alles kümmern.«

»Aber … aber die Nachbarsfrauen sind doch da. Da musst du doch nicht …«

Erneut ließ Emmi ihre Schwester nicht ausreden. »Anni, wir werden zukünftig noch oft genug auf die Hilfe der Nachbarschaft angewiesen sein. Leg dich in dein Bett und versuch zu schlafen. Ich bin bald wieder zurück.«

Anni sah sie mit ihren großen hellblauen Augen verständnislos an. »Warum sind wir auf die Nachbarn angewiesen?«

»Nicht jetzt, Anni. Wir reden später weiter. Ich muss jetzt wirklich gehen und …«

»Weil es doch wahr ist, dass Vati sich selbst erschossen hat?«, rief Anni laut aus. »Ist das so? Werden jetzt alle mit dem Finger auf uns zeigen … auf die Töchter des Mannes, der sich …«

Langsam verlor Emmi die Geduld. »Schluss jetzt, Anni. Niemand wird mit dem Finger auf uns zeigen. Du bist erschöpft und durcheinander und redest deshalb nur noch wirres Zeug daher.«

»Aber die Leute sagen …«

»Dummes Gerede! Das habe ich dir doch gerade eben schon

erklärt. Und jetzt sei so lieb und leg dich schlafen. Sobald es mir möglich ist, bin ich wieder bei dir.«

»Versprochen?«, murmelte Anni, nun wieder ganz kleinlaut.

»Versprochen!«, gab Emmi zurück und verließ endgültig die Schwesternschlafkammer.

Draußen ließ sie sich mit dem Rücken gegen die Tür sinken, schloss die Augen und versuchte, sich einen Moment lang zu sammeln. Es stimmte, was Anni gesagt hatte, die Leute redeten bereits … viel dummes Zeug. Sie spekulierten offen und ungeniert darüber, wie es jetzt wohl mit ihnen weitergehen würde. Ob Thea Engel das Haus halten könnte und woher das Geld fürs tägliche Überleben kommen sollte. Emmi war auch zu Ohren gekommen, dass man sich im Dorf über sie das Maul zerriss. Ob sie jetzt wohl weiter diese *noble höhere Töchterschule* besuchen könnte, worauf der Vater so stolz gewesen war. Das hatte ihn jedoch eine Stange Geld gekostet, und wo Thea das zukünftig hernehmen sollte, nun ja, darüber war man sich im Dorf nicht ganz einig. Einige behaupteten, dass Thea sich gewiss an den wohlhabenden Schwager wenden würde. Andere sprachen sich dafür aus, dass Emmi gefälligst arbeiten gehen sollte. Wofür brauchte ein junges Fräulein vom Dorfe bitte sehr das Abitur? Das war doch nichts als eine der vielen Spinnereien des Schuhmachers gewesen, war man sich so sicher, wie die Ermittlungen im Todesfall Gustav Engel längst hätten eingestellt werden müssen, wo doch nun wirklich jedem klar war, dass er selbst es war und niemand anders, der seinem Leben ein Ende bereitet hatte.

VIER

Der Mangel an Großzügigkeit seiner Verwandten lässt ihn schauen, woanders Freundschaft zu finden.

JANE AUSTEN,
BRITISCHE SCHRIFTSTELLERIN
(1775–1817)

Vater würde sich im Grabe herumdrehen, wenn er davon erführe«, sagte Dorothea Engel mit bitterer Stimme.

»Und wenn wir aus unserem Haus müssten, dann wäre das bestimmt noch schlimmer für ihn zu ertragen«, hielt Emmi selbstbewusst dagegen. »Nein, Mutti, mein Entschluss steht fest. Ich werde die Schule verlassen und mir eine Arbeit suchen. Das wenige Geld, das du mit dem Putzen verdienst, reicht hinten und vorne nicht.«

Thea Engel schüttelte vehement den Kopf. »Bevor du deine Zukunft wegwirfst, suche ich mir noch eine weitere Arbeit oder einfach eine, die besser bezahlt ist. Ich könnte bei Bauer Pahnke in der Küche aushelfen. Er hat mir neulich erst sein Leid geklagt, dass ihm Frida Wichmanns Essen nicht schmecken täte. Sie kocht viel zu fett, hat er gemeint.«

»Du willst nicht zu dem widerlichen Pahnke ins Haus, Mutti, nein, dass willst du gewiss nicht!«, gab Emmi scharf zurück. »Du kannst ihn nicht ertragen. Und das aus gutem Grund.«

Thea atmete tief durch. »Meine beiden Töchter nicht ernähren zu können, der Gedanke ist weitaus schlimmer, Emmi.«

»Und was ist mit dem Geld, das Vater für mein Studium gespart hat?«

Die Mutter winkte ab. »Den größten Teil davon musste ich für Vaters Bestattung verwenden. Aber das ist nichts, was ich mit dir bereden sollte. Du kümmerst dich um deine Schule … deine Zukunft. So hätte Vater es gewollt.«

Emmi wusste, dass sie jetzt besser den Mund hielt, doch still zu sein oder sich gar wegzuducken, das war ihr noch nie leichtgefallen.

»Wenn Vater gewollt hätte, dass ich mein Abitur mache und studiere, Mutti, dann hätte er an seinem Geburtstag nicht frühmorgens auf den Hochsitz klettern dürfen und sich …«

»Halt!«, rief Thea energisch. »Kein Wort mehr, Emmi, hörst du, kein schlechtes Wort über deinen Vater in diesem Haus.« Damit erhob sie sich schwerfällig vom Tisch und verließ die Wohnküche.

Emmi sah ihr hinterher. Wie sie mit schweren Schritten, die Schultern leicht vornübergebeugt, davonschlurfte, erinnerte nicht mehr viel an die energievolle und aparte Frau, die vor knapp vier Monaten mit Feuereifer das Geburtstagsfest ihres Gatten vorbereitet hatte. Früher hatte sie viel Wert und Zeit auf ihr Äußeres verwendet. Hatte ihr blondes Haar jeden

Morgen kunstvoll frisiert, sich eingecremt, dezenten Lippenstift aufgetragen und ihre hohen Wangenknochen mit einem Hauch von Rouge betont. Für die Arbeit im Haushalt und in der Küche hatte sie wahrlich schon immer in einer ihrer geblümten Kittelschürzen gesteckt. Schon deshalb, damit ihre gute Kleidung nicht mit Hausstaub oder von Fettflecken verunreinigt werden konnte. Doch wenn sie vor die Tür gegangen war, um Erledigungen zu tätigen, und wenn es nur der kurze Weg zur Dorfbäckerei war, hatte sie sich eines ihrer schicken selbst geschneiderten Kleider angezogen, dazu passende Schuhe gewählt und auch schon mal etwas mehr Make-up aufgetragen. Seit dem Tod ihres Mannes wirkte ihr Gesicht hager und farblos, das goldblonde Haar hatte jeglichen Glanz verloren und wurde Tag für Tag von ihr zu einem nachlässigen Dutt am Hinterkopf zusammengezwirbelt. Ebenso nachlässig verhielt es sich mit ihrer Kleidung, die alltägliche Kittelschürze tauschte Dorothea erst dann gegen eine frische aus, wenn eine Wäsche unumgänglich geworden war. Wann sich Thea das letzte Mal schick zurechtgemacht hatte, daran konnte Emmi sich kaum noch erinnern.

Plötzlich wurde Emmi von einer Welle schlechten Gewissens erfasst. Wie hatte sie der Mutter nur so zusetzen können? Warum war sie nicht feinfühliger mit ihr umgegangen, wo doch mehr als offensichtlich war, wie sehr sie unter den Verlust des Ehemannes und den daraus resultierenden existenzbedrohenden Umständen litt. Dass sie seitdem mit dem Leben oftmals haderte und sich unentwegt den Kopf darüber zerbrach, wie es nun mit ihnen dreien weitergehen könnte, denn auf familiäre Unterstützung konnten sie leider nicht hoffen. Dorotheas Vater war im Krieg gefallen. Die Mutter kurz darauf an einer schlimmen Grippe erkrankt und ihrem Mann nur wenige Wochen später ins Grab gefolgt. Auch Gustavs Eltern sowie sein älterer Bruder Wilhelm waren bereits verstorben. Abgesehen von ihrem Schwager Friedhelm und seiner affektierten jungen Ehefrau Gundula hatte Thea nur noch zwei in Süddeutschland lebende Cousinen, zu denen sie so gut wie keinen Kontakt unterhielt. Friedhelm hätte seiner Schwägerin und den beiden Nichten wahrlich unter die Arme greifen können, zweifelsohne war er dafür wohlhabend genug. Doch seine Gundula hatte etwas dagegen und in den letzten Wochen so vehement gegen ihre verwitwete Schwägerin gewettert, dass Friedhelm schließlich dem Frieden mit seiner renitenten Gemahlin zuliebe seine Pflicht als nahezu einziger noch lebender Verwandter der Schwägerin und den beiden Nichten gegenüber immer mehr vernachlässigt und inzwischen gänzlich eingestellt hatte.

Thea Engel war sich nicht zu fein gewesen, ihn dennoch eindringlich um seine Hilfe zu bitten, ihn anzuflehen. Nicht für sich selbst, sondern für ihre Töchter. Doch Friedhelm hatte sich nicht erweichen lassen und mittlerweile sogar den Kontakt aufs Nötigste beschränkt, weil ihm das Schicksal der verzweifelten Schwägerin jedes Mal ein quälend schlechtes Gewissen bereitete.

All das war Emmi sehr wohl bekannt, und darum bereute sie nun, wie sehr sie der Mutter gerade zugesetzt hatte.

»Es tut mir leid. Ich wollte dir nicht noch mehr Kummer bereiten«, murmelte Emmi.

Obwohl die Worte ihrer Tochter kaum mehr als ein Flüstern gewesen waren, hatte Thea sie dennoch vernommen. Sie blieb auf der Schwelle stehen und sprach zu Emmi, ohne sich dabei zu ihr umzudrehen. »Wenn das so ist, wenn ich deinen Worten glauben kann, dann wirst du weiter zur Schule gehen!«

»Wenn das dein Wunsch ist, Mutti, ja, dann werde ich das tun.«

Nun wandte Thea ihrer Tochter doch das Gesicht zu. »Du verstehst es noch immer nicht, Emmi! Du sollst nicht *mir* damit einen Gefallen tun, sondern *dir*. Es geht um deine Zukunft, und die darf unter keinen Umständen von dem schlimmen Unglück, das uns widerfahren ist, in Mitleidenschaft gezogen werden. Sieh mich an, ich habe keine besondere Schulbildung genossen und erst recht keinen Beruf erlernt. In meiner Jugend war ich von meinen Eltern abhängig, dann von meinem Ehemann. Jetzt stehe ich ohne sie da und habe nichts vorzuweisen, was mir zu einer Anstellung verhelfen könnte, die genug Geld einbringt, um uns drei davon ernähren zu können. Ich möchte nicht, Emmi, dass es dir eines Tages genauso ergeht. Und dein Vater hätte das auch nicht gewollt.«

»Gut …«, hauchte Emmi vor sich hin, weil ihr die Argumente fehlten, aber vor allem, um der Mutter nicht noch mehr Kummer zu bereiten.

»Gut!«, sprach auch Thea und ging in die Diele hinaus und von dort aus in die obere Etage.

Einige Zeit später verließ Thea Engel durch die Tür zum Hinterhof das Haus. Sie hatte sich fein zurechtgemacht, trug unter dem für einen schon recht kühlen Herbsttag eigentlich zu leichten Sommermantel eines ihrer schönsten Kleider und dazu passende hochhackige Schuhe und Tasche. Um das blonde Haar hatte sie ein buntes Tuch geschlungen, die Lippen mit einem hellroten Stift nachgezogen und auch etwas Rouge aufgetragen.

Emmi horchte auf, als sie das Zuschlagen der Tür oben in ihrer Dachkammer vernahm. Sie legte das Lehrbuch zur Seite, in dem sie gerade gelesen hatte, ohne sich wirklich auf den Inhalt konzentrieren zu können. Dafür waren ihre Gedanken zu unstet, verirrten sich immer wieder zu dem Gespräch mit der Mutter zurück oder schweiften in die ungewisse Zukunft ab. Sie eilte zu der kleinen Dachluke, stellte sich auf die Zehenspitzen und sah gerade noch, wie die Mutter davoneilte.

»Nein …«, krächzte sie fassungslos, weil sie eine düstere Ahnung hatte, wohin die so apart zurechtgemachte Thea Engel wollte – und wie schwer ihr dieser *Besuch* fiel.

Für Dorothea Engel bedeutete die Nähe zu dem Gänsemastbauern Pahnke nicht nur wegen seines unangenehmen Körpergeruchs eine große Überwindung. Immer wieder hatte der hagere Mann den Versuch unternommen, sich ihr auf unehrenhafte Art und Weise zu nähern, hatte ihr ganz offen Avancen gemacht – und das wahrlich nicht erst, seitdem sie verwitwet war. Es lag auf der Hand, dass, wenn sie nun tatsächlich in seinem Haus angestellt werden sollte, er ihr gegenüber jegliche Zurückhaltung und jeden Anstand verlieren würde.

Emmi wollte der Mutter etwas hinterherrufen. Sie inständig bitten, nicht in das große Haus des Widerlings zu gehen und sich ihm damit gewissermaßen auszuliefern. Doch sie ahnte, nein, sie wusste es, Thea Engel würde sich von ihren Rufen nicht aufhalten lassen. Sie war eine Mutter, die für das Wohlergehen und die Zukunft ihrer Kinder kämpfte. Dafür war sie sich für nahezu nichts zu schade, würde so ziemlich alles über sich ergehen lassen und es auch irgendwie aushalten.

Es war längst Zeit fürs Abendessen, als Emmi hörte, wie jemand die Hinterhoftür aufschloss. Anni war kurz zuvor von einem Treffen mit ihrer Schulfreundin Hanne zurückgekommen und hatte sich gewundert, dass die Mutter nicht daheim war.

»Wo ist Mutti denn hingegangen?«, hatte sie von Emmi wissen wollen. »Das gemeinsame Abendessen ist ihr doch heilig!«

Emmi hätte sich irgendeine Ausrede einfallen lassen können, aber das war ja ihr Dilemma, ihr wollte beim besten Willen keine plausible Erklärung dafür einfallen. Ihre Gedanken konnten sich einzig damit beschäftigen, was Thea Engel wohl gerade Schreckliches erleiden musste, ohne aber eine genaue Vorstellung davon zu haben, wie sich dieses Leid im Detail wohl gestalten könnte.

Als sie nun auf die Diele stürmte und ihrer Mutter ins Gesicht blickte, traf sie das so schmerzlich, wie keine noch so grobe körperliche Gewalt es fertiggebracht hätte.

»Mutti …«, flüsterte Anni, die ihrer großen Schwester in die Diele gefolgt war. »Warum … was ist mit dir? Du … du … bist du verletzt? Hast du dir wehgetan?«

Thea Engel versuchte, sich gerade zu halten, was ihr nicht wirklich gelang. Genauso verunglückt wirkte ihr Lächeln.

»Alles ist in bester Ordnung, Annilein«, behauptete sie dennoch. Nur wer sie sah, der konnte ihren Worten beim besten Willen keinen Glauben schenken.

»Mutti, jetzt sag doch was!«, verlangte Anni.

»Lass sie«, murmelte Emmi und wollte ihre Schwester zurück in die Wohnküche lenken.

»Was soll das denn? Lass mich los!« Empört schüttelte Anni die Hand ihrer Schwester ab und wollte sich in die Arme der Mutter retten. Doch sie stockte abrupt in der Bewegung, verzog angeekelt das Gesicht und stöhnte: »Mutti, um Himmels willen, wie riechst du denn? Das … das ist ja widerlich.«

Hilfe suchend sah Thea zu Emmi. Doch die stand nur da und kämpfte verzweifelt darum, die Fassung nicht zu verlieren. Seitdem Thea Engel am Nachmittag das Haus verlassen hatte, waren Emmis Gedanken ununterbrochen bei ihr gewesen. Doch obwohl sie sich die schlimmsten Szenarien ausgemalt hatte, rein gar nichts davon hatte sie auf den Anblick, den ihre Mutter bot, vorbereitet. Und ja, Emmi hatte recht, sie stank bestialisch. Eine Mischung aus Bauer Pahnkes widerwärtigem Körpergeruch und ihrem Angstschweiß … darunter noch der letzte, schwache Hauch ihres blumigen Parfums.

»Ich zieh mich rasch um«, murmelte Thea Engel.

»Und waschen, Mutti. Du musst dich unbedingt waschen!«, verlangte Anni. »Nicht mal der abscheuliche Pahnke stinkt so ekelhaft.«

Das war zu viel für Thea Engel. Beschämt schlug sie die Hände vors Gesicht und drängte sich an den Töchtern vorbei zur Treppe, die sie schluchzend hinauflief.

»Das … das wollte ich nicht«, beteuerte Anni erschrocken. »Ich wollte Mutti bestimmt nicht ärgern. Aber dieser Gestank, Emmi, du hast es doch auch gerochen, nicht wahr?«

Emmi nickte. »Das habe ich. Aber musstest du es ihr unbedingt …« Weiter kam sie nicht.

Anni wollte wohl nicht hören, was ihr selbst durchaus bewusst war. Sie presste sich die Hände auf die Ohren und lief wie die Mutter kurz zuvor die Treppe hinauf. Wenig später krachte die Tür der Schwesternschlafkammer laut ins Schloss. Emmi ahnte, dass Anni nun weinend auf ihrem Bett lag. Aber darum konnte sie sich jetzt nicht kümmern, jetzt hatte sie etwas Wichtigeres zu tun.

Emmi machte sich gerade und ging in die Wohnküche zurück. Dort füllte sie Wasser in den Kessel, schob etwas von dem bereits zerkleinerten Holz zusammen mit einer Handvoll zusammengeknülltem Zeitungspapier in die Lade und entfachte mit einem Zündhölzchen das Feuer. Als das Wasser kochte, nahm sie den Kessel vom Herd und trug ihn mit einem Stück Kernseife, das eigentlich fürs wöchentliche Wäschewaschen verwendet wurde, hoch in die Kammer der Mutter.

Emmi hatte noch nicht allzu viel Lebenserfahrung gesammelt, sie kannte sich mit gewissen Dingen nicht aus. Doch sie war gescheit und, ja, auch reif genug, um zu wissen, dass mit der Hilfe von heißem Wasser und Kernseife wohl zwar der Gestank verschwinden würde, aber nicht die Erinnerungen. Die ließen sich nicht wegwaschen. Sosehr sie es der Mutter auch wünschte.

FÜNF

Ein Onkel, der Gutes mitbringt,
ist besser als eine Tante, die bloß Klavier spielt.

WILHELM BUSCH,
DEUTSCHER DICHTER UND ZEICHNER
(1832–1908)

Am nächsten Morgen radelte Emmi nach Hildesheim. Bis zum Tod des Vaters hatte sie nur selten das Rad genommen, weil sie ungern so abgehetzt und verschwitzt im Klassenzimmer sitzen mochte, und war deshalb mit der Eisenbahn gefahren. Aber inzwischen bedeutete die Fahrkarte einen Luxus, den Emmi sich nicht mehr zu leisten wagte. Doch ihr Ziel war heute nicht das imposante Sandsteingebäude, in dem sich die höhere Töchterschule befand, Emmi radelte noch ein gutes Stück weiter, bis zum südlichen Stadtrand. In dieses vornehme Wohngebiet war sie als kleines Kind häufiger gekommen, um zusammen mit ihren Eltern Tante Pauline und Onkel Friedhelm zu besuchen. Tante Pauline war ganz vernarrt in ihre kleinen Nichten und hatte sich dazu ausgesprochen gut mit ihrer Schwägerin Thea verstanden.

Die gutherzige und überaus großzügige Pauline hatte sich von Herzen eigene Kinder gewünscht. Doch dieser Wunsch war ihr leider verwehrt geblieben. Als sie dann mit kaum dreißig Jahren nach kurzer schwerer Krankheit verstarb, hatte Onkel Friedhelm gemeint, dass das Schicksal sich schon etwas dabei gedacht hatte, dass ihr der Kinderwunsch verwehrt geblieben sei. Sonst hätten die Kinder ohne Mutter aufwachsen müssen. Onkel Friedhelm litt so sehr unter dem Verlust seiner geliebten Pauline, dass sich seine Verwandtschaft ernsthaft um ihn sorgte. War er für seine Pauline stets der Fels in der Brandung gewesen, ganz besonders in den schlimmen Wochen, in denen die Ärzte noch versucht hatten, um das Leben der jungen Frau zu kämpfen, so schien mit Paulines letztem Atemzug auch Friedhelms Kraft und Lebenswillen verloren gegangen zu sein.

Als er dann dem feschen Fräulein Gundula Reichert begegnete und sie kurzerhand zu seiner zweiten Ehefrau machte, war die Erleichterung bei seiner Familie zunächst groß, viel zu lange hatte er um seine Pauline getrauert. Gundula war vielleicht ähnlich schön wie Pauline, doch in Sachen Herzenswärme, Freundlichkeit und Großzügigkeit konnte sie nicht im Ansatz mit ihrer Vorgängerin mithalten. Sie legte keinen Wert auf Kontakt zu der Verwandtschaft ihres Ehemannes, weil sie die Familie des Dorfschusters als unter ihrem Niveau ansah.

Seitdem war Emmi nicht mehr hier gewesen, eine ganze lange Weile war das jetzt schon her. Und wenn es keinen so dringenden Grund dafür gäbe, hätte Emmi daran auch bestimmt nichts ändern wollen. Tante Gundula war ihr schrecklich unsympathisch, eine durch und durch boshafte Person. Doch in der schlimmsten Not musste man über seinen Schatten springen, hatte sie beschlossen.

Immerhin war das Glück auf ihrer Seite, denn nachdem sie geklingelt und die neue Haushälterin geöffnet hatte, erklärte diese ausgesprochen unwirsch: »Die gnädige Frau ist nicht zu Hause!«, noch bevor Emmi überhaupt den Mund aufbekommen hatte.

»Zu der wollte ich auch überhaupt nicht«, gab Emmi ebenso unfreundlich zurück, »sondern zu meinem Onkel.«

»Zu Ihrem Onkel?« Die Haushälterin musterte sie abschätzig von der Sohle bis zur Krempe ihres fliederfarbenen Topfhutes.

Emmi nickte. »Jawohl, zu Herrn Friedhelm Engel, meinem Onkel. Der wohnt doch noch hier?« Oder hat die schreckliche Gundula ihn schon aus dem Haus getrieben?, fügte sie in Gedanken hinzu. Zuzutrauen war es ihr auf jeden Fall.

»Selbstverständlich wohnt der gnädige Herr noch hier!«, gab die Haushälterin unverändert schnippisch zurück. Emmi war sich inzwischen sicher, dass sie höchstpersönlich von der neuen Frau ihres Onkels eingestellt worden war; in puncto Schroffheit und Unfreundlichkeit passten die beiden wirklich hervorragend zusammen.

»Herr Engel trinkt gerade seine zweite Tasse Kaffee und liest die Tageszeitung. Dabei möchte er nicht gestört werden«, fügte sie bissig hinzu und war schon im Begriff, Emmi die Tür vor der Nase zuzuschlagen.

Doch damit hatte Emmi gerechnet. Blitzschnell schob sie den rechten Fuß vor. »Ich weiß wirklich nicht, ob mein Onkel erfreut ist, wenn er hört, wie seine Nichte hier von seinem *Personal* an der Tür abgefertigt wird. Ich kenne ihn gut genug und weiß, dass er sich nicht scheut, jemandem fristlos zu kündigen.«

Einen Moment lang blickten die ältere Haushälterin und die junge, zu allem entschlossene Emmi sich fest in die Augen. Schließlich senkte die Haushälterin die Lider und murrte: »Ich erkundige mich, ob der gnädige Herr jemanden empfangen möchte.«

»Nicht *irgendjemanden*«, korrigierte Emmi sie. »Seine Nichte Emmi Engel!«

Onkel Friedhelm war sehr wohl bereit. Aber auch sichtbar erstaunt, als er wenig später, gefolgt von seiner noch immer garstig dreinblickenden Haushälterin, an die Tür kam. »Emmi, das ist ja eine Überraschung. Was führt dich denn hierher?«

»Das würde ich lieber mit dir allein besprechen, Onkel Friedhelm«, entgegnete Emmi und verwies mit einer bedeutungsvollen Geste auf die Haushälterin einen halben Schritt hinter ihrem Onkel. Der Frau war direkt anzusehen, wie sie neugierig die Ohren spitzte, um ja kein Wort zu verpassen.

Onkel Friedhelm wies die neugierige Haushälterin augenblicklich zurecht. »Was stehst du denn hier noch so herum, Martha? Gibt es im Haus nichts mehr für dich zu tun?«

Emmi konnte sich ein triumphierendes Grinsen nicht verkneifen, während der Haushälterin die Röte ins Gesicht stieg. Ob nun vor Wut oder Scham, das hätte Emmi nicht beschwören wollen. Wortlos wandte sie sich um und wollte davoneilen, doch Onkel Friedhelm hielt sie für einen Moment zurück. »Meine Nichte und ich ziehen uns in mein Arbeitszimmer zurück. Du kannst meinen Kaffee dorthin bringen und für meine Nichte bitte ein Glas Saft und Kekse.«

Diese schreckliche Frau bringt es fertig und spuckt ins Glas, schoss es Emmi durch den Kopf. Sie beeilte sich zu sagen: »Danke, Onkel Friedhelm, das ist lieb von dir. Aber ich habe keinen Durst und möchte auch nichts essen. Nur kurz mit dir reden, und dann muss ich mich auch sputen, damit ich nicht allzu viel vom Unterricht verpasse.«

»Soso, du möchtest also mit mir reden«, argwöhnte er.

Emmi nickte. »Das ist mir wichtig!«

Onkel Friedhelms Lächeln wurde verhaltener. »Emmi, wenn es um eure momentane … hm, etwas schwierige finanzielle Situation geht, so muss ich dir sagen, dass ich darüber bereits mit deiner Mutter …«

Es entsprach nicht Emmis Art, jemandem das Wort abzuschneiden. Dennoch tat sie es, weil die Türschwelle wahrlich nicht der Ort war, an dem sie sich von ihrem Onkel abweisen lassen wollte.

»Mutter hat mir davon berichtet, Onkel Friedhelm. Ich bin auch nicht gekommen, um Almosen zu erbetteln. Mir geht es lediglich um Kontakte. Du musst dich um deinen Geldbeutel nicht sorgen.«

Onkel Friedhelms Züge veränderten sich erneut. Es passte ihm ganz und gar nicht, wie entschlossen Emmi ihm hier in seinem Haus entgegentrat, weil ihm dadurch wohl noch mehr bewusst wurde, wie schändlich sein eigenes Verhalten war. Dass er dem Drängen seiner Frau nachgegeben hatte und sich nun standhaft weigerte, der Familie seines verstorbenen Bruders in der Not finanziell unter die Arme zu greifen, obwohl ihm das ein Leichtes wäre. Vielleicht erschien vor seinem inneren Auge auch seine verstorbene Frau Pauline, von der er wusste, dass sie nicht eine Sekunde gezögert hätte, Thea und die beiden Mädchen zu unterstützen. Trotzdem hatte er allen Grund, sich über Emmis Worte zu ärgern, die fraglos frech, wenn nicht sogar zynisch zu verstehen gewesen waren.

»Wie redest du denn mit mir, Emmi?«, empörte sich Onkel Friedhelm dann auch kopfschüttelnd. »Dein Vater, Gott hab ihn selig, würde dir die Ohren lang ziehen, Mädchen, wenn er dich so erleben könnte.«

Emmi atmete tief durch. Sie konnte nicht riskieren, dass der Onkel sie gleich wieder fortschickte. »Ich wollte nicht frech werden, Onkel Friedhelm. Dafür entschuldige ich mich.«

Der Onkel legte den Kopf etwas schief, während er wohl darüber nachdachte, dass er besser auf seine schroffe Haushälterin hätte vertrauen sollen, die Emmi erst gar nicht zu ihm vorlassen wollte. Doch letztendlich schnaufte er hörbar durch, bevor er sie aufforderte: »Dann begleite mich in mein Arbeitszimmer. Aber viel Zeit habe ich nicht. Nur damit du gleich im Bilde bist.«

Erleichtert nickte Emmi. »Ich brauche auch nicht lange. Versprochen.«

Emmi hielt Wort und verließ bereits nach zehn Minuten das vornehme Haus des Onkels wieder. Sie hatte durch ihn in Erfahrung gebracht, was für die weitere Umsetzung ihres Gedankens wichtig war, und wollte nun rasch die Adresse aufsuchen, die der Onkel für sie herausgefunden hatte.

Viel unterschiedlicher konnten die Häuser kaum sein, die Emmi an diesem Morgen ansteuerte. Vom herrschaftlichen Anwesen des Onkels zu dem schmuddelig weißen Mehrparteienhaus mit leicht windschiefer dunkler Tür und Fensterläden, die dringend einen neuen Anstrich gebrauchen konnten. *Familie Hans Warnecke* stand in handgeschriebenen Buchstaben auf einem der vier kleinen Schilder – und der Hausherr öffnete dann auch höchstpersönlich, nachdem Emmi auf den gräulichen Knopf darunter gedrückt hatte.

»Guten Tag, mein Name ist Emmi Engel. Ich bin die Tochter des Schuhmachers Gustav Engel. Vielleicht erinnern Sie sich noch an mich, obwohl es schon eine ganze Weile her ist, dass Sie bei meinem Vater gearbeitet haben.«

Zunächst sah Hans Warnecke Emmi verwirrt an, doch dann begann sich sein Blick langsam zu erhellen; schließlich lächelte er. »Ach sieh mal an, die Emmi. Meine Güte, du bist ja richtig erwachsen geworden. Ein fesches Fräulein.«

»Danke«, erwiderte Emmi höflich. »Ich komme am besten gleich auf den Anlass meines Besuchs zu sprechen, wenn es Ihnen recht ist.«

»Emmi, nun mal nicht so förmlich. Früher war ich der Hansi für dich, und das bin ich auch heut noch. Oder bestehst du darauf, dass ich dich sieze und mit Fräulein Engel anrede?«

Energisch schüttelte Emmi den Kopf. »Nein. Darauf bestehe ich bestimmt nicht!«

»Prima.« Der ehemalige Schuster ihres verstorbenen Vaters nickte zufrieden. »Und was führt dich nun hierher, Emmi?«

»Es geht um die Schusterei meines Vaters. Ich möchte sie dir zur Pacht anbieten.«

Hans Warnecke machte große Augen. »Wie … ähm, ich … ich meine, wie kommst du dazu?«

Emmi holte tief Luft. »Dass Vater verstorben ist, weißt du bestimmt?!«

»Ja, ein wirklich schlimmes Unglück, Emmi«, erwiderte Hans Warnecke betreten. »Mein aufrichtiges Beileid.«

Emmi musste schwer schlucken, um den Kloß in der Kehle loszuwerden, der sie am Weiterreden hindern wollte.

»Danke«, brachte sie mühsam hervor, räusperte sich ein, zwei Mal und fuhr dann mit gefestigterer Stimme fort. »Wie gesagt, ich bin wegen der Schusterei hier. Seit Vaters Tod steht sie leer, was jammerschade ist, denn ich bin mir sicher, dass Vater das nicht gewollt hätte. Mutter hat überlegt, seine Werkzeuge, die Leisten und die noch vorrätigen Materialien zu verkaufen, da ist mir eingefallen, was Vater immer gesagt hat.«

Die rotblonden Augenbrauen des Schusters, der in Emmis Erinnerung noch ein Jungspund gewesen war, doch in der Zwischenzeit längst zu einem stattlichen Mann gereift war, wanderten fragend nach oben. »Was hat er denn gesagt, Emmi?«

»Er hat gemeint, wenn er mal einen Nachfolger bräuchte, dann würde seine Wahl immer auf den Hansi fallen, weil der stets fleißig und sich für keine Arbeit zu schade gewesen sei. Außerdem sei er pfiffig im Kopf und flink mit den Händen.«

»Herr im Himmel«, rief Hansi verblüfft aus. »Das wundert mich doch sehr. Ich dachte immer, dein Vater wäre nicht zufrieden mit meiner Arbeit gewesen, weil er an manchen Tagen so … so …«

Während Hansi noch nach dem richtigen Wort suchte, redete Emmi einfach weiter. »Es wäre jammerschade, wenn Vaters Schusterei für immer geschlossen bleiben müsste. Und was die Pacht angeht, die würde nicht allzu hoch sein. Dafür müsstest du aber Mutter im Laden mitarbeiten lassen. Sie kennt sich gut aus, weil sie Vater auch immer unterstützt hat. Aber daran erinnerst du dich sicherlich noch, oder?«

Tief durchatmend fuhr sich Hansi mit der rechten Hand durch das volle, leicht wellige rotblonde Haar. »Puh, Emmi, ich weiß grade gar nicht, was ich sagen soll. Ich muss auch erst mit meinem Irmchen reden. Ich habe eine gute Anstellung in der Schuhmacherei Jansen unten am Marktplatz. Die Irmchen und ich sind auch gerade erst Eltern geworden und auf meinen sicheren Lohn angewiesen. So eine Selbstständigkeit … hm, ich weiß wirklich nicht, ob ich als Familienvater so ein Risiko eingehen sollte.«

Emmi wurden vor lauter Enttäuschung die Knie weich. »Vaters Schusterei hat immer genügend für uns alle eingebracht. Jetzt müssen die Leute in den umliegenden Dörfern jedes Mal bis nach Hildesheim fahren, wenn sie neue Schuhe brauchen oder ihre alten repariert werden müssen. Gerade für die Älteren in den Dörfern ist das sehr anstrengend. Sie vermissen ihre Schusterei.«

Hansis Stirn kräuselte sich nachdenklich. Emmi konnte ihm ansehen, wie sehr es in ihm arbeitete.

»Eine eigene Schusterei, ich muss zugeben, das wäre wohl mein Traum«, sinnierte er laut. »Aber ich muss zunächst mit Irmchen reden. Und dann möchte ich natürlich auch wissen, was deine Frau Mutter dazu sagt.«

»Mutter würde sich sehr freuen, wenn du Vaters Schusterei pachtest, Hansi«, erklärte Emmi, ohne jemals ein Wort mit Dorothea Engel darüber gewechselt zu haben. Dennoch war Emmi davon überzeugt, dass ihre Mutter begeistert von dieser Lösung sein würde. Bedeutete das doch, dass die Schusterei ihres geliebten Mannes weitergeführt wurde, aber vor allem, dass sie nie wieder einen Fuß über Otto Pahnkes Türschwelle setzen müsste, um ihn um Geld zu bitten.

»Dann grüß bitte die gnädige Frau Engel herzlich von mir und richte ihr aus, dass sie in Bälde von mir hören wird«, versprach Hansi Warnecke.

»Das wird sie freuen«, erklärte Emmi und hoffte inständig, dass sie recht damit hatte und am Ende tatsächlich doch noch alles irgendwie gut werden würde.

SECHS

Lachen, Weinen, Lust und Schmerz
sind Geschwisterkinder.

JOHANN WOLFGANG VON GOETHE,
DEUTSCHER DICHTER UND FORSCHER
(1749–1832)

März 1929

Alles Gute zum Geburtstag, Annilein«, sagte Thea Engel und gab ihrer Tochter einen Kuss auf die Stirn.

»Mutti, bitte nenn mich nicht mehr so. Ich bin jetzt sechzehn Jahre alt. Also erwachsen. Mir wäre es sogar recht, wenn ihr mich ab heute Anna nennen würdet. Das klingt irgendwie reifer.«

Emmi begann zu lachen. »Herrje, Anni, du kommst vielleicht auf Ideen.«

»Mit sechzehn ist man noch längst nicht erwachsen, und ich weiß auch wirklich nicht, warum du dir das so sehr wünschst«, erwiderte Thea Engel kopfschüttelnd.

»Och, Mutti, jetzt sei doch nicht so. Ich will kein dummes Kind mehr sein, sondern ernst genommen werden.«

»Ich ahne, von wem ganz besonders«, neckte Emmi sie. »Er ist blond, hat leichte Segelohren und …«

Anni griff sich eines der Zierkissen vom Sofa, die von der Mutter immer kunstvoll in die jeweiligen Ecken drapiert wurden, und warf es ihrer Schwester an den Kopf. »Sei still!«, verlangte sie empört. »Außerdem stehen Karls Ohren kein bisschen ab.«

»Karl?« Thea Engel musterte sie interessiert. »Welcher Karl?«

Anni bedachte ihre Schwester mit drohenden Blicken. Doch davon ließ sich Emmi nicht abhalten. »Wichmanns Karl, Mutti. Anni schwärmt für ihn.«

»So ein Unfug!«, behauptete Anni empört.

Doch Emmi war nicht zu bremsen. »Unfug, soso, und warum läufst du jedes Mal rot an, sobald der *schöne* Karl auftaucht?!«

Verlegen schlug sich Anni die Hände vors Gesicht und wimmerte darunter: »Ihhh, und so was nennt sich Schwester. Und dann auch noch an meinem Geburtstag. Schäm dich, Emmi, schäm dich bis zum Mond hinauf!«

»Wenn's nicht stimmen würde, dann würde ich das tun, Annilei… ähm, Anna.«

Langsam ließ Anni die Hände wieder sinken. Ihr Gesicht glühte in den grellsten Rottönen, die hellblauen Augen waren nur noch dunkle Schlitze. »Das wirst du bereuen«, krächzte sie, beugte sich blitzartig zu dem ovalen Stubentisch vor und hielt auch schon einen der mit reichlich Sahne gefüllten Windbeutel in der rechten Hand. Bevor Emmi sich wegducken konnte, hatte Anni ihr das süße Teilchen mitten auf die Nase gedrückt. Die puffige Teighülle zerriss, die Sahne quoll heraus und pappte bald überall in Emmis Gesicht.

»Igittigitt«, kreischte Emmi. »Bist du wahnsinnig geworden!«

Lachend ließ sich Anni aufs Sofa zurückfallen, wo sie sich genüsslich die Sahne von den Fingern abschleckte. »Ja, ja, Schwesterherz, Rache ist süüüß!«

»Und du hast dich noch immer in Karl verguckt«, meinte Emmi unter der Sahneschicht und fiel in das ausgelassene Lachen ihrer jüngeren Schwester ein.

»Ihr seid unmöglich«, stellte Thea schmunzelnd fest. »Ganz schreckliche Töchter. Aber ich habe euch trotzdem lieb.«

Nachdem sich alle wieder etwas beruhigt hatten, Emmi sich gewaschen und eine neue Bluse angezogen hatte, bekam Anni von der Mutter noch ein kleines Päckchen überreicht.

»Für dich, mein Kind.«

Annis blaue Augen begannen überrascht zu strahlen. »Noch ein Geschenk? Aber … aber ich habe doch schon den neuen Mantel bekommen, und du hast extra für mich mein Lieblingsgericht, Schinken-Kartoffel-Auflauf, gekocht, den leckeren Kuchen gebacken und die Windbeutel …«

Thea Engel nickte. »Ja, und jetzt habe ich noch etwas für dich, Anni.«

Mit vor Aufregung zittrigen Fingern fummelte Anni das rote Schleifenband von dem kleinen Päckchen und gab sich dann die größte Mühe, das feine Seidenpapier, in das das Geschenk gehüllt war, bloß nicht an irgendeiner Stelle einzureißen.

»Oh mein Gott«, hauchte sie schließlich vollkommen verzückt, als sie die Schachtel geöffnet hatte und die silberne Kette mit dem kleinen ovalen Bernsteinanhänger darin entdeckte. »Wie wunderschön! Wie wunderwunderschön …« Freudentränen stiegen ihr in die Augen. »So etwas Schönes habe ich noch nie besessen.« Doch dann wurde sie plötzlich ernst und fragte: »Aber, Mutti, können wir uns so ein teures Geschenk überhaupt leisten? Du sagst doch immer, dass das Geld aus der Pacht und das bisschen, was Hansi dir zahlen kann, gerade so reicht, dass wir über die Runden kommen. Die Kette hat bestimmt ein Vermögen gekostet und …«

»Hat sie nicht, Annilein, sie ist ein Erbstück von deiner Großmutter Wilhelmine.«

»Vatis Mutter?«, wisperte Anni.

Thea nickte. »Ja.«

»Aber … aber dann hätte Emmi sie doch eigentlich bekommen müssen. Sie ist schließlich die Ältere.«

Emmi nahm die Hand ihrer Schwester und drückte sie liebevoll. »Du weißt doch, dass ich mir nicht so viel aus Schmuck mache. Nein, Mutti hat schon recht damit, sie dir zu geben.«

»Vater hat es so gewollt«, fügte Thea Engel hinzu.

Nun verstand Anni überhaupt nichts mehr. »Vater? Wann hat er das denn gesagt? Und warum? Ich versteh das alles nicht.« Sie atmete geräuschvoll aus. »Auch wenn ich mich natürlich kolossal über die Kette freue.«

»Es gab nicht viel, was Vaters Eltern ihren Kindern hätten vermachen können. Nur ein paar wenige Schmuckstücke, die aber fast alle bei Friedhelm gelandet sind«, erklärte Thea Engel nun ihren Töchtern. »Die Bernsteinkette war eines der liebsten Schmuckstücke eurer Großmutter Wilhelmine. Vater hat sich immer gewünscht, dass du sie eines Tages bekommen würdest, Anni, wenn du alt genug dafür bist.«

Anni begann zu weinen. Vor Rührung. Aus Freude. Aber vor allem um den Vater, der nun schon seit fast zwei Jahren nicht mehr bei ihnen war. Zwei Jahre, in denen sie manchmal mehr schlecht als recht über die Runden gekommen waren, aber nie den Mut und die Zuversicht verloren hatten. Während Emmi noch weiter zur Schule gehen würde, mit dem Ziel, das Abitur zu machen, würde Anni demnächst die Volksschule verlassen und in einem großen Modehaus ihre Lehrstelle zur Verkäuferin antreten. Thea Engel hätte es gerne gesehen, wenn Anni ihrer Schwester nacheiferte, doch Anni hatte keine Lust mehr auf die öde Lernerei und freute sich darauf, bald in dem schicken Modehaus arbeiten zu dürfen. Die vielen schönen Dinge, von denen sie dort umgeben war, und die eleganten Leute, die in das vornehme Geschäft zum Einkaufen kamen, Anni konnte es kaum noch erwarten, das alles endlich hautnah erleben zu dürfen.

Die Schusterwerkstatt war bis vor Kurzem noch zu Hansi Warneckes vollster Zufriedenheit gelaufen. Doch seit dem frühen Frühjahr bekam der inzwischen zweifache Familienvater die steigenden Arbeitslosenzahlen zu spüren. Das Geld saß bei seiner Kundschaft längst nicht mehr so locker, so dass er zwar viele Schuhe zum Besohlen und für andere Reparaturen gebracht bekam, aber es kaum noch Kunden gab, die sich von Hand angefertigte Schuhe leisten konnten.

Emmi hatte ihm mehrfach Mut gemacht. Sie war sich sicher, dass die kleine Flaute bald wieder vorbei sein würde und Hansi dann wieder beruhigt schlafen könnte. Außerdem war ihr eingefallen, was ihr Vater früher häufig gesagt hatte: Ein Schuster wird immer gebraucht. Niemand läuft gern barfuß herum!

»Emmi, für dich habe ich auch noch etwas«, sagte Thea Engel.

Emmi beobachtete verwundert, wie ihre Mutter ein etwas größeres, ebenso in helles Seidenpapier mit rotem Schleifenband eingeschlagenes Päckchen hinter dem Rücken hervorholte und es ihr über den Tisch hinweg reichte.

»Aber warum? Ich habe doch nicht Geburtstag!«

»Ich finde den Zeitpunkt trotzdem richtig gewählt.« Thea Engel lächelte geheimnisvoll. »Deine Zeit wird immer kostbarer, weil du so viel davon mit Lernen verbringst. Ein Blick auf die Uhr kann dir vielleicht hier und da mal zu Ruhezeiten verhelfen. Zum Innehalten und Durchatmen, meine kluge große Tochter.«

»Mutti, wovon redest du eigentlich?« Anni war ebenso ratlos wie ihre Schwester Emmi.

»Pack es aus!«, forderte Thea Emmi auf. »Dann erfahrt ihr es.«

Wenige Momente später hielt Emmi die goldene Taschenuhr ihres verstorbenen Vaters in den Händen, die wiederum einst seinem Vater gehört hatte.

»Vaters Uhr«, hauchte Emmi zutiefst bewegt. »Du schenkst mir Vaters Uhr?«

Thea nickte. »Auch das war sein Wunsch, und heute hat es sich für mich so angefühlt, als sollte ich einigen seiner Wünsche unbedingt nachkommen.«

»Danke, Mutti, ich danke dir von Herzen«, sagte Emmi mit belegter Stimme, während ihr rechter Daumen sanft über das gläserne Ziffernblatt der goldenen Taschenuhr strich. »Und dir auch, Vati«, fügte sie etwas leiser hinzu. »Ich verspreche dir, dass ich deine Uhr wie meinen größten Schatz hüten werde.«

»Und ich die schöne Kette von Großmutter Wilhelmine, Vati«, rief Anni und musste schon wieder weinen.

Anfang Mai sollte in Hildesheim das traditionelle Frühlingsfest veranstaltet werden. Durch den Krieg und so manch schwierige Umstände der Nachkriegszeit war das Fest viele Jahre ausgesetzt worden, doch seit vorletztem Jahr fand es nun endlich wieder statt. Die gegen Ende des 18. Jahrhunderts ursprünglich als Kinder- und Volksfest der Schulen entstandene Veranstaltung war weit über die Stadtgrenzen Hildesheims bekannt und beliebt. Ursprünglich hatte das Fest am frühen Sonntagnachmittag mit einem fröhlichen Umzug der Schulen und Vereine begonnen. Weitergegangen war es dann mit der feierlichen Eröffnung im großen Festsaal des Gasthofes *Zur Linde*, der sich unterhaltsame Vorführungen von Schulklassen sowie einigen Erwachsenengruppen anschlossen. Es wurde gesungen, musiziert, getanzt und manchmal sogar gezaubert. Sobald das offizielle Programm beendet war, zog es die Familien zu den Ständen, die auf dem Platz vor dem Gasthof aufgebaut waren. Während die Kinder beim Karussellfahren großen Spaß hatten, genossen die Erwachsenen die vielen Speisen und Getränke, die an den Ständen angeboten wurden. Seit dem letzten Jahr hatte man dem Programm des Frühlingsfestes am Samstagabend noch eine Tanzveranstaltung hinzugefügt.

Anni hatte der Mutter schon eine geraume Weile damit in den Ohren gelegen, dass sie bitte an dem Tanzvergnügen teilnehmen dürfte. Doch erst als ihr Schustereipächter Hansi Warnecke großzügig angeboten hatte, dass er und seine Frau Irmchen Anni mit zu dem Tanzabend nehmen könnten und sie dann auch in der Wohnung des Ehepaares übernachten dürfte, hatte Thea Engel eingelenkt. Allerdings unter einer Bedingung: Emmi musste ebenfalls mitgehen.

»Ich hätte ein schlechtes Gewissen, wenn der Hansi und seine Irmchen den ganzen Abend damit beschäftigt sind, auf unseren Wirbelwind Anni aufzupassen, statt sich selbst mal ein bisschen zu amüsieren«, lautete ihre Begründung Emmi gegenüber dafür.

»Aber, Mutti, du weißt doch, dass ich mir nichts aus solchen Veranstaltungen mache.« Emmi wollte wirklich nicht dorthin gehen. Tanzen, nein, so etwas war nichts für sie, und außerdem gehörten doch bekanntlich zwei dazu; ein Mann, der sie dazu aufforderte, und sie. Wer nun dieser Mann sein sollte, war

Emmi ein Rätsel, sie kannte nämlich keine jungen Männer, von denen sie sich zum Tanzen auffordern lassen wollte. Viel lieber hätte sie die Zeit fürs Lernen genutzt, als im Festsaal herumzustehen, sich dabei unwohl zu fühlen und obendrein Anni nicht aus den Augen zu verlieren.

Doch Thea Engel hatte weiter darauf bestanden: »Entweder ihr geht beide oder keine von euch!«

Nun konnte Emmi nur noch Ja sagen. Sich Annis Wünschen zu widersetzen gelang selten, erforderte viel Zeit und Kraft, die ihr dann doppelt und dreifach zum Lernen fehlte.

Am Samstagmorgen bereute Emmi aber dann zutiefst, dass sie wieder einmal nachgegeben hatte. Anni trieb sie beinah in den Wahnsinn mit ihrem aufgeregten Geplapper und ihrer fast schon hysterischen Vorfreude auf das Tanzvergnügen. Hinzu kam, dass Anni sich einfach nicht entscheiden konnte, ob sie nun das geblümte Kleid mit dem weißen Rüschenkragen anziehen sollte oder lieber das hellblaue mit dem V-Ausschnitt oder vielleicht doch das zartrosafarbene mit dem weich fallenden Glockenrock. Immer wieder kleidete sie sich um und verlangte von Emmi, ihr doch endlich zu sagen, in welchem der drei Kleider sie am hübschesten aussah.

»Anni, du siehst in jedem wunderbar aus«, erklärte Emmi zum wiederholten Male. »Und jetzt sei bitte so freundlich und lass mich in Ruhe weiterlernen.«

Anni zog beleidigt eine Grimasse. »Warum bist du denn gleich so ruppig? Ich habe dich doch nur nach deiner Meinung gefragt.«

Innerlich atmete Emmi tief durch. Jetzt bloß keinen Streit mit Emmi anzetteln. Dann könnte sie ihre Lernunterlagen für heute zur Seite legen. So viel war gewiss.

Also gab sie, so geduldig wie es ihr nur möglich war, zurück: »Entschuldige bitte, dass ich so ruppig war. Aber ich kann mich gerade wirklich nicht für Kleider, passende Schuhe und Handtaschen begeistern, weil ich am Dienstag eine wichtige Klausur schreibe und ich die Zeit nutzen muss, um mich bestmöglich darauf vorzubereiten.«

»Immer nur lernen, lernen, lernen …«, mäkelte Anni. »Wo bleiben denn da der Spaß am Leben und die Vorfreude auf das Tanzvergnügen? Nein, Emmi, ich muss dir wirklich sagen, dass du es übertreibst. Außerdem hast du mir noch immer nicht gesagt, was für ein Kleid *du* eigentlich anziehen wirst. Ich meine, es wäre doch schon wichtig, dass wir uns ein bisschen abstimmen.«

»Ich werde mein schwarzes Kleid mit der weißen Schluppe anziehen.«

Entsetzt riss Anni die Augen auf. »Was? Dein Kleid für den Gottesdienst! Aber Emmi, so kannst du nicht zu einem Tanzvergnügen gehen. Das Kleid ist doch viel zu bieder. Darin wirst du bestimmt niemandem auffallen und dann auch nicht zum Tanzen aufgefordert werden.«

»Unsinn.« Emmi winkte ab. »Ich finde es für den Anlass sehr passend.« Und in Gedanken fügte sie hinzu: Und tanzen möchte ich sowieso nicht!

»Nein, Schwesterchen«, energisch schüttelte Anni die honigblonden Locken, »wir gehen jetzt hoch in unsere Kammer und suchen im Schrank nach einem schöneren Kleid für dich. Wofür hat Mutti uns denn so viele Kleider, Blusen und Röcke genäht, wenn sie nur im Schrank bei den Mottenkugeln herumhängen?«

»Anni, ich muss wirklich lernen!«

Doch Anni blieb stur. »Erst das Kleid!«

Resignierend klappte Emmi schließlich ihr Lehrbuch zu. Sie legte es ganz oben auf den Stapel der anderen Bücher und Mäppchen und erhob sich mit einem tiefen Seufzen vom Küchentisch.

Die Suche nach den richtigen Kleidern gestaltete sich zu Emmis Leid außerordentlich problematisch und langatmig. An Emmi lag das wahrlich nicht, sie entschied sich recht schnell für das dunkelgrüne Hemdblusenkleid mit langer weißer Knopfleiste. Auf ihrer Seite des schlichten Holzkleiderschrankes hatte sich ansonsten kein Kleidungsstück finden lassen, mit dem Anni einverstanden war.

»Wir müssen Mutti unbedingt bitten, dir ein paar schickere Kleider zu nähen. Es gibt doch jetzt so feine Stoffe zu kaufen«, fand Anni.

Emmi nickte, aber eigentlich nur des Friedens wegen. Sie benötigte keine schickeren Kleider für derartige Veranstaltungen wie dieses Tanzvergnügen. Zudem hatten sie dafür auch wahrlich kein Geld übrig.

Anni hingegen konnte sich noch immer nicht zwischen dem altrosafarbenen Stiftkleid mit halbem Arm und dem geblümten Chiffonkleid mit langer Schuppe und weit fallendem Glockenrock entscheiden. Das eine ließ sie ihrer Meinung nach zu jung erscheinen, das andere zu brav. Emmi fand, dass das auch gut sei. Immerhin war ihre Schwester blutjung und sollte sich deshalb auch redlich kleiden. Am Ende fiel die Wahl auf ein völlig anderes Kleid, eines, das sie zu Beginn der ewig währenden Anprobe als überhaupt nicht infrage kommend direkt beiseitegelegt hatte. Doch als Thea Engel sich irgendwann zu ihren Töchtern hinauf in die Kammer begab, nahm sie genau dieses locker fallende Kleid im Marinelook in die Hand und reichte es Anni.

»Nein, Mutti, das ist viel zu weit. Das hängt an mir wie ein Kartoffelsack. Und dieses Dunkelblau lässt mich viel zu blass erscheinen.«

Doch Thea blieb dabei. »Das Kleid ist mir gerade recht so. Du bist zu jung, Anni, um bei solch einem Tanzvergnügen ein Kleid zu tragen, das deine doch noch recht jungen Rundungen und Kurven zur Geltung bringt.«

»Aber …«

»Kein Aber. Entweder dieses Kleid, oder du bleibst daheim.«

Anni schmollte noch eine ganze lange Weile, doch letztendlich musste sie sich fügen, wenn sie den Abend nicht oben in ihrer Kammer verbringen wollte.

Um fünf Uhr am Nachmittag war es dann endlich so weit. Die Schwestern schoben ihre Räder aus dem kleinen Schuppen neben der Schusterwerkstatt und versprachen der Mutter noch einmal hoch und heilig, dass sie sich benehmen und spätestens um zehn Uhr die Tanzveranstaltung verlassen würden. Hansi und Irmchen Warneckes Nachbarin hatte sich angeboten, auf die beiden kleinen Jungen aufzupassen. Sie würde auch darüber wachen, dass die Engel-Schwestern zur vereinbarten Zeit heimkämen. Auch wenn Thea Engel ihren Töchtern vertraute, wollte sie dennoch nichts dem Zufall überlassen.

Während der dreiviertelstündigen Fahrt mit dem Rad plapperte Anni ununterbrochen, so dass sie am Haus der Warneckes vollkommen außer Atem war.

»Ich muss mich unbedingt bei Hansi etwas frisch machen«, keuchte Anni atemlos, während sie sich mit beiden Händen Luft zuwedelte. »Außerdem habe ich schrecklichen Durst.«

»Dann hättest du nicht so viel schwatzen dürfen«, tadelte Emmi sie. Ihr war es unangenehm, die Gastfreundschaft der Warneckes mehr als unvermeidbar in Anspruch zu nehmen.

Doch Anni war anderer Meinung, sie fand, dass ihre Schwester sich mal wieder unnötig zierte. »Was ist daran denn bitte ungehörig? Läuten müssen wir sowieso, weil wir doch gemeinsam zu dem Tanzvergnügen gehen. Und ein Glas Wasser werden die Warneckes wohl noch entbehren können.«

»Ich möchte ihnen aber keine Umstände bereiten, Anni. Es ist nicht selbstverständlich, dass sie uns bei sich übernachten lassen.«

»Ich werde mich artig dafür bedanken«, erklärte Anni mit hörbarem Spott in der Stimme.

Bevor Emmi noch etwas einwenden konnte, hatte ihre Schwester den Finger bereits auf den Klingelknopf gelegt. So prompt, als hätte Irmchen Warnecke direkt hinter der Tür gestanden, wurde den Schwestern geöffnet.

»Guten Tag und willkommen«, rief Irmchen Warnecke und strahlte dabei über das ganze Gesicht.

Anni und Emmi erwiderten den Gruß und bedankten sich artig für die Gastfreundschaft.

»Aber gerne doch. Ich bin für jede Ablenkung dankbar«, erklärte Irmchen und rollte dabei vielsagend mit den braunen Augen. »Den ganzen Tag mit den zwei kleinen Buben hier in der doch recht beengten Wohnung zu verbringen, da kann einem schon mal die Decke auf den Kopf fallen.«

Emmi nickte verstehend, auch wenn sie keinerlei Vorstellung vom Tagesablauf der jungen Mutter hatte.

Wie auf Kommando fing in einem der Zimmer im hinteren Teil der Wohnung ein Kind jämmerlich zu weinen an. Irmchen schnaufte, wandte sich um und rief den Schwestern im Weggehen zu, dass sie bitte eintreten sollten. »Ich sehe schnell nach den Buben.«

»Irmchen ist doch wirklich nett«, fand Anni, »und hat bestimmt nichts dagegen, wenn ich mich kurz frisch mache und sie um ein Glas Wasser bitte.«

»Du hast aber auch bemerkt, wie viel sie zu tun hat, Anni, ja?«

Anni ignorierte den leisen Vorwurf in Emmis Stimme einfach. Stattdessen rückte sie nah an ihre Schwester und sagte im Flüsterton: »Aber sie kommt mir noch so schrecklich jung vor. Kaum älter als du, Emmi, und sie hat bereits zwei Jungen.

Himmel, das würde mir nicht einfallen, so jung schon Mutter zu werden.«

Vorwurfsvoll hielt Emmi ihr vor: »Das ist ihre Angelegenheit, Anni, und geht uns gewiss nichts an.«

Anni begann langsam den Kopf zu schütteln. Dabei wanderten ihre Mundwinkel beleidigt nach unten. »Emmi, ich habe es fürwahr nicht leicht mit dir. Den ganzen Tag bist du schlecht gelaunt und schimpfst unentwegt mit mir. Wenn es dir doch so ein schrecklicher Gräuel ist, zu dem Tanzvergnügen zu gehen, dann frage ich mich, warum du überhaupt mitgekommen bist?«

Emmi meinte, sich verhört zu haben. Ihre Schwester konnte doch unmöglich vergessen haben, dass das nicht ihre Idee gewesen war.

»Anni, du erinnerst dich aber doch wohl noch daran, dass Mutti es so gewollt hat?« Ihre Stimme hatte einen beißenden Unterton, was zur Folge hatte, dass sich Annis himmelblaue Augen mit Tränen füllten.

»Wenn ich geahnt hätte, wie schlimm das für dich ist, dann wäre ich lieber daheim geblieben. Das wäre allemal besser gewesen, als mich die ganze Zeit von dir ausschimpfen zu lassen«, beklagte sie sich.

Das schlechte Gewissen brach wie eine große Welle über Emmi herein. Ihre Schwester hatte recht, es war nicht richtig von ihr, sie so anzugehen und ihr damit jegliche Vorfreude auf das Fest zu verderben. Und das nur, weil sie so wenig Interesse an diesem Tanzvergnügen hatte.

Versöhnlich wollte sie nach Annis Hand greifen, als es gegen die Tür klopfte.

»Könnt ihr bitte aufmachen?«, rief Irmchen ihnen zu. »Das wird die Nachbarin sein, die auf die Buben aufpasst.«

Eine ältere, ziemlich rundliche Frau mit wachen Augen und freundlichem Lächeln bedankte sich bei Emmi, die ihr geöffnet hatte, und eilte dann direkt zu Irmchen und den beiden Jungen weiter, die noch immer hörbar nörgelig waren.

»Was bin ich froh, dass du endlich da bist, Elfriede«, hörten die Schwestern die junge Mutter erleichtert aufatmen. »Das Fritzchen ist schon den ganzen Tag unleidlich. Ich weiß mir bald keinen Rat mehr.«

»Jetzt bin ich ja da, Kindchen«, antwortete die Nachbarin mit gütiger Stimme. »Und du gehst dich nun prächtig mit deinen beiden Freundinnen amüsieren.«

Irmchens Lachen klang erlöst. »Ja, ich freue mich wirklich sehr darauf. Es kommt mir wie eine Ewigkeit vor, seit ich das letzte Mal ausgegangen bin.«

»Dann, Irmchen, worauf wartest du noch?«

»Der Hansi ist ja noch nicht daheim. Ohne männliche Begleitung schickt es sich nicht …«

»Papperlapapp«, wurde sie von der rigorosen Nachbarin unterbrochen. »Die Frauen in den Großstädten, das habe ich gerade erst gelesen, gehen auch ohne Begleitung aus. In Berlin sind die ganz verrückt, da können die Herren nur noch staunen …«

Doch dazu musste es zu Irmchens Erleichterung dann doch

nicht kommen, wenige Augenblicke später wurde von draußen ein Schlüssel ins Schloss gesteckt, und jemand trat in die Wohnung ein.

»Liebster, bist du das?«, rief Irmchen aus dem Zimmer der Buben.

»Ja!«, gab Hansi Warnecke atemlos zurück, woraufhin Irmchen in den engen Flur geeilt kam. Sie stieß einen spitzen Jubelschrei aus, fiel ihrem Hansi um den Hals und gab ihm einen schmatzenden Kuss mitten auf den Mund.

Anni kicherte verlegen, was Emmi dazu veranlasste, ihr den Ellbogen in die Seite zu knuffen, obwohl ihr die Situation nicht weniger unangenehm war.

»Ich wechsele nur schnell das Hemd und wasche mir das Gesicht. Dann können wir losgehen«, erklärte Hansi Warnecke und lächelte seine Frau liebevoll an.

Das junge Ehepaar verschwand in einer Kammer, wohl der Schlafkammer der beiden.

»Hm, vielleicht ist es doch gar nicht so verkehrt, sich früh zu verheiraten«, sinnierte Anni und hatte auf einmal einen ganz verklärten Gesichtsausdruck. »Wenn einem die große Liebe begegnet – warum sollte man dann noch länger warten?«

Erneut knuffte Emmi ihrer Schwester den Ellbogen in die Seite. »Spinnst du denn? Und falls du denkst, Karl Wichmann sei derjenige, welcher, dann kann ich nur den Kopf über dich schütteln und feststellen, dass du wirklich noch ein Kind bist.«

»Hach«, machte Anni genervt. »Was weißt du denn schon von der Liebe?«

Irmchen trat auf den Flur, was Emmi eine Antwort ersparte. Sie trug jetzt ein festliches beigefarbenes Chiffonkleid, das ihre zarte Figur weich umspielte, so dass man nicht vermutet hätte, sie wäre bereits zweifache Mutter. Das dunkle Haar hatte sie sich in aller Eile hergerichtet und auch etwas mehr Make-up aufgetragen. So zurechtgemacht wirkte sie nun doch wesentlich älter, als die Schwestern angenommen hatten.

»Du siehst wunderschön aus, mein Engel«, schwärmte Hansi, als er sie kurz darauf zu Gesicht bekam. Er hatte sich ebenfalls umgezogen, trug unter seinem dreiteiligen dunkelgrauen Anzug ein blütenweißes Hemd und eine schwarze Fliege. Die lackschwarzen Schuhe waren von ihm höchstpersönlich gefertigt worden. Emmi wusste, dass er davon träumte, eine eigene Herrenschuhkollektion zu entwerfen. Leider mangelte es ihm in der dörflichen Umgebung seiner Schusterei an der passenden Kundschaft für derart exklusive Modelle.

»Wir sind hier *die Engel*«, rief Anni vorlaut und lachte.

»Anni! Benimm dich!«, zischte Emmi ihr zu.

Doch Irmchen und Hansi fanden ihren Einwand amüsant und fielen in ihr Lachen ein.

»Siehst du, alle haben gute Laune, und du tätest gut daran, sie uns nicht zu verderben«, hielt Anni ihr vor, als sie wenige Augenblicke später die kleine Wohnung der Warneckes verließen. »Dumm genug, dass ich deinetwegen jetzt verschwitzt und durstig zu dem Tanzvergnügen gehen muss.«

SIEBEN

Schwestern sind unterschiedliche Blumen
aus demselben Garten.

Schon von Weitem konnten sie die Musik und gedämpftes Stimmengewirr hören. Das sanfte Leuchten der bunten Lichtergirlanden, die um die Dächer der Stände gespannt waren, verlieh ihnen in der leichten Dämmerung einen ganz besonderen Glanz.

Während Anni neben ihr immer unruhiger vor Aufregung und Vorfreude wurde, verspürte Emmi eine unangenehme Anspannung. Am liebsten hätte sie auf dem Absatz kehrtgemacht.

Zwei elegant gekleidete Paare, die Frauen in glamourösen Abendkleidern, bestickten Hüten und hochhackigen Schuhen, die Herren in dunkelblauen Nadelstreifenanzügen und auf Hochglanz polierten schwarzen Schuhen, überholten sie lachend und plaudernd, zogen schwungvoll die Gasthaustür auf, um hineinzugehen. Schnell huschten die Warneckes und die Schwestern hinterher.

Warme, stickige Luft schlug ihnen entgegen, die laute Musik der fünfköpfigen Tanzkapelle dröhnte ihnen in den Ohren.

An dem langen halbrunden Tresen standen elegant gekleidete Männer in Gruppen zusammen, tranken Bier, rauchten und schienen bereits bester Laune und Stimmung zu sein. Obwohl das Tanzvergnügen noch nicht lange im Gange war, befanden sich schon mehrere Paare auf der Tanzfläche direkt vor der kleinen Bühne und bewegten sich ausgelassen zu den, wie Emmi fand, ziemlich wilden Klängen. Anni bekam den Mund kaum noch zu, als ihr Blick auf die dunkelhaarige Sängerin fiel, die in einem hautengen weißen Kleid und spitzen, hochhackigen silbernen Schuhen aufreißend ihre Hüften schwang.

»Sieh dir das nur an, Emmi«, krächzte sie mit einer Mischung aus Begeisterung und Scham. »Und ich trage ein dunkelblaues Sackkleid. Wie unangenehm, wie schrecklich peinlich … wie kindisch!«

Emmi verkniff sich einen bissigen Kommentar, der da lauten würde, dass ihrer Meinung nach die Sängerin diejenige sei, die sich gefälligst schämen sollte. Wie sie mit ihren nicht übersehbaren Rundungen kokettierte, war mehr als anzüglich, gehörte fast schon verboten.

Schweigend folgten die Schwestern Hansi und Irmchen Warnecke, die zielstrebig auf einen Tisch an der hinteren linken Wand zusteuerten. Sie nahmen auf den schlichten Holzstühlen Platz, und während Emmi den Blick kaum heben mochte, sah sich Anni mit begeisterten Augen um.

»Was hier schon los ist!« Anni kam aus dem Staunen kaum noch heraus. »Und wie elegant alle gekleidet sind. Die Damen mit ihren modernen Kurzhaarfrisuren und den glitzernden Stirnbändern und Federn, und erst diese schwingenden Kleider, die leichten Stoffe …«, Anni schnaufte verdrießlich, »… und meine Haare sind zu zwei Schnecken gedreht, und ich sehe in diesem schrecklichen Kleid wie ein kleines dummes Mädchen vom Dorf, wie eine Kartoffel aus.«

»Du kommst vom Dorf, wofür du dich gewiss nicht schämen musst«, erinnerte Emmi sie. »Und dein Kleid ist wahrlich nicht schrecklich und hat gewiss nichts von einer Kartoffel an sich.«

Doch auch Emmi fühlte sich zwischen all den modern gekleideten Tanzvergnügten fehl am Platz und war heilfroh, dass Hansi einen Tisch gewählt hatte, der sich im hinteren Teil des Festsaals befand, so dass sie nicht wie auf dem Präsentierteller dasitzen mussten. Doch das würde sie gewiss nicht zugeben. Vor allem Anni gegenüber nicht.

Ein neues Musikstück wurde gespielt. Lebhaft und fröhlich gaben die beiden Trompeter den Takt vor. Die Sängerin kreiste nun noch schneller und ausufernder mit den Hüften.

»Sie spielen einen Charleston«, rief Irmchen begeistert und sah ihren Mann auffordernd an.

Hansi war nicht ganz so begeistert wie seine junge Ehefrau. »Wir sind doch gerade erst angekommen.«

Schmollend schob Irmchen die Unterlippe vor. »Und ich habe eine halbe Ewigkeit nicht mehr getanzt.«

Schließlich gab Hansi nach und führte sein über das ganze Gesicht strahlendes Irmchen auf die Tanzfläche.

»Sieh dir das an, Emmi«, japste Anni, als bekäme sie keine Luft mehr. »Wie die alle tanzen! So wild und schnell, und wie sie ihre Knie beugen und dabei die Fersen drehen. Und wie die Röcke der Frauen schwingen, und die Männer, wie sie die Frauen herumwirbeln und dabei nicht ins Straucheln geraten. Ich wünschte, ich könnte das auch.«

Bemüht gleichgültig zuckte Emmi die Achseln. »Ich bin gespannt, wann das erste Paar zu Boden stürzt, so wie die sich aufführen.«

Kopfschüttelnd sah Anni sie an. »Jetzt sei doch nicht gleich wieder so eine Spaßverderberin. Ich würde jedenfalls nur zu gern so tanzen können. Charleston hat Irmchen diesen Tanz und die Musik genannt. Wenn wir wieder zu Hause sind, dann werden wir beide üben, bis wir das auch so hinbekommen.«

»Sicherlich nicht«, gab Emmi verächtlich zurück.

Doch Anni knuffte ihr augenzwinkernd gegen den Arm. »Weißt du, Emmichen, tu du nur immer so, als würdest du dir aus alldem nichts machen und dass deine Lehrbücher dir sowieso wichtiger sind. Aber mir kannst du nichts vormachen, und darum weiß ich auch ganz genau, dass du nur immer die Spröde spielst. In Wirklichkeit möchtest du das auch alles können und endlich mal ein bisschen Spaß haben.«

Emmi wollte gerade etwas erwidern, nämlich dass Anni Unsinn redete, als eine junge Frau mit weißer Bluse, schwarzem Rock und weißer Schürze vor ihrem Tisch stehen blieb. Sie trug ein Tablett, auf dem zwei Gläser mit einer prickelnden, goldig schimmernden Flüssigkeit standen.

»Bitte schön, die Fräuleins«, sagte sie und wollte die Gläser vor Emmi und Anni auf dem Tisch abstellen.

»Da muss ein Irrtum vorliegen, wir haben nichts bestellt«, sagte Emmi zu der jungen Kellnerin.

Das Mädchen lächelte. »Die hat der Herr dort drüben Ihnen ausgegeben«, klärte es die Schwestern auf.

Während Anni begeistert wisperte: »Ist da etwa Alkohol drin?«, folgte Emmi dem Blick des jungen Serviermädchens. Ein blonder, hochgewachsener Mann im schicken nachtblauen Dreiteiler und schwarzer Fliege, der im Kreis einer der Herrengruppen am Ausschanktresen lehnte, hob sein Bierglas und prostete Emmi mit einem gewinnenden Lächeln zu.

Emmi schoss die Röte ins Gesicht. Schnell wandte sie den Blick ab und sagte zu dem Servierfräulein: »Nein, danke.«

Dieses sah sie erstaunt an. »Wie bitte?«

»Sie können die Gläser gleich wieder mitnehmen, weil wir beide keinen Alkohol trinken.«

Überrascht kam das Servierfräulein Emmis Aufforderung nach, während Anni sich ärgerlich bei ihrer Schwester beschwerte. »Was soll das denn, Emmi? Du kannst doch die Getränke nicht wieder zurückgehen lassen. Das ist unhöflich. Außerdem habe ich schrecklichen Durst.«

»Ungehörig ist es, zwei jungen Fräuleins unaufgefordert Alkohol an den Tisch bringen zu lassen«, gab Emmi leicht aufbrausend zurück.

Das Servierfräulein entfernte sich schulterzuckend vom Tisch, ging zu dem eleganten Herrn am Tresen und sprach zu ihm. Daraufhin blickte er zu den Schwestern und hob entschuldigend die Hände.

»Emmi, wie konntest du nur? Nicht nur, dass wir wie die dümmsten Dorfmädchen aussehen, jetzt benehmen wir uns auch noch so. Das ist so unerträglich. Ich wünschte, wir wären niemals hierhergekommen.«

»Ich kann Hansi Bescheid geben, dass wir wieder gehen möchten«, schlug Emmi ihrer Schwester ungerührt vor.

»Und Hansi und seinem armen Irmchen den Abend verderben. Das würde zu dir passen, du … du Miesepeterin«, knurrte Anni. »Schäm dich, Emmi.«

Kaum hatte Anni zu Ende gesprochen, da setzte der blondhaarige Mann sich in Bewegung. Emmi stockte der Atem, als sie begriff, dass er direkt auf ihren Tisch zusteuerte.

»Emmi … er … er kommt zu uns«, krächzte Anni aufgeregt. »Bestimmt ist er ärgerlich, dass wir die Getränke nicht angenommen haben.«

»Unsinn«, zischte Emmi. »Er kann uns schließlich nicht zwingen, und wir haben ihn erst recht nicht darum gebeten.« Aber so sicher und entschlossen, wie sie sich der Schwester gegenüber gab, war sie längst nicht. Emmi kannte sich im Grunde noch weniger mit dem anderen Geschlecht aus als ihre zwei Jahre jüngere Schwester. Vielleicht lag es daran, dass die Jünglinge im Dorf und der näheren Umgebung allesamt nicht richtig hingeguckt hatten. Im Gegensatz zu der quirligen Anni mit ihren honigblonden Locken, den strahlend blauen Augen und der heiteren, ja fast schon überschäumenden Art, waren Emmis Anmut und Liebreiz nicht gleich für jeden erkennbar, ihre Schönheit viel zurückhaltender. Hinzu kam, dass die jungen Burschen im Dorf sich von ihrer Klugheit verunsichern ließen und ihren geraden Rücken, das leicht erhobene Kinn und den oftmals skeptischen Blick mit Arroganz verwechselten und Emmi für viel selbstbewusster hielten, als sie es in Wirklichkeit war.

»Verzeihen Sie bitte, gnädige Fräuleins, wenn ich Ihnen mit meiner Einladung, etwas zu trinken, zu nahe getreten bin. Das war gewiss nicht meine Absicht«, sprach der blondhaarige Mann mit angenehmer Stimme zu ihnen.

Anni kicherte albern. Emmi rang nach den richtigen Worten, beschloss dann aber, dass nichts zu sagen der Situation angemessener wäre.

»Um Himmels willen«, rief der Mann nun aus. »Ich weiß nicht, was in mich gefahren ist. Es muss ihr liebreizender Anblick sein, dass mir solch ein Fauxpas unterläuft, meine Fräuleins. Ich habe versäumt, mich Ihnen vorzustellen.« Er deutete eine leichte Verbeugung an, bevor er sagte: »Mein Name ist Franz-Josef Burkhard, und ich bin überaus verzückt, Ihre Bekanntschaft zu machen.«

»Wir auch«, prustete Anni los, und nun war es vollends um ihre Beherrschung geschehen.

»Anni«, zischte Emmi vorwurfsvoll. »Führ dich doch nicht so albern auf.«

»Aber lassen Sie sie doch, verehrtes Fräulein, ich finde es ganz und gar entzückend. Darf ich vielleicht auch erfahren, mit wem ich das Vergnügen habe?«

»Wir sind die Engel-Schwestern. Ich bin die Anni, und das ist Emmi«, rief Anni, noch bevor Emmi ihr unter dem Tisch auf den Fuß treten konnte, damit sie bloß den Mund hielt.

»Wie überaus passend«, nahm Franz-Josef Burkhard dankbar den Ball an, den Anni ihm gerade – wie Emmi fand – überaus schamlos zugeworfen hatte. »Sie haben mich auch sofort an zwei Engel erinnert. Ein blonder und ein brünetter Engel.«

»Sie sind mir vielleicht ein Charmeur«, erwiderte Anni kichernd, was Franz-Josef Burkhard zum Anlass nahm, sich zu ihnen an den Tisch zu setzen.

Mit einem leisen Anflug von Panik zerbrach sich Emmi den Kopf darüber, wie sie ihn davon abhalten könnte, ohne gleich allzu unhöflich werden zu müssen.

Hilfe suchend blickte sie zu Hansi und Irmchen Warnecke, die aber leider im wild tanzenden Gewirr der Paare nicht auszumachen waren. Es wurde noch immer Charleston getanzt, was die Frauen und Männer anscheinend alles um sich herum vergessen ließ. Ansonsten wäre Hansi längst zum Tisch zurückgekommen, war sich Emmi sicher, und hätte diesen aufdringlichen Herrn Burkhard fortgeschickt. Der Mann war sicherlich schon in den Dreißigern, und dass er sich so schamlos zwei jungen Mädchen aufdrängte, ließ darauf schließen, dass es ihm wohl an Anstand und Benehmen fehlte. Da konnte er noch so höflich und fein tun.

»Herr Burkhard, entschuldigen Sie bitte«, sagte Emmi mit ruhiger Stimme, obwohl ihr das Herz schmerzhaft gegen die

Rippen trommelte. »Wir sind in Begleitung hier und wären Ihnen dankbar, wenn Sie uns jetzt …«

»Nein, nein, hören Sie nicht auf meine Schwester, und setzen Sie sich ruhig zu uns«, fiel ihr Anni ins Wort.

Empört schnappte Emmi nach Luft und wollte ihre Schwester gehörig zurechtweisen, als sie bemerkte, was Anni wohl längst mitbekommen hatte: Eine Gruppe junger Männer aus ihrem Dorf hatte den Festsaal betreten. Unter ihnen befand sich Karl Wichmann, für den Anni schwärmte. Er schaute zu den Schwestern hinüber, lief augenblicklich dunkelrot an und vergrub die Hände in den vorderen Hosentaschen. Emmi war sich sicher, dass es jeden Moment zu einer unschönen Szene kommen würde, vielleicht sogar einer handfesten Prügelei, wenn dieser Herr Burkhard sich nicht augenblicklich von ihrem Tisch wegbewegte und vor allem nicht endlich damit aufhörte, Anni derart schamlos anzuhimmeln.

»Gehen Sie jetzt, Herr Burkhard!«, forderte Emmi ihn hektisch auf. »Auf der Stelle! Verschwinden Sie von unserem Tisch!«

»Aber warum denn?«, säuselte Anni unschuldig. Sie blickte aber an dem sichtbar konsternierten Herrn Burkhard vorbei direkt in Karls vor Eifersucht ganz verzerrtes Gesicht.

»Ich wollte Ihnen wirklich nicht zu nahe treten«, erklärte Franz-Josef Burkhard. »Ihnen bestimmt nicht lästig sein …«

»Sorgen Sie sich nicht, Sie sind uns nicht lästig«, machte Anni mit ihrem kleinen perfiden Spielchen weiter.

»Anni!« Emmi fuhr sie empört an. »Nun ist wirklich gut!«

Zumal sie längst erreicht hatte, was sie mit diesem Getue bewirken wollte, nämlich Karl deutlich machen, dass sie kein Kind mehr war und er sie endlich ernst nehmen sollte. Ansonsten würde sie sich von weitaus reiferen Herren den Hof machen lassen. Selbst schuld, dummer Junge vom Dorfe.

Zu Emmis großer Erleichterung trat nun ein dunkelhaariger Mann an Franz-Josef Burkhards Seite und legte ihm kameradschaftlich den Arm um die Schulter. Er musste wohl zu derselben Herrengruppe gehören wie dieser aufdringliche Herr Burkhard.

»Franz, so wie ich die Szene vom Tresen aus verfolgt habe, möchten die beiden jungen Fräuleins ihre Ruhe haben, und das solltest du bitte auch akzeptieren.«

»Nein, nein«, rief Anni. »So ist es gewiss nicht. Sie dürfen sich ebenfalls gern zu uns setzen.«

Vehement schüttelte Emmi den Kopf. »Was redest du nur, Anni!«

Der dunkelhaarige Mann wandte ihr das Gesicht zu. Unvermittelt schaute Emmi in zwei tiefbraune Augen. Für den Bruchteil einer Sekunde sahen sie sich an, dann ließ Emmi verlegen den Blick sinken und betrachtete ihre Hände.

Als die beiden Männer sich schließlich von ihrem Tisch entfernt hatten, zischte Emmi ihrer Schwester ärgerlich zu: »Warum hast du das getan?« – obwohl sie die Antwort bereits kannte.

»Wegen Karl«, gab Anni freimütig zurück. »Der soll ruhig mal erleben, wie gut ich anderen Herren gefalle.« Sie lachte auf. Es war ein berechnendes Lachen, in dem auch Triumph mitschwang. »Nun hat er mal miterlebt, wie es ist, wenn er weiterhin behauptet, dass ich zu jung für ihn wäre. Dieser Herr Burkhard war viel älter, steinalt, und war offensichtlich verzückt von mir.«

»Wie du redest, Anni.« Emmi konnte nur über ihre Schwester staunen. »So kenne ich dich überhaupt nicht.«

Unbeeindruckt zuckte Anni mit den schmalen Schultern. »Ist doch egal, Emmi. Ich will Karl nur raten, dass er mich jetzt endlich mal beachtet.«

Emmi holte tief Luft. Sie wäre gerne aufgestanden und mit Anni aus dem Festsaal geflohen. Weg von der lauten Musik, dem wilden Tanz, den Herren, die herumstanden und ihre Schwester schamlos anstierten. Aber am meisten vor diesen fast schwarzen Augen des Mannes, der eben an ihren Tisch getreten war, und diesem sonderbaren Gefühl, das der kurze Blickkontakt mit ihm in ihr ausgelöst hatte.

»Puh, das hat Spaß gemacht«, juchzte Irmchen wenig später, als sie vom Tanzen zurück an den Tisch kamen und sich atemlos auf ihre Stühle sinken ließen. »Jetzt brauche ich was zu trinken, Liebster, hörst du, ich bin am Verduuursteeen!«

Hansi zog ein blütenweißes Taschentuch aus der Innentasche seines Jacketts hervor und wischte sich damit den Schweiß aus dem Nacken und von der Stirn.

»Mögt ihr beiden auch etwas trinken?«

»Oh, wir hätten längst etwas, wenn Emmi sich nicht so angestellt hätte«, stichelte Anni.

Verwundert wanderten Hansi Warneckes Augenbrauen nach oben. »Wie muss ich das verstehen?«

»Ein Herr wollte uns etwas ausgeben«, klärte Emmi ihn auf. »Alkohol. Ich habe dankend abgelehnt.«

»Wer?«, wollte Hansi wissen und sah sich um.

»Einer der netten Herren dort drüben am Tresen«, flötete Anni ungeniert, während sie demonstrativ zu Karl und seinen Kameraden schaute, mit der Hand aber auf die Herrengruppe um Franz-Josef Burkhard deutete.

»Unerhört«, fluchte Hansi Warnecke. »Das sind allesamt gestandene Mannsbilder. Wie kommen die auf die Idee, zwei junge Mädchen zu belästigen?« Er schnaufte wie ein Stier und wandte sich dann vorwurfsvoll an seine Frau. »Siehst du, Irmchen, das hast du jetzt davon. Ich habe dir gesagt, wir können Anni und Emmi nicht einfach so unbeaufsichtigt hier sitzen lassen. Aber du warst nicht von der Tanzfläche herunterzubekommen.«

»Hans, ich bitte dich. Es ist nichts passiert, und es wäre ja wohl ein Jammer, wenn wir hierhergehen und ihr dann nicht tanzen würdet«, versuchte Emmi den aufgebrachten Schuster zu beruhigen. »Du darfst deshalb Irmchen bitte keine Vorwürfe machen.«

Doch Hansi Warnecke war so in Zorn geraten, dass er kurzerhand auf dem Absatz kehrtmachte und quer durch den Festsaal zu der Gruppe marschierte.

Die drei jungen Frauen sahen ihn mit den Männern diskutieren, wie er mehrfach drohend den Zeigefinger direkt vor Franz-Josef Burkhards Gesicht erhob und immer mehr in Rage geriet. Als ihm der schließlich die Hand auf die Schulter legen wollte, wahrscheinlich um ihn zu beruhigen, wehrte der Schuster diese so abrupt ab, dass Franz-Josef Burkhard ein, zwei Schritte zurücktaumelte.

»Was erlauben Sie sich?« Ungläubig schüttelte er den Kopf und wollte sich dann wutentbrannt auf Hansi stürzen. Doch sein dunkelhaariger Kollege, der ihn zuvor vom Tisch der Engel-Schwestern weggelotst hatte, hielt ihn am Oberarm fest.

»Gut jetzt, Franz! Lass den Mann zufrieden.«

»Was zum Teufel tut der Hansi da?«, rief Irmchen besorgt aus. »Die sind zu sechst. Er kann es doch nicht mit sechs Männern aufnehmen.«

»So ein Auftreten hätte ich dem Hansi überhaupt nicht zugetraut«, erklärte Anni beeindruckt.

Emmi knuffte ihr empört gegen den Arm. »Anni, das ist bestimmt nichts, worüber du dich freuen solltest.« Und in Gedanken fügte sie noch hinzu: Du solltest dich lieber schämen. Schließlich ist Hansi deinetwegen so in Wut geraten.

Der Wirt, ein dicklicher Mann mit rotglänzender Halbglatze, kam um den Tresen herum. Bevor Hansi Warnecke sich wirklich besann, hatte er ihn bereits mit festem Griff gepackt und zum Saalausgang dirigiert.

»O nein«, schluchzte Irmchen, sprang vom Tisch auf und lief ihrem Ehemann hinterher.

Emmi und Anni sahen sich für einen kurzen Moment ratlos an, dann erhob sich Emmi von ihrem Stuhl.

»Was hast du vor?«, fragte Anni.

»Wir gehen den beiden hinterher, was sonst?«, antwortete Emmi.

Trotzig verschränkte Anni die Arme vor der Brust. »Ich will aber noch nicht gehen, Emmi. Ich habe nicht ein einziges Mal getanzt, und außerdem, was soll Karl dann von mir denken, wenn ich so früh heimgehe und …«

»Steh bitte auf, Anni!«, fiel Emmi ihr entschieden ins Wort. »Wir bleiben gewiss nicht ohne die Warneckes hier.«

»Aber … aber was können wir denn dafür, dass der Hansi gleich so wütend wird und diesen anderen Mann schubst? Damit haben wir doch nichts zu tun.«

Kopfschüttelnd sah Emmi ihre Schwester an. »Anni, ich bitte dich, so kindisch kannst selbst du nicht sein, dass dir das nicht bewusst wäre. Hansi ist nur unseretwegen mit den Männern in Streit geraten.«

»Musste er ja nicht«, blieb Anni eigensinnig.

Zitternd vor mühsamer Beherrschung atmete Emmi durch. Sie ärgerte sich zunehmend über die Schwester, die einfach nur mit einem feinen Lächeln dasaß und noch genoss, dass die Blicke der Leute auf sie gerichtet waren. Dass der Streit zwischen Hans und diesem Herrn Burkhard ihretwegen entfacht war, schien Anni allem Anschein nach mit Stolz zu erfüllen.

Kurzerhand beugte Emmi sich etwas vor, griff nach Annis Oberarm und zog sie von ihrem Stuhl in die Höhe. Wie ein renitentes Kleinkind geleitete sie ihre protestierende Schwester zur Saaltür.

»Das verzeihe ich dir nie«, wisperte Anni beschämt. »Niemals, hörst du, Emmi, niemals!«

Draußen wurden sie von Irmchen und Hansi Warnecke bereits erwartet. Emmi begann sich sofort bei den beiden zu entschuldigen, doch Hansi winkte ab.

»Ich hätte nicht so in Rage geraten dürfen. Der Wirt hat in mir den Unruhestifter gesehen und mir Hausverbot erteilt. Jetzt habe ich uns allen den Abend verdorben.«

Irmchen sagte nichts, aber ihr Blick sprach Bände. Sie kochte vor Wut, weil sie sich eine halbe Ewigkeit auf das Tanzvergnügen gefreut hatte und nun noch vor acht Uhr abends wieder daheim bei ihren beiden kleinen Söhnen sein würde.

»Es tut mir von Herzen leid«, wandte Emmi sich an sie direkt. »Ich …«

»Keiner hat von dir verlangt, dass du den netten Herrn Burkhard direkt so angehst«, hielt Anni Hansi empört vor. »Er hat doch überhaupt nichts getan. Er wollte nur zuvorkommend sein und uns ein Getränk spendieren. Was ist daran bitte schön verkehrt?«

»Anni, sei jetzt still!«, zischte Emmi ihrer Schwester zu. »Was bildest du dir denn ein, so mit Hansi zu reden?«

»Wenn es doch die Wahrheit ist …«

»Unverschämtes junges Ding«, giftete Irmchen sie an. »Führt sich wie ein frühreifes Früchtchen auf und wird dann auch noch frech, wenn …«

»Verzeihen Sie bitte, dass ich mich einmische«, erklang auf einmal eine Männerstimme. Von ihnen allen unbemerkt hatte der dunkelhaarige Mann, der zu der Herrengruppe rund um Franz-Josef Burkhard gehörte, das Gasthaus ebenfalls verlassen.

»Was gibt es denn noch? Den Abend haben Sie und Ihr feiner Kollege uns doch allen bereits redlich verdorben«, hielt Hansi Warnecke ihm vor.

»Ich möchte mich noch einmal in aller Form für meinen Begleiter bei Ihnen entschuldigen. Ich kann sein Verhalten leider nur damit erklären, dass er ein wenig zu tief ins Glas geguckt hat und nicht ganz er selbst war … ist. Und es liegt mir besonders am Herzen, weil ich nun ja gerade unfreiwillig Zeuge Ihres kleinen Streits geworden bin, Ihnen zu versichern, dass die beiden jungen Damen hier keinerlei Schuld trifft. Ich muss Ihnen auch sagen, dass ich mich gerade beim Wirt beschwert habe, denn wenn er Sie schon des Saales verweist, dann hätte es der Gerechtigkeit wegen auch Herrn Burkhard treffen müssen.«

»Das ist überaus freundlich von Ihnen, Herr …?«, ergriff Irmchen das Wort und schenkte dem dunkelhaarigen Mann ein charmantes Lächeln. Er gefiel ihr, dieser attraktive Herr mit seinem fast schwarzen, zurückgekämmten Haar, den noch eine Spur dunkleren Augen, der geraden Nase und dem Mund mit den vollen Lippen, die seinen sonst eher strengen, ja fast schon aristokratisch anmutenden Zügen etwas Sinnliches verliehen.

»Ich heiße Emil Wagner«, beeilte der Mann sich nun vorzustellen. »Verzeihen Sie mir meine Nachlässigkeit.«

»Wagner …«, murmelte Irmchen und neigte dabei kokett den Kopf etwas nach links. »Sie sind aber nicht von hier, oder?«

Ihr Mann hatte nun endlich die Sprache wiedergefunden und rügte seine, wie er wohl fand, etwas zu neugierige junge Ehefrau.

»Irmchen, jetzt unterlass das doch bitte mal.« Dann wandte er sich an Emil Wagner. »Ich schätze, ich habe gleichfalls etwas zu derb reagiert. Es ist nur so, dass mir die beiden jungen Fräuleins hier …«, er deutete auf die Schwestern, »… von ihrer Frau Mutter höchstpersönlich für den heutigen Abend anvertraut wurden. Als ihr Bekannter nun behauptet hat, eine der beiden hätte es regelrecht darauf angelegt, von ihm umworben zu werden, da konnte ich das natürlich nicht so hinnehmen.«

»Was ich sehr gut verstehe, Herr …«

»Warnecke, Hans Warnecke. Schuhmacher und Inhaber der Schusterei Engel in Groß-Algermissen. Meine Ehefrau Irmchen und die beiden Schwestern Emmi und Anni Engel, von deren Frau Mutter ich die Schusterei gepachtet habe.«

»Sehr angenehm«, erwiderte Emil Wagner und lächelte dabei gewinnend in die Runde.

Und auf einmal verstand Emmi die Welt nicht mehr. Es überkam sie so plötzlich wie ein unverhoffter Regenschauer: Das Herz in ihrer Brust drohte sich zu überschlagen, ihr Magen zog sich schmerzlich zusammen, eine Spur von kaltem Schweiß stand ihr auf der Stirn, und ihre Kehle fühlte sich wie ausgetrocknet an.

Die Luft blieb ihr weg, so dass sie das seidenartige bunte Tuch, das sie sich um den Hals geschlungen hatte, abnahm und mit fahrigen Fingern in ihre beigefarbene Handtasche stopfte. Emmi hatte zuvor noch nie einen hohen Berg bestiegen, aber so musste sich das wohl anfühlen, wenn man es bis nach ganz oben geschafft hatte.

ACHT

Neugier ist die Tochter der Eifersucht.

MOLIÈRE,
FRANZÖSISCHER SCHAUSPIELER
(1622–1673)

Was ist geschehen?« Thea Engel sah ihre beiden Töchter überrascht an. »Warum seid ihr schon wieder zurück?«

Annis Augen funkelten ärgerlich. »Frag doch Emmi. Die bestimmt sowieso alles … leider …«, schniefte Anni und stürmte die Treppe hinauf in die Kammer der Schwestern.

Emmi trug die kleine geblümte Reisetasche, in der sich Waschutensilien, Nachthemden sowie Wechselkleidung befanden, in den Flur, stellte sie auf die unterste Treppenstufe und zog sich den Mantel aus, bevor sie der Mutter antwortete.

»Wir haben die Tanzveranstaltung recht früh verlassen. So mussten wir den Warneckes nicht länger zur Last fallen und konnten, noch bevor es richtig dunkel wird, zurück nach Hause radeln. Die Wohnung der Warneckes ist doch schon sehr beengt. Anni und ich hätten uns das Sofa im Wohnzimmer teilen müssen.«

»Zur Last fallen?« Thea Engels musterte ihre älteste Tochter skeptisch. »Hat der Hansi das so gesagt? Oder war es am Ende seinem Irmchen nicht recht, dass ihr dort übernachtet? Mir ist wohl bekannt, dass sie manchmal etwas kratzbürstig sein kann. Und was ist eigentlich in Anni gefahren?«

»Nein, nein, um Himmels willen, die Warneckes waren sehr anständig zu uns«, beeilte sich Emmi, der Mutter zu versichern.

»Dann versteh ich nicht, was passiert ist.« Langsam wurde Thea Engel ungeduldig.

Betont beiläufig winkte Emmi ab. Sie wollte die Geschehnisse nicht so aufbauschen. Am allerliebsten direkt wieder vergessen. Samt dem Gefühl, das dieser Emil Wagner in ihr hervorgerufen hatte. Dieses sonderbare, ja fast schon schmerzliche Ziehen in der Magengegend. Und wie ihr Herzschlag sich in seiner Gegenwart beschleunigt, sich ihr Herz beinah überschlagen hatte, auch das war ihr nicht ganz geheuer. Und als er ihr dann in den Mantel geholfen hatte, den er kurz zuvor mit den anderen Garderobenstücken für die Warneckes und die Engel-Schwestern aus dem Vorraum des Tanzsaales geholt hatte, da war es durch seine sachte Berührung bei Emmi zu einem prickelnden Schauer überall auf der Haut gekommen, wie sie es noch nie erlebt hatte.

»Es hat uns nicht so recht gefallen. Darum sind wir nicht allzu lang dortgeblieben«, gab Emmi vor. Was nicht einmal gelogen war, denn Emmi hatte sich wirklich ausgesprochen unwohl gefühlt. Wie Annis Meinung dazu war, nun ja, das stand allerdings auf einem ganz anderen Blatt geschrieben.

»Und den Warneckes hat es auch nicht gefallen?«

Emmi atmete tief durch. »Nein … ja, auf jeden Fall haben sie gemeinsam mit uns die Tanzveranstaltung verlassen.«

Verwundert schüttelte Thea Engel den Kopf. »Da kann ich nur staunen. Hansi hat mir gestern noch erzählt, dass sein Irmchen sich schon seit Wochen auf das Tanzvergnügen freuen würde und sich sogar ein neues Kleid nähen lassen hätte. Er war etwas unleidlich deswegen, weil sie momentan jeden Pfennig dreimal umdrehen müssen. Jetzt erzählst du mir, dass ihr nur ganz kurz da gewesen seid. Dann haben die Warneckes das viele Geld für den feinen Stoff und die Schneiderin ja umsonst ausgegeben.«

Emmi ließ sich neben der kleinen Reisetasche auf die Stufe sinken. Thea Engel würde eh erfahren, was sich genau zugetragen hatte, und dann ziemlich enttäuscht sein, dass Emmi ihr nicht gleich die Wahrheit gestanden hatte. Na ja, gelogen hatte sie wiederum auch nicht, nur eben um den heißen Brei herumgeredet, was am Ende aufs Gleiche hinauslief.

»Es hat Streit gegeben, Mutti. Hansi musste den Tanzsaal verlassen, und wir haben ihn natürlich begleitet.«

Ungläubig schlug Thea Engel die Hände vor der Brust zusammen. »Du sprichst von Hans Warnecke, unserem Pächter? Das kann ich nicht glauben, der Hansi ist doch immer so friedfertig. Gerade letzte Woche ist die alte Minna Kruse in den Laden gekommen und wollte sich beschweren, dass bei ihren Alltagsschuhen die Sohlen schon wieder ganz durchgelaufen sind, obwohl sie sie erst vor eineinhalb Jahren neu machen lassen hat. Überleg sich das mal einer, die läuft damit tagein, tagaus über nahezu jeden Stock und Stein und verlangt, dass der Hansi ihr nun neue Sohlen untermacht, und das umsonst. Ich wollte ihr gerade sagen, dass sie mal besser überlegen soll, was für einen Unsinn sie daherredet, doch der Hansi hat ihr nur ganz freundlich vorgeschlagen, sich doch einfach noch ein zweites Paar Alltagsschuhe zuzulegen, damit die Sohlen bei dem einen Paar nicht immer so schnell abgenutzt werden. Ich habe vielleicht gestaunt, als die geizige Minna sogleich welche bei ihm in Auftrag gegeben hat. Und nun willst du mir erzählen, dass er mit jemand so in Streit geraten wäre, dass er aus dem Festsaal hinausgeworfen wurde?«

Verlegen nestelte Emmi am Ärmelsaum ihres Kleides herum, bevor sie mit gesenktem Blick endlich mit der ganzen Wahrheit herausrückte. »Hansi ist unseretwegen mit einem fremden Herrn in Streit geraten.«

»Euretwegen?« Thea Engel fasste sich ans Herz. »Was habt ihr um alles in der Welt angestellt?«

Emmi schnaufte. »Wir haben nichts angestellt, Mutti. Dieser Herr Burkhard wollte uns alkoholische Getränke ausgeben, und als wir diese abgelehnt haben, da ist er zu uns an den Tisch gekommen und …«

»Da hat Hansi ihm verständlicherweise ordentlich die Leviten gelesen. Es ist unerhört, so blutjungen Mädchen Alkohol servieren zu lassen«, beendete Thea Engel den Satz für ihre Tochter.

»So war es, Mutti«, sagte Emmi erleichtert. Rasch erhob sie

sich von der Treppenstufe und trug die kleine Reisetasche hinauf in die Schlafkammer der Schwestern.

Als sie auf der letzten Stufe angekommen war, rief Thea Engel: »Es tut mir sehr leid für Anni und dich, dass euer erstes Tanzvergnügen so gemein enden musste. Ich hätte euch gewünscht, dass ihr recht viel Spaß haben würdet.«

Emmi schluckte schwer. Es fühlte sich falsch an, dass die Mutter voller Mitleid mit Anni und ihr war, wo zumindest eine von ihnen beiden sich nicht schicklich benommen hatte. Außerdem schämte sie sich dafür, was sie bei dem Gedanken an Emil Wagner empfand, einen ihr bis dahin wildfremden Mann. Und dann war da natürlich noch die Sorge, dass Hans Warnecke der Mutter am Montag sagen würde, was sich ganz genau im Festsaal des Gasthauses zugetragen hatte und wie es dazu gekommen war. Zum Glück hatte er nicht auch noch mitgekriegt, wie Anni vor Karl Wichmann kokettiert hatte. Wie sie schamlos mit diesem unsäglichen Herrn Burkhard geplaudert hatte, nur damit Karl eifersüchtig wurde.

Am Montag kam Emmi erst am späten Nachmittag nach Hause, weil sie mit ihren Schulkameradinnen Gertrud und Hilke für die am nächsten Tag anstehende Klausur gelernt hatte. Schon von Weitem sah sie das schwarze, elegante Mobil der Marke Mercedes Benz vor der Schusterei stehen und fragte sich, wem er wohl gehören konnte. Hatte Friedhelm seinen Fuhrpark etwa noch mehr erweitert? Nein, der Onkel konnte nicht derjenige sein, überlegte Emmi weiter, er hatte seiner

Schwägerin und den Nichten erst vor knapp zwei Wochen einen Besuch abgestattet und bei der Gelegenheit die mangelnde Unterstützung seinerseits für die Familie seines verstorbenen Bruders mit den politisch und wirtschaftlich unsicheren Zeiten in Deutschland begründet – natürlich hatte seine Gundula damit nichts zu tun, behauptete er nun schon seit zwei Jahren vehement.

»Schon in den mehr oder weniger ruhigen Jahren zwischen 1924 und Anfang dieses Jahres haben die vielen neuen Parteien mit ihren unterschiedlichsten Forderungen für schwierige Regierungsverhältnisse gesorgt«, hatte er beim letzten Mal mit seinem politischen Exkurs begonnen. »Doch inzwischen gerät unsere Republik immer mehr zu einer äußerst labilen Demokratie, weil gut ein Drittel der Abgeordneten im Reichstag verfassungsfeindlich eingestellt sind. Ich sag es dir voraus, Thea, wir steuern auf eine schlimme Krise zu. Sollte ich recht behalten, ist es nur noch eine Frage der Zeit, wann dieser Hitler mit seiner NSDAP die Macht übernimmt. Hitlers angebliches Charisma scheint bei der Bevölkerung gut anzukommen. Anders ist es kaum erklärbar, dass immer mehr diesen militärischen Hitlergruß anwenden. Wenn die Leute nichts mehr zu kauen haben, weil sie ihre Arbeit verlieren, dann sehnen sie sich nach jemandem, der ihnen verspricht, dass es ihnen unter seiner Führung besser gehen wird. So einfach ist das, Theachen, und gleichzeitig so erschreckend.«

»Wir sind ja zum Glück weit weg von Berlin und denen da oben und bekommen kaum mit, was dort gerade vor sich geht«, hatte Thea erwidert und dann schnell das Thema gewechselt. Sie wusste, wenn der Schwager sich erst einmal so richtig in Rage über irgendwelche politischen Themen redete, konnte das Stunden dauern.

Emmi hingegen interessierte sich sehr für Politik. Sie genoss es, sich mit jemandem wie Onkel Friedhelm, der eine klare Meinung und auch viel Ahnung von dem hatte, was sich in Deutschland abspielte, eingehend zu unterhalten. – Auch wenn es dem Onkel bei seinen wortgewandten Ausführungen letztendlich nur darum ging, seiner Schwägerin klarzumachen, dass er seiner jungen Gundula zwar ein Leben in Saus und Braus bereiten konnte, aber wegen der »schlechten Zeiten« nicht auch noch die Witwe und Töchter seines verstorbenen Bruders mit durchfüttern konnte.

Nachdem er wieder fort war, hatte Thea Engel es wahrlich auf den Punkt gebracht: Wenn's für die holde Gattin Champagner in Strömen gibt, bleibt für die Verwandtschaft nur noch ein feuchter Händedruck übrig.

Emmi schob ihr Rad in den kleinen Schuppen neben der Schusterei, nahm ihre Schultasche vom Gepäckträger und ging zur Tür. Sie zog sie auf, die Türglocke schrillte, und ein dunkelhaariger Herr im langen Straßenmantel, der sich gerade im Gespräch mit Hansi Warnecke befand, drehte sich zu Emmi um.

Emmi meinte, der Schlag müsste sie treffen, so perplex war sie. Vor ihr stand Emil Wagner. Der junge Mann, der seit Samstag immer wieder in ihrem Kopf herumgeschwirrt war.

»Guten Tag, Fräulein Engel. Was für eine Freude, Sie wiederzusehen«, sagte er zu ihr und lächelte sie liebenswürdig an.

Emmis Knie wurden so weich, dass sie befürchtete, sie könnten nachgeben, und sich deshalb schnell am Türrahmen abstützte.

»Guten Tag«, krächzte sie und schaffte es dabei nicht, Emil Wagner anzusehen.

Tausend Dinge gingen ihr durch den Kopf. Warum war er hier? Wollte er sich beschweren? Oder ganz einfach nur seine Schuhe zum Schuster bringen?

»Ich bin Ihretwegen hier«, hörte sie ihn im nächsten Moment sagen und wollte ihren Ohren nicht trauen. Ein Mann wie Emil Wagner war *ihretwegen* hierhergekommen?

»Sie haben etwas vergessen, Fräulein Engel.«

»Ver… vergessen?«, stotterte Emmi fragend. Ihr war durchaus bewusst, wie verunsichert, ja beinah schon kindisch ihr Verhalten auf Herrn Wagner wirken musste, und hätte sonst etwas dafür gegeben, ihm selbstsicherer entgegentreten zu können.

»Sie haben Ihr Tuch vor dem Gasthaus vergessen, oder wohl eher verloren. Es muss Ihnen heruntergefallen sein, als Sie Ihren Mantel angezogen haben.«

Tatsächlich handelte es sich um Emmis fließendes Halstuch, das er nun aus der Innentasche seines dunkelgrauen Mantels hervorholte und ihr entgegenstreckte. »Das ist doch Ihr Tuch? Ich meinte, es im Saal an Ihnen gesehen und wiedererkannt zu haben.«

Emmi nickte, während sie ihm das Tuch aus der Hand nahm. »Ich … ich dachte, ich hätte es in meine Handtasche gesteckt und dann unterwegs irgendwie verloren …«

»Herrje, wenn ich geahnt hätte, dass Sie es schmerzlich vermissen, dann hätte ich es Ihnen bereits gestern gebracht. Doch am Sonntag wollte ich nicht stören.«

Emmi rief sich zur Ordnung. Wie unmöglich benahm sie sich? Wie ein verschrecktes Huhn, das nicht in der Lage war, fließend und mit fester Stimme zu sprechen.

»Danke schön, Herr Wagner«, sagte sie und wollte zur Nebentür gehen, die von dem kleinen Schustereiverkaufsraum in die Diele der Engels führte.

Hansi Warnecke, der das kurze Gespräch bislang wortlos verfolgt hatte, rief ihr nun hinterher: »Möchtest du Herrn Wagner nicht eine Tasse Bohnenkaffee anbieten, Emmi? Es ist nicht selbstverständlich, dass er extra zu euch rausgekommen ist, um dir dein Halstuch zu bringen.«

Hansi hatte recht. Emmis Verhalten war nicht nur kindisch, sondern auch unhöflich. Und wenn sie durch seine Gegenwart noch so verwirrt war, ihre Manieren durfte sie deshalb noch lange nicht vergessen. Also straffte sie die Schultern, wandte sich zu Emil Wagner um und brachte sogar ein kleines Lächeln zustande, während sie erklärte: »Sie müssen mich wirklich für unhöflich halten, Herr Wagner. Das war bestimmt nicht meine Absicht. Es ist nur so, dass ich gedanklich noch immer bei meinem Lernstoff bin. Selbstverständlich brühe ich Ihnen eine Tasse Bohnenkaffee auf und …«

»Bitte meinetwegen keine Umstände«, fiel Emil Wagner ihr ins Wort. »Ich hatte geschäftlich in der Gegend zu tun. Zudem stehe ich sowieso zutiefst in Ihrer Schuld. Immerhin hat mein guter Bekannter Franz-Josef Burkhard Ihnen allen den Abend verdorben. Herr Warnecke hat mir gerade erzählt, dass es das erste Tanzvergnügen für Ihre Schwester und Sie war. Umso bedauerlicher ist es, dass es unseretwegen so enden musste.«

Emmi lag bereits auf der Zunge, zu erwidern, dass er schließlich nichts für das Verhalten seines, wie er ihn gerade selbst bezeichnet hatte, guten Bekannten konnte. Da wurde die Ladentür aufgestoßen, und mit einem frischen Windzug kam Anni hereingestürmt. Ihre Wangen waren leicht gerötet, das blonde Haar an den Seiten zu Schnecken gedreht, doch einige Strähnen hatten sich daraus gelöst und umschmeichelten ihr bildschönes Gesicht. Sie sah bezaubernd aus.

»Mutti und ich …«, begann sie fröhlich draufloszuplappern, als ihr Blick auf Emil Wagner fiel und sie abrupt verstummte. Mit hochgezogenen Augenbrauen musterte sie ihn, bevor sie weiterredete – längst nicht mehr so heiter und gut aufgelegt, sondern misstrauisch: »Ich kenne Sie doch?«

Emil Wagner deutete eine Verbeugung an. »Emil Wagner, Fräulein Engel. Wir sind uns am Samstag bei dem Tanzvergnügen begegnet.«

»Ja, sicher«, murmelte Anni betreten.

»Herr Wagner war so freundlich, mir mein Tuch zu bringen, das mir vor dem Gasthaus verloren gegangen ist«, erklärte Emmi.

»Wenn das so ist«, rief Anni, und man konnte ihr direkt ansehen, wie die plötzliche Anspannung wieder von ihr abfiel, »dann bin ich beruhigt. Ich dachte tatsächlich, Sie wären gekommen, um sich bei unserer Mutter zu beschweren.«

Abwehrend hob Emil Wagner beide Hände. »Nichts liegt mir ferner, Fräulein Engel«, versicherte er ihr. »Das müssen Sie mir bitte glauben.«

»Prima!«, fand Anni und drängte sich ohne ein weiteres Wort an ihrer Schwester vorbei. Sie zog die Tür auf und verschwand in der Wohndiele.

Mit unbestimmtem Gesichtsausdruck sah Emil Wagner ihr nach. Emmi war sich sicher, dass er das Verhalten ihrer Schwester unerhört fand. Ja, Emil Wagner musste Anni und sie für zwei unerzogene Backfische halten, die hier draußen auf dem Dorf nicht gelernt hatten, wie man eine Konversation führte, geschweige denn was Höflichkeit bedeutete.

»Ich … ich … kümmere mich erst einmal um den Kaffee«, erklärte sie verlegen und folgte ihrer Schwester.

In der Küche begann Emmi augenblicklich mit Anni zu schimpfen. Einfach so ohne Gruß davonzueilen, ließ nicht auf die besten Manieren schließen. Doch Anni hörte ihr gar nicht zu. Mit verklärtem Blick saß sie am Tisch und schien mit den Gedanken ganz weit weg zu sein.

»Anni, ich rede mit dir!«

Anni seufzte tief. »Du glaubst nicht, was passiert ist, Emmi«, säuselte sie glückselig.

Kopfschüttelnd betrachtete Emmi ihre jüngere Schwester.

»Das weiß ich sehr wohl. Du hast dich gerade unmöglich benommen. Ohne einen Gruß einfach so davonzulaufen. Der Eindruck, den Herr Wagner von uns haben muss, ist dadurch sicherlich nicht besser geworden.«

Statt reumütig einzulenken, lachte Anni leicht spöttisch auf. »Was der von mir denkt, ist nicht wichtig.« Ihre Stimme nahm einen anderen Klang an, als sie mit funkelnden Augen fortfuhr: »Viel interessanter ist es doch, dass Karl vor der Schule auf mich gewartet hat, um mich zu fragen, ob ich demnächst mal mit ihm zum Baden an den See gehen möchte. Ich habe natürlich gesagt, dass ich mir das noch genau überlegen müsste.« Sie sprang vom Stuhl auf, drehte sich einmal um die eigene Achse und rief dabei lachend: »Er ist in mich verliebt …«

»Anni, jetzt sei doch leise«, rügte Emmi sie. »Du bist bis in den Schusterladen zu hören. Herr Wagner … er … er kann dich hören …«

»Na und?« Anni zuckte mit den Schultern und erklärte betont laut und deutlich: »Uns kann es doch egal sein, was dieser Herr Wagner von uns hält. Immerhin ist es doch sein Kamerad gewesen, der uns Alkohol …«

Blitzschnell legte Emmi ihrer Schwester die Hand auf den Mund. »Still jetzt, Anni!«, zischte sie ihr zu.

Annis Augen weiteten sich verwundert. Und als Emmi schließlich die Hand wieder von ihrem Mund nahm, meinte sie lächelnd: »Emmi, kann es sein, dass du diesen Herrn Wagner magst? Gefällt er dir etwa?«

»Unsinn!«, rief Emmi entschieden.

Anni lächelte nur breiter. »Schwesterchen, mir kannst du nichts vormachen. Ich sehe es dir doch genau an, du hast dich in den schnieken Herrn Wagner verguckt.«

»Psst, Anni, nun sei doch endlich leise und hör gefälligst auf, so einen Unsinn von dir zu geben.« Zu allem Überfluss spürte Emmi, wie ihr die Röte ins Gesicht stieg.

Das war nun Beweis genug für ihre Schwester. »Herr im Himmel, Emmi, ich habe recht! Du bist verliebt! Du hast dich unsterblich in Herrn Wagner verliebt.«

NEUN

Beide schaden sich selbst:

der, der zu viel verspricht, und der, der zu viel erwartet.

GOTTHOLD EPHRAIM LESSING,

DEUTSCHER DICHTER

(1729–1781)

Endlich frei!«, rief Anni und ließ sich mit einem glücklichen Seufzen am Uferrand des Sees nieder.

Emmi setzte sich neben sie. »Schulfrei ja, Anni, das stimmt wohl. Doch jetzt beginnt der Ernst des Lebens.«

Anni machte eine wegwerfende Handbewegung. »Du hörst dich mal wieder wie Muttilein an. Lass mir doch die Freude, dass ich endlich die Schule hinter mich gebracht habe und vor allem, dass ich im August meine Lehrstelle im Modehaus Kaiser antreten werde. Hach, das wird ein Leben, ein ganz wunderbares Leben …« Mit einem verträumten Lächeln sank Anni mit dem Oberkörper nach hinten ins warme Gras. Sie blickte in den strahlend blauen Himmel und seufzte gleich noch einmal. »Ich weiß nicht, wann ich das letzte Mal so glücklich war. Natürlich auch wegen Karl …«

Dasselbe hätte Emmi auch gerne von sich behauptet, doch auch wenn sie jetzt gerade Ferien hatte, anschließend ging es mit großen Schritten auf die Abiturprüfungen im kommenden März zu, und das bedeutete lernen, lernen und noch mehr lernen. Dabei würde das in diesem Umfang, wie sie ihn gewöhnlich betrieb, nicht vonnöten sein, Emmi verfügte über eine blitzschnelle Auffassungsgabe und gehörte zu den besten Schülerinnen und Schülern ihres Jahrgangs. So war es noch nie vorgekommen, dass sie sich nicht bestens vorbereitet ans Werk machte – und hatte dennoch stets das Gefühl, nicht ausreichend gerüstet gewesen zu sein. Vielleicht hing es damit zusammen, dass das schlechte Gewissen so quälend an ihr nagte. Anstatt etwas zum Lebensunterhalt beizusteuern, so wie Anni es demnächst machen würde, lag sie der Mutter noch mindestens bis zum kommenden März auf der Tasche, und falls sie ihr Abitur bestehen würde und tatsächlich studierte, sogar noch viel länger.

Sicherlich, es war der ausdrückliche Wunsch des Vaters gewesen. Und auch Emmi liebäugelte mit der Aufnahme eines Studiums, am liebsten wäre ihr ein juristisches oder wirtschaftlich orientiertes Studium. Doch hatte sie das Recht, zu Lasten der Mutter und Schwester diesen für ein einfaches Mädchen vom Lande doch recht gehobenen Weg einzuschlagen? Emmi war so im Zwiespalt deswegen, dass sie sich insgeheim wünschte, erst gar nicht zum Abitur im März nächsten Jahres zugelassen zu werden, damit ihr die Entscheidung abgenommen wurde – andrerseits waren da ihr großer Ehrgeiz und ihr wirklich kluger Kopf, der es nicht zulassen würde, dass sie versagte.

Anni blinzelte in die Sonne, bevor sie schützend die Hand über ihre Augen hielt und zu ihrer Schwester sah. »Was machst du denn wieder für ein Miesepetergesicht? Ist es wegen dieses Emil Wagner? Weil du seit seinem kurzen Besuch vor ein paar Wochen nichts mehr von ihm gehört hast?«

»Was du nur immer redest«, erwiderte Emmi verzagt. »Ich habe dir doch mehrfach gesagt, dass du Gespenster siehst. Herr Wagner ist mir gleichgültig.«

Anni lachte, während sie sich aufrichtete und dann den Arm um die Schultern ihrer Schwester legte. »Ja, ja, gleichgültig, und ich sehe Gespenster. Bestimmt ist das *nicht* so, Emmilein. Aber rede du dir das nur immer schön ein, dann glaubst du es vielleicht irgendwann selbst. Doch mir kannst du nichts vormachen, ich kenne dich viel zu gut und ahne, nein, ich weiß es, dass du dich in Emil Wagner verliebt hast. Und je länger du nichts von ihm hörst, desto schlechter wird deine Laune.«

»Unsinn!«, wiederholte Emmi und wollte jetzt endlich das Thema wechseln. »Hoffentlich kannst du die Lehrstelle überhaupt noch antreten. Ich habe von einer Rede des Reichskanzlers Müller gehört, in der er der Bevölkerung wieder schwierigere Zeiten ankündigt. Es geht um ausländische Investoren, die sich vermehrt zurückhalten wegen der erfolglos abgebrochenen Gespräche bezüglich des Young-Plans, der die Reparationszahlungen Deutschlands neu festlegen soll und …«

»Hör auf, Emmi!«, fiel Anni ihr ins Wort. »Ich verstehe sowieso kein einziges Wort davon. Und nur, weil du dich für diesen ganzen Wirtschaftskram und was sonst noch alles interessierst, musst du mir doch nichts davon erzählen. Mir ist das zu hoch, und ich möchte mir von diesem ganzen Gerede auch nicht den schönen Tag verderben lassen. Außerdem verstehe ich nicht, was irgendein Plan und verärgerte Ausländer bitte schön mit meiner Lehrstelle zu tun haben sollen.«

»Ganz einfach, wenn das Geld knapp wird, dann geben die Leute es nur noch für das Nötigste aus. Wenn du dich zwischen einem neuen Kleid oder Mantel und etwas zu essen für deine Familie und dich entscheiden musst, werden die meisten sich lieber mit einem vollen Magen am Abend ins Bett legen, statt ein neues Kleidungsstück im Schrank auf der Stange hängen zu haben.«

»Ich habe einen Lehrvertrag, Emmi«, erinnerte Anni sie. Ihre blauen Augen schwammen in Tränen, als sie hinterherschob: »Ich verstehe nicht, warum du mir so einen Schreck einjagen musst? Weshalb du mir meine Vorfreude kaputt reden willst, nur weil du mal studieren wirst und ich eben nur eine *einfache* Verkäuferin sein werde. Aber weißt du, Emmi, mir reicht das, weil es genau das ist, was ich machen möchte. Mich mit schönen Dingen umgeben und mit gut gelaunten Leuten, die nicht immer alles schwarzsehen und vorhersagen, dass es bald alles ganz schlimm für uns werden wird, so wie Onkel Friedhelm und du und, ja, wie Vater es auch oft gemacht hat. Der Krieg ist bereits lange Zeit vorbei, und einen neuen wird es gewiss nicht geben. Aber wenn man dir so zuhört, dann … dann …« Anni hatte sich so in Fahrt geredet, dass ihr nun der Atem fehlte und sie erst einmal tief Luft holen musste.

Diesen kurzen Augenblick nutzte Emmi, um ihr zu versichern: »Anni, es tut mir leid. Du hast recht, das war gemein von mir. Ich wollte dich nicht ärgern und dir auch nicht die gute Laune verderben. Bitte entschuldige.«

Anni blinzelte die Tränen weg und drückte die Schultern durch. »In Ordnung, Schwesterherz. Ich verzeihe dir. Aber noch ein dummes Wort, und ich lasse dich hier allein sitzen. Dann kannst du Karl schön erklären, warum ich nicht wie verabredet hier auf ihn warte, sondern du.«

Emmi nickte einsichtig. Dann hob sie die Hand zum Schwur und erklärte feierlich: »Ich schweige wie ein Grab! Sobald dein Karl sich sehen lässt, kommt kein einziges Wort mehr über meine Lippen!«

»Um Himmels willen, bloß das nicht«, rief Anni erschrocken aus. »Dann denkt er noch, du kannst ihn nicht ausstehen, und ist beleidigt. Du sollst nur nicht immer alles so schwarzsehen oder irgendwelche schlimmen Dinge herbeireden.«

Emmi biss sich auf die Unterlippe, nickte erneut – und schwieg.

Doch Annis Sorge und Emmis Schwur waren umsonst, die Schwestern blieben an diesem sonnigen Juninachmittag allein am Seeufer sitzen. Karl ließ sich nicht blicken, obwohl er es Anni fest zugesagt hatte. Anni schwankte zwischen Enttäuschung und Wut und kam dann irgendwann zu dem Ergebnis, dass es sowieso dumm von ihr war, sich auf einen Dorfjungen einzulassen, wo sie doch ganz bald im wunderbaren Hildesheim in einem der schicksten Modehäuser der Stadt arbeiten würde.

»Dort werden mir bestimmt viele interessante Leute begegnen«, hoffte Anni und fügte trotzig hinzu: »Und womöglich auch ein junger Herr, der wesentlich gebildeter ist und vor allem mehr Anstand hat als der dumme Karl, der mich hier am Seeufer hocken lässt, obwohl wir fest verabredet waren.«

»Ja, bestimmt ist es gut, dass Karl so ein Dummkopf ist«, versuchte Emmi sie zu trösten. Doch sie kannte ihre Schwester viel zu gut, als dass sie ihr die so bemüht zur Schau getragene Gleichgültigkeit abnahm.

»Mutti hält auch nicht allzu viel von Karl«, redete Anni weiter, während sie die Decke zusammenlegte und sie sorgsam im Weidekorb bei den anderen Badeutensilien verstaute. »Er ist ihr zu unstet und maßlos. Ein bisschen so wie sein Vater, und der hat wahrlich nichts für seine Familie übriggehabt. Nein, ich werde mich wegen Karl nicht länger grämen.«

Doch am Abend hörte Emmi sie dann eine halbe Ewigkeit ins Kopfkissen schluchzen, auch wenn Anni sich die größte Mühe gab, dass niemand mitbekam, wie sie wegen dieses Dummkopfs Karl bittere Tränen vergoss. Die erste Liebe, und wenn sie dann auch noch unerfüllt blieb, tat ganz besonders weh. Das kam davon, legte sich Emmi zurecht, weil man noch nicht so geübt darin war und befürchtete, man würde sich niemals davon erholen.

Und während Anni vor Enttäuschung weinte, dachte Emmi an den vornehmen und gebildeten Emil Wagner. Wie kindisch sie doch gewesen war, dass sie wirklich angenommen hatte, ein Mann wie er könnte sich für ein junges Fräulein wie sie interessieren und hätte deshalb das Tuch lediglich als Vorwand verwendet, um sie wiederzusehen. Emmi konnte es nicht verhindern, dass auch ihr die Tränen kamen. Dass sie um eine Liebe weinte, die es nie gegeben hatte und die darum auch keine Erfüllung finden konnte. Vorsichtig schwang sie ihre Beine aus dem schmalen Bett und legte sich zu ihrer Schwester auf die Matratze am Boden, die dort eigentlich nicht liegen sollte, weil der Vater zu Lebzeiten die kleine Kammer unter dem Dach doch nur für Emmi ausgebaut hatte. Damit seine kluge Tochter in Ruhe ihre Nase in ihre Bücher stecken konnte und noch klüger und klüger wurde.

Emmi kroch zu Anni unter die Bettdecke und nahm ihre Hand, die ganz warm und feucht war und sofort dankbar den Griff erwiderte. So schliefen sie irgendwann ein; eine Einheit, innerlich wie äußerlich, trotz all der kleinen Zankereien und Unterschiede. Da gab es nichts, was in der Lage war, dieses ganz besondere Band zwischen ihnen zu durchtrennen.

Einige Zeit später begann für Emmi die Schule wieder, und sie lernte noch mehr als je zuvor. Mehrere Klausuren in Folge absolvierte sie daher als Jahrgangsbeste, was den Schulleiter Dr. Berthold Brandes dazu veranlasste, sie in sein Büro zu bitten. Er wollte mit seiner klugen Schülerin ein wenig über ihre

Pläne plaudern und sagte ihr ein phantastisches Abitur und eine sicherlich sehr erfolgreiche Zukunft voraus, wenn sie weiterhin so fleißig lernte.

»Falls Sie denn überhaupt zu studieren gedenken, Fräulein Engel. Natürlich ist es ebenso erfüllend, sich dem Haushalt und der Familie zu widmen. Ich möchte Sie da nicht auf dumme Gedanken bringen.«

Emmi war erstaunt. »Sie finden, dass ein berufliches Fortkommen anzustreben ein dummer Gedanke sei?«

Gespräche dieser Art waren etwas, das der Schulleiter ganz und gar nicht schätzte, so dass er schon bereute, dass er seine Schülerin zu dem Gespräch eingeladen hatte. Diese ganze Mündigsprechung, nun ja, sicherlich war es fein, wenn man eine gebildete Ehefrau an seiner Seite hatte, mit der *Mann* auch geistreiche Gespräche führen konnte. Doch wer wollte schon nach einem langen Arbeitstag heimkommen und sich selbst das Essen zubereiten müssen, weil die Frau Gemahlin noch beruflich eingespannt war? Er sicherlich nicht und war deshalb auch erleichtert, dass seine Hannelore zwar überaus klug war, sehr belesen und er sich ausgesprochen anregend über musische und literarische Künste mit ihr austauschen konnte, sie aber nie Ambitionen gehabt hatte, sich beruflich verwirklichen zu wollen. Hanni sorgte dafür, dass die drei Söhne prächtig gediehen, das Häuschen am Stadtrand stets aufgeräumt und anheimelnd war und vor allem, dass es ihrem Gatten gut ging und er sich nach Schulschluss ausreichend von den Anstrengungen des Tages erholen konnte. So war es fein, so gefiel es ihm – und dennoch war er stolz, dass Fräulein Emmi Engel mit ihren hervorragenden Leistungen gewiss im nächsten Jahr seiner höheren Töchterschule ein Abitur bescheren würde, das im Schulbezirk erst einmal seinesgleichen suchen musste. Ein toller Erfolg, wenn man dann bedachte, dass es erst der zweite Jahrgang von Schülerinnen sein würde, der das Abitur an seiner Schule überhaupt ablegen durfte.

Während Emmi sich also immer tiefer in ihre Lehrbücher verkroch, wurde Anni zum Lehrmädchen im vornehmen Modehaus Kaiser. Doch von der großen Vorfreude auf ein neues und überaus spannendes wie glamouröses Leben war schon nach zwei Wochen nicht mehr allzu viel zu spüren.

»Die ganze Zeit muss ich unten im Lager verbringen und irgendwelche Kisten hin und her stapeln«, beschwerte Anni sich beim sonntäglichen Mittagessen bei Mutter und Schwester. »Wenn es sich dabei wenigstens um die neuste Mode handeln würde, schicke Kleider, elegante Hüte oder feine Schuhe und ich die Kisten auch öffnen dürfte, dann würde ich ja nichts sagen. Doch ich darf nicht einmal einen Blick hineinwerfen. Kiste für Kiste trage ich von dort nach hier und von hier nach dort, aber das Allerschlimmste daran ist, dass ich wegen des Staubs unten im Lager einen ganz grausigen Kittel tragen muss. Eigentlich könnte es mir gleich sein, dort unten sieht mich sowieso niemand. Aber ich hasse diesen Kittel, der Stoff ist hart und kratzig, und ich fühle mich darin wie … wie …«

»Aschenputtel?«, vermutete Emmi.

Anni nickte. »O ja, ganz schrecklich. Und wenn ich den anderen Lehrmädchen glauben kann, dann werde ich noch eine halbe Ewigkeit dort unten versauern, ehe mir die Ehre zukommt, die heiligen Verkaufsräume betreten zu dürfen. Und die Kundschaft bedienen, das darf ich wohl sowieso erst frühestens, wenn ich eine richtige Verkäuferin bin.«

»Nun ja, Anni, was hast du gedacht«, sagte Thea Engel. »Lehrjahre sind nun mal keine Herrenjahre.«

Anni verschränkte trotzig die Arme vor der Brust. »Wenn ich das gewusst hätte, dann wäre ich auch weiter zur Schule gegangen und hätte mich irgendwann an einer piekfeinen Universität angemeldet, wie Emmi es vorhat.«

Eingeschrieben, nicht angemeldet, lag es Emmi bereits auf der Zunge. Doch im letzten Moment verkniff sie sich ihre bestimmt als besserwisserisch aufgefasste Zurechtweisung.

»Das hätten wir uns nur leider nicht leisten können«, gab Thea Engel unaufgeregt zurück.

Annis Augen weiteten sich ungläubig. »Für Emmis Studium reicht das Geld, aber für mich nicht?«, rief sie entrüstet.

»Anni, jetzt ist es wirklich gut. Du hast niemals Anstalten gemacht, länger als nötig die Schule besuchen zu wollen. Und deine Noten sind auch nicht so gewesen, als dass es für eine höhere Schulausbildung gereicht hätte. Und das ist auch in Ordnung so, weil du doch eh davon geträumt hast, in ein schickes Modegeschäft zu gehen.«

»Du denkst also, dass ich zu dumm fürs Abitur bin? Zu einfältig für ein Studium?«, fuhr Anni sie kampflustig an. Sie brauchte jemanden, an dem sie ihre Wut und ihren Ärger loswerden konnte.

»Falls es dich beruhigt, Anni, ich werde mich im Falle eines Studiums um Unterstützung beim Deutschen Studentenwerk bemühen und habe gute Chancen, sie wahrscheinlich auch zu bekommen. Das Geld, das Vater extra dafür angespart hat, möchte ich nur ungern verwenden und es lieber Mutter zur Verfügung stellen, denn wie du ja weißt, kann Hans gerade nicht mehr die volle Pacht aufbringen. Ihm bleibt zunehmend die Kundschaft aus, so dass er Mutter auch nicht mehr im Laden beschäftigen kann.«

»Wie edel von dir«, gab Anni ironisch zurück.

»Schluss damit! Ich will kein Wort mehr hören!«, rief Thea Engel und schlug mit der flachen Hand auf die Tischplatte.

Erschrocken zuckte Anni zusammen. Tränen stiegen ihr in die Augen. »Es … es tut mir leid. Ich wollte überhaupt nicht so gemein sein. Und ich will auch nicht studieren. Und ich missgönne Emmi wirklich nichts. Ich bin froh für sie, dass Vater etwas Geld zur Seite gelegt hat, damit sie …« Anni schlug sich die Hände vors Gesicht und begann darunter zu weinen.

Sofort rückte Emmi ganz nah an sie heran und legte tröstend den Arm um die zuckenden Schultern ihrer Schwester. »Bitte gräm dich nicht. Niemand ist dir böse.«

Dennoch dauerte es eine Weile, bis Anni sich wieder gefasst hatte und die Hände sinken ließ. Darunter kamen ihre rot geweinten Augen und die schniefende Nase zum Vorschein.

»Es ist ja nur, weil ich so enttäuscht bin. Ich habe mich auf die Arbeit im Modehaus Kaiser gefreut und mir alles in den schönsten Farben ausgemalt. Und nun hocke ich unten im Lager und …«

»Ja, Anni, weil du ein Lehrmädchen bist und noch keine fertige Verkäuferin«, redete Thea Engel geduldig auf ihre Tochter ein. »Jede von denen hat bestimmt auch mal unten im Lager angefangen und sich dann im wahrsten Sinne des Wortes hochgearbeitet. Ich denke, all das hat auch schon einen Sinn, denn dein Vorgesetzter möchte ja, dass du den Beruf von der Pike auf erlernst.«

»Ich bin zu ungeduldig, willst du mir damit sagen?« Anni schniefte.

»Ja, Anni, alles zu seiner Zeit, und deine Zeit oben in den Verkaufsräumen wird ganz bestimmt auch noch kommen.«

»Die wären auf jeden Fall schön dumm«, fügte nun Emmi hinzu, »wenn sie so ein liebreizendes Geschöpf wie dich unten im Lager versteckt hielten.«

Endlich konnte Anni wieder lächeln. »Findet ihr mich eigentlich sehr anstrengend?«

»Nicht doch!«, rief Thea Engel.

»Wirklich nicht!«, rief Emmi – und dann fingen alle drei laut zu lachen an.

ZEHN

Auch aus Steinen,
die einem in den Weg gelegt werden,
kann man Schönes bauen.

JOHANN WOLFGANG VON GOETHE,
DEUTSCHER DICHTER UND FORSCHER
(1749–1832)

Tatsächlich musste Anni nur noch die nächste Woche ungeduldig darauf warten, die heiligen Verkaufsräume betreten zu dürfen. Am darauffolgenden Freitag war das Modehaus so gut besucht, dass die Verkäuferinnen ununterbrochen zwischen den Verkaufsräumen, dem Lager und der Kasse hin und her eilen mussten. Inmitten des hektischen Gewirres kam eine der besten, aber leider auch schwierigsten Kundinnen in Begleitung ihres Sohnes in das exklusive Modehaus hereingeschneit. Wie gewohnt verlangte sie, von Fräulein Luise bedient zu werden. Zuarbeiten sollte ihr am besten Fräulein Maria, oder sonst wäre ihr auch Fräulein Elfriede recht, erklärte sie im gewohnt herrischen Tonfall. Sie wünschte die neusten Mäntel, Blusen, Kleider, Röcke, Hüte, Schuhe und natürlich Accessoires vorgeführt zu bekommen und dann zu entscheiden, welche der exquisiten Teile sie anprobieren wolle.

Während Fräulein Luise der gnädigen Dame in der Umkleidekabine behilflich sein würde, erwartete die anspruchsvolle Kundin, dass die Auswahl immer wieder aktualisiert, passende Größen und eine Palette unterschiedlichster Farben herbeigeschafft wurden. Auf das ein oder andere Modell warten zu müssen, und war es auch nur die Idee eines Momentes, nein, so etwas duldete die herrische Dame keinesfalls.

Doch weder Fräulein Marie noch Fräulein Elfriede hatten an diesem hektischen Freitagnachmittag Zeit, ihrer Kollegin zuzuarbeiten, weil sie mit eigener Kundschaft beschäftigt waren. Die verwöhnte Kundin empörte sich, verlangte bereits die Inhaberin des Modehauses zu sprechen, Bernadette Kaiser, die das Modehaus erst vor Kurzem von ihrem Vater Franz Wilhelm übernommen hatte. In ihrer Not wusste Fräulein Luise sich keinen anderen Rat, als sich unten im Lager das erstbeste Lehrmädchen zu schnappen und sie nach kurzer Einweisung zu ihrer Assistentin zu machen.

Anni konnte ihr Glück kaum fassen und war gleichzeitig so aufgeregt, dass sie meinte, ein jeder müsste ihr Herz schlagen hören, während sie Fräulein Luise kreuz und quer durch die Verkaufsräume hinterhereilte und kurz darauf der *ganz besonderen* Kundin, wie Fräulein Luise sie genannt hatte, gegenüberstand. Eine auffallend hochgewachsene Frau mit stechend blauen Augen, einer etwas zu groß geratenen Nase und viel zu rot geschminkten Lippen musterte sie skeptisch vom Kopf bis zur Sohle, um dann keinen Hehl daraus zu machen, dass sie nicht zufrieden war.

»Fräulein Luise, ist das etwa ein Lehrmädchen? Ich muss Ihnen wohl nicht sagen, dass ich das unerhört finde. Wo sind denn Fräulein Marie oder Fräulein Elfriede? Sonst assistierten sie Ihnen doch immer!«

»Sie müssen bitte entschuldigen, gnädige Frau Wagner, aber Sie sehen ja selbst, was heute bei uns los ist. Das geht schon die ganzen letzten Wochen so. Als würde unsere Kundschaft befürchten, dass es bald nichts mehr zu kaufen gebe. Fräulein Marie und auch Fräulein Elfriede sind leider nicht abkömmlich. Aber ich garantiere Ihnen, unser Fräulein Anni wird sie gebührend vertreten.«

Anni wunderte sich kurz, dass Fräulein Luise so gut von ihr sprach, bisher hatte sie sie nämlich stets mit Nichtachtung gestraft, aber sie war fest entschlossen, ihre Chance zu nutzen. Wer konnte schon ahnen, wohin sie der momentane Personalnotstand noch führen würde? Vielleicht viel schneller dauerhaft in die heiligen Verkaufsräume, als sie es vor ein paar Tagen noch zu hoffen gewagt hatte.

Doch die gnädige Frau Wagner war noch immer nicht zufrieden. Abschätzig unterzog sie Anni einer erneuten Musterung und kündigte dann eisig an: »Dann muss ich bedauerlicherweise heute im Modehaus Schiller meine neue Herbstmode einkaufen. Ein Lehrmädchen, unerhört, und das nächste Mal muss ich dann wohl mit der Reinemachefrau vorliebnehmen.«

Was für eine dumme, dumme Kuh!, konnte Anni nur denken. Am liebsten hätte sie der eingebildeten Schnepfe so richtig die Meinung gesagt. Aber das durfte sie natürlich nicht, wenn sie nicht riskieren wollte, umgehend ihre Lehrstelle zu verlieren. Also presste sie die Lippen fest zusammen, damit ihr bloß kein freches Wort herausrutschen konnte, und hoffte darauf, dass Fräulein Luise diese schreckliche Stammkundin doch noch irgendwie umstimmen könnte. Oder noch viel besser, sie in ihre Schranken weisen würde. Nun gut, das war äußerst unwahrscheinlich, aber immerhin ein kurzer und sehr feiner Gedanke.

Leider wurde im nächsten Moment Annis Hoffnung auf ganzer Linie enttäuscht. Fräulein Luise zögerte nun keine Sekunde mehr und versicherte ihrer Kundin: »Wenn es Ihnen so nicht recht ist, gnädige Frau Wagner, dann bemühe ich mich natürlich augenblicklich um eine andere Lösung.«

»Die da wäre?«, wollte die Frau von Fräulein Luise erfahren.

»Ich schicke jetzt erst einmal das Lehrmädchen fort, und dann …«

»Mutter, wirklich, du übertreibst maßlos«, wurde auf einmal eine Herrenstimme im Hintergrund laut.

Ach ja, die schreckliche Schnepfe war in Begleitung ihres Sohnes in das Geschäft gekommen, fiel Anni wieder ein, und der hatte sich allem Anschein nach in die Sitzecke nahe den Umkleidekabinen zurückgezogen. Bislang hatte er das Gezeter seiner werten Frau Mutter unkommentiert gelassen, weshalb seine Anwesenheit bei Anni in Vergessenheit geraten war.

Doch so allmählich schien ihm das Theater seiner Mutter nun doch unangenehm zu werden.

»Wie habe ich das zu verstehen, Emil?«, wollte die schwierige Kundin hör- und sichtbar pikiert von ihrem Sohn erfahren.

Emil Wagner, kam es Anni in den Sinn. *Der* Emil Wagner? Emmis Verehrer?

»Ich finde einfach, dass du Fräulein Luise nicht so überstrapazieren und auf ihr Urteil vertrauen solltest, wenn sie dir sagt, dass Fräulein Anni ihr perfekt zuarbeiten wird.«

Tatsächlich, es war Emmis Emil Wagner, der sich von einem der bequemen Ledersessel erhob und mit einem freundlichen Gesichtsausdruck auf Anni zukam.

»Schön, Sie wiederzusehen, Fräulein Engel.«

»Du … du kennst diese Person?«, japste seine Mutter so entsetzt, als wäre Anni eine fragwürdige Erscheinung.

Emil Wagner überspielte die boshaft klingende Frage seiner Mutter einfach mit einem charmanten Lächeln. »Wenn ich es mir recht überlege, dann könnte ich auch ein paar neue Hemden gebrauchen. Darf ich Sie später vielleicht um Ihre Beratung bitten, Fräulein Engel?«

»Das … das … ich wollte sagen, Verzeihung, gnädiger Herr Wagner, aber das geht leider nicht«, mischte sich Fräulein Luise nun aber ein. Ihr war anzusehen, dass die Situation sie vollends überforderte. Feuerrote Flecken zierten ihren Hals, und selbst ihre Ohren glühten. »Bei Fräulein Anni handelt es sich um ein Lehrmädchen. Ich gebe aber augenblicklich Fräulein Wilma aus der Herrenabteilung Bescheid, dass sie …«

»Das darf ja wohl nicht wahr sein«, schnitt Frau Wagner der Verkäuferin grob das Wort ab. »Ich soll mit einem dummen Lehrmädchen vorliebnehmen, und im nächsten Atemzuge raten Sie meinem Sohn genau von dieser Person ab.«

»So … so habe ich das natürlich nicht gemeint«, stotterte Fräulein Luise. »Fräulein Anni kennt sich in der Herrenabteilung nicht aus. Und außerdem …«

»Papperlapapp!« Erneut ließ die herrische Frau Wagner die Verkäuferin nicht ausreden. »Mir reicht es jetzt. Ich verlange, augenblicklich Frau Kaiser zu sprechen. Und Sie, Fräulein Luise, von Ihnen werde ich mich zukünftig bestimmt nicht mehr bedienen lassen.«

Fräulein Luise stiegen die Tränen in die Augen. Auch wenn die brünette Verkäuferin ihre Nase ziemlich hoch trug und bisher kaum ein freundliches Wort für Anni übrig gehabt hatte, in diesem Moment tat sie ihr von Herzen leid. Frau Wagner war ein durch und durch schrecklicher Mensch. Unerträglich und dermaßen eingebildet, dass Anni ihr am liebsten wie ein kleines Kind die Zunge herausgestreckt und sie stehen gelassen hätte.

Anni hatte die Inhaberin des Modehauses bisher nur ein einziges Mal gesehen, nämlich bei ihrem Vorstellungsgespräch im Frühjahr dieses Jahres. Auch wenn sie sich ausschließlich mit dem Personalchef Dr. Jansen und den Abteilungsleiterinnen, Frau Grupe und Frau Hoffmeister, des Modehauses unterhalten hatte, von ihnen auf Leib und Seele geprüft worden war, so wie all die anderen jungen Bewerberinnen um eine der begehrten Lehrstellen im ersten Modehaus der Stadt, so hatte die elegante Inhaberin im Hintergrund sitzend jedem Gespräch beigewohnt. Anni war beeindruckt von der Eleganz und Schönheit der Besitzerin des Modehauses gewesen und hatte sich insgeheim schon als ihre persönliche Assistentin gesehen. Nun ja, Annis Gedanken spielten häufiger verrückt. Doch nachdem sie ihre Lehrstelle angetreten hatte, war ihr von unterschiedlichen Seiten zugetragen worden, dass es sich bei Bernadette Kaiser um eine ausgesprochen kaltherzige und herrische Frau handeln sollte, die nicht mit der Wimper zuckte, ihre Angestellten mit aller Härte und Arroganz zurechtzuweisen. So eine Zurechtweisung fürchtete Fräulein Luise nun offenbar, und wenn Anni den Gerüchten, die durch die Räumlichkeiten des vornehmen Hauses schwirrten, Glauben schenken konnte, musste Fräulein Luise bei einer Beschwerde von einer derart guten Kundin ernsthaft um ihre Arbeitsstelle bangen.

Doch unversehens nahm Emil Wagner seine schwierige Frau Mutter zwei, drei Schritte beiseite, redete ihr allem Anschein nach ins Gewissen und forderte wenige Augenblicke später überaus gut gelaunt und mit einem gewinnenden Lächeln: »Wenn ich Sie nun bitten darf, Fräulein Luise und Fräulein Anni, meiner Frau Mutter zu ihrer neuen Herbstmode zu verhelfen!«

Anni hatte nicht die geringste Ahnung, wie Emil Wagner es fertiggebracht hatte, dass seine herrische Mutter auf einmal wie ausgewechselt war. Jedenfalls verließ sie knapp drei Stunden später bestens gelaunt das Modehaus Kaiser. Sie hatte eine überaus große Auswahl neuester Herbstmode erworben, so dass Fräulein Luise schon wieder in den grellsten Rottönen glühte, während sie sich bei der Kundin für den Einkauf bedankte und ihr versicherte, dass sie ihre Garderobe samt den zahlreichen Accessoires alsbald durch den Boten des Modehauses geliefert bekommen würde – dieses Mal jedoch vor Freude und aus lauter Begeisterung.

Während Anni noch damit beschäftigt war, die Kleidungsstücke, die von der anfangs so schwierigen Frau Wagner nicht ausgewählt worden waren, ordentlich zusammenzulegen oder auf die mit rotem Samt überzogenen Bügel zu tun, sonnte sich Fräulein Luise in der Bewunderung ihrer Kolleginnen. Soweit Anni es mitbekam, wurde sie von den anderen Verkäuferinnen aber nicht in erster Linie wegen der umfangreichen Herbstmode-Auswahl, die sie der anstrengenden Kundin hatte verkaufen können, bewundert, vielmehr ging es dabei um den Sohn *der Wagner*. Alle, ausnahmslos alle Verkäuferinnen schienen vollkommen verzückt von Emil Wagner zu sein. Selbst die glücklich Verheirateten bekamen einen verklärten Gesichtsausdruck, wenn sie von dem gut aussehenden und überaus charmanten Emil Wagner sprachen.

Anni traute ihren Ohren kaum, als sich sogar die sonst so spröde Abteilungsleiterin Frau Grupe dazu hinreißen ließ, von seinen schönen dunklen Augen und dem sinnlichen Mund zu schwärmen – um im nächsten Moment in bester Backfischmanier albern zu kichern.

Natürlich wurde auch Anni dazu befragt, woher sie Emil Wagner kannte, und sie wollte schon mit einer bedeutungslosen Geste abwinken und erklären, dass sie sich lediglich zweimal ganz kurz begegnet waren. Doch im letzten Moment überlegte sie es sich anders, wenn die Verkäuferinnen annahmen, sie sei gut bekannt mit dem Mann, den sie allesamt so offensichtlich anschmachteten, dann wurde auch sie dadurch vielleicht interessanter.

Also lächelte sie geheimnisvoll und sagte: »Es stimmt, Emil Wagner und ich sind sehr gut miteinander bekannt. Mehr möchte ich dazu aber wirklich nicht sagen …«

Zu Hause erzählte sie Emmi augenblicklich von ihrer Begegnung mit Emil Wagner und seiner schrecklichen Mutter.

»Du hättest das Gesicht der Schnepfe sehen müssen, als sie von ihrem Sohn wie ein kleines Kind zur Seite genommen und zurechtgewiesen wurde«, erklärte Anni mit größtem Vergnügen. »Im ersten Moment dachte ich, die erleidet einen Schwächeanfall. Herrlich, einfach nur kolossal, Emmilein, dein Herr Wagner.«

»Er ist nicht *mein* Herr Wagner«, stellte Emmi ruppig klar.

»Wirklich? Ich hatte aber schon den Eindruck, dass er dir gut gefällt. Und außerdem ist er doch nicht einfach nur *so* in seinem schicken Automobil zu uns ins Dorf gefahren gekommen. Dein Tuch hätte er dir auch durch einen Boten zukommen lassen können, Emmi. Der ist nämlich stinkreich und hat sicherlich unzählige Angestellte. Wenn ich Fräulein Luise richtig verstanden habe, dann haben die ihr Geld mit Zuckerrüben gemacht und wohnen in einer riesigen Villa. Verrückt, ich hatte wirklich keine Ahnung, dass man mit ein paar ollen Rüben so viel Geld verdienen kann.«

Thea Engel kam in die Wohnküche, wo die Schwestern zusammen am Tisch saßen.

»Habe ich das gerade richtig verstanden, du wünschst dir mal wieder einen deftigen Steckrübeneintopf, Anni? Dann musst du dich nicht mehr lange gedulden, die können wir tatsächlich bald ernten.«

Anni lachte hell auf. »Ach nein, da hast du dich wirklich verhört. Ich habe von Zuckerrüben gesprochen. Heute ist eine Kundin im Modehaus Kaiser gewesen, die einfach nur unausstehlich war. Die Mutter von Emmis Verehrer, der ihr neulich das Tuch gebracht hat und den wir …«

»Er ist nicht mein Verehrer!«, fuhr Emmi ihre Schwester an. »Wie oft soll ich dir das noch sagen?«

Ungerührt zuckte Anni mit den Schultern. »Sagen kannst du viel, Emmi, aber glauben tue ich es dir trotzdem nicht. Außerdem wärst du schön dumm, das muss *ich dir* sagen. Alle, wirklich alle Verkäuferinnen und sogar die spröde Abteilungsleiterin Frau Grupe himmeln ihn an. Die würden beide Hände hergeben, wenn er sie dafür auch nur einmal anlächelte.«

»Schön dumm«, brummte Emmi und gab dann vor, noch eine dringende Aufgabe für die Schule erledigen zu müssen.

»Ach Emmi, jetzt bleib doch hier. Wir haben doch gerade

so gemütlich zusammengesessen«, versuchte Anni sie zurückzuhalten.

Doch Emmi war bereits zur Tür hinaus und auf der Treppe nach oben in ihre Dachkammer.

»Was hast du denn überhaupt in den Verkaufsräumen des Modehauses gemacht, Anni?«, wollte Thea Engel von ihrer Tochter erfahren.

Mit vor Begeisterung geröteten Wangen erzählte Anni der Mutter, wie es dazu gekommen war, und endete schließlich mit der Frage, die sie vorhin schon ihrer Schwester gestellt hatte: »Kann man denn wirklich durch ein paar olle Rüben so reich werden, Mutti?«

»Sprichst du von den Wagners von der Zuckerrübenfabrik in der Hildesheimer Börde?«

»Sind sie dir bekannt, Mutti?«

Thea Engel hob die Hände, ließ sie aber direkt wieder fallen. »Natürlich nicht persönlich, nur vom Hörensagen.«

»Du sagst das so, als müssten die jedem bekannt sein, als wären sie berühmt.«

»Ich kann dir nicht viel zu der Familie und erst recht nicht über ihre Geschäfte sagen. Ich weiß nicht einmal, ob denen das Werk überhaupt noch gehört. Mir ist lediglich bekannt, dass ihre Vorfahren, zwei Brüder sollen es gewesen sein, es Mitte des 19. Jahrhunderts gegründet haben und es ihnen nach anfänglichen Schwierigkeiten gelungen ist, die Landwirte rund um das neu errichtete Werk für den Zuckerrübenanbau zu gewinnen.«

»Das ist aber doch recht viel, was du über die Familie Wagner weißt«, fand Anni, die den Namen nie zuvor gehört hatte. »Dann müssen sie wohl berühmt sein.«

Thea schmunzelte. »Wenn du das sagst, Anni, dann ist das wohl so.«

Einen kurzen Augenblick schwiegen die beiden, jede von ihnen war mit den eigenen Gedanken beschäftigt, bis Thea sich schließlich räusperte und von Anni erfahren wollte: »Und der junge Herr, der unserer Emmi vor ein paar Wochen das Tuch gebracht hat, gehört also zu der Fabrikantenfamilie?«

Anni nickte. »Er war wegen Emmi hier, sie hat ihm anscheinend gefallen. Und umgekehrt ist es genauso. Ich bin mir sicher, dass sie ihn mag, es nur nicht zugeben will.«

Nachdenklich nickte Thea Engel.

»Ach so, Mutti, und *jung* ist der bestimmt nicht mehr«, fügte Anni nun noch hinzu. »Bestimmt schon Ende zwanzig.«

Lachend schlug Thea Engel die Hände vor der Brust zusammen. »Um Himmels willen, Anni, das ist ja wirklich steinalt.«

Reumütig verzog Anni das Gesicht. »So habe ich das nicht gemeint. Du bist auch schon vierzig Jahre alt und kommst mir gewiss nicht *alt* vor. Ich wollte damit nur sagen, dass er für Emmi vielleicht sowieso *zu alt* ist … also im Verhältnis, weil sie ja erst neunzehn wird.«

Beruhigend tätschelte Thea Engel die Schulter ihrer jüngsten Tochter. »Natürlich habe ich verstanden, was du damit gemeint hast, und ich gebe dir recht, zehn Jahre Altersunterschied sind nicht gerade wenig. Aber wenn man sich lieb hat und sich gut versteht, dann ist das Alter im Grunde nur eine Zahl auf dem Papier.«

Anni nickte. »So habe ich das noch gar nicht gesehen. Und eigentlich passt es eh viel besser. Denk doch nur an die jungen Männer in meinem oder Emmis Alter, die sind noch so schrecklich unreif und benehmen sich wie alberne Dorfbengel, die nicht wissen, was sie wollen.«

»Ganz besonders der eine mit Namen Karl. Hab ich recht, Anni?«

Prompt schoss Anni die Röte ins Gesicht. »Ach, der ist mir doch längst gleichgültig. Der kann bleiben, wo der Pfeffer wächst.«

ELF

Zufällig naht man sich, man fühlt, man bleibt,
und nach und nach wird man verflochten.

JOHANN WOLFGANG VON GOETHE,
DEUTSCHER DICHTER UND FORSCHER
(1749–1832)

Emmi lag der Länge nach auf ihrem schmalen Bett oben in der Dachkammer. Gerade war Anni hier bei ihr gewesen, hatte unbedingt noch einmal mit ihr über Emil Wagner reden wollen.

»Und du bist wirklich nicht an Emil Wagner interessiert, Emmi?«

Doch, das bin ich!, hätte Emmi laut ausrufen müssen, wenn sie sich und ihrer Schwester gegenüber ehrlich gewesen wäre. Doch da war etwas, das sie meinte in Emil Wagners Blick erkannt zu haben, als er damals im Schusterladen gestanden hatte und Anni umweht von sommerschwerer Luft und mit ihrem unvergleichlichen Liebreiz zur Tür hereingestürmt gekommen war. Seine Augen hatten sich bewundernd geweitet. Die Züge um seinen Mund waren auf einmal weich geworden, und seine Körperhaltung hatte an Festigkeit verloren.

Emmi hatte sich die letzten Wochen immer wieder gefragt, was es wohl war, das sich in ihr so vehement dagegen versperrte, sich die romantischen Gefühle, die sie fraglos für Emil Wagner empfand, einzugestehen. Als Anni ihr vorhin unten am Küchentisch von dem heldenhaften Auftreten Emil Wagners erzählt hatte und wie sehr die Verkäuferinnen seinetwegen ins Schwärmen geraten waren, war ihr auf einmal bewusst geworden, was diese innerliche Sperre in ihr hervorgerufen hatte: Emil Wagner war schlichtweg zu wunderbar für sie. Ein Mann wie er umgab sich mit eleganten jungen Damen aus Verhältnissen, die den seinigen gleichkamen. Mit Sicherheit hatte er kein ernsthaftes Interesse an einem Mädchen vom Dorfe, und darum musste sie ihn sich jetzt auch endgültig aus dem Kopf schlagen.

In den nächsten Wochen kam Anni mehrfach sehr spät von der Arbeit nach Hause. Natürlich wollte Thea Engel den Grund dafür von ihr erfahren.

»Ich musste noch das Lager aufräumen«, lautete Annis Erklärung. Dann war ihr angeblich die Eisenbahn direkt vor der Nase weggefahren, und nur ein paar Tage später behauptete sie, dass sie ihr Rad am Bahnhof in Algermissen mit einem platten Hinterreifen vorgefunden hatte und es erst mal hatte flicken müssen, was natürlich eine halbe Ewigkeit gedauert hatte.

Emmi kannte ihre Schwester zu gut und wurde spätestens beim angeblichen Plattfuß hellhörig. Auch wenn Anni sich redlich Mühe gab, zerknirscht zu wirken, ihr konnte sie nichts vormachen.

»Jetzt sag schon, Anni, wo bist du gewesen?«, verlangte sie von der Schwester zu erfahren, kaum dass die Mutter kurz die Küche verlassen hatte.

»Hab ich doch gesagt. Mein Rad hatte einen platten Reif…«

»Ja, ja, das hast du bereits gesagt«, fiel Emmi ihr augenzwinkernd ins Wort. »Ich bin aber an der Wahrheit interessiert, Schwesterlein.« Sie nahm fest an, dass sich Anni doch wieder auf Karl eingelassen hatte und er der Grund für ihr Zuspätkommen war.

Anni atmete tief durch, erst dann gab sie zu: »Du hast recht, Emmi, ich habe euch angeflunkert.«

»Wegen Karl? Weil du weißt, was Mutti von ihm hält? So ist es doch, stimmt's?!« Emmi war sich sicher, dass sie direkt ins Schwarze getroffen hatte. Zumal die Röte, die Anni in Sekundenschnelle ins Gesicht stieg, sowieso mehr als Worte aussagte.

»Es ist deine Entscheidung, Anni«, fand Emmi. »Du bist zwar noch Jahre von der Volljährigkeit entfernt, aber Mutti wird es dir nicht verübeln, wenn du noch immer Gefühle für Karl hast. Was sie dir jedoch mit Sicherheit nachtragen wird, sind deine Flunkereien. Du weißt doch, wie wenig sie Unehrlichkeit ausstehen kann. Also sag ihr die Wahrheit. Sie wird dir schon nicht den Kopf abreißen.«

»Es ist nicht Mutti, dessen Reaktion ich fürchte«, begann Anni, während ihr Gesicht immer mehr errötete. »Es … es ist nur so, dass ich …«

In diesem Moment kam Thea Engel in die Küche zurück. Auffordernd sah Emmi ihre Schwester an, doch die kniff fest die Lippen zusammen und gab keinen Mucks von sich.

Erst später, als Emmi hinauf in ihre Dachkammer gegangen und gerade im Begriff war, ihr Buch aufzuschlagen, klopfte es zaghaft an der Tür. Es gab gleich zwei Dinge, über die sich Emmi wunderte. Zum einen, dass Anni anklopfte. So etwas war in all den Jahren noch nicht vorgekommen. Anni war stets einfach hereingestürmt und hatte sich herzlich wenig darum geschert, ob es der Schwester passte oder nicht. Noch etwas mehr staunte sie allerdings darüber, dass sich Anni mit ihr über das Buch in ihren Händen unterhalten wollte. Anni interessierte sich nicht für Literatur – es war sogar so, dass sie das Lesen von Büchern als Zeitverschwendung empfand und wirklich nicht verstehen konnte, dass Emmi nichts mehr liebte, als ihre Nase zwischen zwei Buchdeckel zu stecken.

»Im Westen nichts Neues«, las Anni den Titel vom Bucheinband laut ab. »Wovon handelt es?«

»Vom Krieg und seinen Schrecken. Onkel Friedhelm hat es mir mit der Post geschickt. Er meinte, ich müsste es unbedingt lesen. Auch wegen Vati …«

»Wegen Vati? Was steht denn darin, was mit Vati zu tun hat?«

Emmi wollte schon erwidern, dass der Vater schließlich im Krieg gewesen war und schrecklich unter den Grausamkeiten, die ihm dort widerfahren waren, gelitten hatte. Dass er deshalb immer schwermütiger geworden war und am Ende keinen anderen Ausweg als den Freitod für sich gesehen hatte.

Doch dann schüttelte sie den Kopf. Anni war nicht wegen des Buches zu ihr in die Kammer gekommen. Und es interessierte sie auch nicht, dass Erich Maria Remarque die Schrecken des Krieges aus der Sicht eines jungen Soldaten darin so hautnah schilderte, dass sich Emmi schon nach wenigen Seiten sicher war, dass es sich bei dem Autor um eben genau diesen jungen Soldaten handelte.

»Es geht also um Karl …«, schlussfolgerte Emmi. »Aber weißt du, Anni, ich werde dir bestimmt nicht reinreden. Es ist deine Entscheidung und natürlich auch dein Herzschmerz. Nur Mutter hat es nicht verdient, dass du ihr irgendwelche Geschichten auftischst und …«

»Es ist nicht Karl, der nach Feierabend auf mich gewartet hat, um mich zum Eisessen oder zum Spazierengehen einzuladen. Es ist Emil.«

Im ersten Moment war Emmi so perplex, dass ihr beim besten Willen nicht einfiel, von welchem Emil ihre Schwester da plötzlich sprach. Sie kannte keinen Emil, oder zumindest keinen, den sie in irgendeiner Weise mit der nicht einmal siebzehnjährigen Anni in Verbindung brachte. Doch Annis schuldbewusster Blick, die Art, wie sie nervös am Saum ihrer Bluse herumnestelte, und, ja, die fast schon kindliche Stimme, mit der sie von diesem Emil gesprochen hatte – auf einmal wurde Emmi siedeheiß und eiskalt zugleich bewusst, dass die Rede von Emil Wagner war. Von dem Mann, in den sie sich verliebt hatte und für den sie noch immer schwärmte … heimlich.

Dass Emil Wagner im Umkehrschluss kein weiteres Interesse an ihr hatte, war ihr durchaus bewusst. Seit er ihr das Halstuch gebracht hatte, war einige Zeit vergangen – Zeit, in der er nicht den geringsten Versuch unternommen hatte, in Kontakt mit ihr zu treten. Sie hatte längst eine Erklärung dafür gefunden. Ein Mädchen vom Dorfe konnte niemals den Ansprüchen eines Mannes wie Emil Wagner genügen.

Dennoch oder vielleicht gerade deshalb traf Annis Geständnis sie wie ein harter Schlag in den Magen. Ihr wurde speiübel. Gleichzeitig versuchte sie gegen die Tränen anzukämpfen und rang damit, dass sie die Haltung nicht gänzlich verlor. Und dann war da auch noch ihre Fassungslosigkeit, gepaart mit Unglauben. Emil Wagner war gut und gern zehn Jahre älter als Anni. Sicherlich wirkte Anni äußerlich etwas erwachsener, doch Emil Wagner musste doch bewusst sein, dass sie trotz allem zu jung für einen gestandenen Mann wie ihn war. Er konnte doch nicht wirklich annehmen, dass so ein blutjunges Mädchen zu ihm passen würde. Emmi hatte ihn als intelligenten und weltgewandten Mann erlebt. Er war gebildet, ohne Zweifel auch aus gutem Hause, und im Gegensatz zu der temperamentvollen und vor Lebensfreude nur so sprudelnden Anni fast ein wenig introvertiert. Zwischen ihnen beiden lagen Welten – all das musste er doch ahnen … wissen.

»Ich habe dich gefragt«, rief Anni und klang nun auch einmal beinah trotzig. »Erinnere dich, Emmi, ich habe dich ausdrücklich gefragt, ob du für Emil etwas empfindest, und du hast Nein gesagt.«

»Habe ich das?«, hauchte Emmi.

Anni nickte. »Natürlich hast du das. Wenn es anders gewesen wäre, dann hätte ich mich bestimmt nicht auf ihn eingelassen. Du bist doch meine Schwester, und ich würde niemals etwas tun, was dich verletzt.«

Emmi hatte Annis Beteuerung wohl gehört. Jedes einzelne Wort. Doch nur eines davon war wirklich zu ihr durchgedrungen und verursachte einen stechenden Schmerz in ihrem Herzen.

Eingelassen.

Inwiefern hatte sich ihre blutjunge Schwester auf Emil Wagner *eingelassen?*

»Was ist zwischen dir und Herrn Wagner vorgefallen, Anni?«

»Vorgefallen«, empörte sich Anni. »Wie sich das anhört. Und warum nennst du ihn Herr Wagner?«

Zitternd atmete Emmi durch. Sie musste sich beherrschen. Es ging hier nicht mehr um ihren Herzschmerz, ihre Enttäuschung, sondern darum, dass sich ein gestandener Mann an ein viel zu junges Mädchen herangemacht hatte, an ihre Schwester. Und das wohl kaum mit ehrbaren Absichten.

»Anni, Herr Wagner ist zu alt …«

»Unsinn!«, fiel Anni ihr ins Wort. »Emil ist überraschend jugendlich, und er bringt mich zum Lachen. Zugegeben, erst fand ich auch, dass er sich etwas zu steif und förmlich gibt, aber jetzt, wo ich ihn näher kennengelernt habe und auch erlebt habe, wie er meinetwegen seine arrogante Mutter in ihre Schranken verwiesen hat, ist mir klar geworden, was für ein Glück ich doch habe. Emmi, erinnere dich, von so einem Verehrer habe ich doch geträumt. Als wir am See saßen und Karl mich versetzt hat, da habe ich den Entschluss gefasst, mich wegen Karl nicht länger zu grämen und lieber darauf zu hoffen, dass ich einen weitaus besseren Mann kennenlerne. Du hast mich darin sogar bestärkt, hast gemeint, das wäre eine weise Überlegung.«

Emmi nickte. Nicht, weil sie mit dem einverstanden war, was Anni sagte, sondern weil ihr die Kraft dafür fehlte, ihrer Schwester weiterhin ins Gewissen zu reden.

Anni fasste ihr Nicken als Zustimmung auf. Den Segen der großen Schwester für ihr vermeintliches Glück mit Emil Wagner.

»Danke, Schwesterherz, ich danke dir so sehr, dass du mir nichts nachträgst, mir mein Glück gönnst und dich sogar für mich freust. Mir ging es in den letzten Tagen nicht gut, weil ich einfach nicht wusste, wie ich dir von Emil und mir erzählen sollte. Und weißt du, wenn man sein Glück nicht mit seinem liebsten Menschen teilen kann, dann ist es kein ganzes Glück.« Liebevoll schlang Anni ihre Arme um Emmi. »Wie dumm ich doch war, anzunehmen, du würdest mir irgendetwas missgönnen. Was für ein ganz und gar dummer Gedanke …«

Emmi nickte erneut, während sie mühsam gegen die Übelkeit ankämpfte und gleichzeitig versuchte, die brennenden Tränen wegzublinzeln.

»Eine Bitte habe ich aber noch, Emmi. Emil möchte nicht, dass wir uns länger heimlich treffen. Er besteht darauf, Mutti aufzusuchen und ihr seine aufrichtigen Absichten zu erklären.

Nur … ich … ich möchte sie natürlich darauf vorbereiten. Aber ich weiß nicht, wie ich es am besten angehen soll.« Anni stockte, schmiegte sich noch näher an Emmi und flüsterte: »Kannst du vielleicht …«

»Ja!«, rief Emmi und befreite sich ruckartig aus der Umarmung ihrer Schwester. »Ich werde mit ihr reden!« Damit sprang sie von ihrem schmalen Bett auf und verließ fluchtartig die Kammer. Eine Sekunde länger, und sie hätte endgültig die Fassung verloren. Eine Sekunde länger, und sie hätte ihrer vor Glück strahlenden Schwester mitten ins Gesicht geschlagen.

»Emmi, jetzt gleich?«, rief Anni ihr verdattert hinterher. »Willst du sofort zu Mutti gehen?«

Emmi antwortete nicht. Sie stürzte die knarrenden Treppenstufen hinunter, lief in die Küche und fand ihre Mutter am Küchentisch, wo sie gerade über ihrem Haushaltsbuch saß und auch vor einem Zettel vom Metzger, auf dem einiges an Zahlen stand, wovon nur die wenigsten durchgestrichen waren. Emmi sah ihr sofort die Verzweiflung an, dafür musste sie ihr nicht einmal ins Gesicht blicken. Die Art, wie ihr schmaler Rücken über dem Tisch gekrümmt war, wie sie geseufzt hatte, gerade als Emmi hereingestürmt gekommen war, festen Willens, kein gutes Haar an Emil Wagner zu lassen, damit die Mutter Anni den Umgang mit diesem *Herrn* auf der Stelle verbot, der verzagte Anblick der Mutter änderte schlagartig wieder alles. Wenn Emil Wagner es ernst mit Anni meinte, wenn er tatsächlich achtbare Absichten hatte, dann war er womöglich die Rettung.

»Was ist passiert?«, fragte Thea Engel, während sie sich verstohlen über die Augen wischte. Bloß keine Tränen zeigen! Emmi ahnte, was der Mutter durch den Kopf ging. Nur nicht erkennen lassen, wie verzweifelt sie war, weil das Geld vorne und hinten nicht mehr reichte.

Emmi zählte innerlich bis drei, dann sagte sie: »Mutti, Anni ist verliebt, und du darfst ihr bitte keine Steine in den Weg legen, denn sie bekommt den besten Ehemann, den du dir nur für sie wünschen kannst.«

ZWÖLF

Ewig Dein. Ewig Mein. Ewig Uns.

LUDWIG VAN BEETHOVEN,
DEUTSCHER KOMPONIST
(1770–1827)

April 1930

Der ovale Esstisch aus dunkler Eiche in der Mitte der guten Stube war festlich gedeckt. Anlässlich der Verlobungsfeier ihrer Tochter Anni mit dem zehn Jahre älteren Fabrikanten Emil Wagner hatte Thea Engel sich die größte Mühe damit gegeben, ihr bestes Geschirr aus dem Schrank geholt, die frisch gestärkten blütenweißen Servietten kunstvoll auf den eierschalenweißen Porzellantellern drapiert und das Besteck so lange auf Hochglanz poliert, bis man sich darin spiegeln konnte. Die edlen Kristallgläser, die sie einst von ihren längst verstorbenen Eltern zu ihrer Vermählung mit Gustav bekommen hatte und die sie nur zu ganz besonderen Anlässen hinter der ornamentverzierten Glasscheibe des Buffetschrankes hervorholte, funkelten im Schein der Kerzen des sechsarmigen silbernen Leuchters in der Mitte der Tafel.

Das Festmenü, mit dessen Vorbereitungen Thea Engel bereits seit Tagen beschäftigt war, überstieg bei Weitem ihre finanziellen Möglichkeiten. Ihr zukünftiger Schwiegersohn hatte großzügig angeboten, ihr die Auslagen zu erstatten, doch das hatte sie vehement abgelehnt, obwohl sie wegen des Filetbratens bei Metzger Voigt hatte anschreiben lassen und sich auch die anderen Zutaten für das festliche Menü im wahrsten Sinne des Wortes vom Munde hatte absparen müssen. Es gab nicht viel, das sie ihrer Tochter für ihr neues Leben an der Seite des einzigen Erben der wohlhabenden Zuckerrüben-Fabrikantenfamilie Wagner mitgeben konnte. Das war bereits vor dem Ausbruch der weltweiten Wirtschaftskrise, die durch den Zusammenbruch der amerikanischen Börse am 24. Oktober letzten Jahres ausgelöst wurde, in Ansätzen so gewesen und in den letzten Monaten immer bedrohlicher für die Existenz der drei Engel-Frauen geworden.

Umso erleichterter war Thea, dass wenigstens Annis Zukunft gesichert war, jetzt, wo Emmi zwar ein erstklassiges Abitur erreicht, sich aber gegen ein Studium entschieden hatte, weil sie schlichtweg das Geld, das der Vater zu Lebzeiten dafür noch angespart hatte, zum täglichen Überleben benötigten.

Die Schusterei stand seit Ende Januar leer. Hansi Warnecke hatte die Pacht nur noch schwerlich aufbringen können, doch als ihn dann auch noch sein Irmchen von einem Tag auf den anderen sitzengelassen hatte, fehlte ihm jeglicher Antrieb dafür. Dass Irmchen ihn wegen eines anderen Mannes verlassen hatte, nun, so war das wohl heutzutage mit den modernen Frauen, hatte er sich Emmi gegenüber verbittert geäußert. Was ihn jedoch bald noch mehr aus der Bahn warf, war die Tatsache, dass sie nicht nur ihn, sondern auch ihre beiden kleinen Söhne einfach ihrem Schicksal überließ. Sie passten genauso wenig wie er in ihr neues Leben, das sie mit ihrem Liebhaber zukünftig im aufregenden Berlin statt im verschlafenen Hildesheim in vollen Zügen genießen wollte.

Mit der Schließung der Schusterei war Emmi endgültig klar geworden, dass sie jetzt Geld verdienen musste, statt der Mutter noch länger auf der Tasche zu liegen, daher arbeitete sie bereits seit zwei Wochen in einer großen Wollwäscherei nahe Hildesheim.

Natürlich war Thea Engel strikt dagegen gewesen. »Vater würde sich im Grabe umdrehen, wenn er davon wüsste. Er wollte, dass du studierst, dass du etwas tust, das deinem hellen Köpfchen gerecht wird, und nicht als Arbeiterin tagein, tagaus in die Wolle gehst.«

»Wenn es uns erst wieder etwas besser geht, Mutti, dann kann ich mir darüber noch immer Gedanken machen. Mein Abitur wird schließlich nicht schlecht. Es handelt sich um keine verderbliche Ware, die am Ende des Tages nur noch zum Schweinefutter taugt«, hatte Emmi bemüht zuversichtlich erklärt. Doch ernsthaft daran glauben taten weder Tochter noch Mutter.

Und nun sollte Annis Verlobung gefeiert werden. Erst vor zweieinhalb Wochen, an ihrem siebzehnten Geburtstag, hatte

Emil ihr einen Antrag gemacht – nachdem er ein langes Gespräch mit Thea Engel geführt hatte und sie ihr Einverständnis für die Vermählung zwischen ihrer jüngsten Tochter und dem zehn Jahre älteren Fabrikanten gegeben hatte. Auf Annis ausdrücklichen Wunsch und zu Theas Freude fand die Feier im kleinen Kreis bei ihnen daheim statt. Die große Hochzeitsfeier, das prächtige Fest, sollte dann aber natürlich in der schicken Villa der Familie Wagner stattfinden – auch wenn Gerlinde Wagner alles andere als einverstanden mit der Wahl ihres einzigen Sohnes war. Sie war schier entsetzt! Viel zu jung, viel zu ungebildet, viel zu schlicht, viel zu gewöhnlich … all das verkörperte Anni in ihren Augen.

Doch Emil stand wie ein Fels in der Brandung zu seiner Anni. Er trug sie auf Händen, war ganz und gar verzückt von seiner zukünftigen Frau und würde alles dafür tun, dass sie ein glückliches und rundum zufriedenes Leben an seiner Seite führte. Letztendlich war es die Art, wie er Anni ansah, so liebevoll und stolz zugleich, dass dieses zarte und so schöne Geschöpf bald seine Frau sein würde, die Emmi ihren eigenen Kummer nach und nach vergessen ließ und ihr schließlich auch die innerliche Stärke verlieh, ihrer Schwester von Herzen ein glückliches Leben mit Emil zu gönnen.

Da Emil ihr ohne jegliche Verlegenheit oder gar den Hauch von schlechtem Gewissen begegnete, musste Emmi sich eingestehen, dass er von Anfang an ausschließlich an Anni interessiert war und Emmis Empfindungen zu jeder Zeit einseitig gewesen waren.

»Ich bin so schrecklich aufgeregt«, plapperte Anni, während Emmi damit beschäftigt war, Knopf für Knopf am Rücken des wadenlangen Kleides ihrer Schwester zu schließen. Das wunderschöne Kleid aus feinster blassrosa Seide war im Modehaus Kaiser für sie angefertigt worden. Anni hatte keines von der Stange gewollt, sondern ein Festkleid, das es so nur einmal gab – und Emil hatte ihr diesen Wunsch nur allzu gern erfüllt, so wie er jedem ihrer Wünsche entsprach.

»Mutti hat sich so viel Mühe gegeben …« Sie deutete mit der Hand auf den festlich gedeckten Tisch in der Stube. »Aber ich rechne fest damit, dass Emils Eltern der Feier fernbleiben werden. Seine schreckliche Mutter hat doch tatsächlich die Dreistigkeit besessen, Fräulein Luise zu versichern, dass sie keinen Fuß über die Schwelle eines Hauses setzen werde, von dem man nicht wüsste, ob einem nicht jeden Moment das marode Dach auf den Kopf fiele. Stell dir das nur vor, Emmi, sie ist vorgestern ins Modehaus gekommen und hat sich bei Fräulein Luise entsetzlich über die *einfältige* Person aufgeregt, die ihr Sohn zu heiraten gedenkt.«

Emmi verschloss den letzten der vierundzwanzig zarten Perlenknöpfe, tippte Anni sacht auf die Schulter und sagte: »Fertig! Und was deine zukünftige Frau Schwiegermutter betrifft, wer so etwas tut, der ist am Ende die einfältige Person.«

Bitter lachte Anni auf. »Nein, Emmi, sie ist gehässig. Gerlinde Wagner ist durch und durch gehässig, herrisch und schrecklich eingebildet. Du musst nämlich wissen, dass es *ihr* Vater war, der einst mit seinem älteren Bruder die Zuckerrübenfabrik gegründet hat, und das Vermögen vonseiten ihrer Familie stammt. Emils Vater hat deshalb sogar den Namen seiner Frau angenommen, und nicht nur das, er hat sich beizeiten mit irgendeiner großen bäuerlichen Vereinigung zusammengetan, weshalb die Fabrik selbst jetzt, wo etliche Unternehmen, ob groß, klein oder mittelständig, gewaltig unter der Wirtschaftskrise zu leiden haben, glänzend dasteht.«

Emmi staunte. Nicht darüber, dass die Zuckerrübenfabrik trotz der noch immer andauernden weltweiten Wirtschaftskrise so gut dastand, sondern darüber, dass ihre Schwester augenscheinlich bestens informiert war.

»Emil hat mir alles ganz genau erklärt. Ich denke, er wollte mir die Sorge nehmen, dass er plötzlich arm sein könnte«, redete Anni schon weiter und präsentierte Emmi damit die Antwort auf ihre lediglich gedachte Frage.

»Weißt du, Emmi …«, Anni seufzte, »ich vermute, dass Emil insgeheim noch immer annimmt, dass ich nur wegen seines Reichtums seine Frau werden möchte.«

»Spielt das denn wirklich keine Rolle?«, rutschte es Emmi heraus. Im nächsten Moment hätte sie sich dafür selbst ohrfeigen können. Wie konnte sie nur so unsensibel sein! Und das am Tag der Verlobung ihrer Schwester.

Doch Anni schien sich daran nicht zu stören. Offen und ehrlich gab sie zu: »Doch, natürlich hat das eine große Rolle gespielt. Als Emil letzten Sommer angefangen hat, mir den Hof zu machen, war ich im ersten Moment schier entsetzt, weil er mir viel zu alt und im Gegensatz zu Karl schrecklich unbedeutend vorgekommen ist. Was mich dann aber sehr wohl beeindruckt hat, waren sein prächtiges Auto, seine teure Kleidung und dass die Fräuleins im Modehaus sich die Nasen an der Scheibe platt gedrückt haben, als sie ihn da draußen stehen sahen. Jede von ihnen hätte sonst was dafür gegeben, wenn er ihretwegen dort gestanden hätte. Aber Emil Wagner wollte mit mir, dem einfachen Lehrmädchen vom Dorfe spazieren gehen. Er wollte *mich* zum Eisessen, Kaffeetrinken oder sogar auf ein herrlich prickelndes Glas Champagner einladen. Ich bin vor Genugtuung fast geplatzt, das kannst du mir glauben. Aber je besser ich ihn dann kennengelernt habe, umso weniger spielte all das noch eine Rolle. Emil ist ein wunderbarer Mensch und Mann, und das hat wirklich rein gar nichts damit zu tun, dass er reich ist. Er nimmt mich ernst, ich bin ihm wichtig. Meine Meinung, was ich denke. Und er macht sich über keine noch so dumme Frage von mir lustig. So wie er zu mir ist, wie er mich wahrnimmt, bin ich noch nie behandelt worden. Weißt du, Emmi, und das ist mir letztendlich noch wichtiger als all sein Geld.«

Emmi war beeindruckt, ihre Schwester schien tatsächlich durch die Verbindung mit Emil Wagner gereift zu sein.

Doch dann schob Anni hinterher: »Und irgendwann, ich bin mir da wirklich sicher, werde ich ihn auch lieben.«

»Du liebst ihn nicht?«, hauchte Emmi erschüttert. So klar und deutlich hatte Anni es ihr gegenüber noch nie ausgesprochen. Was vielleicht aber auch daran lag, dass Emmi Gespräche über Emil Wagner mit ihr stets zu vermeiden versucht hatte.

Selbst wenn sie der Schwester das Glück mit ihm von Herzen gönnte, so schmerzte es dennoch, dass ihre Liebe zu ihm unerfüllt geblieben war.

»Noch nicht«, erklärte Anni leichthin. »Oder zumindest noch nicht so, wie ich für den Dummkopf Karl empfunden habe.«

»Aber Anni, du kannst doch nicht ernsthaft von dir geben, dass du den Mann, den du heiraten willst, nicht liebst, und im selben Atemzug einen dummen Jungen erwähnen und was du im Gegensatz für ihn empfunden hast oder noch immer empfindest.«

Wie ein trotziges Kind schob Anni die Unterlippe vor. »Natürlich kann ich das. Immerhin möchte ich, dass es euch gut geht. Ich werde dafür sorgen, dass du ganz bald endlich studieren kannst, Emmi. Und Mutti nicht mehr bei dem schrecklichen Pahnke in der Gänsemast arbeiten muss, wo er sie lüstern anstiert und nur auf eine günstige Gelegenheit wartet, ihr unter den Rock zu fassen.«

»Anni, was redest du denn da?«

»Die Wahrheit! Ich sage nichts anderes als die Wahrheit. Ich habe die einmalige Chance, dafür zu sorgen, dass unser aller Leben nach Vatis Tod endlich wieder gut wird. Dass wir nicht mehr darunter zu leiden haben, dass er uns einfach im Stich gelassen hat. Ich bin zwar die Jüngste von uns drei übrig gebliebenen, aber wer sagt, dass es nicht die Jüngste sein kann, die für Wohlstand in der Familie sorgt?«

Emmi schnappte nach Luft, während ihr ein kalter Schauer über den Rücken lief. Sie wollte etwas erwidern, Anni klarmachen, dass sie unter diesen Umständen auf keinen Fall Emils Frau werden konnte. Sie durfte sich doch nicht für die Mutter und Schwester opfern. Nicht für gefüllte Mägen und ein Studium, von dem niemand wusste, was es Emmi jemals einbringen würde. Doch bevor sie Anni das alles sagen, beschwörend auf sie einreden konnte, betrat Emil die Stube der Engels.

Er sah umwerfend aus in seinem eleganten dreiteiligen tiefschwarzen Anzug und der dazu passenden Fliege. Das dunkle, leicht gewellte Haar trug er wie immer mit reichlich Pomade zurückgekämmt, in seinen Augen spiegelte sich all die Liebe und Bewunderung wider, die er für seine junge Braut empfand.

»Du bist wunderschön, mein Engel«, sagte er mit warmer Stimme.

Geschmeichelt lächelnd erwiderte Anni: »Das liegt an dem prächtigen Kleid, das du mir geschenkt hast, Liebster.«

Und noch bevor Emil sie in seine Arme zog und Anni sich wie ein Kätzchen an seine Brust schmiegte, wurde Emmi bewusst, dass es keinen Grund dafür gab, Anni von der Eheschließung mit Emil abzuraten. Seine Liebe war groß und aufrichtig genug für sie beide und würde mit Sicherheit eines Tages auch auf Anni übergehen. Nie war sich Emmi so sicher wie in diesem Moment, dass den beiden eine wunderbare und erfüllte Ehe bevorstände und es keinen Anlass gab für irgendwelche Bedenken oder gar Einwände. Daher verließ sie leise die gute Stube, um den baldigen Verlobten einen Moment ganz für sich zu lassen – vielleicht aber auch, weil ihr trotz der inneren Stärke, Vernunft und Klugheit, die sie besaß, das Herz schrecklich schwer wurde, wenn sie die beiden so innig miteinander sah.

Wie von Anni erwartet, musste die kleine Verlobungsfeier ohne Emils Eltern oder sonstige Verwandtschaft seinerseits stattfinden. Doch das tat den bewegenden Worten Emils und Annis verzücktem Strahlen, als Emil ihr den Verlobungsring aus Weißgold mit zwei leicht versetzt angeordneten Diamanten auf den linken Ringfinger schob, keinen Abbruch.

»Sind … sind die Steine echt?«, wisperte Anni aufgeregt.

Emil lächelte amüsiert. »Das sind Diamanten, mein Engel.«

»Diamanten?« Anni stieg die Röte ins Gesicht, während sich ihre blauen Augen mit Freudentränen füllten. »So etwas Wunderbares habe ich noch nie besessen. Danke, Emil, ich danke dir so sehr.« Dann stellte sie sich auf die Zehenspitzen und küsste ihren Verlobten mitten auf den Mund. Emil legte den Arm um sie und zog sie ganz dicht an sich heran. Er erwiderte ihren Kuss mit solch einer Leidenschaft, dass Anni ihn nach kurzer Zeit von sich schob und vorwurfsvoll ausrief: »Emil, um Himmels willen, du raubst mir ja den Atem.«

Sichtlich verlegen rieb sich Emil mit beiden Händen über die glatt rasierten Wangen. »Entschuldigung«, sagte er leise in die Runde. »Ich …«

»Du bist ein verliebter Mann«, fiel Onkel Friedhelm ihm da lachend ins Wort. »Dafür musst du dich sicherlich nicht entschuldigen. Im Gegenteil, ein schöneres Kompliment kann ein Mann seiner Frischverlobten wahrlich nicht machen.« Onkel Friedhelm nahm sein Glas vom Tisch und rief mit feierlicher

Stimme in die Runde: »Es ist an der Zeit, auf Annis und Emils Glück anzustoßen!«

Die anderen folgten seiner Aufforderung. Besonders lautstark seine Gundula, die nun plötzlich, wo die Verwandtschaft mit einer der wohlhabendsten Familien Hildesheimer Gemarkung verbandelt war, den Kontakt zu den Engels *vom Dorfe* geradezu suchte. Sie alle wünschten den Frischverlobten nur das Beste, Gottes Segen und natürlich ganz viele Kinder.

»Gott bewahre mich!«, rief Anni entsetzt aus. »An Kinder denken wir noch lange nicht. Auf keinen Fall!«

Emil strich ihr sanft über den Rücken und sagte leise, doch gerade noch laut genug, dass es alle hören konnten: »Alles zu seiner Zeit, mein Engel. Und davon haben wir unendlich viel …«

Es gab niemanden an der festlich geschmückten Tafel, der etwas anderes vermutet hätte, als dass dem frisch verlobten Paar eine lange und zu passender Zeit auch sicherlich kinderreiche Zukunft bevorstände. Da war kein Moment des Zweifels, kein Hauch von Bedenken oder gar Argwohn. Es war ein Augenblick, in dem ein jeder fest an das Glück der beiden glaubte und keiner ahnte, wie sehr sie sich doch alle täuschten.

Als die Gäste gegangen waren, Emil und Anni selig lächelnd dicht beieinander auf dem Sofa saßen, während Emmi die Reste des feinen Verlobungsessens hinüber in die Küche trug, kam Thea Engel wohl nicht länger drum herum, auf die nächsten Feierlichkeiten zu sprechen zu kommen.

Emmi kehrte in dem Moment in die gute Stube zurück, als Emil gerade entschlossen verkündete: »Meine Eltern werden die Hochzeitsfeierlichkeiten ausrichten. Ob es ihnen nun passt oder nicht.«

»Hmmm …«, machte Thea skeptisch. »Dazu zwingen wirst du sie wohl kaum können, Emil. Ich hoffe nur, dass du am Ende nicht mit Konsequenzen zu rechnen hast …«

Das glückliche Lächeln wich schlagartig aus Emils Gesicht. »Falls du befürchtest, dass meine Eltern mich enterben könnten und du statt eines reichen einen mittellosen Schwiegersohn bekommst, kann ich dich beruhigen. Meine Eltern führen sich zwar gerade so störrisch wie zwei Maulesel auf und haben anscheinend auch ihr Benehmen vergessen, aber sie sind nicht dumm. Ich bin ihr einziger Sohn, somit der alleinige Erbe und dazu seit der Beendigung meines Studiums vor fünf Jahren Teil der Geschäftsleitung sowie Aktionär.«

Thea Engel beeilte sich abzuwinken. »Nicht doch, Emil, so habe ich das wirklich nicht gemeint. Ich bin mir sicher, dass du dich zu jeder Zeit gut um meine Tochter kümmern kannst und es auch tun wirst. Ich frage mich nur, wie es nach eurer Vermählung dann werden soll. Ob sich deine Eltern etwas versöhnlicher geben oder Anni es schwer haben wird, mit ihnen unter einem Dach zu leben. Du musst mich bitte verstehen, auch wenn Anni jetzt verlobt ist und in naher Zukunft ihr eigenes Leben führen wird, so bleibe ich doch ihre Mutter, und als diese sorge ich mich natürlich um sie.«

»Vielleicht ziehen wir ja überhaupt nicht in die Villa zu

Emils Eltern, sondern erschaffen uns ein eigenes Heim«, verlieh Anni ihrer Hoffnung Ausdruck.

Doch diese Illusion nahm Emil ihr direkt wieder. »Der Architekt ist schon mit dem Umbau unserer Etage beauftragt, Liebling.«

»Na und«, gab Anni zurück. »Aufträge kann man auch wieder rückgängig machen.«

Doch in diesem Punkt blieb Emil unnachgiebig. »Es ist das Haus meiner Eltern, ein sehr großes und glanzvolles dazu. Wir könnten uns kein komfortableres und schöneres wünschen, und dabei möchte ich es auch belassen.«

»Und wenn ich das nicht will?« Herausfordernd streckte Anni das Kinn vor. »Du wirst mich wohl nicht dazu zwingen wollen, mit deinen Eltern, die mich eh nicht ausstehen können, unter einem Dach zu leben.«

Emil atmete geräuschvoll aus. Es war ihm anzusehen, wie sehr er sich über den Verlauf des Gespräches ärgerte. Dass es ihm zutiefst zuwider war, diese Diskussion mit Anni führen zu müssen.

»Bitte keinen Streit«, rief Thea Engel. »Das habe ich damit wirklich nicht bezweckt.« Sie schüttelte den Kopf. »Es war dumm von mir, überhaupt davon anzufangen. Dafür kann ich mich nur entschuldigen.«

»Nein, Mutti, es war sogar gut, dass du das Thema angesprochen hast. Ich finde, dass Emil sich gerne mal Gedanken darüber machen sollte, wie schrecklich ganz besonders seine Mutter mich behandelt und …«

»Stopp!«, rief Emil, legte seiner jungen Verlobten mit sanftem Druck die Hand auf den Mund und lächelte bemüht zuversichtlich. »Liebling, vertrau mir, ich werde einen Weg finden und alles für unser gemeinsames Glück tun.«

Kindlich patzig wischte Anni seine Hand zur Seite. »Mach das nie wieder, Emil«, funkelte sie ihn an. »Halt mir nie wieder den Mund zu! Hast du mich verstanden?«

Emils Züge verloren schlagartig an Wärme. »Das habe ich, Anni, ja, das habe ich sehr wohl.«

Kurz darauf verabschiedete sich Emil. Anni war bis dahin unversöhnlich geblieben und machte auch jetzt den Rücken ganz steif, als Emil sie in seine Arme zog und ihr einen sanften Kuss auf den Mund gab.

Die Tür fiel hinter ihm ins Schloss, und Anni sank mit einem tiefen Seufzen mit dem Rücken dagegen.

»Warum bist du *so* zu ihm gewesen?«, wollte Emmi von ihrer Schwester erfahren.

»Wie *so?*« Anni mimte die Ahnungslose.

»So abweisend, ja fast schon feindselig.«

Leichthin zuckte Anni mit den Schultern. »Findest du? Hm … ich nicht.« Sie verzog den Mund zu einem gekünstelten Lächeln. »Und jetzt sei bitte so lieb, Schwesterchen, und befreie mich von diesem Kleid. Ich muss sagen, dafür, dass es mir auf den Leib geschneidert wurde, sitzt es etwas zu eng in der Taille.« Sie wandte Emmi den Rücken zu, damit diese ihr die vielen kleinen Perlenknöpfe öffnen konnte. »Vielleicht habe ich aber auch einfach nur zu viel von dem köstlichen Braten gegessen. Mutti hat sich mit unserem Verlobungsessen selbst übertroffen. Findest du nicht auch, Emmi?«

Was Emmi gerade empfand, das behielt sie lieber für sich – es waren an diesem Tag schon viel zu viele unangebrachte Wörter und Sätze ausgesprochen worden … an einem Tag, wo doch eindeutig das Glück und die Liebe Vorherrschaft haben sollten.

DREIZEHN

Die Henne ist das klügste Geschöpf im Tierreich.
Sie gackert erst, nachdem das Ei gelegt ist.

ABRAHAM LINCOLN,
AMERIKANISCHER PRÄSIDENT
(1809–1865)

Mutti, du kochst zu gut«, beschwerte sich Anni mit einem bemühten Schmunzeln. »Wenn das so weitergeht, dann passe ich in kein Hochzeitskleid der Welt hinein.«

Skeptisch musterte Thea Engel ihre Tochter. »Am Essen kann es nicht liegen, Anni. Du stocherst doch schon seit einer geraumen Weile mehr darin herum, als dass du davon isst. Sieh nur, wie es jetzt wieder auf deinem Teller aussieht, zwei Bissen … höchstens … fehlen gerade mal von deiner Semmelscheibe, und den Apfel hast du nicht mal angeguckt.«

»Das kommt davon, dass du die Semmelscheiben immer so dick abschneidest. Das mag ich nicht. Und von Äpfeln bekomme ich seit einiger Zeit immer so ein ekliges Brennen im Magen«, behauptete Anni.

Verwundert schüttelte Thea Engel den Kopf. »Bis vor Kurzem konnten die Semmelscheiben für dich gar nicht dick genug sein.«

»Da musste ich auch kein Hochzeitskleid anziehen, und außerdem bin ich auf der Arbeit den ganzen Tag in Bewegung gewesen. Jetzt sitze ich die meiste Zeit nur noch herum und langweile mich«, beschwerte Anni sich.

»Niemand hat von dir verlangt, dass du deine Lehre abbrichst, Anni. Auch Emil nicht«, erinnerte Thea Engel ihre Tochter.

Ungläubig riss Anni die Augen auf. »Aber als zukünftige Frau Wagner kann ich doch nicht mehr ins Modehaus zum Arbeiten gehen. Wie sieht das denn wohl aus? Als hätte ich es noch nötig.«

»Die Lehrstelle im Modehaus war dein großer Traum«, erinnerte Thea Engel sie.

»Das stimmt. Aber damals konnte ich ja nicht wissen, dass ich in gar nicht so ferner Zukunft das Modehaus als wohlhabende Kundin betreten werde.«

»Dein Verlobter ist wohlhabend, Anni, nicht du.«

Ungerührt zuckte Anni mit den Schultern. »Nach unserer Vermählung bin ich das sehr wohl, Muttilein«, gab sie zurück, erhob sich vom Tisch und verließ die Küche. Ihr war nicht ganz wohl zumute. Schon seit Tagen litt sie unter eigenartigen Magenschmerzen und hatte auch immer wieder das Gefühl, sich übergeben zu müssen. Ganz besonders schlimm war es direkt nach dem Aufstehen. Am liebsten wäre sie deshalb morgens so lange wie möglich im Bett liegen geblieben. Aber

Emmi verließ schon immer in aller Herrgottsfrühe das Haus, um mit dem Rad in die Wolle zu fahren. Anni fand die Vorstellung schrecklich, dass ihre Schwester, die sie stets für ihre Klugheit bewundert hatte und zu der sie aufschaute wie zu keinem anderen Menschen, solch einer gewöhnlichen Arbeit nachging. Zumal sie das gar nicht nötig gehabt hätte, Emil hatte mehrfach angeboten, Thea und Emmi Engel finanziell zu unterstützen. Doch Emmi war genauso stur wie die Mutter und hatte jegliches Angebot konsequent zurückgewiesen.

Schwerfällig schleppte Anni sich die Treppe hinauf. Von knarrender Stufe zu knarrender Stufe nahm das sonderbare Magenzwacken zu. Leise stöhnend rieb sie sich mit der flachen Hand über den aufgeblähten Bauch. Vielleicht sollte sie die Mutter bitten, sie zu Doktor Blumenberg zu begleiten? So ein Unsinn! Nicht mehr allzu lange, dann war sie eine verheiratete Frau, die gewiss nicht wie ein Kleinkind von der Mutter zum Doktor gebracht werden musste.

Noch während sie sich über sich selbst ärgerte, dass sie noch immer solch kindliche Gedanken hatte, wurde ihr plötzlich schwarz vor Augen. Wenn sie sich nicht geistesgegenwärtig am Türrahmen der Schlafkammer ihrer Mutter festgehalten hätte, wäre sie zu Boden gestürzt. Anni atmete tief ein und wieder aus, bis ihr nicht mehr ganz so schummrig vor den Augen war. Doch kaum war der plötzliche Schwindelanfall vorüber, wurde ihr so speiübel, dass sie es nicht mehr in die Kammer schaffte, wo die Waschschüssel der Mutter auf der kleinen Kommode stand. So erbrach sie sich direkt auf der Türschwelle.

»Mutti«, wimmerte sie. »Mutti, ich … ich … mir geht es nicht gut …«

Doch Thea Engel hatte wenige Minuten zuvor das Haus durch die Hintertür verlassen. Sie wollte zum Metzger gehen, um ein gutes Stück Suppenfleisch zu kaufen. Ihre Jüngste gefiel ihr gar nicht, war viel zu blass und schlapp – doch davon ahnte Anni nichts und sank wimmernd neben ihrem Erbrochenen zu Boden. Wie lange sie dort hockte und sich fragte, warum die Mutter auf ihr Rufen nicht reagierte, hätte sie nicht beschwören können. Minuten, Stunden … Anni hatte jegliches Zeitgefühl verloren.

Tatsächlich war weniger als eine halbe Stunde vergangen, als Thea Engel sie zusammengekauert am Boden vorfand und sich unverzüglich mit ihr auf den Weg zu Doktor Blumenberg machte. Während Anni von dem älteren Mann, der sie schon von klein auf kannte, gründlich untersucht wurde, bat Thea Engel die Helferin im Vorzimmer des Doktors darum, den Telefonapparat benutzen zu dürfen. Sie wollte Emil verständigen. Doch dummerweise hatte sie den Zettel, auf der er ihr erst neulich die Telefonnummer, unter der er in der Zuckerfabrik tagsüber zu erreichen war, aufgeschrieben hatte, daheim auf der Anrichte in der Stube liegengelassen. Vorhin war alles so schnell gegangen, dass sie keinen Gedanken daran verschwendet hatte, was sie jetzt maßlos ärgerte. Anni war die Art von Untersuchung, die sie durch Doktor Blumenberg über sich ergehen lassen musste, äußerst unangenehm – abscheulich, erniedrigend, ihr war schrecklich unwohl dabei zumute. Und dann dieser Blick, mit dem er sie die ganze Zeit bedachte. So abschätzig, beinah vorwurfsvoll. Als hätte sie etwas Verbotenes getan und er sie dabei erwischt.

»Du kannst dich wieder anziehen, Anni«, brummte er schließlich, während er sich gründlich die Hände wusch und dann hinter seinem Schreibtisch Platz nahm.

In Windeseile huschte Anni in die kleine Kabine, zog sich an, wedelte sich mit beiden Händen so gut wie möglich Luft zu, um ihrem schamroten Gesicht etwas Abkühlung zu verschaffen, bevor sie wieder hinter dem geblümten Vorhang hervortrat.

»Setz dich doch bitte, Anni«, forderte der Doktor sie auf, ohne dabei den Blick von seinen Unterlagen zu heben.

Anni tat, was er ihr sagte. Abwartend sah sie ihm dabei zu, wie er sich etwas notierte, mit dem Zeigefinger eine unsichtbare Linie auf seinem Kalender zog, erneut ein paar kurze Sätze aufschrieb und schließlich seine Unterlagen zur Seite schob, sich aufrecht hinsetzte und Anni fest in die Augen blickte.

»Hast du einen Freund, Anni?«

Perplex schüttelte Anni den Kopf. »Nein, ich … ich bin verlobt.«

Die dunklen, buschigen Brauen des Doktors wanderten erstaunt nach oben. »Soso, verlobt bist du. Davon wusste ich nichts. Darf ich dich denn jetzt überhaupt noch duzen? Ist dir das noch recht?«

Anni nickte. »Natürlich dürfen Sie das, Doktor Blumenberg. Anders käme es mir komisch vor. Es ist auch noch nicht allzu lange her … also, dass Emil und ich uns verlobt haben, kein Vierteljahr.«

»Und deine Mutti, Anni, die weiß Bescheid?!«

Anni verstand die Frage nicht. »Mutti hat die kleine Feier ausgerichtet. Bei uns daheim in der guten Stube. Natürlich weiß sie, dass Emil und ich verlobt sind.«

Doktor Blumenberg nickte. »Hat dein Verlobter auch einen Nachnamen?«

»Wagner!«, sagte sie und konnte sich ein triumphierendes Lächeln nicht verkneifen. »Emil Wagner von der Zuckerfabrik in der Hildesheimer Börde.«

»Ach so, wie gut«, fand Doktor Blumenberg und nickte anerkennend. »Dann ist ja alles geregelt, und wir müssen uns um das Pünktchen in deinem Bauch keine allzu großen Sorgen machen. Wann findet denn die Vermählung statt?«

»Im Oktober«, erwiderte Anni automatisch, fügte aber nach einer kurzen Pause argwöhnisch hinzu: »Was meinen Sie mit *Pünktchen in meinem Bauch*, Doktor Blumenberg? Leide ich an einer schlimmen Krankheit? Muss ich … ich sterben …?«

»Herrgott, nein!«, rief der Mediziner. »Sterben müssen wir zwar alle irgendwann, aber du, liebe Anni, sicherlich noch lange, lange Zeit nicht. Das *Pünktchen* ist dein Kind. Herzlichen Glückwunsch, du bist in freudiger Erwartung.«

Anni spürte, wie ihr Herz zwei, drei Schläge aussetzte, gleichzeitig begann es in ihren Ohren zu rauschen. Und dann war da auf einmal wieder dieser dunkle Schleier, der ihre Sinne vernebelte und alles um sie herum ausblendete.

Als Anni wieder zu sich kam, schaute sie zuerst auf einen schmalen Rücken. Sie selbst lag auf einer mit einem weißen Laken bezogenen Liege. Anni wandte den Blick nach links, zum Fenster hin. Tageslicht! Also konnte ihre Ohnmacht nicht allzu lange angedauert haben. Wie sie jedoch in diesen Raum gekommen war, davon hatte sie nichts mitbekommen.

Ein Seufzen entwich ihr.

»Anni, o mein Gott, meine Kleine, endlich bist du wieder bei Bewusstsein.«

»Mutti?«, krächzte Anni durcheinander. »Was ist passiert?«

»Du hast das Bewusstsein verloren. Bist einfach umgefallen, als du Doktor Blumenbergs Untersuchungsraum verlassen wolltest. Ich habe mir schreckliche Sorgen um dich gemacht.« Thea Engel konnte nun die Tränen nicht länger zurückhalten. Sie weinte so bitterlich, dass ihr Rücken ganz krumm wurde. Ähnlich krumm wie damals, als sie ihren geliebten Mann zu Grabe hatte tragen müssen. Ihr Oberkörper bebte. Ihre Finger umklammerten ein Taschentuch. So fest, dass die Adern hervortraten.

»Mutti, um Himmels willen, nun beruhige dich doch«, wisperte Anni betroffen. »Mir … mir geht es doch wieder gut.«

»Nichts ist gut, Anni«, klagte Thea, trocknete sich das tränennasse Gesicht, machte den Rücken gerade und ging zur Tür.

»Anni ist aufgewacht!«, rief sie auf den schmalen Flur hinaus.

Doch durch die Tür kam nicht der Doktor geeilt, so wie Anni es vermutet hatte, sondern Emil.

»Emil«, sagte Anni leise. »Was … was machst du denn hier?«

»Deine Mutter hat mich verständigen lassen.« Er legte seine Hand auf ihre Stirn. Warm und sicher, so fühlte sich seine Berührung an. Im Hintergrund putzte sich Thea Engel schnaufend die Nase.

Und dann, so ganz ohne Vorwarnung, ohne sich wirklich daran erinnern zu können, fiel ihr wieder ein, warum sie ohnmächtig geworden war und sich nun hier in einer kleinen Kammer in Doktor Blumenbergs Praxis auf einer schmalen Liege befand und alle so schrecklich besorgt um sie waren. »Emil, ich bekomme ein Kind. Ich … ich werde Mutter.«

Emils Mundwinkel nahmen einen qualvollen Zug an. So als wäre er alles andere als erfreut darüber, dass sie Eltern wurden.

»Emil?«, flüsterte Anni. »Freust du dich denn gar nicht?«

Emil tätschelte ihr Gesicht. Etwas tropfte auf Annis Nasenrücken, und überrascht stellte sie fest, dass es Emils Tränen waren.

Anni hob die Hand. Kraftlos. Schwach. Strich ihm mühselig die Tränen von den Wangen.

»Nicht weinen …«

Er küsste ihre Stirn. »Natürlich freue ich mich, Anni. Aber ich hätte das nicht tun dürfen. Nicht, bevor wir verheiratet sind.«

Anni versuchte den Kopf zu schütteln. Sofort wurde ihr wieder schummrig zumute. Übelkeit stieg in ihr auf. Sie presste sich die Hand vor den Mund. Ihre Augen weiteten sich panisch. Sie konnte sich doch nicht vor Emils Augen übergeben!

»Geh!«, würgte sie hinter vorgehaltener Hand hervor. »Geh jetzt, Emil!«

Thea Engel erkannte Annis Not und bugsierte ihren zukünftigen Schwiegersohn kurzerhand auf den Flur hinaus. Dann eilte sie zu Anni zurück, half ihr, sich auf der Liege etwas aufzurichten, und hielt ihr eine flache Schüssel unter das Gesicht, in die sich Anni in der nächsten Sekunde erbrach.

Doktor Blumenberg kam zur Tür herein. Sicherlich hatte Emil ihn in höchster Sorge dazu gedrängt. Er trat an ihre andere Seite, als Anni erschöpft zurück auf die schmale Liege sank.

»Du wirst dich in den nächsten Wochen schonen müssen, Anni. Ich verordne dir bis auf Weiteres strenge Bettruhe. Und Sie, Frau Engel, achten darauf, dass Anni anständig isst. Nicht zu fett, dafür viel Gemüse.«

Thea Engel nickte. »Das werde ich, Herr Doktor. Gewiss werde ich das tun.«

Doktor Blumenberg eilte wieder zur Tür. Im Wartezimmer waren noch etlichen Patienten. Er hatte bereits die Klinke in der Hand, da wandte er sich noch mal zu Mutter und Tochter Engel um.

»Bitte nicht falsch verstehen, verehrte Frau Engel, ich gehe davon aus, dass Sie sich redlich um Ihre Tochter kümmern werden. Aber vielleicht wäre es für Anni unter diesen Umständen besser, wenn sie in das Haus ihres Verlobten ziehen würde. Das Anwesen der Familie Wagner bietet jeglichen Komfort, den man sich nur denken kann, und das käme Anni nur zugute.«

»Nein, das will ich nicht!«, rief Anni und richtete sich ruckartig auf der Liege auf. Sofort wurde sie von einer erneuten Welle schlimmsten Schwindels und Übelkeit übermannt, so dass sie sich stöhnend wieder zurücksinken ließ.

Thea Engel schwieg. Nur am Mahlen ihrer Wangenknochen konnte man erahnen, was gerade in ihr vorging.

»Mutti«, flüsterte Anni. »Jetzt sag doch bitte dem Doktor, dass ich bei uns daheim am besten aufgehoben bin.«

Thea Engel atmete geräuschvoll durch. Ihre Hand legte sich auf Annis mit kaltem Schweiß überzogene Stirn. »Dein Zuhause ist zukünftig bei den Wagners, Annilein, und so schwer es mir auch fällt, aber der Doktor hat recht. Du gehörst an Emils Seite und somit auch in sein Haus, wo du jeglichen Komfort hast.«

»Du … du willst mich fortschicken?«, stotterte Anni fassungslos, während sich ihre Augen mit Tränen füllten.

»Niemals, Anni, niemals würde ich das tun. Nur spätestens nach deiner Vermählung mit Emil wirst du sowieso zu den Wagners ziehen. Und jetzt, wo du in freudiger Erwartung bist, da gehe ich schon davon aus, dass Emil alles dransetzen wird, dass ihr euch schneller vermählt als ursprünglich geplant.«

»Aber Mutti, du kannst …«, setzte Anni erneut an. Doch Thea Engel schnitt ihr entschieden das Wort ab. »Anni, jetzt hör mir mal gut zu. Wenn du das alles nicht gewollt hast, dann frage ich mich, warum du dich noch vor der Eheschließung auf Emil *eingelassen* hast. So unwissend kannst du doch nicht sein, dass dir nicht klar war, was für Folgen euer Geschmuse haben kann.«

Schamesröte stieg Anni ins Gesicht. »Emil ... er hat versprochen, dass er aufpasst. Das nichts passieren wird, und ich dachte ...« Annis verlegenes Gestammel wurde von einem zaghaften Klopfen an der Tür unterbrochen.

Emil trat zögerlich ein.

»Doktor Blumenberg hat mir gerade mitgeteilt, dass wir Anni jetzt mitnehmen könnten. Die Tropfen, die er ihr gegeben hat, sollten allmählich ihre Wirkung zeigen. Außerdem hat er mir von seinem Vorschlag berichtet, den ich natürlich vollends unterstütze.«

»Ich will nicht zu deinen Eltern. Deine schreckliche Mutter hasst mich, sie hasst mich abgrundtief!«, rief Anni verzweifelt. »Und ich will auch noch nicht Mutter werden. Dafür bin ich doch noch viel zu jung.«

Thea Engel erhob sich von der Liege. »Ich lass euch beiden jetzt mal besser allein«, erklärte sie.

»Mutti, nein, du musst mir beistehen«, verlangte Anni.

Doch Thea Engel schüttelte nur bedauernd den Kopf und verließ die kleine Kammer mit der schmalen Liege und gleich darauf auch Doktor Blumenbergs Arztpraxis.

Eine Viertelstunde später wurde Anni von ihrem besorgten Verlobten behutsam zu seinem Automobil geführt. Er half ihr auf den Beifahrersitz und chauffierte sie auf direktem Weg zur Wagner'schen Villa, die sich nahe der Zuckerfabrik befand. Anni hatte sich bisher geweigert, das prächtige Anwesen seiner Familie zu betreten. Nahegekommen waren sie sich auf der Rückbank seines Automobils, als bei einer anfänglichen Schmuserei die Leidenschaft mit Emil durchgegangen war. Anni hatte sich mit einer Mischung aus Pflichtgefühl, eigenem aufkeimenden Verlangen, aber auch ein wenig sorgenvoll darauf eingelassen. Wobei sich ihre Bedenken nicht in erster Linie darum gedreht hatten, dass Emil nicht aufpassen würde, so wie er ihr es keuchend vor Begierde versprochen hatte, sondern, dass ihr Verlobter bemerkte, dass er nicht der erste Mann bei ihr war.

Karl Wichmann war derjenige, auf den sie sich naiv, wie sie gewesen war, eingelassen hatte. Im Nachhinein verstand sie nicht, warum sie jemals so für ihn geschwärmt hatte. Karl war im Vergleich mit Emil ein dummer Bengel. Sie schämte sich, dass sie so leichtsinnig gewesen war und ihn einige Male auf den Strohboden seines Onkels begleitet hatte. Doch weitaus mehr rumorte in ihr die Sorge, dass der dumme Karl es herumposaunen könnte. Letztendlich war es diese Befürchtung, die sie Emils Drängen schließlich nachgeben und mit ihm von der Arztpraxis auf direktem Weg zur Wagner'schen Villa fahren ließ.

Als Emil das Automobil anhielt, schaute Anni sich erst kurz um und dann ihren Verlobten mit großen Augen an.

»Das … das gehört alles dir?«, hauchte sie.

Emil schmunzelte. »Meiner Familie. Gebaut hat das Anwesen einst mein Großvater Wilhelm, und meine Mutter hat es von ihm geerbt. Genauso wie die Fabrik.«

»Beeindruckend …« Anni betrachtete das große gusseiserne Tor und die dahinterliegende breite Allee mit prächtigem Baumbestand, an deren Ende sich ein Herrenhaus mit zwei Stockwerken, einem riesigen Dachgeschoss, bodentiefen Sprossenfenstern und einem ausladenden Balkon über dem Eingangsportal befand. Trotz der Entfernung wirkte es mächtig und imposant, so dass die weitaus kleineren Wirtschaftsgebäude aussahen, als würden sie sich unterwürfig vor dem Herrenhaus ducken.

»Es ist …«

»Einschüchternd?« Emil schien zu ahnen, was gerade in Anni vorging.

Doch Anni schüttelte den Kopf. »Nein, es ist wunderschön.«

Erleichtert atmete Emil durch. »Ich hatte Sorge, dass es dir zu imposant sein könnte, dass es dich … na ja, eben einschüchtert.«

»Ich habe es mir natürlich nicht so gewaltig vorgestellt, und du hast auch nie erwähnt, dass es das ist.«

»Ich hätte dich gerne nicht erst jetzt hierhergebracht, Anni«, erinnerte er sie an seine zahlreichen Einladungen in sein Elternhaus, die sie jedes Mal konsequent zurückgewiesen hatte.

»Gewiss, ich habe mich wirklich kindisch aufgeführt, zumal …« Anni stockte.

Nach einer kurzen Pause, in der Emil vergeblich darauf

wartete, dass Anni ihren Satz doch noch zu Ende bringen würde, fragte er schließlich: »Bist du bereit?«

»Nein.« Anni zuckte mit den schmalen Schultern. »Aber es nützt ja nichts. Ich habe schließlich keine andere Wahl.«

»Keine andere Wahl?« Emils Stimme klang verletzt. »Empfindest du das wirklich so, Anni? Auch, was unsere Eheschließung betrifft?«

»Nein. So habe ich das gewiss nicht gemeint, Liebster«, beeilte Anni sich, ihm zu versichern. »Es ist nur wegen deiner Mutter.«

Anni hatte tatsächlich noch immer gehofft, Emil würde nach der Vermählung ihrem Wunsch nach einem eigenen Domizil letztendlich Folge leisten, wenn sie sich nur konsequent weigerte, die Wagner'sche Villa zu betreten. Albern kam ihr diese Hoffnung nun plötzlich vor, durch und durch albern.

»Sie wird dich mit gebotenem Respekt und Freundlichkeit behandeln, Anni, darauf hast du mein Wort!«, erklärte Emil.

Anni atmete tief durch. »Wir werden sehen …«

Auf der Rotunde vor der achtstufigen Sandsteintreppe brachte Emil sein Automobil erneut zum Stehen. Anni schloss für einen kurzen Moment die Augen.

»Und jetzt lernst du endlich dein neues Zuhause kennen, mein Engel«, sagte Emil gerührt.

Annis Lider flatterten, bevor sie sich vollständig öffneten und sie ihren Verlobten ansah. »Ich bin gespannt …« Nun ja, aufgeregt traf wohl eher zu.

Einen kurzen Moment berührte Emil mit den Fingerspitzen sanft ihre Wange, dann nickte er ihr auffordernd zu. »Alles wird gut, Liebes.«

Kaum waren sie aus Emils Automobil gestiegen, öffnete sich die Tür der Villa, und eine etwas korpulente blonde Frau in Dienstbotentracht erschien.

Sie knickste und sagte dann überaus freundlich: »Guten Tag, gnädige Herrschaften.«

Bevor Anni den Gruß der Hausdame erwidern konnte, kam Gerlinde Wagner zur Tür herausgeeilt.

»Fräulein Engel«, rief sie so überfreundlich, dass die Alarmglocken in Anni grell zu schrillen anfingen. »Oder darf ich Anni zu dir sagen, jetzt, wo du mein Enkelkind unter dem Herzen trägst?«

Anni erwiderte zaghaft: »Ja, natürlich«, obwohl sie ein unbehaglicher Schauer überkam.

Emil wandte sich an die Hausdame. »Hilde, ist alles vorbereitet?«

Die Hausdame nickte. »Ich habe alles so hergerichtet, wie Sie es sich gewünscht haben, Herr Wagner.«

Gerlinde Wagner klatschte in die Hände. »Und ich habe mir erlaubt, noch ein paar Kissen, Decken und einige Zeitschriften hinauf in deinen persönlichen Salon bringen zu lassen, Anni, damit du es recht gemütlich hast. Und natürlich jede Menge frisches Obst und Saft. Wenn ich Emil richtig verstanden habe, dann hat der Doktor dir strenge Bettruhe verordnet. Da wollen wir es dir doch so angenehm wie möglich machen.« Sie lächelte. Kein Lächeln, das von Herzen kam, eher ein berechnendes.

»Danke sehr«, gab Anni spröde zurück und wandte sich dann an Emil. »Kannst du es mir zeigen?«, bat sie ihn.

Sofort war Emil in Sorge. »Fühlst du dich schwach, Anni? Ist dir wieder schwindelig?«

Doch Anni verneinte. »Trotzdem würde ich mich jetzt gerne etwas ausruhen.«

»Natürlich. Ganz so, wie du es wünschst.«

Gemeinsam erklommen sie die Sandsteinstufen. Gerlinde Wagner und die Hausdame waren ihnen vorangegangen.

Vor der Tür sagte Emil feierlich: »Herzlich willkommen in deinem neuen Zuhause, mein Engel«, und bat sie mit einer einladenden Handbewegung einzutreten, was Anni, ohne zu zögern, tat. Doch in der Halle blieb sie dann wie angewurzelt stehen. Was sie hier zu sehen bekam, übertraf ihre Vorstellung um ein Vielfaches. Unter der Decke hing ein riesiger Kronleuchter, dessen Lichter sich in dem hellen Marmorfußboden widerspiegelten. Die Wände waren halbhoch mit Paneelen aus edlem Mahagoniholz verkleidet. Annis Blick wanderte von den beiden reichlich verzierten Kommoden zu der hohen Vitrine bis zu der untersten Stufe der imposant geschwungenen Marmortreppe.

Wie ein kleines Kind legte sie den Kopf in den Nacken und staunte.

»Liebes, lass dich bitte nicht abschrecken von all dem Prunk. Mein Großvater liebte es pompös und hatte einen Hang zum

Übertreiben. Als meine Eltern das Anwesen übernommen haben, wollten sie das Ganze ein wenig der heutigen Zeit anpassen. Doch letztendlich ist alles so geblieben, weil sie sich nicht entscheiden konnten, was weichen und was bleiben sollte.«

»Es ist wirklich ... beeindruckend. Aber ... aber ... na ja, schon sehr bieder.« Anni sah sich nach ihrer zukünftigen Schwiegermutter um, die sich aber zu ihrer Erleichterung irgendwohin zurückgezogen hatte, bevor sie hinzufügte: »Ein bisschen wie in einem Museum.«

Emil lachte leise auf. »Ja, da hast du ins Schwarze getroffen, ganz genau so fühlt man sich, wenn man die Halle betritt. Aber keine Sorge, unsere Etage habe ich modernisieren lassen. Leider ist noch nicht alles fertig geworden, doch ich werde dafür sorgen, dass die Handwerker ihre Arbeiten so schnell wie möglich beenden und dich nicht stören.«

»Wir haben eine eigene Etage?«, staunte Anni. »Nur für dich und mich?«

»Und unser Kind.«

Unwillkürlich legte Anni die Hand auf ihren Bauch. »Das hast du also alles schon für uns in die Wege geleitet?« Plötzlich kam sie sich wegen ihrer Weigerung, sein Elternhaus zu betreten, nicht nur albern, sondern auch berechnend vor.

Emil umfasste ihren Ellbogen und führte sie die Treppe hinauf. »Wir sind in der zweiten Etage, und das Dachgeschoss gehört auch noch zu unserem Reich dazu. Ich hoffe sehr, dass ich deinen Geschmack in puncto Farben und Möbel getroffen habe.«

Emil hatte Annis Geschmack nicht nur getroffen, sondern um Längen *über*troffen. Alles war hell und modern und … – sie hatte nie einen schöneren Ort als diesen gesehen und war festen Willens, hier mit ihrer kleinen Familie glücklich zu werden. Einzig der Gedanke daran, dass sie fortan nicht mehr mit ihrer Mutter und Schwester unter einem Dach wohnte, schmerzte sie. Aber vielleicht war Emil ja bereit, das Dachgeschoss für die beiden herrichten zu lassen. Sie würde ihn fragen. Gleich morgen. Doch jetzt wollte sie sich erst einmal ausruhen und, ja, auch die Schönheit und den Komfort, die sie umgaben, genießen.

VIERZEHN

Stark bindet Freundschaft,
mächtig eint des Blutes Band.

AISCHYLOS,
GRIECHISCHER DICHTER
(525 V. CHR. – 456 V. CHR.)

Die freudige Nachricht erreichte Emmi, als sie nach einem langen und anstrengenden Arbeitstag aus der Wollwäscherei nach Hause kam. Thea Engel war gerade damit beschäftigt, Annis Kleidung, ihre Wäsche und die wenigen Dinge, von denen sie annahm, dass ihre Tochter sie gerne mitnehmen wolle, zusammenzupacken. Emil hatte angekündigt, dass später noch ein Bote käme, der Annis Habseligkeiten abholen und in die Wagner'sche Villa bringen würde.

»Was tust du da, Mutti?«, wunderte Emmi sich.

»Anni zieht zu ihrem Verlobten«, erklärte Thea, ohne ihr Tun zu unterbrechen.

»Aber warum denn schon jetzt? Ich dachte … nach der Vermählung …« Emmi war vollkommen perplex. »Zudem war sich Anni doch noch überhaupt nicht sicher, ob sie mit ihrer zukünftigen Schwiegermutter unter einem Dach wohnen möchte.«

»Anni ist in freudiger Erwartung, und Emil hat darauf bestanden, dass sie ab sofort in der Wagner'schen Villa wohnen soll, weil es dort natürlich wesentlich komfortabler für sie ist. Doktor Blumenberg war ein wenig in Sorge um die Gesundheit von Mutter und Kind und hat ihr deshalb strengste Bettruhe verordnet.«

»Wovon redest du?«, fragte Emmi irritiert, die zwar die Worte ihrer Mutter gehört, aber längst nicht verstanden hatte. »Ich kann dir leider nicht folgen, Mutti.«

Thea Engel seufzte kummervoll. Und als sie endlich aufsah, da erschreckte sich Emmi direkt ein bisschen.

»Mutti, du siehst ja furchtbar aus«, entfuhr es ihr. »Hast du geweint?«

Mit einem tiefen Seufzen unterbrach Thea Engel nun endlich ihre Arbeit. »Anni und Emil werden Eltern, und ich sollte mich für die beiden freuen, auch wenn ich Emil niemals zugetraut hätte, dass er sich so wenig beherrschen kann. Nur, ich komme nicht dagegen an, dass ich mich mehr sorge als freue.«

»Anni bekommt tatsächlich ein Kind. Von Emil«, keuchte Emmi, die nun endlich begriffen hatte.

»Warum betonst du so, dass es von Emil ist? Du willst damit doch wohl nicht andeuten, dass noch jemand anderes als Vater infrage käme, dass Anni tatsächlich so dumm gewesen ist und sich auf …« Thea Engel sprach nicht weiter. Stattdessen schüttelte sie bestürzt den Kopf.

»Nein, Mutti, um Himmels willen, das wollte ich gewiss nicht sagen, weil es so nicht ist«, log Emmi der Mutter und auch ihrer jüngeren Schwester zuliebe. Natürlich wusste sie von Annis und Karl Wichmanns Strohboden-Stelldicheins und hatte deswegen mit Anni gehörig geschimpft, ja, sogar an ihren Verstand gezweifelt.

»Emmi, wenn du etwas weißt, dann sag es mir bitte«, verlangte Thea Engel. »Sie wird sich doch wohl nicht mit diesem unsäglichen Karl Wichmann eingelassen haben? Kann es sein, dass das Kind in Annis Bauch überhaupt nicht von ihrem Verlobten ist?«

Vehement schüttelte Emmi den Kopf.

Thea Engel umfasste Emmis Oberarme und zwang sie, ihr ins Gesicht zu sehen. »Emmi, ich muss die Wahrheit wissen. Hat sich Anni vielleicht nur deshalb mit Emil verlobt, weil sie einen Vater für ihr ungeborenes Kind braucht? Weil sie zwar dumm genug war, sich auf Karl Wichmann einzulassen, aber so dumm dann auch wieder nicht und ganz genau weiß, dass er weder zu ihr noch zu dem Kind stehen wird?«

»Nein!«, rief Emmi. »Das kann nicht sein, Mutti. Das mit Anni und Karl Wichmann ist viel zu lange her. Sie hat erst danach angefangen, sich mit Emil zu treffen.«

Ermattet sank Thea Engel neben die gestapelte Wäsche auf Annis Bett. »Wie konnte sie nur …«, hauchte sie.

Emmi setzte sich neben sie und legte den Arm um ihre Schultern. »Du darfst sie deshalb nicht verurteilen«, redete sie beschwörend auf ihre Mutter ein. »Anni war blind vor Verliebtheit, und Karl Wichmann wusste das nur zu gut auszunutzen.«

»Habe ich nicht genug auf sie aufgepasst? Nicht mitbekommen, was in ihr vorgeht, weil ich so damit beschäftigt war, um euren Vater zu trauern? Bin ich am Ende schuld daran, dass sie …«

»Unsinn!«, schnitt Emmi ihr das Wort ab. »Du bist die beste Mutter, die wir uns wünschen könnten. Natürlich hast du es nach Vatis Tod nicht leicht gehabt, gewiss nicht. Aber deshalb hast du dich nicht weniger gut um uns gekümmert. Nein, Mutti, *die Sache* mit Karl Wichmann ist einzig auf Annis verrücktspielende Gefühle zurückzuführen.«

Einigermaßen erleichtert atmete Thea Engel auf. »Du weißt gar nicht, wie mich das beruhigt, Emmi.« Sie griff nach der Hand ihrer ältesten Tochter und drückte sie dankbar. »Ich liebe Anni, so wie ich dich liebe, das musst du mir bitte glauben. Aber ich weiß nicht, wie oft ich mir gewünscht habe, sie wäre wenigstens ein kleines bisschen wie du, Emmi.«

Emmi wusste nicht, was sie darauf sagen sollte, und zog es deshalb vor, zu schweigen. Und auch Thea Engel schien alles gesagt zu haben, was ihr auf der Seele gelegen hatte. So saßen Mutter und Tochter eine geraume Weile Hand in Hand auf Annis Bett, sagten nichts und dachten viel.

»Was ist?«, fragte Anni verunsichert. »Freust du dich denn gar nicht für mich … für uns?«

Emmi beeilte sich, den Kopf zu schütteln. »Nein, Unsinn, ich meine natürlich, ja, ich freue mich sogar sehr. Wie wunderbar, Anni, ein Kind, ihr erwartet ein Kind. Das sind wirklich tolle Nachrichten.« Sie beugte sich auf dem Rand des weinroten Kanapees, auf dem sie hockte, etwas vor und umarmte ihre Schwester.

»Mutti ist entsetzt. Das weiß ich, auch ohne dass sie ein Wort gesagt hat. Sie findet es unerhört von Emil und mir, dass wir nicht bis zur Vermählung warten konnten.«

»Ja, Mutti ist tatsächlich ein wenig besorgt um dich. Allerdings bezieht sich das eher auf deine Gesundheit, Anni. Alles andere gönnt sie dir und Emil von Herzen.«

»So«, murrte Anni misstrauisch. »Und warum bist du dann allein gekommen? Ich habe sie bestimmt schon drei, vier Mal hierher eingeladen, und jedes Mal hat sie eine andere Ausrede gehabt, warum sie nicht kommen konnte.«

»Mutti ist gerade sehr beschäftigt. Mit etwas Glück kann sie die Schusterei verpachten. Allerdings als Lagerraum, und dafür müssen natürlich all die Werkzeuge und anderen Einrichtungsgegenstände erst mal rausgeschafft werden. Ich bin den ganzen Tag in der Wolle und kann ihr kaum helfen. Außerdem fällt es ihr schwer, in Vatis Werkstatt etwas zu verändern …«

Nachdenklich nickte Anni. »Das glaube ich wohl.« Doch dann veränderte sich ihr Gesichtsausdruck wieder, und sie strahlte begeistert. »Deshalb habe ich auch mit Emil gesprochen, und genau das wollte ich euch längst gesagt haben. Aber es hat ja tatsächlich vier ewig lange Wochen gedauert, bis wenigstens du den Weg hierher gefunden hast.« Sie machte eine wegwerfende Handbewegung. »Egal, jetzt bist du hier, und ich kann dir sagen, was Emil und ich besprochen haben. Wir wollten euch nämlich vorschlagen, dass ihr zu uns in die Villa zieht. Mutti und du könntet das komplette Dachgeschoss für euch haben. Es ist sehr geräumig dort oben. Das wäre auch wahnsinnig praktisch, weil Mutti dann immer mal wieder auf das Kind aufpassen kann, und du, Emmi, kannst endlich studieren, weil du dir über Geld keine Gedanken mehr machen musst. Ist das nicht wunderbar?« Begeistert klatschte Anni in die Hände.

Entschieden schüttelte Emmi den Kopf. »Nein, Anni, daraus wird nichts. Ich werde bestimmt nicht mit dir und Emil und seinen Eltern in einem Haus wohnen. Mag es noch so riesig sein, das werde ich gewiss nicht tun. Und so wie ich Mutti einschätze, möchte sie das auch nicht. Aber natürlich werde ich ihr von deinem Vorschlag und Emils großzügigem Angebot erzählen.«

»Und warum nicht? Ich verstehe nicht, aus welchem Grund du das so vehement ablehnst, Emmi. Vermisst du mich denn gar nicht? Vermisst *ihr* mich nicht …?«

Emmi holte tief Luft. »Doch, Anni, wir vermissen dich sogar sehr. Aber du führst jetzt ein neues Leben, dein eigenes Leben mit Emil und seinen Eltern, und dann natürlich auch mit eurem Kind. Darin kommen Mutti und ich sicher noch immer vor und sollten auch weiterhin eine große Rolle spielen, aber eben in getrennten Häusern. Emil will dich heiraten und nicht deine ganze Familie, und so ist es richtig und wichtig für euch beide. Außerdem werde ich mir unter keinen Umständen von deinem zukünftigen Mann das Studium finanzieren lassen.«

Tränen stiegen Anni in die Augen. »Das klingt so, als wäret ihr froh, mich los zu sein …«

»So ein Unsinn«, gab Emmi zurück. »Und das weißt du auch. Aber …«

Es klopfte an der Tür.

»Ja, bitte!«, rief Anni so selbstverständlich, als hätte Hauspersonal schon immer zu ihrem Leben gehört.

Ein junges Mädchen mit weißem Häubchen und weißer Schürze erschien im Türrahmen. Sie knickste höflich und erklärte dann: »Die Hausdame hat mich geschickt. Ich soll mich erkundigen, ob das gnädige Fräulein und ihre Besucherin noch etwas benötigten! Saft, Tee, Kaffee, etwas Gebäck oder Obst?«

Anni sah Emmi an. »Was soll dir Amelia bringen?«

Emmi war nicht ganz wohl dabei zumute, sich von einem Mädchen, das jünger war als sie, bedienen zu lassen.

»Danke, aber nein, das ist wirklich nicht nötig«, gab sie freundlich lächelnd zurück.

»Aber warum denn nicht?«, wunderte Anni sich. »Hier wird nur das Beste vom Besten serviert. Also greif zu, Emmi.«

Es war nicht allein der Tonfall, ein wenig gönnerhaft, der Emmi daran störte, wie Anni sie dazu bewegen wollte. Etwas hatte sich verändert, Anni hatte sich verändert. Sie lag auf ihrem samtbezogenen Kanapee in ihrem eigenen Salon, in dem sich neben auserlesenen Möbelstücken sogar ein Grammophon und ein Telefonapparat befanden. Anni trug ein elegantes und dennoch bequemes Hauskleid und ein blassrosa Tuch aus feinster Seide über den Schultern und machte den Eindruck, als wäre es schon immer so gewesen. Als käme sie nicht vom Dorfe, aus einfachen Verhältnissen.

»Ich muss jetzt leider auch schon wieder aufbrechen, Anni«, erklärte Emmi und erhob sich von dem bequemen Kanapee. Es wäre besser, wenn sie jetzt ginge, bevor sie noch etwas sagte, das sie später bereute.

»Nein, Emmi, bitte geh noch nicht!«, flehte Anni sie an. Gleichzeitig gab sie dem Mädchen einen Wink, der ihr bedeuten sollte, dass sie nicht mehr gebraucht wurde, woraufhin diese sich wortlos zurückzog. »Du bist doch gerade erst gekommen, und es tut so gut, endlich mal wieder mit dir zu reden. Weißt du, Emils Eltern geben sich Mühe, freundlich zu mir zu sein. Und seinem Vater kaufe ich das sogar ab. Aber seine Mutter, grrr, diese Person ist einfach nur schrecklich. Ich weiß genau, warum sie sich zusammenreißt. Weil sie Sorge hat, ich könnte Emil doch nicht heiraten, und dann ist das Enkelkind für sie verloren. Das wäre ein Drama für sie, weil sie sich doch so sehr ein Enkelkind wünscht. Natürlich einen Jungen, einen Stammhalter. Dafür nimmt sie sogar mich als Schwiegertochter in Kauf …«, Anni schnappte kurz nach Luft, »… und sie liegt Emil ständig in den Ohren, dass wir endlich heiraten sollen. Aber ich wollte doch ein rauschendes Fest und keine Feier in kleinem Kreis und mit dickem Bauch. Ich wollte die ganze Nacht durchtanzen und jede Menge perlenden Champagner aus langstieligen Gläsern trinken.«

»Dann musst du das Emil so sagen«, fand Emmi.

Entnervt schnaufte Anni. »Er ist doch den ganzen Tag in der Fabrik. Das ist gerade das Dilemma, er ist dort zurzeit unabkömmlich, weil die Geschäfte nicht so laufen, wie er sich das wohl wünscht.«

»Inwiefern?« Emmis Augenbrauen wanderten erstaunt in die Höhe.

Natürlich war Emmi bestens informiert, wie es um die momentane wirtschaftliche Lage in Deutschland stand, und dass diese alles andere als rosig war, sorgte sie sehr. Hinzu kam, dass ihr dieser Hitler nicht ganz geheuer war. Zu viel Propagandageschwätz, zu abstruse Behauptungen und Versprechungen. Da war sie einer Meinung mit Onkel Friedhelm. Doch die Wagner'sche Zuckerrübenfabrik als bäuerliche Aktiengesellschaft wurde trotz der weltweiten wirtschaftlichen Krise unverdrossen von den hiesigen Landwirten mit Rüben beliefert, hatte ihre festen Abnehmer für den Rohzucker und galt deshalb in der Region als Garant, was Erfolg und Sicherheit anging. Es war für Emmi nur schwer vorstellbar, dass dieses sichere Unternehmen ebenfalls in Bedrängnis geraten sein könnte.

»Es geht da um einige Bauern, die ihre Felder nicht wie vereinbart bestellen wollen. Auf jeden Fall versuchen die, Emil und natürlich auch seinen Vater damit zu irgendetwas zu drängen, was aber wohl für sie nicht infrage kommt. Deshalb ist er ununterbrochen in der Fabrik oder stattet den abtrünnigen

Bauern Besuche auf ihren Höfen ab und ist nur ganz selten hier bei mir. Ich komme um vor Langweile, weil Emils Mutter wie eine Raubkatze darauf lauert, dass ich mich auch bloß nicht bewege. Sobald ich den Salon verlasse, kommt Hilde, die Hausdame und persönliche Spionin Gerlinde Wagners, angerauscht und bringt mich wie ein Kleinkind zurück hierher.« Ärgerlich äffte Anni die Hausdame nach: *»Aber gnädiges Fräulein, nun seien Sie doch bitte vernünftig und denken an das Kind.«*

»Womit sie ja nicht im Unrecht ist, Anni. Immerhin hat dir Doktor Blumenberg Bettruhe verordnet«, erinnerte Emmi sie.

Anni verdrehte die hellblauen Augen. »Ja, ich weiß. Und deshalb muss mich auch nicht ständig jemand daran erinnern. Erst recht nicht Emils Mutter.«

Unentschlossen blieb Emmi vor dem Kanapee stehen. Sie wollte jetzt wirklich gehen, fühlte sich in dem Salon ihrer Schwester einfach nicht wohl, weil ihr Anni darin so fremd vorkam. Und dann waren da noch immer diese Bilder in ihrem Kopf, die ihr auf Herz und Magen drückten. Anni und Emil, wie sie gemeinsam auf dem Kanapee saßen, eng umschlungen, schmusend, Emils Hand lag liebevoll auf Annis Bauch. Er küsste ihre Stirn, ihre Wangen, ihren Mund und …

Nein, sie musste gehen. Auf der Stelle. Weil es absolut unmöglich von ihr war, dass sie lieber sich als Anni in dieser Rolle sah. Noch immer. Obwohl ihr Verstand wusste, dass alles dagegensprach und ihre Gedanken und heimlichen Wünsche ganz und gar verwerflich waren – nur ihr Herz, ihr dummes Herz wollte das einfach nicht begreifen.

Rasch beugte sie sich zu ihrer Schwester herunter und umarmte sie. Eine Weile verharrten die beiden in ihrer innigen Umarmung. Dann aber löste sich Emmi von Anni und sagte: »Ich komme dich recht bald wieder besuchen. Bis dahin schone dich und hör darauf, was deine zukünftige Schwiegermutter dir rät. Mag sie auch noch so ein Drachen sein, immerhin ist sie daran interessiert, dass es dir gut geht, Anni.«

Emmi hatte den Fuß schon fast auf der Türschwelle, da wurde sie erneut von ihrer Schwester zurückgehalten.

»Hast du Mutti etwas gesagt? Kommt sie mich deshalb nicht besuchen, weil sie enttäuscht von mir ist?«

Emmi biss sich auf die Lippen. Sollte sie lügen? Nein, damit war niemandem geholfen. So wandte sie sich zu Emmi um und gestand ihr, wie sich das Gespräch mit der Mutter zugetragen hatte.

»Nun ist Mutti wohl sehr enttäuscht von mir?« Annis Stimme war kaum hörbar. »Und will nichts mehr mit mir zu tun haben?!«

»Nein, du täuschst dich!«, erklärte Emmi. »Und sie wird dich ganz bald besuchen kommen. Das verspreche ich dir.«

»Kannst du ihr bitte etwas von mir ausrichten, Emmi?«, bat Anni.

Emmi nickte.

Nun wurde Annis Stimme heiser. »Das Kind ist von Emil. Das schwöre ich bei meinem Leben. Ich setze ihm keinen Kuckuck ins Nest.«

»Das weiß sie!«, verdeutlichte Emmi.

»Gut. Dann noch etwas. Sag ihr, dass sie meine geliebte Muttilein ist und für immer bleiben wird.«

Die Schwestern sahen sich an, und Anni wischte sich verschämt eine Träne aus den Augen.

»Auf bald, Schwesterherz«, sagte Emmi.

»Auf bald, Schwesterherz«, gab Anni zurück.

In der Eingangshalle traf Emmi dann auf Gerlinde Wagner.

»So, Sie sind also Annis Besuch«, sagte sie und unterzog Emmi dabei einer eingehenden Musterung.

Emmi fühlte sich unter ihrem Blick nicht wohl und konnte nur zu gut verstehen, dass die hochgewachsene Hausherrin Anni alles andere als angenehm war.

Dennoch oder vielleicht gerade deshalb gab sie mit fester Stimme zurück. »Stimmt genau! Ich habe meine Schwester besucht.« Und dann fiel ihr ein, dass sie sich nicht einmal miteinander bekannt gemacht hatten. Nur weil Frau Wagner anscheinend nicht wusste, wie man sich benahm, musste Emmi ihr ja nicht gleich darin nacheifern.

»Ich bin übrigens Emmi Engel, und bei Ihnen handelt es sich doch sicher um Frau Wagner, Emils Mutter, nicht wahr?«

»So ist es!«, gab Gerlinde Wagner unfreundlich zurück. »Ich hoffe, Sie haben Ihrer Schwester ordentlich ins Gewissen geredet. Einen Sack Flöhe zu hüten könnte kaum schlimmer sein, als Ihre Schwester davon abzuhalten, etwas Unvernünftiges zu tun.« Sie schnaufte genervt. »Nun ja, was will man von einem dummen Kind, wie Anni es zweifelsohne noch ist, auch anderes erwarten.«

Emmi atmete innerlich tief durch. Was für eine überhebliche Kuh!, dachte sie. Äußerlich schenkte sie Gerlinde Wagner ein überaus freundliches Lächeln und erklärte: »Tja, da gehen die Meinungen wohl gewaltig auseinander, werte Frau Wagner. Zumindest, was Ihren Sohn und Sie betrifft. Für Emil scheint Anni ja bei Weitem nicht zu jung zu sein. Sonst würde sie wohl jetzt kaum sein Kind unter dem Herzen tragen.«

Empört schnappte Gerlinde Wagner nach Luft. »Was erlauben Sie sich eigentlich?!«, rief sie mit leicht hysterischem Unterton in der Stimme.

Emmi wollte nicht abwarten, bis die Hausherrin endgültig explodierte, nickte ihr stattdessen freundlich zu und eilte durch die imposante Haustür hinaus ins Freie und ebenso rasch die Treppenstufen hinab. Tief atmete sie die frische Luft ein, bevor sie ihr Rad nahm und davonfuhr. Je weiter sie sich von dem prächtigen Anwesen der Wagners entfernte, desto mehr tat ihr Anni leid. Für kein Geld der Welt würde sie mit diesem herrischen Drachen unter einem Dach wohnen wollen. Es war Emmi ein Rätsel, wie sie die Mutter des überaus charmanten Emil sein konnte. Auch äußerlich gab es keinerlei Übereinstimmung … bis auf das schwarze Haar, das bei der Hausherrin jedoch bereits von silbernen Fäden durchzogen war.

Und als sie noch ein Stück geradelt war, da merkte sie selbst, dass das so nicht ganz stimmte. Wenn Emil sie gewählt hätte, wenn Emil erkannt hätte, dass sie die Richtige für ihn war, dann hätte Emmi nicht eine Sekunde gezögert und wäre mit ihm auch notfalls bis ans Ende der Welt gegangen.

FÜNFZEHN

Schwestern machen die schlechten Zeiten gut
und die guten Zeiten unvergesslich.

Am 20. Oktober 1930 gaben sich Emil und Anni das Jawort. Es war nicht das glamouröse Hochzeitsfest, das sich Anni ursprünglich vorgestellt und gewünscht hatte, doch letztendlich hatte sie einsehen müssen, dass sie einem solchen Spektakel gesundheitlich nicht gewachsen gewesen wäre. So fanden sich die wenigen Hochzeitsgäste mit den Frischvermählten nach der kirchlichen Trauung um die festlich geschmückte Tafel im Speisesaal der Wagner'schen Villa zusammen, wo sie ein köstliches viergängiges Hochzeitsmenü zu sich nahmen. Anschließend lauschten sie in der eigens für diesen Anlass bestuhlten Eingangshalle einem musikalischen Potpourri der schönsten Werke Schuberts, Mozarts und Beethovens, welches ihnen von der jungen und überaus talentierten Pianistin Henriette von Glauchau dargebracht wurde.

Anni wäre mitreißende Jazzmusik wesentlich lieber gewesen. Sie schwärmte seit einiger Zeit für den amerikanischen Jazzmusiker Louis Armstrong, der oftmals mit dem Orchester von Luis Russel, dessen Musik sie ebenfalls liebte, auftrat. Doch ihre Schwiegermutter hatte die Festlichkeiten ohne Anni geplant, und Anni war nicht in der Lage gewesen, sich gegen ihre ständige Bevormundung zur Wehr zu setzen. Zwei, drei Mal hatte sie den Versuch unternommen, sich deshalb bei Emil zu beschweren. Doch der hatte den Kopf mit den Problemen in der Zuckerfabrik voll, und sie kam sich dumm vor, ihn mit der Wahl der Musik, des Menüs oder der geladenen Gäste in den Ohren zu liegen.

Hinzu kam, dass es Anni gesundheitlich noch immer nicht wesentlich besser ging. Die Schwangerschaft war bereits ins letzte Drittel vorangeschritten, doch die Übelkeit hatte noch immer nicht abgenommen. Es gab kaum einen Morgen, an dem Anni sich nicht übergeben musste. Ohnmächtig war sie seit ihrem Zusammenbruch und der anschließenden Feststellung der Schwangerschaft durch Doktor Blumenberg glücklicherweise nicht mehr geworden, aber der Schwindel war dennoch ihr ständiger Begleiter geblieben.

Besuch bekam sie selten. Thea Engel war einige Male da gewesen und natürlich Emmi. Ansonsten verbrachte sie die meiste Zeit sehr zurückgezogen in ihrem Salon, ließ sich von dem Mädchen bedienen und tat etwas, das sie vorher regelrecht verabscheut hatte: Sie las. Anfänglich aus lauter Langweile hatte sie in einem der Bücher geblättert, das ihr die Hausdame bei ihrem Einzug in die Villa auf die Kommode gelegt hatte. Zusammen mit einigen Zeitschriften, die Anni aber lediglich durchblätterte und sich dabei die Fotografien ansah.

Dieses erste Buch, das Anni nun vollständig in den Bann der Literatur zog, war ein Kriminalroman, der von der britischen Autorin Agatha Christie verfasst worden war und den Titel *Der blaue Express* trug.

Anni war fasziniert von Hercule Poirot, der Hautfigur des Romans, und fieberte der Auflösung des Kriminalfalles dermaßen entgegen, dass sie gar nicht mehr aufhören konnte zu lesen. Danach verlangte es sie nach mehr Lesestoff, und Anni durchforstete die Bibliothek der Wagners. Nach und nach traute sie sich anspruchsvollere Literatur zu, Bücher, die ihr Gehirn forderten, Inhalte, auf die sie sich ganz und gar konzentrieren musste, um sie zu ergründen. Und von Buch zu Buch, das sie beendete und zur Seite legte, fühlte sie sich klüger und, ja, auch ein bisschen gereifter – wenngleich ihr Lieblingsgenre der Kriminalroman blieb und sie jeden Hercule-Poirot-Fall geradezu verschlang.

Die eng bemessene Zeit, die ihr frischgebackener Ehemann für sie aufbringen konnte, versuchte er ihr so angenehm und abwechslungsreich wie nur möglich zu gestalten, doch natürlich waren ihre gemeinsamen Unternehmungen aufgrund von Annis Gesundheitszustand recht beschränkt. So lauschten sie zusammen den neuesten Schallplatten, mit denen Emil sie immer wieder zu überraschen wusste, oder unternahmen kurze Spaziergänge im prächtigen Garten der Villa. Einige Male war es sogar vorgekommen, dass Emil sie in seinem Auto spazieren gefahren hatte. Doch egal wie sehr sich Emil auch bemühte, so richtig recht konnte er es Anni nicht machen. Mit zunehmender Körperfülle konnte Anni sich selbst kaum noch leiden und ließ diese Unzufriedenheit dann an Emil aus. Was sie zu Beginn ihrer Schwangerschaft nicht mit einem Wort erwähnt hatte, nämlich, dass er es schließlich gewesen war, der sich nicht hatte beherrschen können und ihr hoch und heilig versprochen hatte, aufzupassen, hielt sie ihm nun regelmäßig vor.

»Es ist doch bald geschafft, Liebste«, versuchte Emil sie eines Abends zu trösten. Zuvor hatte sie ihn besonders harsch angefahren. Die neuste Schallplatte eines noch recht unbekannten, aber vielversprechenden Jazzmusikers, die er ihr mitgebracht hatte, hatte sie mit einer verächtlichen Handbewegung von dem kleinen Tisch neben ihrem Kanapee gefegt.

»Und dann? Was ist dann, Emil?«, feindete Anni ihn an. »Dann sitze ich mit meinem Kind hier in der Villa fest und darf mich den ganzen Tag von deiner Mutter samt ihrer Spionin misstrauisch beäugen lassen, während du bis spätabends in deiner Fabrik bist und nicht einen Gedanken daran verschwendest, wie schlimm das hier alles für mich ist. Wenn Mutti und Emmi wenigstens eingewilligt hätten hierherzuziehen, dann wäre ich nicht so allein, und Emmi hätte deiner Mutter bestimmt auch schnell klargemacht, dass sie mich nicht ständig wie ein kleines dummes Kind behandeln darf. Aber sie wollen nicht. Sie leben lieber weiter in aller Bescheidenheit als hier bei uns im Wohlstand. Emmi geht tagein, tagaus in die Wolle, obwohl sie der klügste Mensch ist, den ich kenne, weil sie sich lieber beide Hände abhacken würde, als Almosen von deiner Familie anzunehmen. Weil sie schon immer ihre Prinzipien hatte, egal ob sie es sich leisten kann oder nicht.«

»Liebling, bitte, nun reg dich doch nicht so auf«, versuchte Emil sie zu beruhigen und gleichzeitig, sich ihre Anfeindungen nicht allzu sehr zu Herzen zu nehmen.

Doch damit bewirkte er genau das Gegenteil, Anni geriet noch mehr in Rage.

»Du und sie, ja, Emil, du und Emmi, ihr beide wärt perfekt füreinander gewesen. Und wenn es nach Emmi gegangen wäre, dann würde *sie* jetzt hier untätig herumliegen und nicht ich, ihre dumme kleine Schwester.«

Emil entglitten die Gesichtszüge. Seine Stimme war nur noch ein heiseres Flüstern, so bestürzt war er von ihren Worten. »So ist das nicht, Anni. Das bildest du dir ein.«

»Doch, so ist das, Emil!«, entgegnete Anni vehement. »Emmi war von der ersten Sekunde an in dich verliebt. Und es hat sie schrecklich getroffen, dass du nur Augen für mich hattest, ihre kleine dumme Schwester. Natürlich hat sie mir versichert, dass sie mir mein Glück mit dir gönnt, doch ich bin nie die beste Schülerin gewesen und nicht annähernd so klug wie Emmi, aber ich bin bestimmt nicht blöd. Sie liebt dich noch immer und kann es nicht ertragen, uns zusammen zu sehen. Darum will sie auch nicht hierherziehen. Darum lässt sie mich hier allein, und Mutti, nun ja, Mutti hat schon immer das getan, was Emmi gesagt hat.«

Emil schüttelte den Kopf. Seine Augen waren noch schwärzer als sonst, seine Gesichtsfarbe hingegen hatte eine graue

Färbung angenommen. Annis Worte hatten ihn schwer getroffen, das war ihm deutlich anzusehen. Dennoch versuchte er, sich zu beherrschen, wollte auf keinen Fall, dass Anni sich noch mehr aufregte.

»Liebling, selbst wenn es so wäre, was spielt das jetzt noch für eine Rolle? Wir sind verheiratet und erwarten unser erstes Kind. Ich liebe dich von ganzem Herzen und werde alles dafür tun, dass wir eine glückliche Ehe führen. Du bist die Frau, die ich gewollt habe, und das von der ersten Sekunde an, in der ich dich gesehen habe.«

Anni hätte nun endlich Ruhe geben sollen, sich beherrschen und, ja, auch dankbar sein müssen, wie Emil ihr ihre unkontrollierten Wutausbrüche durchgehen ließ. Doch da war etwas tief in ihr drinnen, so ein Stachel, der einfach nicht nachlassen konnte, immer tiefer und schmerzender zuzustechen, und sie Dinge sagen ließ, die sie im nächsten Moment bitter bereuen würde …

»Und du bist der Mann, den ich gekriegt habe, weil ich den anderen eifersüchtig machen wollte, der nur leider ebenso dumm wie ich …« Erschrocken von ihren eigenen Worten biss sie sich auf die Lippe.

»So ist das also, Anni«, presste Emil wie unter großen Schmerzen hervor.

Anni fehlten auf einmal die Worte. Sie konnte nur stumm und reglos mit ansehen, wie Emil sich vom Kanapee erhob und zur Tür ging. Er schien seine sonst so sichere Körperhaltung verloren zu haben, als trüge er einen schweren Sack.

Erst als die Tür leise hinter ihm ins Schloss gefallen war, erwachte Anni aus ihrer Erstarrung.

»Emil! Warte doch! Das war nicht so gemeint, das war Unsinn!«, rief sie ihm hinterher. »Ich liebe dich, ich liebe dich längst …« Und weil Emil nicht zurückkam, wühlte sie sich von ihrem gefühlt ewigen Lager und schleppte sich schwerfällig zur Tür. Ihr Bauch kam ihr gigantisch vor, ließ sie wie jemand erscheinen, der sich gleich mehre Kissen unters Kleid gesteckt hatte, weil ihr sonst so zarter Körper nicht zu dieser Fülle passen wollte, es einfach kein schlüssiges Bild ergab.

Sie zog die Tür auf, trat in den langen Flur hinaus und sah Emil gerade noch, wie er im Begriff war, die Treppe hinabzugehen.

»Emil!«

Doch er reagierte nicht. So viel hatte er sich in den letzten Wochen und Monaten von ihr anhören müssen und stets alles klaglos hingenommen, kam es Anni in diesem Moment in den Sinn. Sie war ungerecht gewesen, hatte ihm Vorhaltungen gemacht, die er sich wahrlich nicht von ihr hätte anhören müssen. In ihrer vom verdammten Nichtstun gesteigerten Unzufriedenheit war er derjenige gewesen, an dem sie sich abgearbeitet hatte, und Emil hatte es ertragen. Klaglos einfach alles hingenommen und liebevoll weggelächelt. Doch jetzt war sie zu weit gegangen, jetzt hatte sie etwas zwischen ihnen kaputt gemacht, das doch gerade erst zusammengefunden hatte.

»Emil, bitte warte doch«, wimmerte sie, während sie die

Treppe erreichte und unten in der Halle ihre Schwiegermutter verwundert fragen hörte: »Emil, wo willst du denn jetzt noch hin? Du bist doch gerade erst gekommen.«

Eine Antwort bekam sie nicht. Dafür fiel die Tür ins Schloss. Emil war gegangen.

So schnell, wie es ihr möglich war, eilte Anni die Treppe hinunter. Sie musste ihn erreichen, bevor er den Motor seines Automobils startete. Sie musste ihm jetzt auf der Stelle sagen, dass nichts von dem, was sie behauptet hatte, zutraf. Dass sie noch ganz verrückt wurde in ihrer Gefangenschaft des Nichtstun-Dürfens. Selbst die anfängliche große Leidenschaft fürs Lesen war inzwischen wieder abgeflaut, weil sie sich vor lauter Selbstmitleid nicht darauf konzentrieren konnte. Anni konnte sich selbst nicht ausstehen, und das war wahrlich ihr größtes Problem.

Als sie die untere Stufe erreicht hatte, hörte sie den Motor starten und hetzte quer durch die Halle zur Tür. Doch sie sah nur noch die Rücklichter von Emils Automobil und ließ entmutigt den Kopf hängen. Das Kind in ihrem prallen Leib trat sie. Ein Mal, zwei Mal … nun ein drittes Mal mit noch mehr Kraft.

»Ja, du hast recht, das habe ich verdient …«, murmelte Anni, legte die Hand dorthin, wo sie den Fuß ihres ungeborenen Kindes spüren konnte, und versuchte, es mit sanftem Streicheln zu besänftigen.

Als sie sich schließlich umwandte, hatte sie ihre Schwiegermutter direkt vor sich.

»Was machst du hier, Anni?«, verlangte die mit strenger Stimme von ihr zu erfahren.

Anni antwortete nicht, denn ihre Schwiegermutter kam ihr zuvor: »Hat Emil etwa deinetwegen so fluchtartig das Haus verlassen? Hast du ihn mal wieder mit deinem kindischen Gejammer so fertiggemacht, dass er keinen anderen Ausweg mehr gesehen hat als die Flucht? Aus seinem eigenen Haus. Ist es so gewesen, Anni?«

Anni öffnete den Mund, doch dann beschloss sie, dass es ohnehin sinnlos war, etwas zu entgegnen. So wie sie Emil für all ihr Unglück verantwortlich machte, tat ihre Schwiegermutter es mit ihr. Und seitdem sie nun verheiratet waren und sich Gerlinde Wagner ihres Enkelkindes sicher sein konnte, behandelte sie Anni immer öfter wie einst im Modehaus Kaiser, als sie sich geweigert hatte, von einem einfachen Lehrmädchen die neuste Herbstmode herbeischaffen zu lassen. Natürlich achtete sie auf Annis Wohlergehen, das tat sie penetrant, aber bestimmt nicht wegen Annis Wohlergehen. Gerlinde Wagner ging es dabei einzig und allein um ihr Enkelkind, um den Stammhalter, den ihr das einfältige junge Ding doch wohl hoffentlich in der Lage war zu gebären. Sie war sogar so weit gegangen, Doktor Blumenberg, der auf Emils Drängen hin alle zwei Wochen nach Anni sah, nach dem Geschlecht des Kindes zu befragen. Als der langjährige Hausarzt der Engels ihr diese Auskunft verwehrte, hatte sie sich wutentbrannt an Emil gewandt und von ihm verlangt, dass zukünftig *ihr* Hausarzt Professor Doktor Kranichstein die weitere Schwangerschaft ihre Schwiegertochter begleiten solle. Emil hatte Anni tatsächlich den Vorschlag gemacht, ohne zu ahnen, welche Motivation seitens seiner Mutter dahintersteckte. Doch Anni hatte konsequent abgelehnt, und damit war dann auch für Emil das Thema erledigt gewesen.

»Du wagst es nicht, mich hier einfach so stehen zu lassen!«, empörte Gerlinde Wagner sich, nachdem Anni sich wortlos an ihr vorbeigedrängt hatte, um zur Treppe zu gehen.

»Anni!«, schrie Gerlinde Wagner. »Bleib!«

Hans-Hermann Wagner kam aus seinem Arbeitszimmer. »Was ist denn hier los, Gerlinde? Warum ereiferst du dich so?«

Er blickte zwischen seiner Gemahlin und seiner jungen Schwiegertochter, die inzwischen einige Stufen hinaufgestiegen war, fragend hin und her, bekam aber weder von der einen noch der anderen eine Antwort.

»Wo ist Emil?«, wollte Hans-Hermann Wagner nun erfahren.

»Fort!«, erklärte seine Ehefrau hasserfüllt. »Von diesem dummen Kind, das er unbedingt ehelichen musste, vertrieben. Aus seinem eigenen Haus vertrieben«, fügte Gerlinde Wagner hinzu und griff sich theatralisch ans Herz.

»Um Himmels willen, Gerlinde, du wirst doch wohl keinen Schwächeanfall erleiden«, sorgte sich ihr Ehemann.

»Das ist zu viel …«, keuchte Gerlinde Wagner, »… für meine Nerven …«

»Hilde!«, rief er aufgeregt nach der Hausdame, die daraufhin aus der Küche gestürzt kam, wo sie mit der Köchin Berta den Speiseplan für die kommenden Tage besprochen hatte.

»Schnell, bring das Riechsalz meiner Frau!«, forderte er sie auf und geleitete seine Gemahlin zu einem der beiden bequemen Ohrensessel in der Eingangshalle, wo sie schwerfällig in das weiche Polster sank.

Auf Anni achtete niemand von ihnen. Weder die sich noch immer über die *Unverschämtheiten* ihrer Schwiegertochter beschwerende Gerlinde Wagner noch ihr besorgter Ehemann oder die Hausdame, die mit dem gewünschten Riechsalz zurück in die Halle kam. Keiner der drei sah, wie Anni die letzte Stufe erklommen hatte und oben im ersten Stockwerk, ohne ein Wort oder einen Klagelaut von sich zu geben, zusammenbrach.

Annis letzter wacher Gedanke galt Emil, der so gut zu ihr war und den sie wirklich von Herzen liebte und dennoch so sehr verletzt hatte. Dann verlor sie das Bewusstsein und tauchte in die Dunkelheit ab.

SECHZEHN

Das Erste, das der Mensch im Leben vorfindet,
das Letzte, wonach er die Hand ausstreckt,
das Kostbarste, was er im Leben besitzt, ist die Familie.

ADOLPH KOLPING,
DEUTSCHER PRIESTER
(1813–1865)

Der Pahnke steht vor der Tür«, murmelte Emmi, als sie zurück in die Wohnküche kam. »Mutti, was will der hier? Ich dachte, du hast ihm klipp und klar gesagt, dass er uns … dich in Ruhe lassen soll.«

Voller Erstaunen hob Thea Engel den Blick von ihrer Handarbeit. »Das habe ich, Emmi. Sogar mehrfach und auch mit Nachdruck.«

»Dann sollten wir ihm besser nicht aufmachen.«

»Es könnte etwas Wichtiges sein«, gab Thea Engel zu bedenken.

Sie hatte den Satz gerade beendet, da begann der unwillkommene Besucher mit den Fäusten gegen die Tür der ehemaligen Schusterei zu krachen.

»Herrgott, der schlägt uns noch die Tür ein«, befürchtete Thea Engel und sprang von ihrem Stuhl auf. »Und das, wo ich doch gerade alles verpachtet habe.«

Nacheinander eilten Mutter und Tochter in die Schusterei, um Otto Pahnke gehörig die Meinung zu sagen. Nach all der Zeit seiner plumpen und unerträglichen Annäherungen Thea Engel gegenüber, nachdem sie damals aus lauter Verzweiflung ein einziges Mal zu ihm ins Haus gegangen war, wo er ihr deutlich gezeigt hatte, was er sich von ihr erhoffte, musste er doch endlich mal begriffen haben, dass die Engel-Frauen lieber hungerten und froren, als dass Thea ihn noch einmal aufsuchen würde.

»Was willst du?«, giftete Thea Engel ihn an, kaum dass sie ihm geöffnet hatte. »Meine Tür zerschlagen?«

Otto Pahnke starrte sie verständnislos an. »Wie komme ich dazu?«, gab er recht einfältig zurück.

»Weil du wie von Sinnen dagegenpolterst.«

Der Großbauer schüttelte sich etwas, als würde es ihm so leichter fallen, sich zu konzentrieren.

»Du musst sofort mitkommen, Thea«, sagte er schließlich.

Verächtlich lachte Thea auf. »Bestimmt muss ich das nicht!«

»Geh jetzt, Otto!«, forderte ihn nun auch Emmi auf. »Du hast hier nichts verloren.«

»Spinnt ihr Weiber denn jetzt vollkommen«, keifte er die beiden gehässig an. »Ich beeile mich hierherzukommen, weil ich einen Anruf für dich, Thea, erhalten habe, und wie dankt ihr es mir, ihr werdet frech.«

»Was für einen Anruf?«, fragte Thea. Otto Pahnke gehörte zu den wenigen im Dorf mit eigenem Telefonapparat.

»Von deinem *feinen* Schwiegersohn.«

»Was?« Das wurde immer verrückter, dache Emmi, als würde Emil bei dem abstoßenden Pahnke anrufen. Es sei denn … Schlagartig zog sich Emmis Magen schmerzlich zusammen.

»Was ist passiert? Ist etwas mit Anni?«, keuchte sie.

Otto Pahnke nickte. »Das Kind, ihr Kind, es ist gekommen … ähm, geboren.«

»Was?« Thea Engel stieß einen spitzen Schrei aus. »Aber … aber, das ist doch viel zu früh. Erst in drei Wochen …«

»Was weiß ich!« Otto Pahnke winkte ab. »Dein Schwiegersohn lässt euch auf jeden Fall ausrichten, dass ihr bitte sofort kommen sollt. Anni möchte euch sehen …«

»Wie geht es ihr? Und dem Kind? Hat mein Schwiegersohn etwas gesagt?«, wollte Thea aufgeregt von ihm wissen.

Emmi wartete die Antwort des Großbauern nicht ab. Sie rannte in die Wohnküche zurück, von dort aus in die schmale Diele und holte ihre Mäntel, Stiefel und Handtaschen aus der Abstellkammer, in der sich der wackelige Schuhschrank und die Garderobe befanden.

»Kannst du uns fahren, Otto?«, bat sie ihn.

Unter normalen Umständen hätte sich Emmi eher die Zunge abgebissen, als den Mann um einen Gefallen zu bitten. Doch mit dem Rad brauchten sie einfach zu lange, und da Emil nicht angeboten hatte, den Fahrer der Wagners zu schicken, blieb ihr nichts anderes übrig.

»Kann ich wohl machen«, sagte Otto Pahnke und brachte es tatsächlich fertig, Thea Engel dabei geradezu lüstern zu mustern.

Am liebsten hätte Emmi ihm mitten ins Gesicht geschlagen. Wie widerwärtig konnte ein Mensch eigentlich sein! Doch sie schluckte ihren Zorn herunter, denn jetzt zählte nur eins, dass sie so schnell wie möglich zu Anni und ihrem Kind kamen.

»Bin zum Glück mit dem Automobil gekommen und nicht mit dem Rad. Ihr könnt also direkt einsteigen. Thea, du setzt dich nach vorne zu mir«, bestimmte er, während die beiden Frauen eiligst die Schusterei verließen.

Tatsächlich wollte Thea Engel seiner Aufforderung Folge leisten, doch Emmi drängte sie zur Seite.

»Mutti wird immer übel, wenn sie vorne sitzt«, behauptete sie und ließ sich auch schon auf die rechte Seite der Vorderreihe des Automobils sinken.

Im Innenraum schlug ihr eine Wolke übelsten Gestankes entgegen, die von dem Großbauern ausging.

Thea Engel kletterte auf die Rücksitzbank, stöhnte angewidert auf und presste sich die Enden ihres wollenen Kopftuchs vor Nase und Mund.

Als Otto Pahnke schließlich im Automobil Platz genommen hatte, war sich Emmi sicher, den Weg bis zur Villa der Wagners nicht zu schaffen. Es war kaum zu glauben, dass ein Mann so widerwärtig stinken konnte.

»Kannst du dich bitte beeilen«, bat sie ihn. »Ich … wir möchten schnellstmöglich bei Anni sein.«

»Oder ist sie im Krankenhaus?«, fiel es Thea Engel ein, zu fragen. »Das Kind ist ja zu früh geboren …«

»Nö, dein feiner Schwiegersohn hat gesagt, sie ist mit dem Knirps im Haus der Wagners.«

»Knirps?«, rief Thea. »Ist es ein Junge? Hat Emil dir das etwa auch am Telefon gesagt?«

»Nö. Hat er nicht.«

»Warum sagst du dann Knirps?«

Der Großbauer zuckte mit den Schultern. »Hab ich mir keine Gedanken drüber gemacht.«

Bis sie die Wagner'sche Villa erreicht hatten, wurde im Automobil nicht mehr gesprochen. Emmi und Thea Engel waren zu sehr damit beschäftigt, sich unauffällig die Nase zuzuhalten, während Otto Pahnke sichtbar beleidigt war, dass Thea nicht neben ihm saß.

»Vielen Dank«, sagten die beiden artig, nachdem sie ausgestiegen waren.

Emmi hatte sich schon zu den breiten Sandsteinstufen umgewandt und bekam deshalb nur aus dem Augenwinkel mit, wie Otto Pahnkes Hand blitzschnell nach dem Unterarm ihrer Mutter griff und er sie am Weggehen hinderte. Er zog sie ganz nah an sich heran und gab ihr unmissverständlich zu verstehen, dass er einen Kuss von ihr erwartete.

»Lass sie los!«, fuhr Emmi ihn an. Ihre Wut steigerte sich noch, als Otto Pahnke zu lachen anfing und sagte: »Emmi, da heißt es im Dorf immer, du hättest so ein schlaues Köpfchen, und dann verstehst du nicht einmal, wie so etwas funktioniert.

Gegenleistung, Emmi, Gegenleistung nennt man das. Ich habe auch nichts zu verschenken, weder Geld noch meine Zeit. Beides habe ich gerade für euch geopfert. Nur verständlich, dass ich dafür entlohnt werden will.«

Emmi verzog die Augen zu schmalen Schlitzen, während sie ganz nah an den Mann herantrat.

»Lass ihren Arm los«, wiederholte sie mit schneidender Stimme. »Deinen Lohn bekommst du von mir!«

»Emmi, nein …«

Doch Emmi ließ die Mutter nicht ausreden. »Was ist jetzt, Otto, wer ist dir lieber?«

Der einfältige Bauer machte große Augen. »Wenn du mich so fragst, dann du, Emmi. Du bist jünger und …«

»Gut, Otto, lass meine Mutter los.«

Er tat, was Emmi von ihm verlangte, und wandte ihr dann erwartungsvoll das Gesicht mit den unzähligen geplatzten roten Äderchen unter den Augen und auf den Wangen zu.

Emmi lächelte, holte aus und verpasste ihm eine derart schallende Ohrfeige, dass er zurücktaumelte und beinahe gestürzt wäre, hätte da nicht sein Automobil gestanden.

»Sag mal, spinnst du!«, brüllte er sie an. »Bist du geistesgestört … so wie dein Vater es war?«

»Mein Vater war bestimmt nicht geistesgestört«, schrie Emmi, bereits im Begriff, ihm eine weitere Ohrfeige zu verpassen.

»Emmi, Himmel, hör auf damit«, flehte Thea sie an.

In diesem Moment öffnete sich oben die Haustür der Villa, und Emil trat heraus.

»Was ist denn hier los?«

Emmi hielt inne, wandte sich zu Emil um und übertrug ihre Wut direkt auf ihn.

»Hier wäre nichts los, *Schwager*, wenn du einfach mal ein Automobil geschickt hättest.«

»Emmi, nun hör bitte auf. Was ist denn nur in dich gefahren?«, ermahnte Thea ihre Tochter.

»Es … es tut mir leid«, murmelte Emil plötzlich voller Reue. »Daran habe ich einfach nicht gedacht. Es ging alles so schnell, und Anni …«

Thea Engel hetzte die Stufen zu ihm hinauf. »Was ist mit Anni? Wie geht es ihr und dem Kind?«

Emmi folgte ihr. Langsam fiel die Wut von ihr ab, machte Platz für Scham, weil sie sich wie eine ganz und gar hysterische Person auf den widerwärtigen Großbauern gestürzt hatte. Und das in einem Moment, wie er unpassender wohl nicht sein konnte.

»Es tut mir aufrichtig leid, Emmi«, wiederholte Emil sich, als sie ebenfalls die Stufen erklommen hatte. »Doktor Blumenberg hat mir geraten, den Bauern Pahnke anzurufen. Ihm ist niemand sonst in eurem Dorf bekannt, der einen Telefonapparat besitzt. Doktor Blumenberg war es auch, der meinte, dass dieser Pahnke euch fahren würde. Ich muss zugeben, ich war viel zu sehr mit …«

Blitzschnell legte Emmi ihm die Hand auf die Schulter und sagte: »Schon gut, Emil, ich habe überreagiert und bin diejenige, die sich entschuldigen sollte.«

»Blöde Weiber, kommt nie wieder auf die Idee, mich um einen Gefallen zu bitten! Und um Arbeit in der Mast braucht die Thea auch nicht mehr zu bitten. Nur, dass ihr das wisst!«, brüllte Otto Pahnke, bevor er in sein Automobil stieg und mit aufheulendem Motor davonfuhr.

»O weh, was für ein Theater«, seufzte Thea Engel. »*Mir* tut es leid, Emil, oder nein, mir ist das alles unsagbar peinlich. Aber nun möchte ich bitte endlich zu meinem Kind … und natürlich zu meinem Enkelkind.«

Emmi war so sehr erschüttert, dass sie kaum noch zu atmen wagte. Gleichzeitig versuchte sie, die Tränen zurückzuhalten, die ihr heiß in den Augen brannten. Doch sie musste nun stark sein. Für Anni, die wie ein blasser Schatten ihrer selbst im Bett lag und von der Geburt ihrer kleinen Tochter noch so geschwächt war, dass sie kaum die Augen aufhalten konnte.

»Es war schrecklich«, hauchte Anni. »Es hat so schrecklich wehgetan … Ich … ich dachte, es zerreißt mich. Aber Doktor Blumenberg hat gemeint, ich wäre tapfer gewesen …«

»Das warst du, mein Liebling«, erklärte Emil und strich ihr liebevoll über das verschwitzte blonde Haar. »Ich bin unsagbar stolz auf dich.«

»Aber es ist ein Mädchen …«

Leise lachte Emil auf. »Und das ist auch gut so. Ein Mädchen habe ich mir von Herzen gewünscht. Ein kleines Mädchen, das genauso liebreizend wie ihre wunderbare Mutter ist.«

»Du hast es dir gewünscht, aber deine Mutter …«

»Was meine Mutter sagt, denkt oder sich wünscht, Liebling, das interessiert mich nicht.«

Emmi hatte der kleinen Unterhaltung der frischgebackenen Eltern einen Moment lang zugehört, doch als Emil nun Annis Hand in seine nahm und sie an die Lippen zog, um sie zärtlich zu küssen, da beschloss sie, die beiden allein zu lassen, so wie es Thea Engel kurz zuvor schon getan hatte. Nicht, weil die Eifersucht noch immer an ihr nagte, bestimmt nicht. Vielmehr war es das schlechte Gewissen, dass sie an manchen Tagen an der aufrichtigen Liebe ihrer Schwester zu Emil gezweifelt hatte. Die beiden waren so miteinander verwoben, ihre großen Gefühle so offensichtlich, dass Emmi sich selbst eingestehen musste, dass sie anscheinend die Wahrheit nicht erkennen wollte. Und dass es falsch gewesen war, Thea Engel von Annis Liebschaft mit Karl Wichmann zu erzählen. Ja, Anni hatte für Karl geschwärmt, aber für Emil empfand sie Liebe, tiefe und aufrichtige Liebe.

»Wo gehst du hin?«, flüsterte Anni.

»Ich wollte euch einen Moment allein lassen.« Emmi lächelte. »Und natürlich meine kleine Nichte noch mal ausgiebig bestaunen.«

»Aber die Hebamme bringt sie doch gleich wieder zurück, Emmi.« Anni wandte sich an ihren Ehemann. »Ich würde gern mit Emmi reden, Liebster. Allein …«

Verständnisvoll nickte Emil, gab ihr einen Kuss auf die Stirn und verließ dann das Schlafgemach der Eheleute, in dem Anni gestern Abend um drei Minuten vor Mitternacht eine kleine überaus proppere Tochter zur Welt gebracht hatte.

»Bitte setz dich doch zu mir aufs Bett«, forderte Anni sie auf, kaum dass Emil die Tür hinter sich geschlossen hatte.

Anni tastete nach Emmis Hand.

Emmi erschrak, wie klamm sich die Finger ihrer Schwester anfühlten.

»Mutti ist ja gerade bei der Kleinen, und ich möchte nicht, dass sie sich noch mehr Sorgen um mich macht. Du musst mir versprechen, dass du ihr nichts erzählst, Emmi, kein Wort von dem, was ich dir jetzt sage«, begann Anni.

Mit angehaltenem Atem nickte Emmi.

»Gut.« Anni zog die Mundwinkel auseinander, als wollte sie lächeln, was ihr aber gehörig missglückte. »Vergangene Nacht, Emmi, ich dachte, ich schaffe es nicht. Die Geburt war so schrecklich, es hat so schlimm wehgetan, und dann das viele Blut. Überall war Blut. Doktor Blumenberg war zunächst verhindert, und auch die Hebamme war noch bei einer anderen Geburt, deshalb war ich lange Zeit mit meiner Schwiegermutter und der Hausdame allein. Ich habe wohl immer wieder das Bewusstsein verloren, und dann war da so ein Moment, als ich dachte, dass ich es nicht schaffen werde. Ich war mir sicher, dass ich sterbe. Und die ganze Zeit konnte ich nur denken, wie schlimm es für mich ist, dass ich mich nicht mehr mit Mutti und dir vertragen konnte …«

»Aber wir haben uns doch nicht gestritten«, fiel Emmi ihr ins Wort.

»Nein, das haben wir nicht, aber es war auch nicht gut zwischen uns. So wie früher … weißt du.«

Emmi nickte. Ihre Schwester hatte recht, Streit hatten sie nicht gehabt, aber wirklich nah waren sie sich in den letzten Wochen und Monaten auch nicht mehr gewesen.

»Und da war noch etwas, das mich bewegt hat, mir noch schlimmere Schmerzen als die körperlichen bereitet hat. Wenn ich die Geburt nicht überleben würde, was soll dann nur aus meinem Kind werden? Emil muss immer arbeiten, er hat kaum Zeit. Bleibt meine Schwiegermutter, und der Gedanke ist so schrecklich gewesen, dass ich beschlossen habe, all die Schmerzen zu ertragen und die Geburt meines Kindes zu überleben.«

Emmi schmunzelte. »Ein sehr guter Entschluss.«

»Ja, das finde ich auch. Aber weißt du, trotzdem wäre es mir lieber gewesen, ich hätte in diesem Moment gewusst, dass du dich meines Kindes annehmen würdest.«

»Ich?«

»Ja, du, Emmi!«

»Aber …«

»Nein, kein Aber. Versprichst du mir, dass du dich um meine Kleine kümmerst, als wäre sie dein leibliches Kind, wenn mir etwas zustoßen sollte?«

»Anni, ich bitte dich. Was redest du denn da? Du hattest eine schwere Geburt, aber letztendlich ist doch alles …«

»Versprich es mir bitte, Emmi! Gib mir dein Wort!«

Emmi holte tief Luft, dann nickte sie. »Ja, Anni, ich verspreche es dir!«

Dankbar drückte Anni die Hand ihrer Schwester. »Jetzt bin ich beruhigt. Wirklich beruhigt …«

»Und du kannst hundert Jahre alt werden«, fügte Emmi scherzhaft hinzu. »Und noch fünf weitere Kinder bekommen.«

Anni schüttelte den Kopf. »O nein, sicherlich nicht. Aber irgendwann ein Schwesterchen für meine Kleine, das wäre schön.«

»Da wird deine Schwiegermutter aber nicht erfreut sein«, versuchte Emmi zu scherzen, um die gedrückte Stimmung etwas aufzulockern.

Anni ging sofort darauf ein. »Genau darum wünsche ich mir ja auch noch eine weitere Tochter.«

Die beiden lachten. Anni aufgrund ihres geschwächten Zustandes sehr verhalten, aber von Herzen, Emmi wie befreit, denn das, was da die ganze Zeit unausgesprochen zwischen ihnen gewesen war, war mit einem Schlag verschwunden. Hatte sich in Luft aufgelöst. Belastete sie nicht mehr. Sie waren sich wieder nah, so wie sie es immer gewesen waren. Anni und Emmi, kein Blatt passte zwischen die Schwestern.

Es klopfte an der Tür, und im nächsten Moment trat Thea Engel ein. Sie hielt ihre Enkelin in den Armen und strahlte vor Glück und Stolz.

»Hier hat jemand große Sehnsucht nach seiner Mutti«, sagte sie liebevoll.

»Oh meine Kleine.« Annis Augen glänzten.

Behutsam trug Thea Engel das Bündel zum Bett ihrer

jüngsten Tochter, die sich mühsam in den Kissen aufzurichten versuchte. Doch ohne Emmis Unterstützung gelang ihr das nicht. Sichtbar erschöpft nahm sie schließlich ihr Kind von der Mutter entgegen, das leise zu quengeln anfing.

»Was hat sie?«, fragte Anni besorgt. »Hat die Hebamme etwas zu beanstanden gehabt? Ich meine, fehlt ihr etwas?«

Lächelnd schüttelte Thea Engel den Kopf. »Du brauchst dich nicht zu sorgen. Die Hebamme hat die Kleine gebadet und frisch gewickelt und sie dabei noch mal gründlich untersucht und ist sehr zufrieden mit ihr. Dass sie etwas früher als geplant auf die Welt kommen wollte, hat ihr nicht geschadet. Aber jetzt hat sie Hunger, darum ist sie so unleidlich.«

»Da bin ich beruhigt.« Anni atmete hörbar auf. Doch sosehr sie sich auch mühte, es wollte ihr einfach nicht gelingen, ihre Tochter anzulegen. Thea Engel musste ihr schließlich behilflich sein, allerdings mit mäßigem Erfolg. Die Kleine nuckelte und sog nach Kräften an Annis Brustwarze, die vor Schmerzen mehrmals aufstöhnte. Doch Milch schien sie nicht zu bekommen.

»Wo bleibt denn die Hebamme?«, fragte Emmi. Sie konnte kaum noch hinsehen, wie Anni sich unter Schmerzen mühte, ihr Kind zu stillen.

»Sie war eben noch im Gespräch mit Emil. Hat ihm noch dies und das gesagt …«, meinte Thea Engel.

»Ich gehe sie jetzt holen!«, beschloss Emmi.

Als sie das Schlafzimmer verließ, hörte sie Anni verzweifelt sagen: »Noch nicht mal das kann ich, Mutti …«

»Gräm dich nicht, Annilein«, gab Thea Engel zurück. »Manchmal dauert es ein bisschen, bis sich Mutter und Kind beim Stillen zusammenfinden.«

Eilig trat Emmi in den Flur hinaus. Die Hebamme würde ihrer verzweifelten Schwester und ihrer hungrigen Nichte bestimmt helfen können. Doch in der Kinderstube fand Emmi weder die Hebamme noch Emil vor. Eiligst stieg sie ins Erdgeschoss der Villa hinab. Auch hier war keine Spur von den beiden auszumachen. Emmi wollte sich gerade wieder abwenden, da vernahm sie Stimmen in der großen Bibliothek der Villa, weil die Tür einen Spalt weit aufstand. Emmi ging davon aus, dass Emil sich mit der Hebamme unterhielt, und durchquerte hastig die Halle. Doch kurz vor der Tür hörte sie Gerlinde Wagner abfällig auflachen und blieb abrupt stehen.

»Ich warne dich, Mutter, lass dir bloß nicht einfallen, so etwas Anni gegenüber auszusprechen.« Emils Stimme klang aufgeregt und zornig zugleich, woraufhin seine Mutter rief: »Herr, behüte mich! Damit das dumme Ding direkt wieder hysterisch wird. Du warst es nicht, der sich all die Stunden um sie bemühen musste, bis sich die Hebamme endlich eingefunden hatte, Emil. Sonst würdest du jetzt nicht so reden, als hätte sie sonst etwas geleistet. Angestellt hat sie sich, schrecklich angestellt. So ein Geschrei und Gewinsel, als wäre sie die erste Frau, die ein Kind gebärt.«

»Wie kannst du nur so herzlos sein, Mutter!«, gab Emil fassungslos zurück. »Doktor Blumenberg hat gesagt, dass es eine schwere Geburt für Anni gewesen ist, und selbst wenn es nicht so gewesen wäre, was erlaubst du dir, hier vor mir zu stehen und so schlecht über meine Ehefrau zu reden? Was nimmst du dir nur heraus?«

»Das ist kein Gerede, mein Lieber, das sind Tatsachen. Anni ist mit ihren nicht mal achtzehn Jahren noch ein dummes Kind, wie ich es schon immer gesagt habe, und hat sich bei der Geburt auch dementsprechend angestellt, kindisch. Nicht einmal für einen Stammhalter …«

»Hör auf!«, fuhr Emil sie wütend an. »Kein einziges Wort will ich mehr von dir hören. Sonst vergesse ich mich, Mutter!« Damit wandte er sich von ihr ab und ging zur Tür, vor der Emmi stand und so schockiert von den Worten Gerlinde Wagners war, dass sie gar nicht erst versuchte zu verheimlichen, dass sie gelauscht hatte.

»Emmi …« Erschrocken sah Emil sie an. »Was … ich meine, wolltest du zu mir?«

Emmi blickte ihm in die dunklen Augen, und er schien darin zu erkennen, was gerade in ihr vorging. »Bitte sag Anni nichts. Es wäre schrecklich, wenn sie davon etwas erführe.«

Emmi nickte. »Ja, das wäre es.«

Gerlinde Wagner drängte sich an ihrem Sohn vorbei. Für den Bruchteil einer Sekunde trafen sich Emmis und ihre Blicke. In Emmis Gesicht waren die Wut, Verachtung und abgrundtiefe Abneigung so offensichtlich, dass Gerlinde Wagner die Röte ins Gesicht stieg. Sie klappte den Mund auf, schien dann aber wohl einzusehen, dass es ratsam war, zu schweigen, und lief durch die Halle, um kurz darauf in irgendeinen ihrer zahlreichen Privaträume zu verschwinden, während Emmi und Emil dastanden und um Worte rangen.

Emmi konnte das Gehörte noch immer nicht fassen. Gleichzeitig schämte sie sich, weil sie den ständigen Beschwerden ihrer Schwester wenig Glauben geschenkt hatte. Schließlich hatte Anni schon immer einen Hang zum Übertreiben und Dramatisieren gehabt. Doch was sie soeben miterlebt hatte, das übertraf Annis Schilderungen um ein Vielfaches, war einfach nur erbärmlich und respektlos. Einem ersten Impuls folgend wollte sie ihre Schwester und ihre kleine Nichte am liebsten auf der Stelle von hier fortschaffen. Mit so einer hartherzigen und bitterbösen Frau konnte Anni unmöglich noch länger unter einem Dach wohnen bleiben. Nur leider hatte sie nicht das Recht dazu, nur Emil hatte das. Er *bestimmte* über seine Ehefrau und seine kleine Tochter. Dieses Recht brachte aber auch eine Verantwortung und vor allem Fürsorge mit sich, was Emil doch wohl hoffentlich bewusst war.

Schließlich räusperte Emil sich, trotzdem klang seine Stimme belegt. »Es tut mir sehr leid, dass du diese unschöne Situation mitbekommen hast.«

Emmi holte tief Luft. »Mir tut es nicht leid.«

»Wie bitte?« Emils dunkle Brauen wanderten verwundert nach oben.

»Du hast schon richtig gehört, Schwager, ich bin sogar froh, Zeuge davon geworden zu sein. Es ist nämlich so, dass ich Anni nicht geglaubt habe oder zumindest davon ausgegangen bin, dass sie übertreibt, wenn sie mir von den Gemeinheiten ihrer Schwiegermutter erzählt hat.«

»Ich werde noch einmal ein ernsthaftes Gespräch mit ihr führen«, versprach Emil.

Doch Emmi schüttelte den Kopf. »Mir musst du nichts versprechen. Aber du musst dafür sorgen, dass Anni nicht länger unter der Boshaftigkeit deiner Mutter zu leiden hat, und wenn das in diesem Haus nicht möglich ist, dann weißt du ja wohl hoffentlich, was du zu tun hast!« Emmi war bewusst, dass sie kein Recht hatte, so mit ihrem Schwager zu reden. Es hätte sie nicht gewundert, wenn er sie jetzt freundlich, aber bestimmt auffordern würde, sein Haus zu verlassen.

Doch Emil nickte einsichtig. »Weiß Gott, das ist mir bewusst, Emmi …«

»Gut.« Emmi besann sich darauf, warum sie überhaupt Zeuge dieser schlimmen Szene geworden war. »Wo ist die Hebamme, Emil? Anni …«

»Ist etwas passiert?«, fiel Emil ihr besorgt ins Wort. »Geht es Anni oder dem Kind nicht gut? Verdammt, die Hebamme ist nicht mehr im Haus, sie musste zu einer anderen Geburt. Aber ich kann nach dem Doktor schicken lassen.«

Emmi winkte ab. »Sorg dich bitte nicht. Anni hätte lediglich die Unterstützung der Hebamme benötigt. Doktor Blumenberg musst du gewiss nicht verständigen.«

Emil schien ihren Worten nicht zu glauben. Er stürmte aus der Bibliothek, stürmte die Treppe hinauf, so dass Emmi Mühe hatte, mit ihm Schritt zu halten. Doch sie hätte sich nicht so beeilen müssen, dank Thea Engel war es Anni endlich gelungen, ihre kleine Tochter zu stillen.

»Geh bitte, Emil«, genierte sie sich, als ihr Ehemann, ohne zu klopfen, ins Zimmer kam. »Ich … wir … üben noch …«

Die Anspannung wich aus Emils Körper wie Luft aus einem Heißluftballon. Er konnte sogar wieder lächeln, als er sagte: »Ich finde, das sieht aber schon sehr gekonnt aus.«

Thea Engel erhob sich von der Bettkante und dirigierte ihren Schwiegersohn dennoch wieder aus dem Zimmer. »Lass den beiden noch ein bisschen Zeit für sich, Emil«, bat sie ihn. »Es fällt Anni wahrlich nicht leicht …«

Was genau sie damit meinte, ließ sie offen.

Nachdem er das Zimmer verlassen hatte, fielen Anni die Augen zu. Ganz behutsam nahm Thea Engel das Kind von ihrer Brust, das zum Glück satt und zufrieden war, und legte es in die Wiege, die direkt neben dem Ehebett stand. Behutsam bettete sie die Kleine und gab Emmi dann ein Zeichen, dass sie mit ihr nun ebenfalls das Zimmer verlassen sollte.

Draußen musste Thea Engel erst einmal tief durchatmen. Und dann entdeckte Emmi etwas in ihrem Gesicht, genauer gesagt zwischen den feinen Brauen, oberhalb der schmalen Nasenwurzel, das neu war, eine tiefe Falte … eine Sorgenfalte.

»Stimmt etwas nicht, Mutti?«, fragte sie leise.

Thea Engel neigte den Kopf etwas. Sie schien nicht gleich das richtige Wort zu finden, denn sie unternahm ganze drei Versuche, bevor sie Emmi endlich antwortete. »Ich habe die

Hebamme nur kurz sprechen können, sie musste fort, um einer anderen Frau bei der Niederkunft zur Seite zu stehen.«

»Ja und? Was hat sie gesagt? Du kommst mir besorgt vor.«

Thea Engel hob die Schultern. »Sie hat nichts gesagt, Emmi, aber manchmal sind es die unausgesprochenen Worte, die viel schwerer wiegen.«

»Inwiefern?« Emmi konnte sich beim besten Willen keinen Reim auf die Worte ihrer Mutter machen.

»Vielleicht sehe ich ja auch nur Gespenster. Dennoch würde ich gern die nächsten Tage hier bei Anni bleiben, wenn es dir nichts ausmacht, Emmi?«

»Das ist eine sehr gute Idee. Und nein, natürlich macht es mir nichts aus«, gab Emmi zurück. Gerlinde Wagner kam ihr in den Sinn, und das Vorhaben ihrer Mutter gefiel ihr gleich noch besser.

»Gut, dann bin ich beruhigt. Anni braucht mich jetzt.«

Erneut nickte Emmi.

»Aber bitte tu mir einen Gefallen, Emmi, geh Otto Pahnke aus dem Weg. Er wird sehr erbost über das sein, was geschehen ist, und kann wirklich unangenehm werden.«

»Ich mach einen großen Bogen um ihn, Mutti, versprochen.«

»Nun gut, dann werde ich jetzt wohl mal mit Emil sprechen müssen. Er weiß noch nichts von seinem Glück, die Schwiegermutter im Hause zu haben.« Thea Engel verzog das Gesicht zu einer Grimasse. »Vielleicht ist es ihm nicht recht.«

Doch ihre Bedenken erwiesen sich als überflüssig. Der junge Vater war seiner Schwiegermutter unendlich dankbar für ihr

Angebot, ihrer jüngsten Tochter zur Seite zu stehen. Emmi nahm an, dass seine Begeisterung auch damit etwas zu tun hatte, dass er unter diesen Umständen ohne Sorge in die Fabrik gehen konnte, wenn Thea Engel über Mutter und Kind wachte.

Emmi fuhr er kurze Zeit später selbst nach Hause, wo sie in aller Eile einen kleinen Koffer mit den wichtigsten Utensilien für die Mutter packte. Als sie ihn ihrem Schwager überreichte, kam sie nicht umhin, ihn noch einmal an sein Versprechen zu erinnern.

»Ich werde schon auf die beiden aufpassen, Emmi. Sei unbesorgt«, gab er zurück, lief mit großen Schritten zu seinem Automobil und fuhr davon.

Emmi schloss die Tür und ließ sich mit dem Rücken erschöpft dagegensinken.

Nun war sie also Tante. Emmi horchte in sich hinein, hoffte auf Freude und konnte nichts anderes ausmachen als ein ungutes Gefühl. Annis erschöpfter Anblick wollte ihr nicht aus dem Kopf gehen und auch das Versprechen, das sie ihrer Schwester hatte geben müssen. Es belastete sie, weil es Anni zu belasten schien, dass Gerlinde Wagner sich ihres Kindes annehmen könnte. Dabei war das fraglos zu viel der Sorge. Natürlich hatte sie die Geburt schwer mitgenommen. Doch Anni war jung, nie krank gewesen und würde sich recht bald wieder vollständig von den Strapazen erholen. Hoffte Emmi zumindest.

SIEBZEHN

Schwester und Freundin.
Zwei Worte, die das Gleiche bedeuten.

Leider erholte sich Anni nur schwerlich von den Strapazen der Geburt ihrer Tochter, die auf den Namen Lisa getauft werden sollte. *Nur* Lisa und nicht Lisa Maria, wie Emil es zunächst vorgeschlagen hatte. Wahrscheinlich, um seine Mutter ein wenig damit zu versöhnen, dass es *nur* ein Mädchen geworden war, nahm Anni an, ihr Zweitname lautete ebenfalls Maria.

Doktor Blumenberg schaute täglich nach ihr und machte keinen Hehl daraus, dass ihm Annis Zustand von Tag zu Tag mehr Kummer bereitete.

Am fünften Tag nahm er Thea Engel dann im Zimmer etwas zur Seite, und weil er wohl annahm, dass Anni schlief, sprach er offen aus, was ihn besorgte.

»Ihre Tochter gefällt mir gar nicht. Sie muss essen, werte Frau Engel, unbedingt zu Kräften kommen. Versprechen Sie mir, dass Sie dafür sorgen?«

Thea Engel seufzte kummervoll. »Das versuche ich ja, aber sie bekommt kaum etwas herunter. Die meiste Zeit schläft sie.

Ich wecke sie, wenn die kleine Lisa Hunger hat, und danach ist Anni dann jedes Mal so erschöpft, dass sie direkt wieder einschläft. Aufstehen fällt ihr schwer, und der Toilettengang bereitet ihr schlimme Schmerzen.«

Nachdenklich nickte der Mediziner. »Die Wundheilung geht tatsächlich leider nur schleppend voran.« Er holte tief Luft. »Wenn es morgen nicht deutlich bergauf geht, Frau Engel, dann sollten Sie mit Ihrem Schwiegersohn reden, dass Anni im Krankenhaus besser aufgehoben ist.«

»Nein«, wisperte Anni mit schwacher Stimme. »Ich will nicht ins Krankenhaus.«

Verwundert schauten der Doktor und Thea Engel zu der jungen Mutter, von der sie angenommen hatten, dass sie schlafen würde.

Doktor Blumenberg schüttelte den Kopf. »Dann musst du essen, Anni. So geht es auf jeden Fall nicht mehr lange weiter. Das kann und werde ich nicht verantworten. Verstehst du?«

Mühsam nickte Anni. »Ich versuche es, Doktor Blumenberg. Das verspreche ich. Nur nicht ins Krankenhaus.«

Nachdem der Doktor das Zimmer und kurz darauf die Villa verlassen hatte, setzte sich Thea Engel zu ihrer Tochter ans Bett. Sie legte ihr die Hand auf die Schulter und erschrak, wie in letzter Zeit häufiger, wenn sie Anni berührte, und begriff, wie abgemagert ihre Tochter doch war.

»Du bist bald nur noch Haut und Knochen, Anni«, begann sie. »Da musst du dich nicht wundern, wenn der Doktor dich lieber im Krankenhaus sehen würde.«

»Ich will nicht, Mutti, hörst du, ich will da nicht hin …«

»Dann sei vernünftig, Anni, und iss.«

Anni schloss die Augen. Sie begann tief zu atmen in der Hoffnung, ihre Mutter würde denken, dass sie bereits wieder eingeschlafen war.

»Ja, ja, tu du nur so. Das hast du als kleines Mädchen schon versucht und konntest mir nichts vorspielen.«

Anni begann noch tiefer zu atmen.

»Nun gut …« Tief seufzend erhob sich Thea Engel vom Stuhl, der direkt neben dem Kopfteil des breiten Ehebettes stand. Emil war noch nicht wieder ins gemeinsame Schlafgemach zurückgekehrt. Nicht, weil er das nicht gewollt hätte, es war eher so, dass Anni in der Nacht mehrere Male die kleine Lisa von der Mutter ans Bett gebracht bekam, um sie zu stillen. Emil aber brauchte seinen Schlaf, damit er dem langen Arbeitstag in der Fabrik gewachsen war, und hatte sich deshalb in einem der Gästezimmer der Villa einquartiert.

Zumindest lautete so die offizielle Erklärung – in Wahrheit war es Anni, die nicht wollte, dass er sie so erlebte, so … schwach und nutzlos und vor allem so ohne Liebe für ihre kleine Tochter. Anni konnte sich noch so sehr bemühen, ganz tief in sich hineinhorchen, forschen, suchen, es so sehr wollen, doch wenn sie Lisa gebracht bekam, waren da sofort wieder die schrecklichen Qualen, die sie während der Geburt hatte ertragen müssen. Die Schmerzen, das Gefühl, zu zerreißen, all das überfiel sie ein jedes Mal aufs Neue, so dass sie kaum noch verhindern konnte, dass sie in Panik geriet, sobald sie die

Schritte ihrer Mutter ausmachte und ahnte, dass sie ihr Lisa brachte.

Ich kann sie nicht lieben, dachte sie dann. Ich kann sie einfach nicht lieben … und sie schämte sich schrecklich dafür.

Am Nachmittag kam Emmi zu Besuch. Anni ahnte sofort, dass Thea Engel sie darum gebeten hatte, sie zur Vernunft zu bringen.

»Mutti und ich und natürlich ganz besonders Emil machen sich schreckliche Sorgen um dich«, kam Emmi ohne Umschweife auf das zu sprechen, was alle miteinander in große Sorge versetzte. »Wenn du dich nicht bemühst, wenn du dich weiter weigerst zu essen, Anni, dann führt kein Weg mehr am Krankenhaus …«

»Ich schäme mich«, fiel Anni ihrer Schwester leise ins Wort.

Verwundert hielt Emmi inne, sah Anni eindringlich an und erkundigte sich dann: »Hast du gerade gesagt, dass du dich schämst?«

Anni nickte.

»Ist es wegen deiner Schwiegermutter?«, vermutete Emmi sofort. »Hat sie etwas zu dir gesagt, das dich verletzt hat?«

»Du denkst, weil sie so enttäuscht ist, dass ihre dumme Schwiegertochter nicht mal in der Lage war, ihrem Sohn einen Jungen zu schenken? Der Fabrikantenfamilie einen Stammhalter?«

Emmi nickte, beeilte sich dann aber zu erklären: »Was natürlich eine bodenlose Unverschämtheit ist, aber zu dieser grässlichen Frau passt. Doch du kannst beruhigt sein, Emil hat mir versprochen, dass er mit dir und der kleinen Lisa das Haus verlässt, wenn seine Mutter ihre Boshaftigkeiten dir gegenüber nicht unterlässt.«

Anni schloss für einen Moment die Augen. Aber nicht, um, wie sie es häufig tat, vorzutäuschen, dass sie schlief, sondern um sich noch mal kurz zu sammeln, sich selbst zu fragen, ob sie wirklich aussprechen wollte, was in ihr vorging. Emmi war der einzige Mensch auf der Welt, vor dem sie wagte, ihr Inneres nach außen zu kehren. Wenn sie sich ihr nicht anvertrauen würde, dann niemandem. Nur … allein kam sie mit den verstörenden Empfindungen und Gedanken einfach nicht mehr zurecht.

»Anni, ich weiß, dass du nicht schläfst. Und du weißt, dass du mir nichts vormachen kannst.«

Langsam öffnete Anni die Augen wieder. »Ich will dir nichts vormachen«, sagte sie leise. »Du bist die Einzige, bei der ich wagen kann, genau das nicht zu tun.«

»Was meinst du damit?«

Anni atmete tief durch. »Meine Schwiegermutter hat recht, ich bin ein schrecklich dummes Kind, einfältig und egoistisch und es nicht wert, einen so wunderbaren Mann wie Emil bekommen zu haben.«

»So ein Unsinn!«, regte Emmi sich sofort auf. »Dann steckt deine Schwiegermutter doch dahinter, dass du das Essen verweigerst und nicht mal die Kraft hast, dich länger als nötig um deine kleine Tochter zu kümmern.« Emmi wollte sich von der

Bettkante erheben. »Ich werde auf der Stelle mit Emil reden«, kündigte sie entschlossen an.

»Nein, bleib, Emmi. So ist es nicht!«, gab Anni mit so kräftiger Stimme zurück, wie sie seit Tagen nicht in der Lage gewesen war zu sprechen.

»Anni, du musst sie nicht schützen, weil du Sorge hast, Emil könnte nicht zu dir stehen. Er liebt dich und eure kleine Lisa von ganzem Herzen und wird alles für euch tun. Vorhin gerade habe ich gesehen, wie er Lisa im Arm gehalten hat. Er hat sie so liebevoll angeschaut, war so sanft und …«

»Ich liebe sie nicht, Emmi, ich kann sie kaum ertragen. Es ist eine Qual für mich, sie im Arm zu halten, und wenn sie an meiner Brust nuckelt, dann muss ich mich beherrschen, sie nicht wegzustoßen, weil es mich anwidert«, platzte es aus Anni heraus.

Erstaunt sah Emmi sie an. »Das meinst du nicht so, Anni …!«

Anni atmete durch, bevor sie nickte. »Wenn Mutti sie mir bringt, dann ist es jedes Mal so, als würde ich die Geburt noch einmal erleben. Die schrecklichen Schmerzen, diese Hilflosigkeit und dass ich doch noch viel zu jung bin, um zu sterben. Diese Angst, dieses Gefühl von absoluter Ausweglosigkeit, das geht in mir vor und wird von Mal zu Mal schlimmer, wenn Lisa in meinen Armen liegt.«

Einen Moment lang herrschte Schweigen zwischen den Schwestern. Emmi war sichtbar entsetzt, Anni fühlte das erste Mal, seitdem dieses sonderbare Gefühl sie überkommen hatte, eine Spur von Erleichterung.

Schließlich atmete Anni zitternd durch und fuhr mit ebensolcher Stimme fort. »Ich verabscheue mich dafür, glaub es mir, Emmi, ich hasse niemanden so sehr wie mich selbst, dass ich nicht in der Lage bin, mein Kind zu lieben. Aber heute Nacht, da ist mir klar geworden, dass ich Vati wohl doch ähnlicher bin, als ich jemals gedacht hätte.«

»Vati? Was redest du jetzt von unserem Vater?«

Mühsam hob Anni die Hand und strich sich eine wirre Haarsträhne aus dem Gesicht. »Weil er doch die schrecklichen Dinge, die ihm im Krieg widerfahren sind, nicht länger ertragen konnte und sich deshalb das Leben …«

»Unsinn!«, fiel Emmi ihr ins Wort. Sie beugte sich zu ihrer Schwester vor, nahm ihre Hand in ihre Hände und drückte sie aufmunternd. »Annilein, das ist vielleicht noch der Schock, der bei dir nachwirkt. Wenn ich Doktor Blumenberg richtig verstanden habe, dann hast du eine wirklich schwere Geburt ertragen müssen und noch immer mit den körperlichen Blessuren zu kämpfen. Aber wenn es dir besser geht, die Schmerzen nachlassen, die Wunde verheilt ist, dann wird das Gefühl auch von dir abfallen. Ich bin mir sicher, dass du deine Kleine von Herzen liebst. Nur im Moment ist da grade noch so etwas wie eine Wand davor, die du aber ganz bald zur Seite schieben wirst, um dann die beste und liebevollste Mutti zu sein. Davon bin ich wirklich überzeugt.«

Tränen schwammen erneut in Annis blauen Augen. »Dann glaubst du, dass ich kein schlechter Mensch bin oder gar geistesgestört?«

Emmi beugte sich über ihre Schwester, um ihr einen Kuss auf die Stirn zu geben. »Du bist ganz sicher weder das eine noch das andere. Du hast nur etwas Schlimmes durchgemacht und brauchst einfach noch Zeit, um dich davon zu erholen.«

Die Tränen liefen Anni über das Gesicht, tropften auf das weiße Kissen und hinterließen dort kleine dunkle Flecken.

»Bitte sag zu niemandem etwas, Emmi«, bat sie mit dünner Stimme. »Wenn es wirklich so ist, wie du es vermutest, wenn sich wirklich alles zum Guten wendet, dann will ich nicht, dass die anderen erfahren, wie ich jetzt gerade fühle. Ich käme mir sonst noch schäbiger vor.«

Emmi nickte. »Das verspreche ich dir. Aber du musst mir auch etwas versprechen, dass du ab sofort isst und dich anstrengst, wieder zu Kräften zu kommen.«

Anni lächelte zaghaft. »Du kannst dich auf mich verlassen …«

»Gut«, sagte Emmi. »Ich nehme dich beim Wort!«

In der Nacht wurde Anni von etwas geweckt. Zunächst dachte sie, dass es die Schritte ihrer Mutter wären, die mit der kleinen Lisa nebenan in ihrem Salon schlief und sie ihr nun zum Stillen brächte. Doch dann bemerkte sie, dass es ganz still im Haus war und etwas anderes sie geweckt hatte. Kein Geräusch, ein Gefühl von Nässe zwischen ihren Beinen, unter ihrem Po, den Oberschenkeln. Mühsam richtete sie sich auf, schaltete die kleine Lampe auf dem Nachtschränkchen an. Sie schlug die dicke Daunendecke zur Seite und erschrak. Überall war Blut.

Sie lag in einer großen roten Lache, die ihr nicht nur schreckliche Angst, sondern auch große Übelkeit bereitete. Mühsam versuchte sie, ihre Beine aus dem Bett zu schwingen, als sie der Schmerz mit solch einer Wucht traf, dass es ihr fast den Verstand raubte.

»Mutti«, rief sie. »Mutti, Hilfe!«

Nichts tat sich, keine Tür, die sich öffnete, keine eiligen Schritte, niemand, der sie gehört hatte.

Erneut unternahm Anni den Versuch, sich aus dem Bett zu wühlen. Der Schmerz bohrte sich in ihr Fleisch, stach mit voller Wucht in ihren Unterleib. Eine Woge der Übelkeit überkam sie. Sie schlug sich die Hand vor den Mund, schnappte in kurzen, heftigen Zügen nach Luft und bemühte sich verzweifelt, das Würgen zu unterdrücken, doch es gelang ihr nicht. Sie übergab sich. Dann wurde alles schwarz um sie herum, und ihre Gedanken entglitten ihr, bis da nichts mehr war. Nur noch Stille.

Als Anni wieder zu sich kam, lag sie noch immer in der großen Blutlache in ihrem Bett. Sie wusste nicht, wie lange sie bewusstlos gewesen war. Es war Nacht, noch immer Nacht. Durch das große Fenster im Schlafgemach konnte sie die Wipfel der Bäume und ein Stück vom Himmel sehen. Die Sterne leuchteten so herab, als wäre nichts geschehen. Etwas klebte in ihren Haaren, es stank widerlich. Sie ahnte, dass es ihr eigenes Erbrochenes war, und schüttelte sich angewidert.

Langsam kroch die Kälte in ihren Körper. Anni unternahm den erneuten Versuch, sich aus dem Bett zu wühlen und gleichzeitig von dem Erbrochenen neben ihr wegzukommen, doch es gelang ihr nicht. Sie zog sich die Bettdecke über, hoffte darauf, dass die Mutter recht bald zu ihr in die Kammer käme, weil die kleine Lisa nach ihrer nährenden Brust verlangte.

So gut wie möglich kauerte sie sich zusammen. Tatsächlich ließ die Anspannung in ihrem Körper etwas nach. Dafür steckte die Kälte so tief in ihren Gliedern, dass sie sich taub anfühlten. Unendliche Müdigkeit überkam sie, und sie dämmerte immer wieder kurz weg.

Nicht einschlafen, Anni, feuerte sie sich selbst an und riss die Augen weit auf. Du musst wach bleiben. Nach Mutti rufen oder nach Emil. Du darfst nicht schlapp machen, Anni. Aber ihre Sinne gehorchten ihr nicht mehr. Die Konturen des Seins und Nichtseins vermischten sich miteinander. Alles wirkte so unwirklich …

Anni sank noch tiefer ins Nichts. Durst, sie hatte schrecklichen Durst. Werde ich sterben? Sie dachte an Emil. Wie sie miteinander getanzt hatten, als er sie in das schicke Lokal ausgeführt hatte. Die Blicke der anderen Frauen, alle weitaus älter, reifer und eleganter als sie, waren auf einmal wieder so präsent, als würde sie genau in diesem Moment von Emil über die Tanzfläche geführt werden. Anni konnte diesen Tanz nicht, sie stellte sich dumm an, fand sie. Doch als sie zu Emil aufschaute, da sah sie ihn lächeln. Ein schöner Mann, konnte sie nur denken. Emmi hatte schon recht damit, sich ausgerechnet in ihn, den einzigen Erben der wohlhabenden Fabrikantenfamilie Wagner, verguckt zu haben. Doch zu ihrem Kummer hatte er nie einen Blick für sie übrig gehabt, weil er sich nämlich unsterblich in ihre jüngere Schwester verliebt hatte, in das dumme Kind … die wilde Anni, die unvernünftige, diejenige, die an diesem Abend mit ihm im Auto so hemmungslos herumgeschmust hatte, dass Emil die Beherrschung verlor. Er hatte sie gepackt und war ihr dabei so unendlich männlich vorgekommen, kein Vergleich zu Karl Wichmann, der sich schrecklich unbeholfen bei ihrem ersten Mal angestellt hatte. Als er in sie eingedrungen war, hatte er sich nicht einmal erkundigt, ob er ihr wehgetan hatte, weil es ihm egal war, weil er nur an seinem eigenen Vergnügen interessiert war. Schnell war es gegangen, so schnell, dass Anni bis auf den kurzen Schmerz nichts gespürt hatte.

Mit Emil war es anders gewesen, ganz anders. Er war erfahrener, das hatte sie sofort gespürt. Und er war trotz seiner großen Begierde ganz sanft und vorsichtig, hatte sich leise bei ihr erkundigt, ob er ihr wehgetan habe, weil er doch annehmen musste, dass er der erste Mann in ihrem Leben war. Emil hatte gestöhnt und sich außerdem bemüht, sie nicht zu erschrecken, und auch wenn Anni nicht wie er die Erlösung gefunden hatte, so hatte sie den Moment ihres Beisammenseins sehr genossen.

Aber trotzdem war Emil nicht ehrlich zu ihr gewesen, denn er hatte ihr versprochen, dass er aufpassen, dass nichts passieren würde.

Etwas war passiert.

Wieder verlor Anni die Besinnung.

✻

»Anni, Anni, kannst du mich hören?«

Emil hatte sich über sie gebeugt und strich ihr sanft über das Gesicht.

Im Hintergrund wurde die weinerliche Stimme ihrer Mutter laut. Sie schien sich schlimme Vorwürfe zu machen.

»Warum habe ich nicht wenigstens nach ihr gesehen?« Thea Engel schluchzte.

»Weil du ihr etwas Ruhe gönnen wolltest«, vernahm Anni eine weitere Stimme, Emmis Stimme. Emmi war da. Gott sei Dank. »Nichts daran ist verwerflich. Und es bringt auch nichts, wenn du dir jetzt Vorwürfe machst. Du hast es nur gut gemeint, als du der kleinen Lisa die Flasche gegeben hast, damit Anni durchschlafen konnte.«

»Wo um alles in der Welt bleibt Doktor Blumenberg?«, hörte Anni Emil aufgebracht rufen.

»Er wird bestimmt jeden Moment eintreffen«, sagte nun wieder Emmi. »Ihr müsst euch alle beruhigen. Hört ihr, wenn ihr so aufgeregt und verzweifelt seid, dann bekommt Anni das mit und muss davon ausgehen, dass sie sich Sorgen machen muss. Das ist genau das, was sie jetzt nicht tun …« Emmis Stimme brach – und Anni begann sich Sorgen zu machen.

Emil küsste ihre Nasenspitze. »Doktor Blumenberg ist gleich

da, mein Engel. Und dann wird es dir ganz bald wieder gut gehen. Das verspreche ich dir …«

Nur mit den Versprechungen, die du mir machst, dachte Anni, das ist immer so eine Sache, denn es scheint nicht in deiner Hand zu liegen, dass alles so wird, wie du es dir erhoffst und mir versprichst.

Ein drittes Mal verlor sich Anni in der Dunkelheit, und ein viertes Mal kam sie kurz darauf wieder zu sich. Doktor Blumenberg war inzwischen in der Villa eingetroffen und stand neben ihrem Bett. Anni öffnete die Augen, sah ihn an und erkannte in seinem Blick, dass es hoffnungslos war, dass es kein Entrinnen mehr für sie gab. Es war verrückt, denn sie verspürte nicht den Hauch von Verzweiflung oder Traurigkeit, sie war rundum gefasst, fast ein wenig erleichtert.

Sie musste an Emmis Worte denken. Daran, dass ihre Schwester sich sicher war, dass Anni recht bald endlich die Gefühle für ihre kleine Lisa aufbringen würde, die sie sich selbst so sehr wünschte. Doch Anni war sich ebenso sicher, dass das nicht der Fall sein würde. Sie war so weit davon entfernt, Liebe für Lisa irgendwo in sich zu entdecken, dass sie tatsächlich erleichtert war, dass sie das nun wohl auch gar nicht mehr musste, weil ihre Zeit hier auf Erden abgelaufen war. Und tatsächlich war es ihr so lieber, als dass alle erfuhren, dass sie eine schlechte und vor allem herzlose Mutter war. Eine einfältige Person vom Dorf, ohne Anstand und Bildung, nicht einmal imstande, ihr eigenes Fleisch und Blut zu lieben.

Und dann war da ja auch immer noch das Versprechen, das

Emmi ihr gegeben hatte. Emmi würde sich daran halten, denn auf Emmi war immer Verlass gewesen. Zu jedem Zeitpunkt ihres Lebens war es Emmi gewesen, auf die sie hatte bauen können, und jetzt baute sie darauf, dass sie Lisa wie ihr eigenes Kind liebte und ihr das gab, wozu sie, ihre leibliche Mutter, niemals in der Lage gewesen wäre.

»Anni, kannst du mich hören?«, fragte Doktor Blumenberg sanft.

Anni nickte schwach.

»Gut, das ist gut.«

Erneut nickte sie. Anni wusste nicht, wo ihre Familie war. Ihre Mutter, ihre Schwester, ihr Ehemann. Aber es war in Ordnung. Sie hatte kein Verlangen danach, sich noch einmal von ihnen zu verabschieden, weil sie das längst getan hatte. Die ganze Woche über hatte sie Stück für Stück bereits Abschied von ihnen genommen. Auch von ihrem Kind, dem kleinen Mädchen … Lisa.

»Wir bringen dich jetzt ins Krankenhaus …«

Mühsam öffnete Anni die Lippen. »Nein …«, hauchte sie. »Ich möchte hier …«

… sterben.

ACHTZEHN

Die Schwestern

Sieh, wie sie dieselben Möglichkeiten
anders an sich tragen und verstehn,
so als sähe man verschiedne Zeiten
durch zwei gleiche Zimmer gehn.

Jede meint die andere zu stützen,
während sie doch müde an ihr ruht;
und sie können nicht einander nützen,
denn sie legen Blut auf Blut,

wenn sie sich wie früher sanft berühren
und versuchen, die Allee entlang
sich geführt zu fühlen und zu führen:
Ach, sie haben nicht denselben Gang.

RAINER MARIA RILKE,
ÖSTERREICHISCHER LYRIKER
(1875–1926)

Es war ein kalter Morgen im Dezember 1930, als Anni auf dem Friedhof neben ihrem Vater Gustav beerdigt wurde. So hatte es Thea Engel gewollt, und Emil hatte ihrem Wunsch entsprochen. Seine junge Frau Anni hatte weitaus mehr Zeit ihres Lebens in der Mitte ihrer Familie als an seiner Seite verbracht.

In der Kapelle und später an der Grabstelle hatte sich eine große Trauergemeinde versammelt, um der jungen Mutter die letzte Ehre zu erweisen. Doch sosehr man sich auch bemühte, so viel Zuspruch der sichtbar am Boden zerstörte Witwer von allen Seiten zu hören bekam, niemand war in der Lage, ihm etwas von seinem Leid zu nehmen. Jedes tröstliche Wort, die gut gemeinten Wünsche und Hoffnungen prallten wie ungehört an ihm ab. Der schreckliche Verlust seiner jungen Frau und der Mutter seiner inzwischen zwölf Tage alten Tochter hatte ihn innerlich wie auch äußerlich in sich zusammenfallen lassen, so dass er kaum in der Lage war, sich aufrecht zu halten.

Thea Engel drohte am Verlust ihrer jüngsten Tochter ebenso zu verzweifeln, war seit Tagen kaum ansprechbar und hatte auf ärztliche Anweisung eigentlich nicht an der Trauerfeier teilnehmen sollen. Doch davon war sie nicht abzuhalten gewesen. Eine Mutter musste ihrem Kind doch die letzte Ehre erweisen, hatte sie wimmernd zu dem Doktor gesagt und war dann Seite an Seite mit Emmi in die Kapelle geschritten. Annis Sarg bis zur Grabstelle zu geleiten, dafür war sie letzten Endes nicht stark genug gewesen. Wie damals bei der Bestattung ihres

Mannes war es die Nachbarin Gerda Fritsche, die sich rührend um sie kümmerte, sie nach Hause brachte, als sie drohte zusammenzubrechen, und sie dort dann keine Sekunde aus den Augen ließ. Gerda versuchte sich an dem Unmöglichen, Thea etwas von ihrem Schmerz zu nehmen.

Und auch für Emmi bedeutete die Beisetzung ihrer Schwester ein überaus schmerzliches Déjà-vu – bei der Trauerfeier für ihren Vater hatte sie funktionieren müssen, durfte sich den anderen gegenüber kaum etwas anmerken lassen und hatte stattdessen die Vernünftige gemimt. Sie hatte stark sein müssen, für die Mutter, für die kindliche Anni …

Genau wie damals durchlebte Emmi Höllenqualen. Doch abermals feuerte sie sich an, stark zu bleiben, wenn die Trauer sie zu übermannen drohte. Doch dieses Mal war da noch etwas anderes, das ihr unentwegt durch den Kopf ging; das Versprechen, das sie ihrer Schwester Anni gegeben hatte: Sie würde sich der kleinen Lisa annehmen! Das war das Einzige, das sie jetzt noch für Anni tun konnte und an das sie sich wie eine Ertrinkende festklammerte. Während der Beisetzung, später beim Leichenschmaus und in den Tagen danach. Zumal Emil in seinem unendlichen Leid keinen Gedanken für seine kleine Tochter zu haben schien und sie einfach der Obhut seiner herzlosen Mutter und der Hausdame überließ.

So vergingen die ersten zwei Wochen nach der Bestattung Anni Wagners für ihre Schwester Emmi in erster Linie damit, sich um Lisa zu kümmern – was wahrlich einen Kraftakt für sie bedeutete. Tagsüber fuhr sie in die Wolle, stets mit dem unruhigen Gefühl, die noch immer regelrecht vor sich hin vegetierende Mutter allein zurücklassen zu müssen, denn Gerda Fritsche konnte schließlich nicht rund um die Uhr über sie wachen. Nach Feierabend radelte Emmi dann aber nicht auf direktem Weg zurück in ihr Dorf, sondern zur Wagner'schen Villa, wo sie der Hausdame die kleine Lisa abnahm.

Hatte Gerlinde Wagner in den ersten schmerzlichen Wochen nach Annis Tod Emmis Bemühungen noch unkommentiert hingenommen, so begann die dritte Woche für sie mit einer bösen Überraschung. Die Hausdame öffnete ihr, bat sie dann aber darum, ihr in die Bibliothek zu folgen und nicht wie sonst hinauf in Lisas Kinderstube zu gehen.

»Die gnädige Frau möchte Sie sprechen, Fräulein Engel«, begründete die Hausdame ihre Aufforderung.

Emmi wusste zwar nicht, was sie mit Gerlinde Wagner zu besprechen hatte, aber sie war klug genug, der Aufforderung der Hausdame Hilde Folge zu leisten. Was auch immer sie von den Schwiegereltern ihrer verstorbenen Schwester halten mochte, das hier war nun mal deren Haus und sie hier nur Gast.

Gerlinde Wagner saß stocksteif in einem der ledernen Klubsessel und hielt ein aufgeschlagenes Buch in den Händen. Als Emmi eintrat, legte sie es auf den ovalen Beistelltisch und bat ihren Gast, in dem Sessel ihr gegenüber Platz zu nehmen.

»Wie geht es Ihnen, Fräulein Engel?«, erkundigte sie sich. »Und Ihrer Frau Mutter – hat sie sich inzwischen wieder etwas gefangen?«

Emmi lagen tausend Erwiderungen auf der Zunge. Keine davon war freundlich, weshalb sie nur knapp erwiderte: »Es geht uns den Umständen entsprechend.«

Gerlinde Wagner mimte nickend die Verständnisvolle. »Ich bewundere Ihre Tapferkeit, Emmi. Und natürlich, wie rührend Sie sich um meine Enkelin kümmern.«

Deine Enkelin, du Drachen!, schoss es Emmi wütend durch den Kopf, doch auch diesen Ärger ließ sie sich nicht anmerken und beließ es dabei, die Hausherrin mit nichtssagendem Blick anzusehen.

»Allerdings bedeutet das eine große Herausforderung für Sie, Emmi, denn Sie haben ja keinerlei Erfahrung in Fragen der Pflege und vor allem mit der adäquaten Erziehung von Kindern.«

»Lisa ist ein Baby, erst wenige Wochen alt. Ich denke, da müssen wir uns über ihre Erziehung noch keine Gedanken machen.«

Diese Antwort gefiel der Hausherrin nicht, das sah man ihr direkt an, doch sie beherrschte sich, brachte sogar ein Lächeln zustande. »Das stimmt selbstverständlich, so viel bekommt das Kind noch nicht mit. Dennoch habe ich beschlossen und das so auch schon mit meinem Sohn besprochen, dass wir eine Amme für die Kleine anstellen werden, die sich fortan um sie kümmert. Sie dürfen gern zu Besuch kommen, Emmi, aber alles andere wird die Amme erledigen.«

Emmi schnappte nach Luft. Sie musste ruhig bleiben, durfte keinesfalls die Beherrschung verlieren.

»Das ist nicht nötig, Frau Wagner«, gab sie so fest und unaufgeregt, wie es ihr nur möglich war, zurück. »Ich habe heute meine Arbeit in der Wollwäscherei gekündigt, um fortan ganztägig für Lisa da sein zu können. Mutter und ich haben auch darüber gesprochen, ob es nicht sogar besser wäre, Lisa ganz zu uns zu nehmen. Immerhin ist das der ausdrückliche Wunsch meiner Schwester gewesen.«

Gerlinde Wagner entglitten die Gesichtszüge. »Wie bitte? Das kann unmöglich Ihr Ernst sein, Emmi. Und selbstverständlich ist das auch absolut keine Option für uns. Das Kind bleibt hier bei seiner Familie, wo es hingehört, und wird von einer Amme versorgt und erzogen.«

Emmi legte die Stirn in Falten. »Lisa gehört also hier zu Ihnen, Frau Wagner? Wie kann das bitte schön möglich sein, wo Sie sie doch gar nicht haben wollten? Einen Enkelsohn, den haben Sie sich gewünscht, und keinen Hehl daraus gemacht, wie enttäuscht Sie darüber waren, dass es ein Mädchen geworden ist. Also tun Sie jetzt bloß nicht so, als wäre Ihnen *das Kind* meiner verstorbenen Schwester wichtig oder läge Ihnen gar am Herzen.«

»Was erlauben Sie sich, so mit mir zu reden!«

»Sparen Sie sich Ihre Empörung, Frau Wagner, denn sie prallt an mir ab. Ich habe meiner Schwester versprochen, mich um ihre Tochter zu kümmern, und werde dieses Versprechen um nichts auf der Welt brechen. Das ist das Einzige, das ich noch für Anni tun kann, und daran wird mich niemand hindern. Auch Sie nicht!«

Noch bevor Emmi den Mund wieder zugeklappt hatte, wusste sie, dass sie einen Fehler begangen hatte, dass sie zu forsch geworden war und die Hausherrin sich das keinesfalls von ihr bieten lassen würde.

Wortlos erhob sich Gerlinde Wagner aus ihrem Sessel, ging zur Tür, rief nach der Hausdame Hilde und erklärte ihr mit eisiger Stimme, dass der Besuch schon wieder gehen müsse und zukünftig hier auch nicht mehr willkommen sei.

Anschließend wandte sie sich zu Emmi um, lächelte böse und erklärte: »Ursprünglich wollte ich Ihnen gestatten, sich von dem Kind zu verabschieden. Aber nun habe ich es mir anders überlegt.«

Emmi dachte nach. Es gab die Option, so schnell wie möglich hoch zu Lisa zu laufen, sie aus der Wiege zu nehmen und aus dem Haus zu schaffen. Doch diese Möglichkeit war fraglos äußerst riskant, denn so wie sie Gerlinde Wagner einschätze, würde sie direkt auf dem Polizeirevier anrufen und eine Kindesentführung anzeigen. Die andere Lösung, die Emmi in den Sinn kam, war, zu Emil zu gehen, der seit dem Tod seiner über alles geliebten Anni Trost und Ablenkung in der Arbeit suchte und nur zum Schlafen in die Villa kam, und selbst das nicht immer. Es war einige Male vorgekommen, dass er auf der Ledercouch in seinem Büro übernachtet hatte, wusste Emmi. Doch gerade weil er so sehr unter Annis Tod litt und sich die schlimmsten Vorwürfe machte, würde er sich nicht gegen Annis letzten Wunsch stellen, hoffte Emmi. Er musste ihr einfach den Rücken stärken.

»Nun gut, ich gehe, Frau Wagner. Aber freuen Sie sich nicht zu früh, denn ich komme wieder. Auf keinen Fall werde ich Lisa in Ihrer Obhut lassen.«

Während Emmi mit eiligen Schritten die Halle durchquerte, hörte sie die Hausherrin hinter sich schallend lachen.

»Das wird dir noch vergehen, du Hexe …«, murmelte sie und verließ die vornehme Villa der Wagners.

Emmi erschrak, als sie Emil sah. Innerhalb weniger Tage schien er um Jahre gealtert zu sein und dermaßen abgemagert, dass sein einst so perfekt sitzender Anzug nur so um seinen dürren Körper schlackerte. Sein Blick war leer, zwei tiefe Falten waren in den Mundwinkeln wie eingekerbt. Die Lippen nur noch schmale blasse Striche.

Selbst seine Stimme klang kraftlos, als er sie begrüßte. »Guten Tag, Emmi. Was führt dich in die Fabrik?«

Seine entsetzliche Verfassung war ein Schock für Emmi, weil ihr dadurch mit aller Wucht wieder vor Augen geführt wurde, welch großen Verlust sie alle zu beklagen hatten. Emmi war zu einer Meisterin des Verdrängens geworden. Ständig in Bewegung, stets etwas zu tun und zu erledigen. Sie kümmerte sich um tausend Dinge auf einmal, lenkte sich damit ab, weil sie tunlichst vermeiden wollte, zur Ruhe zu kommen. Denn wenn da nichts war, womit sie sich beschäftigen konnte, überkam der Schmerz sie wie eine Flutwelle, die drohte, sie mitzunehmen und nie wieder auftauchen zu lassen.

Und nun stand Emil vor ihr, dieser einst so stattliche und

überaus attraktive Mann, und Emmi spürte, wie der Boden unter ihren Füßen nachzugeben schien.

»Du musst dich ausruhen, Emil«, sagte sie zögernd. »Du darfst dich nicht gänzlich aufgeben. Wennschon nicht um deiner selbst wegen, dann für Lisa, die ihren Vater braucht.«

Gleichgültig zuckte Emil mit den Schultern. »Dem Kind fehlt es an nichts …«

Das war zu viel für Emmi. Wütend stampfte sie auf und rief: »*Das Kind* hat einen Namen, Emil, es heißt Lisa und kann wahrlich nichts für das, was passiert ist. Darum solltest du dich zumindest ihretwegen zusammenreißen. Ich verstehe deine Trauer, Emil, in mir fühlt sich auch alles wie heiße Kohlen an. Aber Lisa ist dafür nicht verantwortlich.« Von Wort zu Wort war Emmi immer lauter geworden und hatte den letzten Satz dann regelrecht hinausgeschrien. Prompt klopfte es an Emils Bürotür, und seine Sekretärin erschien auf der Schwelle.

»Ist alles in Ordnung, Herr Wagner?«, erkundigte sie sich, während sie Emmi skeptisch musterte.

Emil nickte. »Danke, Fräulein Gerda, es ist alles in Ordnung.«

Dennoch blieb die Sekretärin im Türrahmen stehen.

»Sicher?«

Erneut nickte Emil. »Sie können gehen, Fräulein Gerda!«

Widerwillig kam die dunkelhaarige Frau in dem eleganten grauen Stiftrock-Kostüm der Aufforderung ihres Chefs nach, konnte sich jedoch nicht verkneifen, ihm zu versichern: »Ich bin sofort da, wenn Sie mich brauchen, Herr Wagner.« Erst dann zog sie die Tür hinter sich zu.

Emmi hatte die kurze Unterbrechung genutzt, um ihre Gedanken zu sortieren, die Emils verheerender Anblick komplett durcheinandergewirbelt hatte.

»Deine Mutter hat mich gerade hinausgeworfen und mir darüber hinaus auch direkt Hausverbot erteilt. Im Grunde wäre mir das gleichgültig, doch ich möchte mich weiter um Lisa kümmern. Ich habe es Anni versprochen und bitte dich inständig, Emil, mir dabei behilflich zu sein, dem letzten Wunsch deiner Frau und meiner Schwester entsprechen zu können.«

Einen Moment sah Emil sie nur mit leerem Blick an, so dass Emmi annahm, er hätte ihr gar nicht zugehört. Doch dann ging ein Ruck durch seinen Körper. »Wann war das, Emmi, dass Anni dich darum gebeten hat?«, wollte er wissen.

Bei der Erinnerung an diesen Moment trieb es Emmi die Tränen in die Augen. Damals hatten sie anschließend noch zusammen gelacht, sich über Annis verhasste Schwiegermutter amüsiert, der der Wunsch nach einem Stammhalter verwehrt geblieben war.

»Es war am Tag nach Lisas Geburt«, begann Emmi. Jedes Wort fiel ihr schwer, tat ihr weh, brannte wie ein Feuer in ihr. »Anni war noch sichtlich mitgenommen von den Anstrengungen der Geburt. Es hatte da wohl einen Moment gegeben, da dachte sie, sie würde es nicht schaffen. Zumindest hat sie mir davon erzählt und gemeint, dass das Schlimmste daran für sie gewesen wäre, ihr Kind nicht in guten Händen zu wissen. Ich musste ihr das Versprechen geben, mich um Lisa zu kümmern, wenn sie selbst aus welchen Gründen auch immer nicht dazu in der Lage wäre.«

»Sie hat mir also nicht vertraut.« Emil klang verletzt. »War sich sicher, sich nicht auf mich verlassen zu können.«

Vehement schüttelte Emmi den Kopf. »Nein, so war das sicherlich nicht von ihr gemeint. Es ging ihr dabei einzig und allein um deine Mutter, zu der sie nun mal kein gutes Verhältnis hatte. Anni wollte nicht, dass sie sich ihres Kindes annehmen würde. *Das* war ihr wichtig, Emil.«

»Aber hat sie denn nicht gewusst, dass ich mich jederzeit schützend vor unser Kind stellen würde?«, wandte er ein, noch immer zutiefst gekränkt.

Emmi rieb sich das Kinn. Sie wollte Emil nicht noch mehr Kummer zufügen, gewiss nicht. Doch Lisa war wichtiger, Lisas Zukunft war das Einzige, das sie noch mit Anni verband, für immer und ewig.

Nur deshalb wagte sie sich, ihm vorzuhalten: »Wo bist du gewesen in den letzten Wochen, Emil? Warst du bei Lisa und hast dich um sie gekümmert? Oder war es so, dass du dich in deinem Schmerz hierher in dein Büro geflüchtet und alles andere um dich herum ausgeblendet hast?«

Emil schaute sie düster an. »Willst du mir das ernsthaft verübeln? Mir meine Trauer vorwerfen, Emmi? Bist du so herzlos?«, keuchte er.

Sein Vorwurf traf sie mitten ins Herz. »Nein, das bin ich gewiss nicht«, gab sie gekränkt zurück.

»Warum verstehst du dann meine Trauer nicht?«

»Ich verstehe deine Trauer sehr wohl. Aber Lisa *versteht* von alldem noch nichts und ist unseren Entscheidungen hilflos ausgeliefert.«

»Ich würde doch nichts tun, was nicht gut für sie ist«, versicherte Emil ihr.

»Von einer Amme erzogen zu werden empfindest du als *gut*, Emil?«

Ratlos sah er sie an. »Zunächst ist daran sicherlich nichts falsch. Ich bin auch von einer Amme erzogen worden, weil meine Eltern zu viel zu tun hatten. Geschadet hat es mir sicherlich nicht.«

»Aber Anni wollte doch, dass ich mich um sie kümmere, Emil«, rief Emmi mit einem Anflug von Verzweiflung aus. Sie hatte auf Emils Unterstützung gebaut. Und nun erlebte sie ihn zwar in tiefster Trauer um Anni, doch ihren letzten Wunsch war er nicht gewillt, ihr zu erfüllen.

»Und wie sollte sich das Ganze deiner Meinung nach gestalten, Emmi?«, fuhr Emil nun sehr sachlich und ernst fort. »Mutter sagte mir, dass du den Wunsch geäußert hättest, Lisa zu dir zu nehmen. Mein Kind, das Letzte, das mir von Anni geblieben ist, soll bei der Großmutter und Tante aufwachsen statt bei ihrem Vater! Meinst du wirklich, dass Anni sich das so gedacht hat?«

Gerlinde Wagner hatte also direkt zum Telefonhörer gegriffen, schoss es Emmi ärgerlich durch den Kopf, und ihren Sohn angerufen. Emil war demnach bestens vorbereitet gewesen, obwohl er ihr zu Beginn ihres Gespräches nicht so vorgekommen war. Taktik? Berechnung? War der wahre Emil Wagner wirklich so … so … abgeklärt?

»Dann kann ich also nicht mit deiner Unterstützung rechnen«, schlussfolgerte Emmi aus seinen Worten.

Emil fuhr sich mit beiden Händen über die nicht besonders gründlich rasierten Wangen. »Nicht, wenn du mir meine Tochter wegnehmen willst!«

Emmi atmete tief durch. Sie musste ruhig bleiben, durfte nichts sagen, was die Situation noch auswegloser machte.

»Emil, ich …«

»Warte«, unterbrach er sie direkt wieder. »Ich will keinen Streit mit dir oder deiner Mutter, allein schon wegen Annis Gedenken. Darum biete ich dir an, dich als Lisas Amme anzustellen.«

Einen Moment lang war Emmi vollkommen perplex, dann aber stammelte sie: »Wie … wie stellst du dir das vor?«

»Genau so, wie ich es gerade gesagt habe, ich stelle dich als Lisas Amme ein. Natürlich ist dadurch deine ständige Anwesenheit in unserem Haus vonnöten, so dass du die Kammer neben Lisa beziehen müsstest.«

»Ich soll zu euch in die Villa ziehen? Das meinst du nicht im Ernst, Emil, oder? Deine Mutter hat mir vor weniger als zwei Stunden Hausverbot erteilt.«

»Das kläre ich mit ihr. Keine Sorge!« Emil erhob sich von seinem Stuhl und kam um den Schreibtisch herum auf sie zu. Er machte Anstalten, sie zur Tür zu geleiten, und Emmi sah ein, dass jedes weitere Wort zwecklos war.

»Denk darüber nach, Emmi. Aber lass dir nicht allzu viel Zeit, meine Mutter hat bereits eine vielversprechende Amme im Blick.«

»Gut«, murmelte Emmi, verließ sein Büro und kurz darauf die Zuckerrübenfabrik mit der Gewissheit, dass sie Emils Angebot unter keinen Umständen annehmen konnte. In dem Haus der Wagners als Lisas Amme zu leben, der Gedanke war so absurd, dass sie sich vornahm, ihn nicht einmal für den Hauch eines Momentes in Erwägung zu ziehen.

Und wie stellte er sich das eigentlich vor? Sollte sie zukünftig nichts anderes tun, als sich rund um die Uhr um Lisa zu kümmern?

Und Thea Engel – was sollte aus ihr werden? Emmi würde sie doch nicht einfach im Stich lassen.

Je länger Emmi darüber nun doch nachdachte, desto fester wurde ihr Entschluss, Emil gleich am nächsten Tag unmissverständlich mitzuteilen, dass es eine andere Lösung geben musste.

NEUNZEHN

Was wäre das Leben,
hätten wir nicht den Mut, etwas zu riskieren?

VINCENT VAN GOGH,
NIEDERLÄNDISCHER MALER UND ZEICHNER
(1853–1890)

August 1931

Emmi saß auf ihrer Lieblingsbank im Park der Wagner'schen Villa im Schatten der großen Kastanie und las. Im Kinderwagen neben ihr schlief die kleine Lisa. Es hatte nur ein wenig Schuckeln gebraucht, und schon waren dem niedlichen Mädchen die Äuglein zugefallen. Lisa war ein so liebes, freundliches und überaus zufriedenes Kind, dass sie allen um sich herum stets nur große Freude bereitete. Ganz besonders Emmi, die für sie Gefühle hatte wie für ihr leibliches Kind und es sich zur Aufgabe gemacht hatte, die Kleine nie spüren zu lassen, dass sie ohne ihre Mutter aufwachsen musste.

Seit fast einem Dreivierteljahr stand Emmi nun bereits bei der Familie ihrer verstorbenen Schwester in Diensten und hatte sich wider Erwarten gut damit arrangiert. Selbst zwischen Gerlinde Wagner und ihr herrschte Frieden; die beiden Frauen gingen recht höflich miteinander um, wenn auch stets distanziert.

Emil verbrachte nach wie vor viel Zeit in der Fabrik und schien sich dort am besten aufgehoben zu fühlen. Er litt noch immer unter dem Verlust seiner geliebten Frau. Und auch wenn er selten ein Wort über sie verlor, Emmi sah es ihm an. Ja, es war wirklich so, dass sie ihm sein Unglück vom Gesicht ablesen konnte.

Wenn er am Abend nach Hause kam, war sein erster Gang der an Lisas Bettchen, um sie eine geraume Weile lang zu betrachten, während sie in der Regel zu dieser späten Stunde längst friedlich schlief. War sie ausnahmsweise noch wach, dann nahm er sie ganz behutsam hoch und trug sie durch ihre geräumige Kinderstube, die durch eine zweiflügelige Schiebetür mit der Kammer daneben verbunden war. Hier war Emmis Reich, ein recht bescheidener Raum, der aber für alles Platz bot, was sie benötigte. Zumal Emmi sowieso die meiste Zeit in Lisas Stube verbrachte oder, wenn das Wetter es zuließ, draußen in dem weitläufigen Park der Villa. Emil hatte ihr erst vor Kurzem angeboten, dass sie auch in Annis ehemaligen Salon umziehen könnte, der wesentlich komfortabler war. Doch das hatte Emmi mit der Begründung abgelehnt, dass sich dieser zu weit entfernt von Lisas Stube befände. Wahrlich war das nicht der einzige Grund, Emmi hätte sich nicht überwinden können, ihre Habseligkeiten in dem Raum unterzubringen, der einst Anni gehört hatte.

An manchen Tagen fühlte sie sich schon elend genug, dass

es auf den ersten Blick so erscheinen könnte, als hätte sie den Platz ihrer Schwester eingenommen. In Bezug auf das Kind mochte das so zutreffen, doch alles andere war an den Haaren herbeigezogen. Emmi lebte in der Villa der Wagners als Lisas Amme und bezog dafür sogar einen nicht gerade geringen Lohn von Emil, der sie in die Lage versetzte, Thea Engel finanziell unter die Arme zu greifen.

Die kleine Lisa hatte wenig von ihrer leiblichen Mutter, sah dafür ihrem Vater so ähnlich, dass Thea Engel in einem ruhigen Moment gesagt hatte: »Ich bin wirklich froh über diese Ähnlichkeit, Emmi.«

»Hier seid ihr beiden«, erklang plötzlich Thea Engels Stimme hinter Emmi.

Freudig wandte sich Emmi auf der Bank zu ihrer Mutter um. »Mutti, wie schön, dass du uns wieder einmal besuchst.«

Allzu oft war das wahrlich noch nicht vorgekommen. Thea Engel hatte sich in den ersten Monaten nur schwer dazu durchringen können, das Haus zu betreten, in dem ihre jüngste Tochter ihren letzten Atemzug getan hatte. Emmi hatte alles darangesetzt, dass sich Thea Engel nicht vollständig in ihrer Trauer verlor. Erst im Mai war es dann endlich so weit gewesen, Thea Engel hatte ihren Kummer versucht beiseitezuschieben und war erstmals wieder zu der Villa der Wagners geradelt.

Zielstrebig ging Thea Engel auf den Kinderwagen zu.

»Sie schläft«, sagte Emmi, woraufhin Thea den Schritt verlangsamte und die Stimme deutlich senkte: »Oh, hoffentlich habe ich sie nicht aufgeweckt?«

Emmi schüttelte den Kopf. »Nein, keine Sorge, wenn Lisa schläft, könnte man neben ihr Bäume fällen, und sie wacht dennoch nicht auf.«

Eine kurze Weile betrachtete Thea Engel versonnen lächelnd ihre schlafende Enkelin. »Sie ist so ein niedliches Kindchen.« Schließlich wandte sie sich ab und nahm auf der Bank neben Emmi Platz.

»Ich freue mich so sehr, dich zu sehen, Mutti.«

Thea beugte sich vor und gab Emmi einen Kuss auf die Wange.

»Es fällt mir noch immer nicht leicht«, gab sie leise zu. »Aber du hast ja recht, wenn du sagst, dass das Leben weitergehen muss. Und es tut mir auch gut, dich und die kleine Lisa zu sehen.«

Eine Weile saßen die beiden Frauen einfach nur da, hingen ihren Gedanken nach und genossen die vertraute Nähe der jeweils anderen.

Schließlich drückte Thea Engel die Schultern durch und wollte von Emmi erfahren: »Wie geht es eigentlich Emil? Vergräbt er sich noch immer in seiner Arbeit?«

Emmi nickte. »Ja, er ist selten zu Hause anzutreffen. Allerdings habe ich neulich ein Gespräch zwischen ihm und seinem Vater mitbekommen, in dem es um die Fabrik ging, die im Moment wohl nicht sonderlich gut dasteht. Die allgemeine wirtschaftliche Lage ist noch immer schwierig, und auch wenn ich immer dachte, dass die Zuckerrübenfabrik der Wagners davon bestimmt nicht betroffen wäre, so scheine ich mich in diesem Punkt getäuscht zu haben. Es ist also nicht allein die Trauer um Anni, die Emil von früh bis spät in der Fabrik über seiner Arbeit sitzen lässt, sondern auch die Sorge um die Fabrik.«

»Das tut mir leid«, erklärte Thea Engel, zuckte dann aber mit den Schultern. »Ich verstehe ja nichts von solchen geschäftlichen Angelegenheiten …« Sie räusperte sich hörbar und wechselte dann recht abrupt das Thema. »Wie geht es dir denn eigentlich, Emmi? Wie kommst du hier bei den Wagners mit allem zurecht? Bist du … glücklich …?«

Darauf wusste Emmi zunächst nichts zu sagen, denn derartige Fragen stellten sich für sie überhaupt nicht, sie funktionierte einfach … für Lisa.

»Ja, ich denke, ich komme ganz gut zurecht«, gab sie schließlich zurück.

»Soso, du denkst.« Thea Engel musterte sie eindringlich. »Und denkst du dabei auch mal an dich, Emmi?«

Emmi verzog das Gesicht.

»Verstehe mich bitte nicht falsch, ich finde es mehr als anständig, dass du dich so aufopfernd um die kleine Lisa kümmerst. Zumal ich in dieser Angelegenheit auf ganzer Linie versagt habe …«

»Unsinn, Mutti, du hast doch nicht versagt! Du hast erst deinen Mann zu Grabe tragen müssen und dann deine jüngste Tochter. Da ist es doch nur verständlich, dass dir das schlimm zugesetzt hat.«

Thea Engel nickte. »Recht hast du, Emmi, das Schicksal hat es wirklich nicht besonders gut mit uns gemeint in den letzten

Jahren. Doch während ich den Kopf eingezogen habe, warst du gezwungen, dem Leben noch mehr die Stirn zu bieten und dich nicht unterkriegen zu lassen. Dennoch kann es nicht dein Lebensziel sein, als Amme der kleinen Lisa hier im Haus deiner verstorbenen Schwester zu leben. Du musst doch auch bald an dich denken, Emmi. Einen Mann kennenlernen, eine eigene Familie gründen. Oder vielleicht doch irgendwann noch studieren.«

Wortlos zuckte Emmi die Achseln.

»Oder machst du dir etwa noch Hoffnungen?«, fügte ihre Mutter hinzu.

Emmis Brauen schnellten fragend nach oben. »Hoffnungen? Was meinst du damit?«

Erneut räusperte Thea Engel sich. »Du bist es doch gewesen, die zuerst für Emil geschwärmt hat, oder täuscht mich da meine Erinnerung?«

Emmi stockte der Atem. Das konnte ihre Mutter nicht ernsthaft annehmen.

»Mutti!«, rief sie aufgebracht. »Wie kannst du mir so ein schändliches Verhalten unterstellen?! Glaubst du ernsthaft, ich habe mich nur deswegen der kleinen Lisa angenommen?«

Thea Engel nahm ein weißes Spitzentaschentuch aus ihrer Handtasche, tupfte sich damit ein paar Schweißtropfen von der Stirn.

»Mutter!«, verlangte Emmi nach einer Erklärung, da sie ahnte, dass diese nur Zeit zu schinden bezweckte. »Antworte mir bitte!«

Thea Engel ließ sich dennoch nicht drängen. In aller Ruhe legte sie das Tuch zurück in ihre beigefarbene Handtasche. Sie atmete tief durch, erst dann wandte sie sich wieder ihrer Tochter zu. »Ich möchte einfach nur sichergehen, dass du dich nicht in etwas verrennst, Emmi. Du bist eine so wunderbare und gescheite junge Frau. Hilfsbereit und verlässlich und dir für nichts zu schade. Ich bin mir sicher …«

»Oh, ich sehe, wir haben lieben Besuch«, wurde Thea Engel mitten im Satz von Gerlinde Wagner unterbrochen.

Mutter und Tochter Engel wandten sich ihr gleichzeitig zu. Emmi erhob sich, um nach Lisa zu sehen, die sich zwar durch den Lärm, den das Fällen eines Baumes verursachte, nicht in ihrem Schlaf stören ließ, aber sehr wohl von der stets eine Nuance zu lauten und schrillen Stimme ihrer Großmutter väterlicherseits geweckt wurde und leise zu brabbeln anfing.

»Darf ich mich zu Ihnen setzen, Thea?«, fragte Gerlinde Wagner, was als rein rhetorische Frage gedacht war, denn sie nahm neben Thea Engel Platz, noch bevor diese antworten konnte.

»Ich bin der Gast, Sie die Hausherrin«, entgegnete Thea Engel spröde lächelnd.

Gerlinde Wagner sah an ihr vorbei zu der kleinen Lisa, die Emmi gerade aus dem Wagen gehoben hatte. »Ist sie nicht entzückend, unsere kleine Prinzessin«, zwitscherte sie. »Und Emil wie aus dem Gesicht geschnitten.«

»Ja, er kann die Vaterschaft nicht verleugnen …«, gab Thea Engel zurück.

Gerlinde Wagner wurde sofort hellhörig. »Hätte er denn einen Grund dafür gehabt?«

»Aber nein!«, erwiderte Thea Engel knapp und verließ den Platz neben der Hausherrin. Sie trat nahe an Emmi und ihre kleine Enkelin heran, strich dem Kind über die Wange und wollte sich dann verabschieden.

»Sie wollen schon wieder gehen?«, rief Gerlinde Wagner. »Aber doch bitte nicht meinetwegen, Thea?«

Thea Engel verneinte. »Bestimmt nicht, Gerlinde, seien Sie unbesorgt. Ich möchte noch weiter nach Hildesheim radeln. Unser ehemaliger Pächter hat dort in der Oststadt vor einigen Tagen eine Schusterei eröffnet, und ich möchte ihn dazu noch persönlich beglückwünschen.«

»Hansi?«, wunderte Emmi sich. Das letzte Mal, dass sie mit ihm ins Gespräch gekommen war, war er dem Alkohol ziemlich zugeneigt gewesen. Dass sein Irmchen ihn mit den beiden Söhnen einfach sitzengelassen hatte, war dem treusorgenden Mann ziemlich an die Nieren gegangen.

»Irmchen hat vor ein paar Wochen plötzlich wieder vor der Tür gestanden. Ihr neues Leben in Berlin hat sie sich wohl etwas anders vorgestellt. Wie auch immer, Hansi hat daraufhin die Ärmel hochgekrempelt und noch mal von vorne angefangen, beruflich wie privat.«

Gerlinde Wagner, die die Unterhaltung zwischen Mutter und Tochter schweigend verfolgt hatte, ergriff nun doch das Wort. »Sehr gewagt in diesen schweren Zeiten. Überall schließen die Läden, und die Zahl der Arbeitslosen steigt und steigt. Aber der Mann wird sich das sicher gut überlegt haben.« Sie erhob sich von der Bank, kam auf Thea Engel zu und reichte ihr die Hand. »Auf Wiedersehen, Thea.« Dann drehte sie sich zu Emmi und der kleinen Lisa um und sagte: »Emmi, seien Sie so gut und machen unsere Lisa recht fein zurecht! Ich erwarte lieben Kaffeebesuch und möchte natürlich mit unserem Goldstern ein wenig angeben.« Bevor Emmi antworten konnte, war sie schon auf dem Weg zurück zum Haus.

»Sie behandelt dich tatsächlich wie eine Amme«, staunte Thea Engel.

»Weil ich Lisas Amme bin, Mutti«, gab Emmi zurück.

»Aber doch auch ihre Tante … Du bist ein Teil ihrer Familie.«

»Als solche bin ich aber nicht hier im Haus der Wagners!«

Thea Engel seufzte. »Kind, ich bin wirklich besorgt. Ja, ich mache mir Sorgen, dass du eines Tages mit leeren Händen dastehen wirst. Auch wenn Emil gerade noch voller Trauer ist, immer wird er wahrlich nicht allein bleiben. Er wird sich neu verlieben und weitere Kinder haben. Und du, Emmi, willst du dann auch noch in seinem Haus wohnen und dich um Lisa oder vielleicht um andere Kinder kümmern, weil du hier ja schließlich die Amme bist?«

Emmi drückte die kleine Lisa fest an ihr Herz. Sie roch ihren süßlichen Babyduft, spürte ihre Wärme, und eine Woge tiefster Zuneigung zu diesem kleinen Geschöpf überkam sie.

»Ich werde so lange für Lisa da sein, wie es mir möglich ist«, sagte sie mit belegter Stimme. »Das habe ich Anni versprochen.« Und in Gedanken fügte sie hinzu: Und dafür werde ich mit allen Mittel kämpfen.

Kaum dass Thea Engel sich endgültig verabschiedet hatte, kam eines der Mädchen zu ihr in den Garten geeilt.

»Die gnädige Frau schickt mich«, erklärte Amelia. Wie immer, wenn Liese oder Amelia sie direkt ansprechen mussten, begannen sie herumzudrucksen. Einerseits war Emmi als Amme der kleinen Lisa hier im Haus, also gehörte sie zum Hauspersonal, das sich üblicherweise untereinander duzte. Nur die Hausdame nicht, aber die war auch schon steinalt in den Augen der jungen Mädchen. Da es sich bei Fräulein Emmi Engel aber um die Schwester der verstorbenen Frau Wagner junior handelte, war es womöglich unverschämt, sie als eine von ihnen anzusehen und zu duzen. Somit vermieden die Mädchen es tunlichst, eine direkte Anrede zu verwenden, was Emmi manchmal zu amüsant fand.

»Ich soll fragen, wo denn die kleine Lisa bliebe? Der Besuch wäre schon eingetroffen, und das Kind sollte doch dafür zurechtgemacht werden.«

»Ich bringe Lisa, sowie ich sie gefüttert und frisch gewickelt habe.«

»Aber … dauert das nicht recht lange?«, erkundigte Amelia sich unsicher. »Weil doch die gnädige Frau gesagt hat, jetzt gleich. Also … jetzt *sofort* soll das Kind in die Bibliothek gebracht werden, wo die gnädige Frau ihren Besuch empfangen hat.«

»Da *die gnädige Frau* mir erst vor wenigen Augenblicken überhaupt von dem Besuch erzählt hat, wird sie sich jetzt wohl leider noch etwas gedulden müssen, Amelia!«, erklärte Emmi und schenkte dem verunsicherten Mädchen ein freundliches Lächeln.

»So soll ich das der gnädigen Frau sagen …?«, entgegnete die Hausangestellte wie ein verschrecktes Huhn.

Emmi nickte. »Ja, genau so!«

Lisa war doch keine Puppe, die man nach Belieben herzeigen und herumreichen konnte. Nein, das konnte die *gnädige Frau Wagner* sich getrost abschminken.

Emil kam um kurz nach zehn Uhr abends in Lisas Kinderzimmer und setzte sich im Dunkeln an ihr Bettchen. Als Emmi wenig später noch mal nach ihr sehen wollte, war er auf dem Stuhl eingeschlafen. Eine Hand ruhte im Inneren des Bettchens direkt neben Lisas Köpfchen, die andere lag auf seinem Schoß.

Emmi rührte der Anblick zutiefst, der sich ihr so unverhofft bot. Sie betrachtete Vater und Tochter im schwachen Schein des Nachtlichtes und wurde von ihren Gefühlen geradezu übermannt. Am liebsten wäre sie an seine Seite getreten, hätte ihm sacht über den Rücken gestrichen und …

Nichts davon tat sie, nichts davon stand ihr zu. Stattdessen zog sie sich leise wieder zurück in ihre Kammer, die Kammer der Amme, nicht mehr und nicht weniger war sie hier im Haus der Wagners.

ZWANZIG

Der Kummer, der nicht spricht,
nagt leise an dem Herzen, bis es bricht.

WILLIAM SHAKESPEARE,
ENGLISCHER DRAMATIKER UND LYRIKER
(1564–1616)

Weihnachten 1931

Am Morgen des 24. Dezember überraschte die kleine Lisa Emmi damit, dass sie sich an der Kommode hochzog und ihre ersten freien Schritte unternahm. Emmi war so verzückt, dass sie in den Flur hinauslief und laut nach Emil rief: »Emil, schnell, Lisa … sie …«

Bevor sie ihren Satz zu Ende bringen konnte, war die Tür von Emils Gemach aufgeflogen und er, noch im dunklen Morgenmantel und mit ungekämmtem Haar, kam herausgestürmt.

»Was ist mit Lisa?«, rief er panisch. »Ist ihr etwas passiert?«

»Nein.« Emmi lachte. »Sieh nur!« Sie deutete auf das Mädchen, das ihm freudestrahlend entgegenkam.

»Oh, mein Sternchen, du … du läufst ja«, rief Emil verzückt

und ging vor seiner Tochter in die Hocke. »Wie fein du das schon machst, bist schon ein richtig großes Mädchen.«

Lisas dunkle Augen strahlten, während sie vor Vergnügen quiekend an ihrem Vati vorbeitrippelte. Doch im nächsten Moment wurde sie etwas zu übermütig. Wenn Emil nicht nach ihrem Arm gegriffen hätte, wäre sie auf ihr niedliches Näschen gefallen.

»Hui, Lisa!«, rief er, nahm sie hoch und drehte sich mit ihr mehrmals um die eigene Achse.

Vater und Kind lachten. Emmi konnte sich nicht erinnern, wann sie Emil jemals so vergnügt und fröhlich erlebt hatte. Selbst vor dem schrecklichen Verlust seiner Anni war er stets eher introvertiert gewesen, kein Mann, der sich laut und übermütig zeigte, sondern meistens ziemlich in sich gekehrt war.

»Sie ist so ein liebes Kind«, wandte er sich lächelnd an Emmi. »Und so klug! Aber das ist kein Wunder, denn du bemühst dich ja ganz hervorragend um sie.«

Emmi freute sich über das Lob. Doch dass ihr deshalb direkt die Röte ins Gesicht stieg, ärgerte sie.

»Lisa ist ein Naturtalent«, erwiderte sie und blickte auf ihre Schuhspitzen, damit Emil nicht erkannte, dass sie rot wie ein albernes Schulkind geworden war. »Ich bin immer wieder überrascht, wie wissbegierig sie ist. Manchmal habe ich das Gefühl, es kann ihr alles gar nicht schnell genug gehen. Das war mit dem Krabbeln so, mit dem Allein-essen-Wollen und jetzt auch mit dem Laufen. Und quaken tut sie auch den ganzen lieben Tag lang. Sie ist wahrlich ein besonderes Kind.«

Emil sah nachdenklich aus, als er nun nickte. »Du liebst sie sehr, nicht wahr?«

»Ja, das tue ich.« Und weil sie das Gefühl hatte, ihre Liebe zu dem Kind erklären zu müssen, fügte sie noch schnell hinzu: »Sie ist Annis Tochter. Da kann ich sie doch nur lieben.«

Emil setzte seine kleine Tochter auf den Teppichläufer, der sich über den langen Flur erstreckte.

»Ich werde mich jetzt besser mal anziehen«, murmelte er und ging zurück in sein Schlafgemach.

Lisa wollte ihm hinterherkrabbeln, brabbelte fröhlich vor sich hin, Emmi meinte sogar, dass sie Vati gesagt hätte. Aber vielleicht täuschte sie sich ja auch.

Worin sie sich mit Sicherheit nicht täuschte, war Emils Grund für seinen abrupten Rückzug; es fiel ihm nach etwas über einem Jahr noch schwer, über Anni zu reden. Er vermisste sie immer noch, vielleicht sogar immer mehr, je länger sie tot war.

Im Sommer hatte Thea Engel gemeint, dass Emil sich bestimmt recht bald neu binden würde und Emmi dann wohl kaum im Haus der Wagners als Lisas Amme bleiben könne. Bei der Vorstellung hatte sich Emmis Herz verkrampft, und das nicht allein wegen Lisa. Doch inzwischen war sie sich ziemlich sicher, dass Emil noch eine lange Weile nicht in der Lage sein würde, sich neu zu verlieben. Außerdem, wo sollte er bitte schön jemand kennenlernen? Emil ging nie aus, nicht einmal zum Essen. Er verbrachte die Zeit in der Fabrik, in Lisas Kinderstube oder in seinen persönlichen Räumen. Es müsste sich schon ein weibliches Wesen aus irgendwelchen Gründen hierher verirren, um von Emil überhaupt wahrgenommen zu werden.

Einige Stunden später, als es Zeit für Lisas Mittagschlaf war, war das Kind so unleidlich, wie Emmi es noch nie erlebt hatte. Die Kleine schien zu spüren, dass heute ein ganz besonderer Tag war, und wollte partout nicht in ihrem Bettchen bleiben. Sobald Emmi sie hingelegt und fest zugedeckt hatte, strampelte sie die Decke weg und stellte sich auf.

So ging das, bis ihr Gesicht vor Müdigkeit und Empörung dunkelrot glühte und Emmi beschloss, sie warm anzuziehen und im Kinderwagen so lange durch den eisigen Park zu schieben, bis sie endlich einschlafen würde. Doch Lisa wehrte sich weiter nach Leibeskräften. Die frische Luft bewirkte sogar noch das Gegenteil bei ihr, sie wurde wieder richtig putzmunter. Irgendwann war Emmi so durchgefroren, dass sie den Kinderwagen zurück ins Haus schob, wo sie auf Emil traf, der gerade aus der Fabrik gekommen war. Sogar an Heiligabend fiel ihm nicht ein, die Arbeit einfach Arbeit sein zu lassen.

»Was macht ihr beiden denn hier draußen«, wunderte er sich, als er in Emmis verfrorenes Gesicht sah. »Ist es nicht zu kalt für einen Spaziergang?«

Emmi nickte. »Da kann ich dir nur recht geben. Nur möchte Lisa kein Mittagschläfchen machen. Sie ist inzwischen so aufgedreht, dass sie später, wenn es Zeit für die Bescherung ist, vor Müdigkeit und Unglück herumquengeln wird.«

»Verstehe.« Emil nickte. »Und da dachtest du, wenn du sie im Park umherschiebst, dann fallen ihr sicher die Äuglein zu.«

Nun war es Emmi, die nickte, und Emil, der die ihn anstrahlende Lisa betrachtete und schmunzelnd hinterherschob: »Wie mir scheint, ist dieser Plan nicht ganz aufgegangen.«

Emmi seufzte kummervoll. »Sie ist nur noch munterer geworden.«

»Und wenn wir die Bescherung einfach vorziehen«, fiel es Emil ein. »Wir könnten anschließend in die Kirche gehen …«

Emmi winkte ab. »Deine Mutter hat mich ausdrücklich auf den unter allen Umständen einzuhaltenden Ablauf der heutigen Festlichkeiten hingewiesen.«

»Dann wird sich meine verehrte Frau Mutter wohl damit anfreunden müssen, dass ihr Zeitplan so nicht funktioniert«, erwiderte Emil. Er blickte auf seine Armbanduhr. »Wie lange brauchst du, um Lisa umzukleiden?«

Emmi dachte an das festliche Kleidchen, das Thea Engel selbst genäht und vor ein paar Tagen vorbeigebracht hatte, damit Lisa es am Heiligen Abend tragen konnte. Emmi war sehr enttäuscht gewesen, als ihre Mutter bei dieser Gelegenheit gleich mitgeteilt hatte, dass sie nicht zu den Wagners an den Festtagen kommen wolle.

»Annis erster Todestag ist gerade erst gewesen, und ich wäre kein guter Gast im Hause der Wagners.«

Emmi hatte sie umstimmen wollen, doch war auf taube Ohren gestoßen. Thea Engel war bei ihrem Entschluss geblieben. So hatten sie sich für den ersten Weihnachtstag verabredet, an dem Emmi sie mit Lisa besuchen wollte. Emil war sofort einverstanden gewesen und hatte sogar angeboten, die beiden zu fahren, da er sowieso in der Fabrik sein würde.

»Ich würde sie flugs neu wickeln und umziehen. Das dauert aber nicht allzu lange, vielleicht eine Viertelstunde.«

»Und du?«

Emmi verstand nicht. »Was ist mit mir?«

»Wie viel Zeit benötigst du für dich, Emmi? Oder möchtest du so bleiben?«

Emmi blickte an sich hinunter. An dem schweren dunkelblauen Wintermantel, unter dem sie ein schlichtes Wollkleid zur ebenfalls dunklen Wollstrumpfhose trug, bis zu den groben Stiefeletten mit der dickeren Sohle. Festlich gekleidet würde sie das nicht nennen. Aber sie war ja auch zu keinem Fest eingeladen. Gerlinde Wagner hatte sie lediglich darum gebeten, die kleine Lisa nach dem Kirchengang in den unteren großen Salon zu bringen, wo unter dem über zwei Meter hohen Christbaum die Geschenke lagen.

»Ich ziehe natürlich den Mantel aus. Aber ansonsten …«

Emil schien ein Licht aufzugehen. »Sag mal, Emmi, kann es sein, dass du gar nicht vorhast, den Heiligabend mit uns zu verbringen?«

»Wenn du dich um Lisas Betreuung sorgst, so ist deine Sorge unbegründet. Ich nehme mich natürlich ihrer wieder an, sobald ihr die Bescherung hinter euch gebracht habt und sie womöglich müde wird. Allzu viel versteht sie sowieso noch nicht von den Festlichkeiten, dafür ist sie noch viel zu jung.«

Sichtbar fassungslos schüttelte Emil den Kopf. »Du verbringst die Zeit in deiner Kammer oder mit dem Personal in der Küche? Verstehe ich das richtig? Sind wir dir so unerträglich?«

»Nein!«, rief Emmi vehement aus. »Gewiss nicht! Um Himmels willen, wie kannst du nur so etwas annehmen?«

»Dann erkläre mir bitte, warum du nicht bei uns im Salon bleiben möchtest? Bist du nicht gespannt auf Lisas glänzende Augen, wenn sie den Christbaum sieht und ihre Geschenke bekommt? Es ist ihr erstes Weihnachtsfest …«

Das stimmte zwar nicht ganz, immerhin war sie letztes Weihnachten schon auf der Welt gewesen, doch aufgrund des Todes ihrer Mutti war im Hause Wagner Christi Geburt nicht gefeiert worden.

»Deine Mutter möchte unter sich bleiben. Das hat sie sich ausdrücklich gewünscht, Emil.«

»Unter sich?« Emil verschluckte sich fast an seiner eigenen Spucke. »Wer ist bitte schön unter *sich?* Ich meine, wer gehört dazu?«

»Deine Eltern, du und Lisa.«

Unvermittelt lachte Emil laut auf. »Du hast dich vergessen, Emmi, du bist Lisas Tante, meine Schwägerin und für Lisa eine liebevolle und fürsorgliche Mutter.«

Emmi schluckte schwer, während Emil die Hand nach ihr ausstreckte und ihre Schulter berührte. Es war als kameradschaftliche Geste gedacht, eine legere Aufforderung: Nun komm schon, Emmi, gib dir einen Ruck! – dessen war sich

Emmi bewusst. Dennoch konnte sie es nicht verhindern, dass dort, wo er sie berührt hatte, unter dem Wollmantel und dem Kleid, ihre Haut innerhalb von einer Sekunde in Feuer stand.

Emmi machte einen Schritt zurück, nahm Lisa aus dem Wagen und sagte: »Ich muss mich beeilen …«

»Prima. Dann bis gleich«, rief Emil ihr nach. »Ich gehe davon aus, dass du bleibst, Emmi!«

Gerlinde Wagner war alles andere als erfreut, dass Emil ihren ausgeklügelten Zeitplan einfach umgeworfen hatte. Doch ihr Gesicht wurde noch düsterer, als Emmi die kleine Lisa brachte und dann keine Anstalten unternahm, sich augenblicklich wieder zurückzuziehen.

»Emmi, wir rufen Sie dann!«, ließ sie nach einigen abwartenden Minuten verlauten.

»Das wird nicht nötig sein, Mutter, du musst Emmi nicht rufen«, erklärte Emil entschlossen. »Sie wird uns nicht verlassen.«

»Aber Emil, ich habe doch den Wunsch geäußert, dass wir unter uns bleiben …«

»Das sind wir, Mutter«, fiel er ihr ins Wort. »Und jetzt sollten wir Lisa nicht länger warten lassen.« Er nahm seine Tochter, die mit großen Augen und ganz still und staunend vor dem Christbaum stand, auf den Arm und gab ihr einen sanften Kuss auf ihre Wange.

»Hans-Hermann«, zischte Gerlinde Wagner ihrem Gemahl zu, der sich wie immer im Hintergrund hielt. Emmi wunderte es nicht, sie kannte Hans-Hermann Wagner nicht anders als ruhig, höflich und sachlich. Manchmal musste sie sich regelrecht in Erinnerung rufen, dass auch er in diesem Haus lebte, so unauffällig war er in seinem Tun und seinem Auftreten. Vielleicht hatte er sich das aber auch erst im Laufe seiner Ehe mit Gerlinde Wagner so angewöhnt, sie war immerhin laut, streitbar und befehlend für zwei. Sie machte auch keinen Hehl daraus, dass die Fabrik von ihrem Vater gegründet wurde, der auch das prächtige Haus hatte bauen lassen, in dem sie wohnten.

Emmi blieb, und Gerlinde Wagner schwieg beleidigt. Doch allzu lange musste sie nicht mit düsterer Miene dasitzen, denn wie es Emmi vorausgesagt hatte, überkam Lisa direkt nach der Bescherung die Müdigkeit mit einer solchen Wucht, dass sie in Emils Armen einschlief.

Emmi wollte sie ihm abnehmen, doch er schüttelte den Kopf.

»Ich trage sie hinauf.«

»Aber ich komme mit!«, stellte Emmi klar. »Und bleibe dann auch bei ihr.«

»Warum denn nur, Emmi? Du kannst uns in die Kirche begleiten. Lisa ist so erschöpft, sie wird bestimmt nicht wach werden.«

Entschlossen schüttelte Emmi den Kopf. »Ich lasse sie nicht allein, Emil.«

»Eines der Mädchen könnte …«

»Nein, Emil! Du kannst Lisa gerne hinauftragen, aber dann nehme ich sie dir ab.«

Einen Moment sah es so aus, als wolle er erneut versuchen, sie umzustimmen, doch dann zuckte er nur resignierend die Schultern. »Wenn es dir so lieber ist …«

»Das ist es, Emil!«

Zumal sie für kein Geld der Welt die Lust darauf verspürte, gemeinsam mit den Wagners den Festgottesdienst zu besuchen. Der Gedanke, dass die Leute sie angaffen und über sie reden würden, war ihr beinah so ein Gräuel, wie den weiteren Abend in Gerlinde Wagners Gesellschaft verbringen zu müssen.

»Aber du isst später mit uns, Emmi«, bestimmte Emil, während er ihr das Kind übergab.

»Wir werden sehen …«, entgegnete Emmi ausweichend. Natürlich war ihr nicht entgangen, wie entrüstet Gerlinde Wagner bei Emils Einladung nach Luft geschnappt hatte. Und als Emmi noch nicht mal ganz zur Tür hinaus war, hatte sie sofort ihre Entrüstung kundgetan.

»Emil, wie kannst du es wagen, meine Pläne so zu torpedieren? Emmi ist nicht eingeplant, zumal wir später noch einen lieben Gast erwarten.«

Was Emil darauf erwiderte, hatte Emmi nicht mehr verstanden, da war sie schon an der Treppe gewesen und trug das schlafende Kind behutsam hinauf in seine Kinderstube.

Lisa wurde nicht einmal wach, als Emmi sie bettfertig machte. In weiser Voraussicht hatte sie ihr noch vor der Bescherung das Fläschchen gegeben und auch ein paar Löffel Brei, so dass jetzt nicht zu befürchten war, dass der Hunger sie alsbald wieder aufwachen lassen würde.

Anschließend ging Emmi in ihre Kammer und setzte sich in ihren Lieblingssessel. Die Köchin war so freundlich gewesen, ihr eine Kleinigkeit von dem Essen hinaufbringen zu lassen, was die Herrschaften später, wenn sie aus der Kirche zurück waren, zu sich nehmen würden. Mit wenig Appetit aß sie von dem kalten Hühnchen und dem Kartoffelsalat, das Dessert ließ sie gänzlich unangerührt. Es lag nicht daran, dass das Essen nicht schmecken würde, bestimmt nicht, Wilma war eine ausgesprochen gute Köchin. Doch während sie hier in ihrer Kammer saß, an Heiligabend, da vermisste sie auf einmal ihre Mutter und ihr altes Leben so schmerzlich, dass es ihr nicht nur den Appetit raubte. Emmi saß da und starrte auf ihre schmalen Hände und fragte sich auf einmal, was sie hier eigentlich tat.

Ihre Mutter hatte schon recht damit gehabt, als sie ihre Lebenssituation infrage gestellt hatte. Irgendwann würde Lisa sie nicht mehr brauchen, weil sie alt genug war. Dann stand sie mit leeren Händen da, eine ältere Jungfer ohne Familie, ohne Beruf und ohne Vision. Und dann?

Emmi erhob sich und trat ans Fenster. Sie blickte hinaus in die Dunkelheit, presste ihr Gesicht so fest an das kalte Glas der Scheibe, als hoffte sie, dass dort hinter der Scheibe, irgendwo in der Ferne, die Antwort auf all ihre Fragen läge. Stattdessen nahm sie die Lichter eines Automobils wahr, das die lange Auffahrt zu Wagner'schen Villa heruntergefahren kam. Hm, dachte sie, die Wagners sind aber recht schnell wieder zurück. Die Christmesse konnte doch unmöglich schon wieder vorüber sein. Doch während sie sich noch wunderte, erkannte sie, dass es sich bei dem Automobil nicht um das große schwarze Automobil der Wagners handelte, sondern um einen sportlichen Zweisitzer.

Eine elegante Dame entstieg dem Automobil und lief die Sandsteinstufen hinauf. Emmis Neugierde war geweckt. Also schlich sie sich aus ihrer Kammer und über den Flur zur Treppe, ein Stockwerk tiefer, von wo aus man einen recht guten Blick auf die Eingangshalle hatte.

Gerade hatte Hilde die Tür geöffnet und bat die Besucherin herein. Anscheinend hatte man sie erwartet … Sicher, jetzt fiel es Emmi wieder ein. Gerlinde Wagner hatte vorhin erwähnt, dass sie zum Essen einen lieben Gast erwarten würden. Die elegante Dame war demnach dieser Gast, der leider etwas zu früh eingetroffen war und die Schuld dafür aber wohl nicht bei sich suchte.

Emmi hörte, wie die Frau ein wenig verärgert zu der Hausdame Hilde sagte: »Ich bin mir aber ganz sicher, dass Gerlinde mich für genau diese Uhrzeit herbestellt hat.«

Was Hilde daraufhin erwiderte, konnte Emmi nicht verstehen, da sie längst nicht so laut sprach wie die Besucherin. Emmi wagte sich auf die oberste Stufe, ging halb in die Hocke, um so einen Blick auf die Dame werfen zu können – was ihr tatsächlich auch gelang. Doch so wie sie die elegante Erscheinung im burgunderfarbenen Pelzmantel und passender Kappe musterte, nahm auch die Frau Emmi oben auf der Stufe wahr.

Emmi erschrak, als sich ihre Blicke trafen, und sah zu, dass sie schnell zurück in ihre Kammer lief. Dort sank sie erschöpft wieder in ihren Sessel und wusste nicht, ob ihr nach Lachen oder Weinen zumute war. Was sie hingegen wusste, war, dass es sich bei der eleganten Dame um keine handelte, von der man annehmen könnte, dass sie eine alleinstehende oder gar verwitwete Freundin Gerlinde Wagners war, die unter Einsamkeit litt und darum von der Hausherrin eingeladen wurde, den Heiligabend mit ihnen zu verbringen. Nein, dafür war sie fraglos zu jung und viel zu attraktiv.

»Sie hat sie für Emil eingeladen«, ging Emmi plötzlich ein Licht auf, und ihr Herz begann sich zu verkrampfen.

Dummes, dummes Herz.

EINUNDZWANZIG

Gemeinsame geistige Tätigkeiten verbinden enger als das Band der Ehe.

MARIE VON EBNER-ESCHENBACH,
MÄHRISCH-ÖSTERREICHISCHE SCHRIFTSTELLERIN
(1830–1916)

Emmi lag wach in ihrem Bett. Tausend Dinge gingen ihr durch den Kopf, aber vor allem fühlte sie sich so einsam wie nie zuvor in ihrem Leben. Am liebsten wäre sie hinüber in Lisas Kinderstube gegangen und hätte das Mädchen aufgeweckt, nur damit sie sich irgendwie gebraucht vorkäme … geliebt.

Doch so war Emmi nicht, so egoistisch und vor allem irrationall. Also blieb sie liegen, starrte weiter die Decke an und befahl sich selbst, sich auf morgen zu freuen, wenn sie zusammen mit Lisa in ihr Dorf fuhr, um den ersten Weihnachtstag mit ihrer Mutter zu verbringen.

Tatsächlich wurden ihr nach einer Weile die Lider immer schwerer, kurz darauf schlief sie wirklich ein. Doch es war kein erholsamer Schlaf, sie träumte wirr. Hatte immer wieder Anni vor sich, die ihr vorwurfsvoll vorhielt, dass sie ihr Leben geraubt hätte samt Ehemann und Tochter und allem, was dazugehörte. Als dann auch noch Gerlinde Wagner in ihrem Traum erschien und sie mit mahnend erhobenem Zeigefinger ins Gesindehaus nebenan schickte, wo sie gefälligst hingehörte, schreckte Emmi schweißgebadet und mit viel zu schnellem Pulsschlag hoch.

Emmi brauchte einen Augenblick, um sich zu sammeln, trank gierig einen großen Schluck direkt aus der Wasserkaraffe, die auf dem kleinen Schränkchen neben ihrem Bett stand, bevor sie schließlich aufstand. Sie zog sich ihren geblümten Morgenmantel über und schlich sich leise in die Kinderstube, um nach der kleinen Lisa zu sehen. In erster Linie, um sich selbst zu beruhigen. Das Kind schlief. Wenn es anders wäre, hätte Lisa sich längst bemerkbar gemacht.

»Nicht erschrecken«, erklang da leise Emils Stimme, als sie die Stube betrat. Er saß im schwachen Schein des Nachtlichtes neben Lisas Bett.

»Oh, entschuldige bitte. Ich wusste nicht, dass du hier bist«, flüsterte Emmi. Gleich darauf wurde sie sich ihrer wenigen Kleidung bewusst und wollte sich wieder in ihre Kammer zurückziehen.

Doch Emil bedeutete ihr mit einer Handbewegung zu bleiben. »Geh noch nicht, Emmi.«

»Ich … ich bin nicht richtig … ich trage meinen Morgenmantel, Emil.«

»Wenn dir das unangenehm ist, magst du dich dann vielleicht ankleiden und zurückkommen?«

Im ersten Moment wollte Emmi seiner Bitte nachgeben. Doch dann kam es ihr falsch vor. »Es ist mitten in der Nacht. Ich möchte nur rasch nach Lisa sehen und mich dann wieder schlafen legen.«

»Oh, entschuldige bitte, Emmi. Ich wollte dich nicht … belästigen.«

»Das hast du nicht getan«, stellte Emmi klar und wandte sich wieder zur Tür um. »Gute Nacht, Emil.«

»Gute Nacht, Emmi.«

Sie verschwand in ihrer Kammer, wo sie sich erst mal auf ihre Bettkante setzte und ihre Gedanken zu sortieren versuchte. War es unhöflich von ihr gewesen, seinen Wunsch so konsequent abzulehnen? Er war ihr selten so einsam und verloren vorgekommen wie eben und hätte sicherlich ihre Gesellschaft gut gebrauchen können. Doch … Emmi war nicht hier, um sich um Emils Seelenleid zu kümmern, sondern wegen Lisa. Sie war nicht dafür verantwortlich, dass Emil …

Es klopfte an Emmis Tür. Nicht an der Verbindungstür zu Lisas Kinderstube, sondern an der, die hinaus in den Flur führte.

»Ja«, rief Emmi fragend.

»Ich bin es, Emil«, schallte es gedämpft zurück.

Emmi holte tief Luft, erhob sich zögernd von ihrem Bett und ging zur Tür, um sie einen Spalt weit aufzuziehen und ihren Schwager vorwurfsvoll zu fragen: »Emil, was ist denn nur los?«

»Ich … ich … ich muss mit dir reden, Emmi. Es ist wichtig.«

»Aber doch wohl nicht jetzt«, gab sie zurück.

»Nein, nicht jetzt. Aber so schnell wie möglich. Ich muss da etwas mit dir besprechen, das mich wirklich beschäftigt.«

Emmi schlang die Arme um ihren Oberkörper, als würde sie frösteln. »Etwas besprechen?«

Emil nickte mit ernster Miene, bevor er sich erkundigte: »Um wie viel Uhr gedenkst du bei deiner Mutter zu sein?«

Emmi hob die Schultern. »Da du angeboten hast, Lisa und mich zu fahren, wollte ich mich da ganz nach dir richten. Spätestens zur Mittagszeit würde ich aber gerne dort sein. Mutti hat extra einen Gänsebraten zubereitet.«

Emil schien kurz zu überlegen, dann aber nickte er und erklärte: »Ich würde dich dann nach dem Frühstück auf einem kleinen Spaziergang mit Lisa begleiten.« Er hatte seinen Satz nicht als Frage formuliert, sondern als Feststellung.

Dennoch erwiderte Emmi: »Einverstanden. So können wir es machen.«

Nachdem Emil gegangen war, lag Emmi zum zweiten Mal in dieser Nacht hellwach in ihrem Bett und versuchte, ihre nun noch viel konfuseren Gedanken zu ordnen, doch vergeblich.

Am nächsten Morgen fühlte sich Emmi wie gerädert. Zum Glück machte Lisa es ihr leicht, das lange Schlafen hatte ihr gutgetan, so dass sie ausgesprochen gut gelaunt und artig war. Im Gegensatz zu Emmi, die am liebsten an Emils Tür geklopft hätte, um ihm den morgendlichen gemeinsamen Spaziergang wieder auszureden. Sie fühlte sich nicht nur wegen des Schlafmangels matt und erschöpft, sondern schien auch eine Erkältung auszubrüten. Der Kopf tat ihr weh, die Glieder schmerzten, und das nasskalte, wenig weihnachtliche Wetter machte es auch nicht besser.

Doch die Neugierde, was Emil denn so Dringendes mit ihr zu besprechen hatte, siegte schließlich, und so fand sie sich ausgehfertig mit der kleinen Lisa pünktlich um halb elf unten in der imposanten Eingangshalle der Villa ein. Von Emil war jedoch nichts zu sehen, was Emmi fast schon glauben ließ, sie hätte die Vorkommnisse der vergangenen Nacht vielleicht nur geträumt.

Als Emil zehn Minuten später noch immer nicht in der Halle erschienen war, beschloss Emmi, da sie sich ohnehin auf einen Spaziergang mit Lisa eingestellt hatte, allein mit dem Kind loszugehen.

Doch sehr weit waren sie noch nicht gekommen, als ihnen Emils schwarzes Automobil entgegengefahren kam. Er parkte das Automobil, stieg aus und entschuldigte sich für die Verspätung. »Ich habe über meinen Unterlagen einfach die Zeit vergessen.«

»Warst du denn schon in der Fabrik?«, staunte Emmi.

Emil nickte. »Es ist momentan nicht so leicht …«, begann er, schüttelte dann aber wie über sich selbst den Kopf und erklärte: »Entschuldige bitte, ich möchte dich bestimmt nicht mit meinen geschäftlichen Angelegenheiten langweilen.«

»Das tust du nicht, Emil«, beeilte sich Emmi, ihm zu versichern. »Ich interessiere mich sehr dafür und bin froh, mal andere Gespräche als nur die mit Lisa führen zu können. Auch wenn ich die Kleine wirklich von Herzen liebe. An manchen Tagen fühle ich mich geistig schon recht unterfordert.«

Im nächsten Moment hätte Emmi sich für dieses Geständnis auf die Zunge beißen mögen. Wie das klang, als wollte sie sich beschweren, wo sie es doch selbst war, die sich unbedingt des Kindes ihrer Schwester Anni hatte annehmen wollen.

»Das verstehe ich sehr gut, Emmi. Und ein wenig hat es auch damit zu tun, was ich dir sagen … vorschlagen möchte.«

Aufmerksam musterte Emmi ihn. »Du machst mich wirklich neugierig, Emil.«

»Lass mich nur kurz meinen Mantel aus dem Automobil holen, dann können wir uns auf den Weg machen.«

Eine Weile liefen Emmi und Emil schweigend nebeneinanderher. Emmi schob den Kinderwagen mit der fröhlich vor sich hin plappernden Lisa, die ganz und gar begeistert von der kleinen Stoffpuppe war, die das Christkind ihr gebracht hatte. Sie waren schon längst am Ende der langen Allee angelangt, die von der Landstraße abging und bis zur Villa der Wagners führte, als Emil sich mehrmals hintereinander räusperte und Emmi eine Frage stellte, mit der sie niemals gerechnet hätte. »Bist du glücklich?«

Es kam Emmi wie ein Déjà-vu vor, genau dasselbe hatte ihre Mutter letzten Sommer von ihr erfahren wollen. Doch die Motivation Thea Engels, sie danach zu fragen, war für Emmi nachvollziehbar gewesen. Dass nun aber Emil sich nach ihren persönlichen Empfindungen erkundigte, fühlte sich befremdlich an, ja, ließ sie direkt ein wenig misstrauisch werden. Sie nahm beinahe an, dass diese Frage eine rein rhetorische gewesen war, die galante Einleitung, um ihr höflich mitzuteilen, dass man sie loswerden wolle. Dass sie sich zwar rührend um Lisa gekümmert hatte, aber es nun an der Zeit für Emil war, um wieder nach vorne zu blicken.

Genau, jetzt wurde es Emmi erst so richtig bewusst. Die elegante Dame, die gestern Abend zusammen mit ihm und seinen Eltern erst gespeist und dann gemütlich in der Bibliothek gesessen hatte, ihretwegen wollte er dieses Gespräch mit ihr führen. Emil hatte sich neu verliebt und wollte ihr nun so schonend wie möglich beibringen, dass sie störte. Weil sie eben die Vergangenheit bedeutete, die ihn immer wieder an seine verstorbene Frau erinnerte.

»Emil, hör mal, du bist mir keine Rechenschaft schuldig«, begann Emmi, und obwohl sie sich wirklich zusammenreißen wollte, klang ihre Stimme verletzt.

»Warte, Emmi, bevor du weiterredest und unter Garantie etwas völlig Falsches annimmst, hör mir zu.«

Mühsam schluckte Emmi ihre Worte herunter und nickte schließlich. »Bitte.«

»Womöglich hast du mitbekommen, dass wir gestern Abend noch Besuch bekommen haben.«

Also doch, konnte Emmi nur denken. Es war ganz genau so, wie sie es bereits geahnt hatte.

»Emil, das geht mich nichts an …«, begann sie.

Doch er ließ sie wieder nicht ausreden. »Hör mir bitte nur zu!«, wiederholte er sich.

Emmi zuckte mit den Schultern, betrachtete dann Lisa, die mit versonnenem Blick dasaß und ihre Puppe liebkoste. Sie liebte dieses Kind so sehr, es würde ihr das Herz für alle Zeiten zerreißen, wenn sie sich von ihr trennen müsste.

»Johanna von Gerster ist die Tochter einer guten Bekannten meiner Mutter«, fuhr Emil fort, »und nicht die erste junge Dame, mit der ich, wenn es nach meiner Mutter ginge, eine Verbindung eingehen sollte. Ihr liegt viel daran, dass ich mich alsbald neu vermähle, jetzt, wo das Trauerjahr herum ist. Mögen ihre Gründe dafür das Glück ihres einzigen Sohnes sein oder die Sehnsucht nach einem Stammhalter, das sei dahingestellt. Sicher hingegen ist, dass sie dieses Mal nichts dem Zufall überlassen möchte, nämlich, dass ich ihr erneut eine Schwiegertochter präsentiere, die ihren Anforderungen nicht genügen kann.«

Lisa warf ihre Puppe im hohen Bogen aus dem Wagen, um gleich darauf verzweifelt das Gesicht zu verziehen und lauthals nach ihrem Spielzeug zu verlangen.

Emmi kam die Ablenkung nur allzu recht. Sie wollte nicht länger Emils Erklärung zuhören, warum sie doch bitte schön das Haus der Wagners verlassen sollte. Übereifrig stürzte sie sich auf die Puppe, die dummerweise in einer schmutzigen Pfütze gelandet war. Emmi bemühte sich, das Stoffspielzeug so gut wie möglich auszuwringen, doch davon wurde die Puppe natürlich längst nicht sauber. So feucht und schmutzig konnte sie Lisa das neue Lieblingsspielzeug nicht überlassen. Und weil Lisa immer weinerlicher wurde und ihre Puppe unbedingt zurückhaben wollte, erklärte Emmi: »Tut mir leid, Emil, aber ich muss zurück zur Villa. Du siehst ja, wie verzweifelt Lisa wegen ihrer Puppe ist.«

Emil unternahm den Versuch, Lisa von ihrem Kummer abzulenken, doch ohne Erfolg, Lisa weinte inzwischen bitterlich.

»Dann geht es wohl nicht anders«, murmelte er resignierend.

Wenig später waren sie wieder an Emils Automobil angekommen, in das er ohne ein weiteres Wort einstieg und Richtung Villa davonfuhr. Er war beleidigt, das war offensichtlich. Aber darauf konnte Emmi keine Rücksicht nehmen, wenn es um Lisa ging.

»Warum ist Emil denn nicht mit hereingekommen?«, wunderte sich Thea Engel.

»Er muss in die Fabrik, Mutti«, gab Emmi knapp zurück.

»Aber ein gesegnetes Weihnachtsfest hätte er ja wohl wünschen können«, fand Thea. Doch dann zuckte sie mit den Achseln und fügte hinzu: »Es fällt ihm wahrscheinlich noch immer schwer, Annis Elternhaus zu betreten, weil ihn hier so viel an sie erinnert.«

»Mag sein«, gab Emmi ausweichend zurück.

Thea Engel war nicht dumm und horchte auf. »Hattet ihr Streit?«

Heftig verneinte Emmi. »Nein. Emil und ich haben kaum etwas miteinander zu tun. Wenn es hin und wieder mal zu

Streitigkeiten kommt, dann mit seiner Mutter, die oftmals meint, mir sagen zu müssen, was gut und nicht gut für Lisa ist.«

»Hm …«, machte Thea Engel. »Und warum habe ich dann auf einmal so ein komisches Gefühl …?«

Emmi nahm ihre Mutter in den Arm, drückte sie herzlich und sagte: »Das weiß ich nicht. Was ich hingegen sehr genau weiß, ist, dass wir es uns heute richtig gut gehen lassen werden. Ich freue mich schon seit Tagen auf die Gans und vor allem deinen leckeren Kartoffelstampf. Aber erst einmal frohe Weihnachten, Muttilein.«

Thea Engel lächelte. »Frohe Weihnachten, Emmi, und ja, du hast recht, wir machen es uns heute so richtig schön …«

Die drei verbrachten dann einen wundervollen Tag miteinander, aßen, tranken leckeren Punsch, erzählten der kleinen Lisa Weihnachtsgeschichten und sangen ihr Weihnachtslieder vor, denen sie mit großen freudigen Augen lauschte. Als das Kind schließlich glückselig auf der gemütlichen Couch in der guten Stube einschlief, kamen Thea Engel und Emmi auf alte Zeiten zu sprechen. Sie erinnerten sich gemeinsam an die Weihnachtsfeste, die sie mit Gustav und Anni verlebt hatten, erzählten sich gegenseitig die lustigsten Anekdoten und mussten sich zwischendurch immer mal wieder die Tränen aus den Augen tupfen, denn an Tagen wie diesen fehlten ihnen die beiden ganz besonders. Emmi hatte sich lange nicht mehr so heimisch und wohl gefühlt, wie an diesem 25. Dezember in ihrem Elternhaus, das so schlicht und bescheiden war, aber viel gemütlicher, als es die vornehme Villa der Wagners jemals für sie sein könnte.

Als Emil kurz nach dem Abendessen, das sie noch zusammen eingenommen hatten, an der Tür klopfte, folgte Lisa ihrer Großmutter kreischend durch den Korridor und die leer stehende Schusterei, wo sie kurz darauf von ihrem Vater hochgenommen und, wie sie es so sehr liebte, im Kreis gedreht wurde.

»Anni wäre unsagbar stolz auf sie«, konnte Thea Engel es sich nicht verkneifen, zu sagen.

Emil herzte Lisa, doch was er als Nächstes sagte, das ließ Emmi, die ihrer Mutter und der kleinen Lisa ebenfalls gefolgt war, das Blut in den Adern gefrieren. »Ihr Leben für Lisas.«

Die Rückfahrt verlief schweigend. Lisa war sofort eingeschlafen und lag behütet in Emmis Armen, die immer wieder daran denken musste, was Emil vorhin gesagt und wie er dabei geguckt hatte. Kurz darauf trug sie Lisa hinauf in ihre Kinderstube, zog sie aus, wickelte sie frisch und legte sie ins Bettchen, wo ihr sogleich wieder die Augen zufielen. Einen Moment blieb sie noch am Bett des schlafenden Kindes stehen, bevor sie in ihre Kammer ging, wo auch sie sich augenblicklich schlafen legen wollte. Doch sie hatte gerade die Schuhe abgestreift, da klopfte es an ihrer Tür. Es war Emil, der sie eindringlich darum bat, das Gespräch vom Vormittag endlich fortsetzen zu können.

»Ich bin müde«, erklärte Emmi. »Es war ein langer Tag.«

»Es dauert nicht lange. Das verspreche ich dir. Aber ich möchte das jetzt wirklich erledigt wissen, Emmi.«

Erledigt wissen – hm, was auch immer er damit meinte.

»Also gut«, sagte sie. Irgendwann konnte sie ihm sowieso nicht mehr ausweichen.

Emmi, es ist besser, wenn du unser Haus verlässt.

Die Tür zur Bibliothek stand offen, in einem der bequemen Ohrensessel saß Emil und legte das Buch zur Seite, in dem er gelesen hatte.

»Emmi, da bist du ja.«

Emmi blieb auf der Schwelle stehen. »Ja, da bin ich.«

Emil lächelte, während er auf das Buch neben sich deutete. »Kennst du diesen Roman, Emmi? Er ist sehr packend geschrieben.«

Aus einem ersten Impuls heraus wollte sie erwidern, dass auch sie sehr begeistert von diesem Buch, dem Debüt eines jungen deutschen Schriftstellers, gewesen war, so dass sie mit der Lektüre gar nicht mehr hatte aufhören können. Doch sie war nicht hierhergekommen, um sich mit Emil über Literatur auszutauschen. Also zuckte sie nur mit den Schultern.

»Aber bitte komm doch herein, Emmi, und setz dich.« Emil deutete auf den Sessel ihm gegenüber.

Etwas zögerlich folgte Emmi seiner Aufforderung, was bei Emil wohl einen falschen Eindruck erweckte.

»Wir sind ganz ungestört, Emmi«, versicherte er ihr. »Meine Eltern haben eine Einladung von guten Bekannten erhalten und werden erst spät am Abend zurück sein. Womöglich bleiben sie sogar über Nacht fort.«

»Ach so«, murmelte Emmi.

Es kam ihr beinah so vor, als täten sie etwas Verbotenes, wenn sie hier in der schönen Bibliothek der Wagners zusammensaßen. Einem Ort, der Emmi vom ersten Moment an fasziniert hatte. Schwere Holzregale, die bis unter die stuckverzierte Zimmerdecke reichten und in denen unzählige literarische Werke zu finden waren, aber auch prächtige Bildbände, Lexika und aufregende Reiseführer. Mittig davon befand sich der große offene Kamin mit der Sitzgruppe aus drei eleganten Ledersesseln und einem ovalen Mahagonitisch. Auf der anderen Seite des großzügig geschnittenen Raumes stand eine Anrichte aus fast schwarzem Kirschholz. Aus dem gleichen Material waren der runde Beistelltisch und die beiden Stühle gefertigt, auf denen Emil und Emmi sich nun gegenübersaßen.

Emil erkundigte sich, ob er ihr etwas zu trinken anbieten dürfte, doch auch das lehnte Emmi ab. Sie wollte dieses Gespräch schnell hinter sich bringen und dann mit ihm darum ringen, wie häufig Thea und sie die kleine Lisa noch sehen dürften. Ihnen den Kontakt zu dem Mädchen gänzlich zu untersagen, so herzlos war er mutmaßlich nicht, hoffte Emmi.

»Ich weiß gar nicht mehr so recht, wie weit unser Gespräch heute Morgen bereits fortgeschritten war«, begann Emil. Er sah Emmi fragend an, doch sie verwies auf die Puppe und dass sie sich deshalb kaum noch an das erinnerte, worüber sie gesprochen hatten.

Nein, so leicht wollte sie es ihm nun auch nicht machen. Sollte er doch wieder von vorne beginnen, ihr etwas von dieser eleganten Johanna von Gerster erzählen und wie sehr seine Mutter die Familie der schlanken Blondine schätzte.

»Ich glaube, ich habe dir bereits von dem gestrigen Arrangement meiner werten Frau Mutter erzählt. Von Johanna von Gerster, die so liebreizend wie gebildet ist, eine wirklich ausgezeichnete Partie.«

Verwundert nahm Emmi wahr, dass seine Stimme vor Ironie nur so triefte. Als würde er sich einerseits über seine Mutter lustig machen und gleichzeitig maßlos ärgern.

»Sie kann es nicht bleiben lassen«, erklärte Emil, und nun war sich Emmi sicher, dass er darüber erbost war. »Ständig präsentiert sie mir junge Damen, zweifelsohne sehr attraktiv, gebildet und aus bestem Hause stammend.«

»Was dir nicht recht ist …?«, erkundigte sich Emmi unsicher.

Emil sah sie an. Blickte ihr fest in die Augen und erklärte dann voller Inbrunst: »Natürlich nicht! Ich liebe Anni, ich liebe sie immer noch, und daran wird sich nichts ändern. Sie war mein Licht, meine Sonne, mein Leben … ich habe sie vergöttert. Ich weiß, ich versündige mich, wenn ich so etwas laut ausspreche, doch wenn es Lisa nicht geben würde, ich wäre Anni gefolgt.« Er brach ab, vergrub sein Gesicht in seinen Händen. Einen bangen Moment dachte Emmi, dass er weinen würde, und wusste nicht, wie sie reagieren sollte. Zumal das, was er ihr soeben gestanden hatte, schon ungeheuerlich genug war.

Doch zu ihrer Erleichterung waren seine Augen zwar stark gerötet, als er schließlich die Hände wieder sinken ließ, aber er hatte nicht geweint.

»Emil, ich … ich weiß nicht so recht, was ich dazu sagen soll. Ich bin …«, hilflos hob sie die Hände, ließ sie wieder fallen, »… überfordert.«

»Entschuldige bitte, Emmi, das war natürlich nicht meine Absicht. Wobei das, was ich dir jetzt vorschlagen möchte, dich bestimmt auch ein wenig verwirren wird. Ich hoffe nicht, du bist dann so verärgert, dass du niemals wieder ein Wort mit mir reden wirst.«

Unruhig rutschte Emmi auf dem Stuhl hin und her. Sie hatte nicht die geringste Ahnung, worauf Emil hinauswollte, gleichzeitig tobte in ihr ein so banges Gefühl, dass sie es kaum noch auf ihrem Platz aushielt.

»Ich habe mir etwas überlegt. Wie du vielleicht meinen Worten entnehmen konntest, sagt mir keine dieser jungen Damen zu, die mir meine Mutter ständig präsentiert. Das liegt wahrlich nicht daran, dass sie nicht besonders reizvoll oder attraktiv wären. Ich möchte mich nicht neu verlieben, nein, ich *kann* mich nicht neu verlieben. Davon bin ich überzeugt. Andererseits ist mir bewusst, dass die kleine Lisa ein Recht auf eine richtige Familie hat. Auf eine Mutter und einen Vater.« Erneut stockte Emil. Er wischte sich übers Gesicht, ließ die Hand dann auf seinen Oberschenkel sinken und sah Emmi mit einem Blick an, in dem große Demut und Hoffnung miteinander zu ringen schienen.

»Emmi, könntest du dir vorstellen, mich zu heiraten? Könntest du dir vorstellen, eine Ehe mit mir einzugehen, die nicht auf Liebe und körperlicher Begierde beruht, sondern auf Freundschaft und Respekt? Könntest du dir ausmalen, wie das wäre, wenn du nicht länger nur Lisas Ziehmutter wärst?«

Emmi war wie vom Donner gerührt. Unbeweglich saß sie da und überlegte, ob Emil ihr gerade wirklich einen Antrag gemacht hatte oder sie einfach nur mit offenen Augen träumte. Einen Traum, von dem sie nicht hätte sagen können, ob er schön oder so absurd war, dass sie ihn am besten direkt wieder vergaß.

»Emmi, mir ist natürlich klar, dass dir das im ersten Moment einfach nur ungeheuerlich vorkommen muss«, sprach Emil weiter. »Und ja, wenn ich genau darüber nachdenke, dann ist es auch ungeheuerlich, aber gleichzeitig die beste Lösung. Es ist die wahrhaftig beste Lösung für uns alle.«

Endlich war Emmi aus ihrer Schockstarre erwacht und fing schallend zu lachen an. Sie lachte so sehr, dass es ihr die Tränen in die Augen trieb. Schon bald liefen sie ihr in kleinen Rinnsalen über die Wangen. Und als sie Seitenstechen vom Lachen bekam, da besann sie sich, rief sich selbst zur Ordnung, versuchte sich zu beruhigen und begann dann langsam den Kopf zu schütteln.

»Die beste Lösung. Du meinst also wirklich, wenn ich dich heiraten würde, dann wäre das für uns alle die beste Lösung. Ist das dein Ernst? Denkst du, das Schicksal hat sich nichts Besseres für mich ausgedacht, als eine Vernunftehe mit dir einzugehen, damit mir das Kind meiner Schwester bleibt und du Ruhe vor den ständigen Arrangements deiner Mutter hast? Und du glaubst wirklich, Emil, dass das die beste Lösung für uns alle wäre?«

»Auf die Gefahr hin, dass du nie wieder ein Wort mit mir redest, auf der Stelle in deine Kammer läufst, um deine Koffer zu packen, ja, Emmi, ich glaube tatsächlich, dass das die beste Lösung für uns alle wäre.«

Langsam erhob sich Emmi von ihrem Platz. Sie machte einen Schritt auf Emil zu, man hätte fast annehmen können, sie wolle ihn ohrfeigen, doch dann wandte sie sich ohne ein weiteres Wort von ihm ab und verließ die Bibliothek.

Sie lief die Treppe hinauf, stürmte in ihre Kammer und überlegte, genau das zu tun, was Emil gerade als *Gefahr* bezeichnet hatte: ihre wenigen Habseligkeiten zusammenzupacken. Doch statt den abgewetzten braunen Lederkoffer zu nehmen, der einst ihrem Vater gehört hatte, und die geblümte Reisetasche mit den Ledergriffen, die sie zu ihrem 16. Geburtstag von den Eltern geschenkt bekommen hatte, sank sie auf ihr Bett. Eine geraume Weile saß Emmi regungslos da, eigentlich festen Willens, die Wagner'sche Villa auf der Stelle zu verlassen und nie, nie wieder zurückzukehren. Doch sie konnte sich nicht rühren. Ihr fehlte die Kraft, aber vor allem der letzte … der endgültige Wille.

Und wenn Emil recht hatte? Wenn das hier schon das Beste war, das das Leben für sie parat hielt? Wie verwerflich war sein Angebot eigentlich? Sie lebte seit einem Jahr im Haus der

Wagners, mit Emil und der kleinen Lisa auf einem Stockwerk, ihrem eigenen Bereich. Sie war für die Kleine die einzige Mutter, die sie jemals gehabt hatte, und sich darüber im Klaren, dass es ihr das Herz brechen würde, wenn man ihr das Mädchen nehmen würde.

Und dann war da Emil, der Mann, den sie lange vor Anni geliebt hatte. Den sie immer noch liebte und den sie wahrscheinlich immer lieben würde. Und dieser Mann hatte ihr soeben einen Antrag gemacht. Sicherlich nicht aus romantischen Gefühlen heraus, dafür aus vernünftigen. Und war es nicht sogar so, dass ihre Mutter ihr erzählt hatte, dass auch sie und Vater nicht vom Fleck weg ineinander verliebt gewesen waren. Doch sie fühlten sich wohl miteinander, hatten die gleichen Interessen und Ansichten und wünschten sich beide von ganzem Herzen, eine Familie zu gründen. Also hatten sie geheiratet, und wäre dieser verdammte Krieg nicht gekommen, dann wären sie sicherlich noch heute ein überaus glückliches Ehepaar gewesen.

Wenn Emmi sich nun all das noch einmal ganz genau durch den Kopf gehen ließ, darüber nachdachte, abwägte … war es dann vielleicht doch kein ganz und gar absurder Vorschlag, den Emil ihr da eben gemacht hatte?

ZWEIUNDZWANZIG

Der Verstand kann uns sagen, was wir unterlassen sollen.
Aber das Herz kann uns sagen, was wir tun müssen.

JOSEPH JOUBERT,
FRANZÖSISCHER MORALIST
(1754–1824)

Februar 1932

Emmi und Emil gaben sich am 15. Februar im Trauzimmer des Hildesheimer Standesamts das Jawort. Emmi sah sehr elegant in ihrem blassrosa Kostümkleid und dem großen Federhut aus, ihr Brautstrauß war in den dazu stimmigen Farbtönen gehalten und mit seidigen Bändern verziert. Auch Emil hatte sich dem Anlass entsprechend schick gemacht, trug einen grauen Cut, die dazu passende Weste und einen gleichfarbigen Zylinder.

Der Zeremonie wohnten Emils Eltern, Thea Engel und Friedhelm Engel bei. Friedhelms Gattin Gundula war nicht zugegen, weil sie sich schonen musste. Friedhelm wollte nicht so recht mit der Sprache herausrücken, was seiner Gemahlin fehlte, doch Thea Engel war sich sicher, dass die beiden ein

Kind erwarteten. Auch wenn Friedhelms Gundula bei den Engel-Frauen nicht gerade beliebt war, so freuten sie sich dennoch von Herzen für den Schwager und Onkel, dass er anscheinend endlich Vater werden würde.

Die kleine Lisa war auch mit auf das Standesamt gekommen. In ihrem niedlichen hellblauen Kleidchen trippelte sie zwischen Oma Thea und dem Brautpaar vorne beim Standesbeamten hin und her, quiekte, lachte und war so gut aufgelegt, dass sogar Gerlinde Wagner sich ab und zu das Schmunzeln nicht verkneifen konnte.

Natürlich war sie aus allen Wolken gefallen, als Emil ihr mitgeteilt hatte, dass er Emmi einen Antrag gemacht und sie diesen nach einiger Bedenkzeit tatsächlich angenommen hatte. Sie hatte ihn für verrückt erklärt, sogar angedroht, mit ihm für alle Zeiten zu brechen, doch am Ende war ihr nichts anderes übriggeblieben, als sich mit Emils Entscheidung abzufinden.

»Emmi, oder ich werde mich nie wieder vermählen, Mutter!«

Nach der Trauung fuhr die kleine Gesellschaft zur Wagner'schen Villa, wo ihnen ein Festmahl serviert wurde, mit dem sich die Köchin der Wagners selbst übertroffen hatte. Anschließend saß man noch eine Weile bei Cognac und Likör in der Bibliothek zusammen, bis sich Onkel Friedhelm schließlich verabschiedete und anbot, Thea Engel in seinem Automobil mitzunehmen.

Auch Gerlinde und Hans-Hermann Wagner zogen sich in ihre persönlichen Räume zurück, und nachdem die kleine Lisa von Emmi ins Bett gebracht wurde, was sie sich selbst an diesem Tag nicht nehmen lassen wollte, ließen Emil und Emmi ihren Hochzeitstag bei einem Glas Champagner vorm Kamin sitzend in der Bibliothek ausklingen.

»Danke, Emmi«, sagte Emil und hob sein Glas, um ihr damit zuzuprosten. »Danke, dass du mich geheiratet hast.«

Trotz des Arrangements, das sie bezüglich ihrer Eheschließung getroffen hatten, kam es Emmi seltsam vor, dass er sich bei ihr bedankte. Als hätte sie ihm lediglich einen Gefallen getan.

»Habe ich etwas Falsches gesagt?«, erkundigte er sich unsicher, da Emmi ihr Glas nicht erhob.

Emmi ließ sich Zeit mit ihrer Antwort. »Es war ein schöner Tag, findest du nicht auch? Und Lisa war so ein Goldstück. Selbst der Standesbeamte war ganz verzückt von ihr.«

Emil nickte. »Ja, sie ist wahrlich ein Geschenk.«

Emmi führte das Glas an ihre Lippen, trank etwas von dem herrlich prickelnden Champagner und stellte es dann mit einem versonnenen Lächeln zurück auf den ovalen Tisch.

»Emmi, es gibt da noch etwas, das wir besprechen sollten.«

»Und das wäre?«

Emil holte tief Luft. Es fiel ihm schwer, weiterzureden, das sah sie ihm an.

»Nun sag schon«, forderte sie ihn auf.

Emil rutschte bis auf die Kante seines Sessels vor und sah Emmi eindringlich an. »Es geht um Annis Salon. Es wäre mir sehr recht, wenn du endlich dorthin umziehen würdest. Als meine Ehefrau kannst du unmöglich weiter in der kleinen Kammer neben Lisas Kinderstube wohnen bleiben. Das

Personal … meine Eltern, sie alle würden sich sehr darüber wundern. Ich möchte nicht, dass es Gerede gibt, und du doch sicherlich auch nicht?«

Es war so, als hätte ihr jemand einen nassen Lappen übergezogen. Tatsächlich fühlte es sich für Emmi so an, während ihr bewusst wurde, dass Emil nicht den Hauch eines Momentes mit dem Gedanken gespielt hatte, dass sie sich zukünftig seine große Schlafkammer teilen würden. Fast noch schlimmer war es jedoch, dass sie spürte, wie enttäuscht sie darüber war. Es war doch alles zwischen ihnen geklärt. Sie hatten eine klare Abmachung.

Emil schien zu merken, dass sie verletzt war, und sah sie mit großen erstaunten Augen an. »Hast du angenommen, wir würden nach der Vermählung …?«

Emmi fiel ihm ins Wort. Er sollte nicht aussprechen, was sie sich tatsächlich insgeheim erhofft hatte, weil sie sich dadurch bestimmt noch lächerlicher vorkommen würde.

»Unsinn, alles in bester Ordnung. Es ist nur wegen der Entfernung zu Lisas Kinderstube.«

»Lisa ist langsam alt genug und schläft doch auch jede Nacht artig durch, Emmi«, hielt er ihr entgegen. »Es gibt keinen Grund mehr für dich, weiterhin in der doch recht beengten Kammer zu schlafen. Also tu mir bitte den Gefallen und zieh morgen in Annis Salon um. Wenn es die Möbel sind, die dich stören, weil sie dich vielleicht zu sehr an Anni erinnern, dann kannst du dich natürlich gerne neu einrichten. Bitte handhabe es so, wie es dir am besten gefällt, Emmi.«

Während Emmi noch nach den richtigen Worten suchte, erhob sich Emil aus seinem Sessel.

»Ich wünsche dir eine gute Nacht«, sagte er spröde und verließ die Bibliothek.

Emmi sah ihm konsterniert hinterher. Er hatte sie einfach sitzen gelassen. Ohne ein Lächeln, eine Geste, ohne irgendetwas, das darauf schließen ließ, dass sie sich heute vermählt hatten.

Doch gerade als Emmi sich ebenfalls erheben wollte, zutiefst gekränkt und sich gleichzeitig über sich selbst ärgernd, da kam er zurück. In den Händen hielt er eine dunkelblaue, samtige Schatulle.

»Für dich, Emmi«, sagte er, beugte sich etwas vor und umarmte sie umständlich. »Mein Hochzeitsgeschenk. Fast hätte ich vergessen, es dir zu geben.«

Emmi starrte auf die Schatulle. Sie wusste nicht, wie sie reagieren sollte, brachte noch nicht mal ein Danke hervor, so perplex war sie.

»Du musst dich nicht sorgen«, fühlte Emil sich anscheinend aufgefordert, ihr zu versichern. »Es ist kein Collier oder etwas Ähnliches, falls du das befürchtest …«

Emmi nickte, tatsächlich hatte sie so etwas in der Art in der Schatulle vermutet und sich den Kopf zermartert, wie sie darauf reagieren sollte. Unter anderen Umständen, o ja, da wäre sie überglücklich gewesen. Doch die Eheschließung zwischen Emil und ihr war nun einmal nicht aus großer Liebe gewachsen, sondern aus Freundschaft und Zweck.

»Nun öffne sie doch bitte!«, forderte Emil sie auf.

Ganz vorsichtig, so als erwartete sie etwas Zerbrechliches darin, zog sie an den Enden des rot glänzenden Bandes. Sorgsam rollte sie es zusammen und legte es auf den Beistelltisch neben der Sitzgruppe. Dann öffnete sie den Deckel der Schatulle, blickte aber zunächst noch auf ein weißes Tuch, das den Inhalt unter sich verbarg. Und als sie es sanft beiseiteschob, da kam darunter die goldene Armbanduhr ihres Vaters zum Vorschein.

Verständnislos sah sie Emil an. »Du schenkst mir Vaters Uhr? Aber … Emil, sie gehört mir bereits. Mutter hat sie mir …«

»Nimm sie aus der Schatulle«, fiel er ihr ins Wort.

Emmi tat, was er ihr sagte, wenn sie es auch nicht verstand. Man verschenkte nichts, was dem Beschenkten eh schon gehörte. Doch als die Uhr in ihrer Hand lag, da erkannte sie es endlich.

»Sie … sie funktioniert. Emil, du hast Vaters Uhr reparieren lassen«, sagte sie ungläubig. »Und sie sieht auch irgendwie anders aus, so neu und schön.«

Emil nickte lächelnd. »Ja, der Uhrmacher war ganz vernarrt in die schöne Uhr und hat sich reichlich Mühe mit dem Aufpolieren gegeben.«

»Danke, Emil«, sagte Emmi leise.

»Es war Annis Idee«, gestand Emil flüsternd.

Ein unangenehmer Schauer lief Emmi über den Rücken. Was redete Emil denn da? Ihre Schwester war seit über einem Jahr tot.

»Sie hat mir damals von der Uhr erzählt. Dass du dich zunächst sehr darüber gefreut hast, aber dann doch etwas enttäuscht warst, als du feststellen musstest, dass sie nicht mehr funktionierte. Anni hatte deswegen ein richtig schlechtes Gewissen, weil sie ihr Erbstück, die schöne Bernsteinkette, immerzu tragen konnte.«

»Das musste sie nicht haben. Die Uhr ist mir auch so wertvoll.«

»Auch das hat Anni mir damals erzählt.« Emil atmete tief durch. Er schien sich nicht sicher zu sein, ob er fortfahren sollte, entschied sich dann aber dafür. »Auf jeden Fall ist mir das mit der Uhr vor einiger Zeit wieder eingefallen, und ich habe heimlich in deiner Kammer nach ihr gesucht …«

»Du … du hast meine Sachen durchsucht?« Emmi wusste wirklich nicht, ob ihr das recht war. Der Gedanke, dass er in ihren persönlichen Dingen, ihrer Wäsche gewühlt hatte, war ihr unangenehm.

»Als ich die Schublade deiner Kommode aufgezogen habe, da lag sie darin, und ich habe augenblicklich deine Kammer wieder verlassen«, versicherte er ihr. »Ich weiß, es war nicht recht von mir, aber ich wollte dich damit überraschen. Es war mir ein Herzensanliegen, Emmi.«

Emmi schluckte schwer – und musste dann unbedingt etwas loswerden. »Weil es Anni so gewollt hätte? War es dir so wichtig, weil es eigentlich Annis Herzensanliegen war?«

Emil schob die Unterlippe vor. Er schien über die Antwort, die er ihr geben wollte, einen Moment ernsthaft nachdenken zu müssen. Schließlich schüttelte er langsam den Kopf. »Nein, weil es *mir* wichtig war. *Ich* wollte dir eine Freude bereiten, Emmi. So ist es.«

»Ich freue mich, Emil«, erklärte Emmi leise. »Ich freue mich wirklich …«

Bis zum Sommer änderte sich kaum etwas zwischen Emmi und Emil – außer dass Emmi seinem Wunsch nachgab und in den Salon ihrer verstorbenen Schwester umzog. Emil ermutigte sie mehrfach darin, sich den Raum nach ihrem Geschmack umgestalten zu lassen. Er bot ihr an, die Wände mit einer neuen Tapete und den Fußboden mit einem anderen Belag auszustatten, alles, was sie sich nur wünschte. Doch Emmi fehlte nicht nur die Phantasie dafür, es war auch das ungute Gefühl, dass sie mit jedem Möbelstück, mit jedem Accessoire, jeder noch so kleinen Seidenblume das Gedenken an Anni für alle Zeiten auslöschen würde. So beließ sie es vorerst dabei, bat nur um ein richtiges Bett samt Federbett und Kopfkissen, da sie keinesfalls auf dem Kanapee nächtigen wollte.

Emmi kümmerte sich nach wie vor vorrangig um Lisa, nahm nun aber zusammen mit Emil und seinen Eltern die Mahlzeiten im Speisezimmer ein. Etwas, das er ihr auch vor der Eheschließung häufig ans Herz gelegt hatte, ihr aber nie recht gewesen war.

Das Verhältnis zu Gerlinde Wagner, die ja nun offiziell ihre Schwiegermutter war, blieb distanziert. Doch so wie Gerlinde einst Anni angegangen und sie abfällig zurechtgewiesen hatte, benahm sie sich Emmi gegenüber nicht. Ihr war durchaus bewusst, dass Emmi ihr nicht nur gewachsen, sondern geistig weit überlegen war. Ja, es war ziemlich offensichtlich, dass sie die Auseinandersetzung mit Emmi scheute, weil sie ahnte, dass sie nicht gewinnen konnte.

An einem Samstagabend, nachdem Emil den ganzen Tag wieder einmal in der Fabrik verbrachte, deutete sich erstmals eine Veränderung zwischen Emmi und Emil an. Wie immer wählte Emil zunächst den direkten Weg in Lisas Kinderstube, um nach ihr zu sehen. Dort war Emmi damit beschäftigt, das Kind für die Nacht fertig zu machen. In letzter Zeit bekam sie die Kleine nicht vor acht Uhr ins Bettchen.

Emmi erkannte sofort, dass es in der Fabrik Ärger gegeben hatte, sie las es von Emils Gesicht ab. Als sie ihn bemüht beiläufig darauf ansprach, schlug er ihr vor, noch ein Glas in der Bibliothek zusammen zu trinken, sobald Lisa eingeschlafen wäre. Er brauchte offenbar noch Gesellschaft, was Emmi ihm nicht verwehrte.

Kaum dass er ihr wie gewünscht ein Glas Weißwein eingeschenkt und gereicht hatte, sich selbst einen Cognac nahm, fragte er sie: »Stört es dich, wenn ich dir von der Fabrik erzähle?«

»Nein, ganz und gar nicht«, gab Emmi wahrheitsgetreu zurück.

Also begann Emil ihr von seinen Problemen zu berichten. Er schilderte, wie schwierig gerade das Verhältnis innerhalb der Geschäftsführung sei und dass er als Puffer immer dazwischenstehe. Größte Sorge bereitete ihm dabei sein eigener Vater, der Hauptaktionär und Seniorgeschäftsführer war und seit geraumer Zeit nur noch schwarzsah. Er war in heller Aufruhr wegen dieses Hitlers dem er sogar zutraute, dass ihm sein Größenwahn zu unverhältnismäßiger Macht verhelfen würde.

»Der Börsencrash hat das Ende der Weimarer Republik eingeläutet, das steht für meinen Vater fest. Seine größte Sorge gilt aber vor allem der NSDAP, die sich unter Adolf Hitler immer mehr zur Massenbewegung wandelt. Im Februar dieses Jahres hat er die deutsche Staatsbürgerschaft beantragt und auch erlangt, und das ja sicher nicht ohne Hintergedanken, so mein Vater.«

»Dein Vater befürchtet, wenn Hitler erst die Macht übernimmt, dann ist es mit der Demokratie in Deutschland alsbald vorbei?!«

Emil nickte.

»Nur … was hat das mit der Zuckerrübenfabrik zu tun? Hitler und seine Anhänger sind so oder so weit weg.«

»Unter den Landwirten ist die Stimmung ziemlich gemischt«, erklärte Emil. »Einige sind in Sorge wegen der rasant steigenden Arbeitslosigkeit in Deutschland und wissen nicht, ob sie weiter auf den Zuckerrübenanbau setzen oder ihre Äcker lieber im nächsten Jahr mit Kartoffeln oder Weizen bestellen sollten. Die anderen sind wie im Rausch, verehren Hitler und hoffen, dass er und seine Partei die Weimarer Republik möglichst bald auflösen wird. Sie sehen goldene Zeiten auf sich zukommen und träumen schon jetzt mit offenen Augen, statt weiterhin die Ärmel hochzukrempeln.«

»Und das hat zur Folge, dass euch zwangsläufig die Landwirte fehlen werden?«, erkundigte sich Emmi. »Und somit die Zuckerrüben?«

Erneut nickte Emil. »Vater kann es nachvollziehen. Oder nein, noch schlimmer, er schürt teilweise noch ihre Bedenken, weil ihn dieser Hitler so sehr ängstigt. Er geht zu ihnen hin und sagt, sie sollen auf etwas setzen, das sie in der Not satt macht.«

»Aber ist das plausibel? Braucht man Zucker nicht für viele andere Grundnahrungsmittel und natürlich auch für das Viehfutter?«

Emil stimmte ihr zu.

Verwundert schüttelte Emmi den Kopf. »Hm, und dennoch sagt dein Vater das?«

»Laut und deutlich zu jedem, der es hören will. Du kannst dir denken, was man in den Reihen der Aktionäre und der Direktoren davon hält …«

Emmi trank einen Schluck von ihrem Wein. »Und was willst du nun unternehmen, Emil?«

»Wollen ist das falsche Wort, müssen trifft es eher.«

»Du *musst* deinen Vater still bekommen, ihn im besten Fall sogar aus der Geschäftsleitung drängen.« Überrascht sah Emil

Emmi an. »Du hast das Naheliegende schlicht und einfach auf den Punkt gebracht, Emmi. Respekt.«

»Nur leider ist das genau die Lösung, die dir Magenschmerzen bereitet, richtig?«

»Auch das hast du blitzgescheit, wie du bist, erkannt.«

Ungerührt zuckte Emmi mit den Schultern. »Es ist nichts weiter als eine Rechenformel, Emil. Wenn dein Vater das Wachstum der Zuckerfabrik ausbremst, dann gefährdet er damit den Wohlstand des Betriebes.«

Erneut konnte Emil nur staunen. »Und warum ist dir das auf der Stelle bewusst, aber vielen gestandenen und erfahrenen Landwirten, aber vor allem dem Hauptaktionär selbst nicht?«

Emmi schmunzelte. »Vielleicht ist mein Gehirn noch nicht überbelastet und folgt nur dem Muster des normalen Instinktes. Menschenverstand nennt man so etwas.«

Emil schüttelte den Kopf. »Nein, Emmi, das ist weitaus mehr. Du verfügst über eine bemerkenswerte Auffassungsgabe und bist derart lösungsorientiert, dass ich mich schäme, jawohl, schäme, dass du seit über eineinhalb Jahren nichts anderes tust, als Lisa zu umsorgen.«

Das wollte Emmi so nicht stehenlassen. »Es müssen nicht immer große geschäftliche Fähigkeiten sein, die die Tätigkeit eines Menschen wichtig machen. Ich finde tatsächlich, aus Lisa einen guten, aufrechten und fürsorglichen Menschen zu formen, ist eine ebenso redliche Aufgabe, wie eine so große Fabrik wie eure durch schwierige Zeiten zu lenken.«

»Und ich *finde*, dass du die klügste junge Frau bist, der ich jemals begegnet bin«, gab Emil zurück, und Emmi stieg die Röte ins Gesicht.

Nach diesem Gespräch wurde Emmi Emils engste Ratgeberin. Wann immer sich ein Problem auftat oder eine Entscheidung anstand, fragte er sie nach ihrer Meinung. Manchmal hatte sie sogar den Verdacht, dass er Probleme vorschob, nur um sich mit ihr auszutauschen, zusammenzusitzen und über die wirtschaftliche und politische Lage Deutschlands zu diskutieren. So erfuhr Emmi nach und nach immer mehr Details aus der und über die Fabrik und reifte zu so etwas wie einer ideellen Fachfrau heran, die stets lösungsorientiert und unternehmerisch denkend agierte. Schon bald war es so, dass Emil keine Entscheidung traf, bevor er sich nicht mit Emmi hinreichend darüber beraten hatte.

Es waren nicht allein die mahnenden Worte des Seniorgeschäftsführers, die zu Unruhe und Verunsicherung unter den Partnern der Zuckerrübenfabrik, ob nun Zulieferer oder Abnehmer, führten, seit dem Winter 1929/1930 war die Zahl der Arbeitslosen rasant angestiegen. Daraus schien sich nun eine Art von Teufelskreis zu entwickeln – aus sich verringernder Kaufkraft, zurückgehender Nachfrage, sinkender Produktion und weiteren Entlassungen. Die Landwirtschaft war davon nicht verschont geblieben, ihre Zukunft gestaltete sich leider alles andere als rosig, viele kleine und mittlere bäuerliche Betriebe waren nicht mehr in der Lage, ihre Schulden abzubezahlen, was immer häufiger zu Zwangsversteigerungen und daraus resultierender noch bedrohlicherer Verarmung führte.

Emil fragte sich, ob es in dieser Zeit ratsam war, innovativ zu agieren, neue Produkte zu entwickeln, sich nicht von der allgemeinen schlechten Stimmung ausbremsen zu lassen und der Krise durch entschlossenes Agieren die Stirn zu bieten.

Emmi ermutigte ihn darin, dachte gemeinsam mit ihm nach, in welchem Umfang Fortschritt möglich war, aber auch, wie sie mit der zunehmenden Verarmung der ehemaligen Partner, der Landwirte, umgehen könnten, die ihre Höfe verloren hatten und damit auch in den meisten Fällen ein Dach über dem Kopf.

»Und wenn du auf dem Gelände der Fabrik Unterkünfte für diejenigen errichten lässt, die kein Zuhause mehr haben und keine Arbeit? Die Landwirte und ihre Familien, beispielsweise die Ehefrauen oder erwachsenen Kinder, könnten in der Zuckerrübenfabrik arbeiten und in den Unterkünften wohnen, bis sie sich aus eigener Kraft ein neues Heim leisten können.«

»Das klingt äußerst großzügig, Emmi«, fand Emil.

Emmi schüttelte den Kopf. »Nicht großzügig, sondern anständig, sozial und entgegenkommend. Selbstverständlich auch nicht gänzlich ohne Eigennutz, denn so etwas wird sich herumsprechen und die Landwirte auch moralisch an euch binden.«

Begreifend sah Emil sie an. »Fortschritt durch Neuentwicklung, aber gleichzeitig sozial engagiert. Ist es das, was du mir damit nahebringen möchtest?«

Emmi zuckte mit den Schultern. »Für mich gehört das zusammen. Besonders in schwierigen Zeiten.«

»Was hast du nur für ein gescheites Hirn«, sagte Emil und staunte einmal mehr über seine Ehefrau.

Emmis *gescheites Hirn* gepaart mit Charme war es dann auch, was ihr dabei half, ihrem Schwiegervater klarzumachen, dass er zukünftig seine Bedenken im Haus der Wagners ließe und nicht auf die Felder und Höfe der Bauern trüge, wenngleich Emmi seine Abneigung diesem Hitler gegenüber rundum teilte.

DREIUNDZWANZIG

Habe Mut,
dich deines eigenen Verstandes zu bedienen.

IMMANUEL KANT,
DEUTSCHER PHILOSOPH
(1724–1804)

Oktober 1932

Wieder einmal hatten Emmi und Emil die halbe Nacht in der Bibliothek zusammengehockt und sich über die Belange der Fabrik ausgetauscht. Emil dachte ernsthaft über weitere Veränderungen nach, wollte innovative Wege gehen. Die Sache mit dem Bau der Unterkünfte war längst beschlossen und auch bereits im Entstehen begriffen und hatte den Wagners so einiges an Sympathien und Anerkennung eingebracht. Emmis Plan schien demnach aufzugehen.

»Und an welchen neuen Weg hast du gedacht?«, wollte Emmi von ihm erfahren.

Emil zierte sich ein bisschen. Irgendwie war ihm wohl sein eigener Ehrgeiz nicht ganz geheuer. Und er hatte auch schon eine Antwort darauf, warum er mit einem Mal so energievoll an seine Arbeit heranging, sich nicht von noch mehr Hiobsbotschaften verunsichern ließ.

»Du bist schuld, Emmi«, erklärte er zunächst.

»Ich?« Emmi sah ihn mit großen Augen an. »Woran?«

Emil trank sein Glas leer und schenkte sich neu ein, bevor er offen zugab: »Du belebst mich, ich möchte sogar beinah sagen, du beflügelst mich. Dein Interesse an meiner Arbeit, an der Fabrik und allem, was dazugehört, ist so erfrischend für mich und tut mir so gut, dass ich auf einmal große Energie und Lust verspüre, weitere Veränderungen zu wagen und unternehmerische Risiken einzugehen, selbst in unsicheren Zeiten wie diesen.«

Emmi trank ihr Weinglas aus. Sie fühlte sich geschmeichelt und war gleichzeitig verlegen.

»Was ist denn nun deine großartige neue Idee?«, versuchte sie nonchalant ihre Verlegenheit zu überspielen.

Emil verzog die Augen zu schmalen Schlitzen. Er tat richtig geheimnisvoll und stieß dann das Wort »Würfelzucker« so unterstreichend aus, als wäre er der Erfinder.

Der Erfinder aber hieß Jacob Christoph Rad, er weilte schon längst nicht mehr unter den Lebenden und war einst der Leiter einer Zuckerraffinerie im mährischen Datschitz gewesen. Für die Herstellung hatte er damals ein Model aus Blechstreifen entwickelt, wofür er dann auch das entsprechende Patent erhielt. Der feuchte Zucker wurde in die Form gefüllt und getrocknet – anschließend konnte der Würfelzucker entnommen werden. Die ursprüngliche Idee dafür stammte jedoch nicht von ihm selbst, sondern von seiner Frau Juliane, nachdem sie sich beim Portionieren an einem Zuckerbrecher verletzt hatte. Das Ganze hatte sich um 1843 zugetragen und war jetzt, fast einhundert Jahre später, nicht gerade ein bahnbrechender neuer Einfall, wie Emmi fand und auch zum Ausdruck brachte.

»Woher weißt du das alles?«, fragte Emil erstaunt.

»Ich habe mich eben schlau gemacht, deshalb weiß ich es«, erklärte sie, als wäre es nichts Besonderes, sich mit der Entstehung unterschiedlicher Zuckerformen auszukennen.

Emil überlegte einen Moment, er schien auf einmal Zweifel zu haben.

»Ich finde es gut, Emil, wenn du nach vorne denkst«, erklärte Emmi. »Und deine Idee mit der Herstellung von Zuckerwürfeln ist auch wahrlich keine schlechte, nur weil es Zuckerwürfel schon seit knapp hundert Jahren gibt. Das ist wie mit dem Rad, das konnte auch nur einer erfinden, und dennoch gibt es heute Räder in unterschiedlichen Ausführungen.«

»Dann soll ich die Form ändern? Nur … Emmi, dann ist es doch kein Würfel mehr.«

Emmi lachte. »Nein, so doch nicht, Emil. Aber du könntest dir einen Überblick verschaffen, in welcher Verpackung Würfelzucker angeboten wird, und dann etwas entwickeln, was neu und praktisch und vielleicht auch noch hübsch anzusehen ist.«

Endlich verstand Emil. »Du meinst die Umverpackung … die Präsentation?«

»Ja, daran habe ich gedacht. Zucker in Würfelform ist ja bereits eine Portionierung. Wenn man diese aber entsprechend weiterentwickelt und besonders darstellt, zum Beispiel in kleinen praktischen Einheiten abpackt, zwei Würfel im Papier, zum Tee, Kaffee … als ausgewiesenes Genussmittel, dann wäre das ein neues und interessantes Produkt.«

»Und das ist dir gerade alles eingefallen?«

Emmi nickte, und Emil erhob sein Glas.

»Ich möchte einen Toast auf meine kluge Ehefrau ausbringen, der es immer wieder gelingt, mich zu überraschen.«

Emmi lächelte. Der Wein – zwei Gläser waren es schon gewesen – ließ sie ihn kokett anlächeln und erwidern: »Ja, Emil, wie es mir scheint, hast du wirklich Glück mit deiner Ehefrau gehabt.«

Emil stellte das Glas zur Seite. Er erhob sich von seinem Platz und kam zu ihr, ohne den Blick auch nur für einen Moment von ihren graublauen Augen abzuwenden.

Emmi wurde heiß, im nächsten Moment eiskalt, der Atem stockte ihr, und dann hielt er auch schon ihre Hand in seiner und zwang sie sanft dazu, sich ebenfalls aus ihrem Sessel zu erheben. Emil kam mit seinem Gesicht so nahe, dass sie seinen warmen Atem auf ihrer Haut spürte. Emmis Herz überschlug sich beinahe, ihr wurde wieder heiß, und dann … lagen seine Lippen auch schon auf ihren, und sie verloren sich in einem langen Kuss.

Emils Stimme klang rau, als er ihr anschließend ins Ohr flüsterte: »Emmi, willst du heute Nacht zu meiner Frau werden?«

»Ja …«, hauchte sie. »Das will ich.«

Fortan schlief Emmi bei Emil. Nacht für Nacht. Sie liebten sich leidenschaftlich und ausdauernd, ergänzten sich, was ihre körperlichen Begierden betraf, und hatten viel Spaß miteinander. Emmi hatte nicht geahnt, wie viel Leidenschaft in ihr schlummerte, bis sie das erste Mal in Emils Armen gelegen hatte und gar nicht genug von seiner Nähe, seinen Liebkosungen, seiner Erregung bekommen konnte.

Emmi war glücklich, denn Emil war der Mann, den sie schon immer von ganzem Herzen geliebt hatte, und daran würde sich niemals etwas ändern. Auch nicht die Tatsache, dass sie nicht ein einziges Mal von ihm hörte, dass auch er sie liebte. Emmi fragte ihn nicht, sie drängte ihn nicht, dafür war sie viel zu klug und ahnte, dass er sie nicht anlügen würde.

Im Frühjahr 1933 erkrankte Hans-Hermann Wagner an der Grippe. Tagelang stand es auf Messers Schneide, ob er sich dem Leiden geschlagen geben musste oder dem Tod doch noch mal von der Schippe springen konnte. Schließlich gelang es ihm, das Virus zu besiegen, allerdings nur auf den ersten Blick. Die Folgen der schweren Viruserkrankung machten ihm so sehr zu schaffen, dass er sich meistens so schlapp und matt fühlte, dass er sich nicht viel länger als ein, zwei Stunden überhaupt auf den Beinen halten konnte.

In die Zuckerrübenfabrik zu fahren, um sich dort an seinen

Schreibtisch zu setzen, war ihm schlichtweg unmöglich. Einige Male unternahm er dennoch den Versuch, musste aber einsehen, dass ihm die Kraft dafür fehlte, und ließ sich nach kurzer Zeit von Freddy, seinem langjährigen Chauffeur, wieder nach Hause bringen. So kam es, dass er sich weitaus früher aus der Fabrik zurückzog als ursprünglich geplant und seine Geschäfte in die Hände und Geschicke seines Sohnes übergab.

Hans-Hermann Wagner arrangierte sich erstaunlich schnell mit dem Nichtstun, was jedoch wenig mit seiner Gattin Gerlinde zu tun hatte – die war schier entsetzt darüber, plötzlich einen Mann im Hause zu haben, der stundenlang einfach nur dasitzen konnte. Vielleicht wäre der ehemalige Fabrikant eines Tages in ein tiefes Loch gestürzt, wenn er genug herumgesessen hätte und ihm plötzlich aufgefallen wäre, dass er das Nichtstun kaum bis ans Ende seiner Tage so fortführen könnte. Doch so weit kam es nicht, denn Emmi war da, um ihn rechtzeitig aufzufangen.

Zunächst unterhielten sie sich über Literatur, eine Leidenschaft, die sie teilten, und bald darauf begleitete Hans-Hermann Wagner seine Schwiegertochter und seine kleine Enkelin Lisa auf jedem ihrer Spaziergänge durch den Park der Villa. Verwundert stellte Hans-Hermann fest, dass ihm viele Ecken hier gänzlich unbekannt waren, weil er sich nie die Zeit genommen hatte, sie zu erkunden.

Wenn Lisa, die inzwischen zu einem neugierigen Kleinkind herangewachsen war, auf einer Decke im Gras liegend mit ihren Puppen spielte, dann saßen Schwiegervater und Schwiegertochter auf einer Bank mit schön geschwungener Lehne aus grün lackiertem Metall davor und unterhielten sich über Gott und die Welt, am häufigsten allerdings über diesen Hitler, der das ganze Land mehr und mehr in Unruhe versetzte.

In einem ihrer langen und intensiven Gespräche prophezeite Hans-Hermann Wagner ihr, dass dieser offensichtlich an Größenwahn leidende Mann mit seinen hetzerischen Reden großes Unglück über sie alle bringen würde.

»Er ist seit Januar dieses Jahres unser neuer Reichskanzler«, erinnerte Emmi ihn. »Das Volk, also wir alle, ist dasjenige, das im letzten November seine Ernennung vorangetrieben hat, indem ein Viertel der Bürger für seine Partei gestimmt hat. Denkst du, Hans-Hermann, dass sich so viele Menschen täuschen können?«

»Ich habe bestimmt nicht für ihn gestimmt!«, hielt Hans-Hermann empört dagegen. »Das waren die Menschen, die ihren Unmut über den verlorenen Krieg und den Versailler Vertrag als politischen Machtkampf auf die Straße gebracht haben. Sie propagieren diesen Hitler als Rächer des deutschen Volkes, weil es Hindenburg und von Papen zuvor nicht gelungen ist, Hitler in ihre Ziele einzubinden und ihn und seine radikalen Gedanken unter Kontrolle zu bekommen. Letztendlich ist Hindenburg durch sein Versagen zu Hitlers Steigbügelhalter geworden.«

»Was aber nur so geschehen konnte, weil die Verantwortlichen der Weimarer Republik die Weltwirtschaftskrise nicht haben kommen sehen«, war sich Emmi wiederum sicher.

»Mein Onkel Friedhelm hat damals schon prophezeit, dass die vielen Arbeitslosen am Ende zu einer Massenverelendung führen werden. Wir selbst, meine Mutter, Anni und ich, haben es erlebt, wie schnell sich das Blatt wenden kann. Es ist ein Wunder, dass Mutti das Haus, so bescheiden und einfach es auch ist, bis heute halten konnte. Und wenn es allen schlecht geht, wenn sie kein Dach mehr über dem Kopf haben und nichts zu essen, dann greifen sie nach jedem Strohhalm, der sich ihnen bietet, und der ist für viele nun mal dieser Adolf Hitler.«

Hans-Hermann sah sie überrascht an. »Das klingt beinah so, als wärst du für ihn!«

Vehement schüttelte Emmi den Kopf. »Nein, bestimmt nicht! Aber ich versuche mich in die Gründe der Menschen, die ihn dermaßen propagieren, hineinzudenken. Ich finde, es ist wichtig, diese zu kennen, um ihnen entgegenzuwirken.«

»Du meinst also, es ist das bitterarme Volk, diejenigen, die nichts zu fressen und kein Dach mehr über dem Kopf haben, das ihn will, das die Abschaffung der Demokratie herbeisehnt?«

Nachdenklich begann Emmi auf der Unterlippe herumzukauen. »Ja, das denke ich«, sagte sie schließlich. »Ich habe mal in Gedanken überschlagen, mag sein, dass ich danebenliege, aber ich meine, dass die Weimarer Republik innerhalb von elf Jahren zehn Reichskanzler gehabt hat. Ist es da nicht verständlich, dass das Volk sich nach jemandem sehnt, der ihnen Beständigkeit und klare Führung und somit wieder Wohlstand für alle verspricht?«

Darauf wusste Hans-Hermann nicht gleich etwas zu sagen oder wollte es nicht. Außerdem hatte Lisa keinen Spaß mehr an ihrem Spiel und drängte Mutter und Großvater dazu, mit ihr zum Ententeich zu gehen.

Erst viel später, nach dem Abendessen, als Gerlinde Wagner sich bereits in ihre persönlichen Räumlichkeiten zurückgezogen hatte und Emil in die Bibliothek vorausgegangen war, wo er seinen Cognac trinken und seine Zigaretten rauchen wollte, griff Hans-Hermann Wagner das Gespräch wieder auf.

»Ich bin dir noch eine Antwort schuldig, Emmi. Ich denke, es ist so, dass die konservativen Eliten gar keine Demokratie wollen. Sie sehen Hitler als Lösung der momentanen Probleme Deutschlands und nicht als *das* Problem.«

»Du, lieber Schwiegervater, gehörst dieser konservativen Elite an. Und du bist neben meinem Onkel Friedhelm der größte Gegner Hitlers und seiner Partei, der mir persönlich bekannt ist. Das passt dann nicht so recht zu deiner Aussage.«

Doch ihr Schwiegervater blieb dabei. »Wenn es *nur* das bitterarme Volk wäre, das ihn bejubelt, Emmi, glaube mir, dann würde mir dieser Mann nicht so viel Kopfschmerzen bereiten.«

Als Emmi wenig später die Bibliothek betrat, sah ihr Emil sofort an, dass sie etwas beschäftigte.

»Hast du Streit mit meinem Vater gehabt?«

Seine Frage verwunderte Emmi. »Wie kommst du darauf, Emil?«

»Nun ja, ihr seid in letzter Zeit viel zusammen. Mutter hat sich sogar schon bei mir deswegen beschwert. Sie meinte, er würde mit dir so viel zu bereden haben wie mit ihr schon seit vielen Jahren nicht mehr.«

Emmi konnte sich einen bissigen Kommentar nicht verkneifen. »Das mag aber wohl an deiner Mutter liegen. Die Gespräche mit ihr sind oftmals sehr einseitig: Sie redet … oder nein, sie bestimmt, alle anderen stimmen ihr zu.«

Emil verzog das Gesicht. »Ach, Emmi, so schlimm ist sie auch wieder nicht. Zumal sie mir in den letzten Monaten ausgesprochen friedfertig vorkommt. Ich hatte die schlimmsten Befürchtungen, wie es wohl sein würde, wenn Vater den ganzen Tag daheim ist und die beiden aufeinanderhocken. Aber es scheint so, als wäre meine Sorge unbegründet gewesen. Vater kommt mir richtig aufgeblüht vor … das erstaunt mich tatsächlich.«

Emmi lag es schon auf der Zunge, ihn darauf hinzuweisen, dass sie diejenige war, mit der sich Hans-Hermann, wann immer ihm der Sinn danach stand, unterhalten konnte, und nicht seine Gemahlin Gerlinde.

Doch sie nickte nur und erklärte: »Die beiden haben sich gut miteinander arrangiert. Und nein, wir hatten keinen Streit, wennschon, dann diskutieren wir miteinander.« Emmi ließ sich in den Ledersessel sinken. »Ich mag diese Unterhaltungen mit ihm …«, fügte sie nachdenklich hinzu.

»Bei allem Respekt, den ich meinem Vater entgegenbringe, doch seine Befürchtungen wegen Hitler sind mir dann doch etwas zu weit hergeholt. Neulich war er nicht davon abzubringen, dass wir unter Hitlers Führung gradewegs auf den nächsten Krieg zusteuern würden.« Emil lachte kurz auf. »Daran erkennst du doch, wie wirr es teilweise in seinem Kopf zugeht. Wer kann ernsthaft annehmen, dass Deutschland nach der Katastrophe von 1918 noch einmal in den Krieg ziehen würde?«

Emmi sank tiefer in das Lederpolster.

»Magst du mich deine Meinung dazu nicht wissen lassen?«, fragte Emil nach einer Weile, in der sie einfach nur schweigend dagesessen hatte.

Doch auch jetzt antwortete Emmi nicht sofort. Sie musste noch über eine Antwort nachdenken.

»Gut«, meinte Emil schließlich und hielt ihr sein silbernes Zigarettenetui hin. »Wenn du schon nicht mit mir reden willst, dann leiste mir wenigstens beim Rauchen Gesellschaft.«

Doch Emmi lehnte dankend ab. Ihr war nicht ganz wohl zumute. Das schwere Essen drückte ihr etwas auf den Magen, und in ihrer Kehle verspürte sie ein unangenehmes Brennen.

»Jetzt bin ich aber langsam beleidigt«, rief Emil augenzwinkernd aus.

»Musst du nicht. Hier kommt die Antwort auf deine Frage. Mir ist in diesem Zusammenhang mein Vater eingefallen, der schrecklich unter den Folgen seiner Zeit an der Front gelitten hat. Anni und ich waren noch zu jung, um zu verstehen, was manchmal ganz plötzlich über ihn kam. Warum er in einem Moment noch unser lieber, sanfter Vater war, um uns im nächsten grob von sich zu schieben.«

Überrascht sah Emil sie an. »Davon hat Anni nie etwas erwähnt.«

»Wie gesagt, wir waren zu jung. Besonders Anni. Sie hat es wohl gar nicht wirklich mitbekommen …«

»Und sein eigentümliches Verhalten erklärst du dir mit den Schrecken des Krieges?«

»Ja, ich weiß inzwischen, dass es so war.«

»Woher? Hat er es dir zu Lebzeiten gestanden?«

Nun verneinte Emmi. »Ich glaube, eher hätte er sich die Zunge abgeschnitten …« Sie brach ab, um dann mit tonloserer Stimme fortzufahren: »Oder sich erschossen.«

Emil stieß den Rauch seiner Zigarette in kleinen Wölkchen aus. »Ist es eigentlich jemals bewiesen worden? Ich meine, dass es sich bei dem schlimmen Unglück um Selbsttötung gehandelt hat?«

Emmi rutschte auf die Kante ihres Sessels vor. Dieses Zwacken im Magen war wirklich lästig. Sie musste sich bei der Köchin erkundigen, ob sie womöglich ein neues Gewürz verwendete, das ihr nicht bekam.

»Geht es dir nicht gut?« Besorgt beobachtete Emil sie.

Emmi stand auf, ging zu der Anrichte, auf der sich die Getränke befanden, und schenkte sich ein Glas Wasser ein. Sie trank einen großen Schluck, erst dann wandte sie sich wieder ihrem Ehemann zu…

»Ich vermute, irgendetwas war im Essen, das ich nicht so recht vertragen habe.«

»Wollen wir uns dann lieber zurückziehen?«, schlug Emil vor.

»Ich bin dir noch eine Antwort schuldig«, erinnerte sie ihn.

Emil beugte sich etwas vor, drückte den Rest seiner Zigarette im Aschenbecher aus und schüttelte dann langsam den Kopf. »So wichtig ist mir das nun auch wieder nicht. Wenn dir nicht recht wohl zumute ist, Emmi, dann solltest du dich jetzt besser hinlegen.«

»Du übertreibst!«, hielt sie ihm vor und nahm dann demonstrativ wieder im Sessel Platz. »Ich habe dann zufällig dieses Buch entdeckt«, fuhr sie fort.

Emil sah sie verständnislos an. »Und ich wohl den Faden verloren …«, gestand er ihr. »Wovon haben wir gerade gesprochen?«

Emmi spielte die Empörte. »Aha, so gut hörst du mir also zu, mein Lieber.«

»Ich habe mir Sorgen gemacht«, verteidigte er sich grienend. »Und dann einfach vergessen, worüber wir uns unterhalten haben. Das kannst du mir nun wirklich nicht zum Vorwurf machen. Immerhin ist es aus reiner Sorge um dich so gekommen.«

»Ja, das würde ich an deiner Stelle auch behaupten. Und da wunderst du dich, dass ich mich inzwischen lieber mit deinem Vater unterhalte, wenn du unseren Gesprächsstoff bereits nach drei Minuten wieder vergessen hast.«

Emil lachte laut auf. »Herr im Himmel, dass ich eines Tages mit meinem eigenen Vater um die Gunst meiner Frau buhlen würde, damit hätte ich wirklich nicht gerechnet.«

Emil machte Spaß, das war Emmi allemal bewusst. Trotzdem wurde sie plötzlich ernst, blickte ihm fest ins Gesicht und versicherte ihm: »Das wirst du niemals tun müssen, Emil. Ich liebe dich. Nur dich. Daran wird sich nie etwas ändern.«

Er nickte. »Ich weiß …« Mehr aber sagte er nicht.

Es war eine Enttäuschung, die sie kommen gesehen hatte. Emil bekam diese drei Worte, die sie so gern von ihm gehört hätte, nicht über die Lippen. Emmi wusste nicht, ob es wirklich so war, dass er keine Liebe für sie empfand, noch immer nicht oder vielleicht sogar niemals, oder ob er es sich aus einer großen Sorge heraus selbst verbot. Weil er Angst hatte, sie zu verlieren. So wie er damals Anni verloren hatte. Sie hätte ihm diese Angst nur allzu gerne genommen, nur, sie hatte keine Ahnung, wie ihr das gelingen sollte.

»Das Buch heißt *Im Westen nichts Neues* und stammt von dem Autor Erich Maria Remarque. Im Grunde genommen erzählt er darin seine eigene Geschichte, es ist eine Art Abrechnung mit dem Krieg und ein Versprechen, das er sich selbst gegeben hat, nämlich nie wieder Teil einer solchen Grausamkeit zu sein. Als ich dieses Buch gelesen habe, ist mir auf einmal klar geworden, worunter mein Vater all die Jahre so schwer zu leiden hatte und warum er letztendlich keinen anderen Ausweg mehr gesehen hat. Und jetzt komme ich endlich dazu, dir deine Frage von vorhin zu beantworten, und ich hoffe, du hast nicht gänzlich vergessen, worüber wir ursprünglich geredet haben.« Sie blickte ihm prüfend ins Gesicht.

»Ich habe dich gefragt, ob du wirklich glaubst, dass die Menschen so verrückt sind, Hitler in einen Krieg zu folgen«, erwiderte Emil.

»Vater ist damals aus den falschen Gründen freiwillig in den Krieg gezogen. Ja, Emil, ich glaube, dass die Menschheit so verrückt ist. Es muss sich da nur jemand vor ihnen hinstellen, der verspricht, dass alles besser werden wird. Dass sie wieder Arbeit haben werden, ein Dach über dem Kopf und genügend Essen auf dem Tisch. Und darum teile ich die Meinung deines Vaters, und ich fürchte diesen Adolf Hitler genauso wie er.«

Mühsam erhob sich Emil von seinem Sessel. Er ging auf Emmi zu, ergriff ihre Hände und zog sie daran in die Höhe. Ihre Blicke verflochten sich ineinander, bevor er ihr einen unendlich zärtlichen Kuss gab.

»Du magst recht haben, Emmi, mit deiner Meinung über die Dummheit der Menschen …«

Sie fiel ihm ins Wort. »Nicht Dummheit, Emil, ich habe nicht von Dummheit gesprochen. Ich habe gesagt, dass sie verzweifelt sind. Weil ihn kalt ist. Weil sie Hunger haben. Weil sie keinen anderen Ausweg mehr sehen. Das habe ich gemeint. Ich glaube nämlich, dass Angst der schlechteste Berater von allen ist.«

Emil strich ihr über die Wange. »Und ich glaube, dass wir für heute genügend schwierige Themen erörtert haben und dass es jetzt an der Zeit ist, sich schlafen zu legen.«

Emmi zwinkerte kokett. »Du willst also schlafen …«

»Arm in Arm mit meiner klugen Frau«, erwiderte Emil mit rauer Stimme. »Später …«

VIERUNDZWANZIG

Die Familie ist es, die unsren Zeiten nottut.

ADALBERT STIFTER,

ÖSTERREICHISCHER SCHRIFTSTELLER

(1805–1868)

Emmis Magenbeschwerden hatten nicht lange angehalten, daher meinte sie, der Ursache ihres Unbehagens nicht näher auf den Grund gehen zu müssen. Zumal es ihr ansonsten gut ging, so gut wie seit Langem nicht mehr. Sie strotzte förmlich vor Energie. War gut gelaunt, auffallend rege, so dass Hans-Hermann Wagner bei einem ihrer Spaziergänge kaum mit ihr mithalten konnte.

»Was ist denn nur mit dir?«, beschwerte er sich. »Kannst du nicht mal einen Augenblick hier mit mir sitzen, und wir unterhalten uns nett?! So wie sonst immer.«

Doch Emmi fand nicht zur Ruhe, aber vor allem störte sie sich an den düsteren Prophezeiungen ihres Schwiegervaters. Sie wollte nichts hören von Hakenkreuzfahnen und jüdischen Mitbürgern, rechtschaffenen Leuten, ehemaligen Geschäftspartnern von Hans-Hermann Wagner, die gesellschaftliche und wirtschaftliche Ausgrenzung erlebten, seitdem die Nationalsozialisten an der Macht waren. Sie teilte wohl Hans-Hermann Wagners Bedenken diesem Hitler gegenüber, aber was er da nun wieder behauptete, das schlug dem Fass wirklich den Boden aus.

Emmi schien förmlich zu strahlen, doch erst ihre Mutter, die zu Kaffee und Kuchen von Emmi am Samstagnachmittag eingeladen war, weil sie sich schon wieder eine halbe Ewigkeit nicht gesehen hatten, erkannte, was mit ihrer Tochter los war.

»Warst du schon bei Doktor Blumenberg?«, fragte sie Emmi direkt, nachdem sie sich begrüßt hatten.

Emmi schüttelte den Kopf. »Nein. Warum auch? Mir fehlt ja nichts. Ganz im Gegenteil sogar, es geht mir blendend.«

»Damit er dir bestätigen kann, dass du in anderen Umständen bist.« Thea Engel lächelte. »Jetzt sag nicht, Emmi, dass du noch nichts bemerkt hast?«

Nein, das hatte sie wirklich nicht. Emmi hatte nicht den Hauch eines Verdachtes gehabt, dass sie ein Kind erwarten würde. Gut … wenn sie genau darüber nachdachte, dann war ihre letzte Regelblutung schon eine Weile her, aber sie war so damit beschäftigt gewesen, Lisas Zimmer neu streichen zu lassen, Emils und ihre Schlafkammer umzugestalten, im Garten der Villa Hand anzulegen, mit Lisa stundenlange Spaziergänge zu unternehmen, dass sie dem keine Beachtung geschenkt hatte.

»Du glaubst, ich bekomme ein Kind?«, hauchte sie verblüfft. »Aber … das kann nicht sein. Mir geht es blendend. Ich habe überhaupt keine Beschwerden, und ich bin nicht ein einziges Mal unpässlich gewesen. Das Gegenteil ist der Fall. Ich fühl mich so stark wie nie zuvor.«

»So ist es mir mit dir im Bauch damals auch ergangen, Emmi«, erklärte Thea Engel. »Wenn ich heute so zurückdenke, dann waren es besonders die ersten drei … vier Monate, in denen dein Vater mich manchmal dazu zwingen musste, mal eine Pause zu machen. Ich war immer in Bewegung, benötigte kaum Erholung und hatte so gute Laune, dass es ansteckend auf alle wirkte.« In Gedanken lachte sie auf. »Dein Vater hat sich damals direkt ein bisschen bei mir beschwert, weil ich ihn mit meiner Heiterkeit vom Arbeiten abgehalten habe.«

Emmi wollte es dennoch nicht wahrhaben. »Aber was war mit Anni? Denk doch nur an ihre Schwangerschaft und wie sehr sie vom ersten Moment an zu leiden hatte. Immerzu war sie unpässlich, und dann diese Schwindelanfälle. Ich leide unter nichts davon, Mutti. Mir geht es gut.«

»Jede Schwangerschaft ist anders, Emmi, so wie jeder Mensch anders ist.« Sie hob die Hände, ließ sie wieder fallen und sprach: »Aber vielleicht täusche ich mich ja auch. Wenn du es also genau wissen willst, dann suchst du alsbald Doktor Blumenberg auf.«

Nachdenklich nickte Emmi. »Das werde ich tun. Nur bitte sag Emil nichts von deinem Verdacht. Ich möchte ihn nicht unnötig in Aufregung versetzen.«

Eindringlich musterte Thea Engel ihre Tochter. »Du sagst

das so sonderbar, Emmi. Hast du die Sorge, dass dein Mann sich darüber nicht freuen könnte?«

Darauf wusste Emmi nicht sofort eine Antwort. Sie musste überlegen. In sich hineinhorchen. Überhaupt erst einmal in Erfahrung bringen, wie sie selbst zu einer möglichen Schwangerschaft stand. Freute es sie, oder würde sie deshalb in Verzweiflung geraten? Emil und sie hatten nie darüber gesprochen, dass sie sich ein Kind wünschten, ein Geschwisterchen für Lisa. Und auch wenn sie alles andere als dumm und naiv war, so hatte sie tatsächlich nie in Erwägung gezogen, dass ihre nächtlichen Liebeleien Folgen haben könnten.

Thea Engel machte einen Schritt auf ihre Tochter zu, um sie liebevoll in ihre Arme zu ziehen. Sie streichelte ihr über das dunkelblonde Haar und gestand ihr dann leise: »Ich möchte dir etwas sagen, Emmi. Ich bin lange Zeit nicht davon ausgegangen, dass Emil und du wirklich ein Paar seid. Nicht nur ein Ehepaar auf dem Papier, sondern ein richtiges Liebespaar. Ich dachte wirklich, ihr beide wärt aus Vernunftgründen diese Ehe eingegangen. Du, weil du das Kind nicht hergeben wolltest, Emil, weil er das Beste für sein Kind wollte. Aber schon seit einer Weile habe ich gespürt, dass ich damit falschgelegen habe, dass zwischen euch aufrichtige Gefühle bestehen. Und weil das so ist, Emmi, bin ich auch davon überzeugt, dass du dir überhaupt keine Sorgen machen musst, wie Emil darauf reagieren wird. Emil wird sich von Herzen freuen, und ganz besonders, weil es dir so prächtig geht, weil alles an dir strahlt und du einfach nur wunderwunderschön bist.«

»O Mutti«, schniefte Emmi. »Warum sagst du nur so etwas Liebes zu mir? Weißt du denn nicht, dass ich seit Neuestem bei jeder Gelegenheit in Tränen ausbreche?«

Thea Engel lachte. »Wenn es Freudentränen sind, dann finde ich, kannst du davon gar nicht genug vergießen.«

Zwei Tage später suchte Emmi Doktor Blumenberg in seiner Arztpraxis auf. Lisa hatte sie bei ihrer Schwiegermutter gelassen, die sich tatsächlich darüber gefreut hatte, als Emmi sie um diesen Gefallen bat. Natürlich war Gerlinde Wagner neugierig zu erfahren, wohin denn Emmi so dringend musste und Lisa nicht mitnehmen konnte. Emmi war nichts anderes eingefallen, als zu behaupten, dass sie sich endlich einmal wieder mit einer alten Schulkameradin treffen wollte, der sie vor einiger Zeit zufällig beim Spazierengehen mit Lisa begegnet war.

Doktor Blumenberg bestätigte Thea Engels Verdacht und war ausgesprochen zufrieden mit der werdenden Mutter und dem etwa drei Monate alten »Pünktchen«.

»Muss ich mich schonen?«, erkundigte sich Emmi verunsichert. »Verordnen Sie mir Bettruhe?«

Doktor Blumenberg musterte Emmi eindringlich und konterte dann gleich mit mehreren Gegenfragen: »Geht es Ihnen nicht gut, Frau Wagner? Haben Sie das Gefühl, dass Sie sich ins Bett legen müssten und ausruhen? Oder ist es vielleicht so, dass Sie immerzu Bäume ausreißen könnten?«

Darüber musste Emmi nicht lange nachdenken. »Bäume

ausreißen, Doktor Blumenberg, und bitte nennen Sie mich Emmi. Ich komme mir so schrecklich alt vor, wenn sie plötzlich Frau Wagner zu mir sagen.«

Der Doktor lachte. »Nun gut, dafür will ich nicht auch noch verantwortlich sein, liebe Emmi. Also, alles so machen wie bisher und jeden Moment davon genießen.«

»Das werde ich gerne beherzigen, Doktor Blumenberg«, versprach Emmi, bevor sie sich von ihm verabschiedete.

Sie lief nach Hause und wartete voller Aufregung darauf, dass Emil endlich aus der Fabrik heimkehrte und sie ihm von dem »Pünktchen«, das da in ihrem Bauch heranwuchs, erzählen konnte.

Ja, ein wenig befürchtete sie, dass er sich nicht freuen oder ihr vielleicht sogar Vorwürfe machen würde. Auch wenn Thea Engel ihr etwas anderes prophezeit hatte.

Zum Glück behielt Thea recht. Emil war vor Glück ganz außer sich, wirbelte sie durch den Raum, küsste sie überschwänglich, um im nächsten Moment zu meinen, er müsste sie fortan in weiche Kissen packen.

»Ich würde es dir sagen, Emil, wenn du dir Sorgen machen müsstest, das musst du mir bitte glauben«, versicherte sie ihm. »Aber es ist wirklich alles, alles gut. Doktor Blumenberg ist sehr zufrieden mit mir und mit dem ›Pünktchen‹ und hat mir eine problemlose Schwangerschaft vorausgesagt.«

Ganz überzeugt war Emil dennoch nicht. »Ich wusste gar nicht, dass Doktor Blumenberg seit Neuestem auch Hellseher ist«, brummte er.

Emmi lachte. »Ich verrate dir ein Geheimnis, *das* ist ein Geheimnis!«

»Und ich verrate dir auch ein Geheimnis«, äffte Emil sie nach. »Du spinnst!«

Fünf Monate später, am Nachmittag des 17.01.1934, brachte Emmi eine gesunde kleine Tochter, die auf den Namen Greta getauft werden sollte, zur Welt. Die Geburt war schnell und ohne jegliche Komplikationen verlaufen, so dass Doktor Blumenberg, den Emil unbedingt dabeihaben wollte, sich keine zwei Stunden in der Villa der Wagners hatte aufhalten müssen.

Emmi erholte sich rasch von den Strapazen der Entbindung und hätte am liebsten direkt danach das Wochenbett wieder verlassen. Doktor Blumenberg hatte auch keinerlei Bedenken geäußert, doch Emil bestand darauf, dass sie sich ausruhte.

»Du wirst auf gar keinen Fall gleich wieder im ganzen Haus herumlaufen«, befahl er ihr.

»Aber ich muss die Kleine doch wickeln, und außerdem wollte ich Lisa …«

»Nein, du bist jetzt einfach mal vernünftig und hörst auf das, was ich dir sage! Es ist mir wichtig, dass du dich erst rundum erholt hast, bevor du meinst, dich um alles kümmern zu müssen. Ich möchte kein Risiko eingehen, Emmi, ich möchte auf gar keinen Fall, dass sich dein Zustand verschlechtert.«

Gewiss verstand Emmi seine Sorge. Durch die Geburt der kleinen Greta waren neben der Freude bei Emil auch wieder alte Wunden aufgerissen worden. Es musste eine innerliche Berg-und-Tal-Fahrt für ihn bedeuten, sich einerseits über seine zweite kleine Tochter zu freuen und andererseits wieder daran erinnert zu werden, dass er bei der Geburt seiner ersten Tochter seine blutjunge Frau Anni verloren hatte.

Behutsam nahm Emmi seine Hand und zwang ihn, ihr direkt in die Augen zu blicken. »Ich verstehe dich gut, Emil. Aber bitte versteh du mich auch; ich bin nicht Anni, und ich möchte auch nicht mit ihr verglichen werden.«

»Das tue ich nicht!«, entgegnete Emil. »Das habe ich auch noch nie getan. Und ich habe nicht vor, es zukünftig zu tun. Aber du wirst es mir doch wohl zugestehen, dass ich mich um dich sorge, dass ich möchte, dass es dir gut geht. Dir und unseren beiden entzückenden kleinen Töchtern.« Damit beugte er sich zu ihr vor und gab ihr einen Kuss auf die Stirn. »Ich habe dich lieb, meine kluge Emmi«, raunte er ihr so leise zu, dass sie meinte, sich verhört zu haben.

Noch Tage danach bekam Emmi das Lächeln nur schwerlich aus dem Gesicht. Was sie nie zu hoffen gewagt hatte, war Wirklichkeit geworden. Emil, sie und ihre beiden Töchter hatten eine Familie erschaffen. Eine Familie, der eine glückliche Zukunft bevorstand. Es kam Emmi wie ein Geschenk des Himmels vor, dass sie Teil dieser Familie sein durfte.

Doktor Blumenberg entließ sie am siebten Tag aus dem Wochenbett und war nach einer gründlichen Untersuchung rundum zufrieden mit der jungen Mutter und dem *Pünktchen* Greta.

»Ich wünsche Ihnen wirklich von Herzen alles, alles Gute, liebe Emmi, Sie haben es sich redlich verdient«, sagte er und tätschelte ihr fast ein wenig sentimental die Schulter.

Draußen auf dem Flur erwartete ihn Gerlinde Wagner bereits sehnsüchtig. Die Tür war noch nicht ganz ins Schloss gefallen, da wollte sie von dem Arzt erfahren: »Und meiner Schwiegertochter geht es gut, Doktor Blumenberg? Sie sind zufrieden und gehen davon aus, dass sie problemlos noch weitere Kinder gebären werden kann?«

»Davon gehe ich aus, werte Frau Wagner«, gab Doktor Blumenberg arglos zurück.

»Fein«, rief Gerlinde Wagner, und so wie es Emmi vernommen zu haben meinte, hatte sie dabei sogar in die Hände geklatscht. »Ich wünsche mir nichts mehr als einen Stammhalter. Was nicht bedeuten soll, dass ich die Mädchen nicht leiden mag. Nein, gewiss liegen die mir sehr am Herzen. Lisa ist ein so braves Kind, und die kleine Greta ist ganz entzückend mit ihren blonden Härchen und den großen blauen Augen. Aber wir haben eine große Fabrik, und für so eine Fabrik braucht es natürlich einen Erben. Einen Stammhalter. Jemanden, der später einmal von seinem Vater das Familienunternehmen übernehmen kann und es genauso erfolgreich weiterführt, wie es die Wagner-Männer zuvor getan haben.«

Emmi konnte nicht anders, sie musste zur Tür gehen und sie aufziehen.

»Gerlinde, soso, einen Erben für die Fabrik wünschst du dir. Das ist ja etwas ganz Neues für mich«, spottete sie. »Aber es könnte doch auch Lisa sein oder, wenn die kein Interesse daran hat, Greta, die später einmal die Fabrik übernimmt. Oder beide.«

Gerlinde Wagner rang um ihre Fassung. »Was redest du denn, Emmi!«, keuchte sie. »Eine Frau an der Spitze unserer Fabrik. So einen Unsinn habe ich noch nie gehört.« Sie wandte sich Hilfe suchend an Doktor Blumenberg, dem man ansah, dass er jetzt wirklich gehen wollte. »Was sagen Sie denn dazu, Doktor Blumenberg, haben Sie schon mal von einer Fabrikantin gehört?«

»Wenn ich ehrlich sein soll, dann habe ich mich bisher damit noch nicht beschäftigt. Wobei … hm, doch, eine fällt mir auf jeden Fall ein. Bertha Krupp, die älteste Tochter Friedrich Krupps, ist nach seinem Tod Inhaberin der Krupp-Werke geworden und, nachdem sie Gustav von Bohlen und Halbach geehelicht hat, die Fabrikantin an seiner Seite.«

Mit so einer Antwort hatte Gerlinde Wagner nicht gerechnet.

»Wie auch immer«, sagte sie kurz angebunden, »die Zuckerfabrik der Familie Wagner ist schon von Beginn an von den Herren der Familie geleitet worden, und daran wird sich auch nichts ändern. Und nun, werter Doktor Blumenberg, wünsche ich Ihnen noch einen angenehmen Tag.« Damit machte sie auf dem Absatz kehrt und eilte davon.

Emmi und der Doktor sahen sich einen Moment schweigend an, dann konnte sich Emmi das Grinsen nicht mehr verkneifen.

»Ja, ja«, sinnierte der grauhaarige Mediziner. »Mit den alten Traditionen ist es wie mit alten Zöpfen, es muss nur endlich mal einer oder *eine* kommen und sie abschneiden. In diesem Sinne, liebe Emmi, leben Sie wohl.«

FÜNFUNDZWANZIG

Zufällig naht man sich, man fühlt, man bleibt,
und nach und nach wird man verflochten.

JOHANN WOLFGANG VON GOETHE,
DEUTSCHER DICHTER UND FORSCHER
(1749–1832)

Und Emmi lebte wohl! – Ganz so, wie es ihr Doktor Blumenberg geraten hatte. Es waren glückliche annähernd vier Jahre, die die vierköpfige Familie miteinander verleben durfte. Emmi war Emils Geliebte, sie war die liebevolle Mutter seiner beiden Töchter und seine wichtigste und engste Beraterin, wenn es um die Belange der Zuckerfabrik ging, die dank Emils gutem Draht zu den Landwirten und einigen lukrativen Neuerungen, die sich erfreulich gut am Markt etabliert hatten, so robust dastand wie nie zuvor. Es gab kaum ein Thema, das er nicht mit ihr besprach, kaum einen Ratschlag, den er sich nicht von ihr einholte, kaum eine neue Idee, die er nicht stunden-, tagelang bis ins letzte Detail mit ihr entwickelte.

Wenn nicht Hans-Hermann Wagners warnende Stimme immer lauter geworden wäre, dass ihm ganz und gar nicht gefiel, was da im Land vor sich ging mit diesem Hitler, der für ihn so etwas wie sein persönliches Feindbild geworden war, dann hätte Emmi beinahe angenommen, dass es in dieser Welt, in der sie lebte, nichts Böses gab. Dass das Leben um sie herum nur aus Liebe, Glück und unendlicher Zufriedenheit bestände.

»Die Rede ist von Krieg!«, rief Hans-Hermann Wagner laut aus. »Du kannst dich nicht länger davor verschließen, Emil, es wird so kommen. Dieser Mann, dieser schier Wahnsinnige, er wird uns alle ins Verderben führen. Und das nicht ohne Vorwarnungen, nein, das kann man diesem Lumpen wirklich nicht zum Vorwurf machen. Nur vier Tage nach seiner Ernennung zum Reichskanzler hat dieser Wahnsinnige vor seinen Reichswehroffizieren über die Eroberung von Lebensraum im Osten geschwafelt.« Die Ader an Hans-Hermanns Hals war dick und bläulich hervorgetreten, seine Wangen und die Stirn hatten sich dunkelrot verfärbt. Er war so außer sich, dass sich Emmi ernsthaft um ihn sorgte.

»Bitte beruhige dich doch, Hans-Hermann«, beschwor sie ihn.

»Ich will mich nicht beruhigen!«, geriet er noch mehr in Rage. »Ich will, dass ihr es endlich versteht!«

»Das tun wir, Vater«, versuchte nun auch Emil ihn zu besänftigen. »Aber wenn dich vor lauter Aufregung der Schlag trifft, ist niemandem von uns damit geholfen. Am wenigsten dir.«

Höhnisch lachte Hans-Hermann Wagner auf. »Dir ist also noch zu Scherzen zumute! Du willst den Ernst der Lage verleugnen? Immer noch? Aber ich sage dir, das Ganze ist von langer Hand von Hitler vorbereitet worden und hat im Grunde damit begonnen, dass er im Februar 33 sämtliche Bürgerrechte ausgesetzt hat. Auf sein massives Drängen hin hat der Reichstag dann im März desselben Jahres das Ermächtigungsgesetz verabschiedet, was Hitlers Regierung dazu befähigte, Gesetze ohne das Parlament zu erlassen. Ein weiterer ausgeklügelter Akt dieses Halunken, denn damit wurde der Reichstag entmachtet. Kurz darauf hat er bewirkt, dass bis auf den Landtag Preußens alle Länderparlamente aufgelöst wurden, um im Mai dann die Gewerkschaften zu verbieten.«

»Danke für die Aufklärung, Vater«, erwiderte Emil verärgert. »Aber was du bei deiner Zusammenfassung ganz außer Acht gelassen hast, ist Hitlers Rede im Mai 33 vor dem Reichstag, in der er klar zum Ausdruck brachte, dass der Nationalsozialismus als eine Bewegung anzusehen ist, die einzig dem Frieden verpflichtet ist.«

»Ha!« Hans-Hermann Wagner lachte wie von Sinnen auf. »Dem Frieden verpflichtet? Dummes Geschwätz … verlogenes Gerede. Oder warum hat dann im März 36 Hitlers Wehrmacht die entmilitarisierte Zone des Rheinlandes besetzt? Willst du das alles leugnen, Emil?«

Geräuschvoll stieß Emil die Luft aus. »Ich leugne nichts, Vater, aber deine düsteren Prophezeiungen … wirklich, ich bitte dich, du musst doch nicht überall gleich Hochverrat und Meuchelmord sehen, wo jemand lediglich nach rechts statt nach links abgebogen ist.«

»Was für ein schrecklicher Vergleich.« Hans-Hermann Wagner stampfte wie ein bockiges Kleinkind mit dem Fuß auf. »Er hat es doch gesagt, Emil, er hat es doch gerade vor den Oberbefehlshabern der drei Wehrmachtsteile in einer vierstündigen Grundsatzrede zum Ausdruck gebracht, dass er in absehbarer Zeit gewaltsam vorgehen will. Zur Lösung der deutschen Frage könne es nur noch den Weg der Gewalt geben, und das müsse in den nächsten Jahren schrittweise unter Ausnutzung günstiger Konstellationen erfolgen. Das waren seine Worte!«

»Hans-Hermann!«, rief seine Gattin erbost. Bislang hatte sie der hitzigen Diskussion beim Abendessen mit nach unten gezogenen Mundwinkeln beigewohnt, sich hin und wieder missbilligend geräuspert, aber nicht dazu geäußert. Doch dass ihr Gatte sich vom Tisch erhob, wo sie längst noch nicht zu Ende gespeist hatten, das konnte sie nicht unkommentiert lassen. »Bitte setz dich wieder. Und ich bitte dich ebenfalls darum, bei Tisch nicht derartige Gespräche anzuzetteln. Du weißt sehr wohl, dass mir die gemeinsamen Mahlzeiten heilig sind.«

Hatte Gerlinde Wagner gehofft, so ihren Mann zur Raison zu bringen, musste sie nun erschrocken miterleben, dass sie damit genau das Gegenteil bewirkt hatte. Hans-Hermann Wagner geriet so außer sich, dass sein Sohn Emil sich gezwungen sah, ebenfalls vom Tisch aufzustehen, um seinen renitenten Vater unterzuhaken und ihn mit sanfter Gewalt in die Bibliothek zu geleiten.

Emmi hörte ihn auf der Schwelle sagen: »Vater, ich bitte dich, du machst den Frauen Angst mit deinen kruden Behauptungen. Dein ewiges Gerede von Krieg …«

Leni, das neue Mädchen, das nach Amelias Vermählung mit einem jungen Landwirt ins Haus der Wagners gekommen war, eilte in das Speisezimmer.

»Entschuldigung, gnädige Herrschaften, dass ich … ich stören muss, aber … aber …«

»Herrgott, Leni«, fuhr die Hausherrin sie ungehalten an. »Wie oft habe ich dir gesagt, dass du dieses unleidige Gestotter unterlassen sollst!«

Leni stieg die Schamesröte ins Gesicht. »Es … es i… ist ja nur, weil … weil …«

»Schluss jetzt damit!«, verlangte Gerlinde Wagner ärgerlich. »Verschwinde, wenn du zu dumm zum Reden bist.«

»Gerlinde«, ermahnte Emmi sie. »Sei bitte nicht so grob.« Sie wandte sich an das Mädchen, dem die Tränen in den Augen standen. »Was ist denn nur passiert, Leni?«

»Es … es ist j… ja nur, weil die kleine Greta so jämmerlich weint. I… ich war bei ihr i… in der Stube, so … so w… wie Sie es mir aufgetragen ha…ha…haben, um nachzusehen, ob … ob sie artig schläft. Da … da habe i… ich sie jammern ge…gehört. Sie … sie ist feuerr…rot im Gesicht und … und …«

Emmi wartete nicht darauf, dass das Mädchen zu Ende gesprochen hatte. Hektisch sprang sie von ihrem Platz auf und lief aus dem Speisezimmer. Sie hetzte die Treppenstufen in das zweite Stockwerk hoch, als wäre der Teufel hinter ihr her. Schon einige Schritte vor der Tür, hinter der sich die Kinderstube der Schwestern befand, vernahm sie einen klagenden Jammerton, den sie zunächst nicht ihrer fast vierjährigen Tochter Greta zugeordnet hätte. Erst als sie die Tür aufriss und in die Stube stürzte und das Kind mit hochrotem Gesicht in seinem Bettchen liegen sah, registrierte sie, dass dieses bemitleidenswerte Schluchzen tatsächlich aus Gretas Mund kam. Lisa hingegen lag in ihrem Bett und schlief tief und fest. Die Siebenjährige verfügte über einen gesegneten Schlaf.

Emmi berührte die Stirn ihrer kleinen Tochter und erschrak noch mehr, das Kind musste hohes Fieber haben, so wie es glühte.

»Leni.« Emmi wandte sich zu dem Mädchen um, das ihr gefolgt war. »Lauf zu meinem Mann und sag ihm, er soll Doktor Blumenberg verständigen. Greta hat hohes Fieber!«

»Da… das mach ich. Ja…jawohl.«

Keine halbe Stunde später traf der langjährige Hausarzt in der Villa der Wagners ein. Er kam sofort in die Kinderstube der Schwestern geeilt, wo inzwischen auch Lisa wach geworden war und mit großen Augen eng an ihre Mutti gedrückt dastand.

»Was fehlt Greta?«, wisperte sie, nachdem der Arzt die kleine Greta gründlich untersucht hatte.

Doktor Blumenberg lächelte sie gütig an. »Du musst dir keine Sorgen um dein kleines Schwesterchen machen, Lisa-Kind. Sie hat die Windpocken. Das ist eine sehr ansteckende

Krankheit, aber mit ein bisschen Medizin und Schlaf wird sie recht bald wieder mit dir zusammen mit euren Puppen spielen können.«

Dann wandte er sich an Emmi. »Ist die Kleine in letzter Zeit mit anderen Kindern zusammengekommen?«

Emmi nickte. »Ja, wir haben vor ein paar Tagen Lisas siebten Geburtstag gefeiert. Sie hatte die halbe Schulklasse zu Besuch.«

»Aha«, rief der Arzt aus. »Dann wird sich die kleine Greta wohl bei einem der Kinder angesteckt haben. Es wäre gut, wenn Sie den Familien der Klassenkameradinnen Ihrer Tochter Bescheid geben könnten. Windpocken verlaufen in der Regel harmlos, aber wenn man es vermeiden kann, welche zu bekommen, dann sollte man das tun.«

»Ich werde sofort eines unserer Mädchen losschicken, um in der Schule Bescheid zu geben.«

Der Arzt nahm seine flache Taschenuhr aus der Westentasche, die mit einer dünnen Goldkette im dritten Knopfloch der Weste befestigt war, er warf einen Blick auf das Zifferblatt und schüttelte langsam den Kopf. »Nun, Emmi, zu so später Stunde muss das nicht mehr sein. Aber vielleicht gleich morgen in der Frühe.«

»Und was ist mit Lisa?«, wollte Emil erfahren. »Hat sie sich auch angesteckt?«

Der Arzt schob die volle Unterlippe vor, so wie er es immer tat, wenn er nachdachte. »Das ist wahrscheinlich, muss aber nicht so sein. Am besten wird es sein, wenn sie dennoch die nächsten Tage daheimbliebe.«

Augenblicklich stiegen dem Mädchen die Tränen in die Augen. »Aber dann kann ich meine Freundinnen nicht treffen. Und meine Lehrerin Fräulein Müller werde ich auch ganz schrecklich vermissen.«

Mit einem gütigen Lächeln strich Doktor Blumenberg dem Kind über den Kopf. »Du bist wohl ein ganz fleißiges Mädchen, kleine Lisa. Aber weißt du, so lange wirst du nicht daheimbleiben müssen. Und dir ist es doch bestimmt wichtig, dass die anderen nicht krank werden, falls sie es nicht schon sind, wenn all deine kleinen Schulkameradinnen mit dir Geburtstag gefeiert haben.«

Tapfer schluckte Lisa die Tränen hinunter und nickte. »Nein, das will ich nicht!«

Emil nahm sie bei der Hand. Er schien Emmis Blick entnommen zu haben, dass sie gerne noch allein ein paar Worte mit dem Doktor sprechen wollte. »Lisa, was hältst du davon, wenn wir jetzt runter in die Küche gehen und Hilde bitten, uns beiden zwei große Becher warme Schokolade zu machen?«

»O ja«, jubelte Lisa. »Das wäre fein!«

Artig verabschiedete sich das Kind von Doktor Blumenberg, versprach ihm, dass sie gut aufpassen würde, nicht auch noch krank zu werden, und winkte Emmi und der kleinen Greta zu. »Tschüss, Gretchen. Und sei nicht traurig, der Doktor hat dir ja einen Löffel Saft gegeben, und morgen bist du wieder gesund.«

Emmi und Doktor Blumenberg lächelten amüsiert.

»Lisa ist ein Schatz, Emmi, Sie können stolz auf Ihre Tochter sein«, sagte er, nachdem Emil die Tür hinter sich und Lisa geschlossen hatte.

Emmi nickte. »Das bin ich, Doktor Blumenberg. Und mein Mann auch.« Sie nahm Greta aus dem Bettchen, bei der die Medizin, die der Arzt ihr gegeben hatte, Wirkung zeigte, denn sie weinte nicht mehr. Liebevoll wiegte sie ihren Goldschopf in ihren Armen.

»Es ist verrückt«, sagte sie leise. »Aber immer wenn ich Greta ansehe, dann habe ich das Gefühl, Anni als kleines Kind vor mir zu haben … Sie sieht ihr ähnlicher als ihr leibliches Kind.«

Der Doktor nahm noch eine weitere Medizin aus seiner dunkelbraunen Arzttasche, stellte sie auf die Kommode und sagte dann: »Ähnlichkeiten vererben sich über viele Generationen hinweg. Vielleicht ist Ihre Urgroßmutter diejenige, die Anni und der kleinen Greta die blonden Löckchen und die hellblauen Kulleraugen vermacht hat.«

Nachdenklich nickte Emmi, während dem Kind die Augen immer schwerer wurden und schließlich zufielen. Behutsam legte sie ihre Tochter zurück ins Bettchen, deckte sie zu und hauchte ihr einen Kuss auf die Stirn.

Der Doktor hatte bereits seinen Mantel wieder angezogen, den Hut aufgesetzt und hielt seine Tasche in der Hand. »Ihr Töchterchen wird jetzt erst mal eine Weile schlafen. Ich habe Ihnen ausreichend Medizin dagelassen, damit dürften Sie eigentlich gut hinkommen. Sollte sich Gretas Zustand aber verschlechtern, das Fieber erneut steigen, dann müssen Sie bitte noch mal einen Arzt konsultieren. In Hildesheim wäre da zu Beispiel Doktor Hansen, den ich Ihnen sehr empfehlen kann.«

Emmi war erstaunt. »Was soll das heißen? Sie sind doch unser Arzt! Weshalb sollen wir plötzlich zu einem anderen gehen? Habe ich Sie verärgert oder Sie zu häufig bei Nacht und Nebel hierherbestellt oder …«

»Nein, nein, halt, Emmi«, unterbrach er sie. »So ist das nicht. Es liegt nicht an Ihnen. Ich fühle mich Ihrer Familie sehr verpflichtet, Ihrer Mutter, ja, auch Ihrem Vater Gustav … Es hat mir immer sehr leidgetan, dass ich das Unglück nicht habe kommen sehen. Vielleicht hätte ich es verhindern können. Aber bitte, darüber wollen wir jetzt nicht reden, es war auch gar nicht meine Absicht, so weit in die Vergangenheit zurückzugehen. Es geht nun vielmehr um die Zukunft, die Zukunft meiner Familie. Hier in Deutschland scheint die uns nun nicht mehr sicher zu sein.«

»Weil Sie jüdischstämmig sind. Ist das der Grund, dass Sie sich nicht mehr sicher fühlen?!«, fragte Emmi ahnungsvoll.

Doktor Blumenberg nickte. »Meine Frau wollte schon unmittelbar nach Hitlers Machtergreifung ins Ausland emigrieren. Doch wegen der Hoffnung auf ruhigere Zeiten nach dem Röhm-Putsch im Sommer 1934 habe ich mich dazu nicht durchringen können. Ich habe sie überredet hierzubleiben, in der trügerischen Hoffnung, als Juden könnten wir in Deutschland unter einigermaßen normalen Umständen weiterleben.«

»Aber Doktor Blumenberg, Sie sind ein überaus angesehener Mann, ein Akademiker. Es kann doch nicht sein …«

Doktor Blumenberg schüttelte den Kopf. »Lassen Sie es gut sein, liebe Emmi. Ich habe Ihnen sowieso schon viel zu viel erzählt. Bitte verlieren Sie kein Wort über unser kleines Gespräch. Ich sage das nicht meinetwegen. Meine Familie hat bereits alle Vorkehrungen getroffen, so dass wir in weniger als einer Woche mit unseren erwachsenen Kindern und unseren Enkelkindern zu meinem Bruder Hans in die Schweiz übersiedeln werden. Hans ist dort ein angesehener Mediziner mit eigener Praxis. Ich werde aber nicht in seine Praxis einsteigen, ich begebe mich in den Ruhestand. Dafür wird mein ältester Sohn bei seinem Onkel als Arzt tätig sein. Aber wie gesagt, bitte erzählen Sie niemandem davon, sonst bekommen Sie womöglich noch meinetwegen Probleme.«

»Ich werde kein Wort sagen. Versprochen«, erklärte Emmi entschlossen.

Doktor Blumenberg ergriff Emmis Hand. »Leben Sie wohl, Emmi. Bleiben Sie so, wie Sie sind, so zuversichtlich, zupackend und unerschütterlich. Bewahren Sie sich stets Ihre Sonne im Herzen, komme, was wolle, und bleiben Sie sich treu, das rate ich Ihnen. Darf ich mir zum Abschied noch erlauben, Ihnen ein Geständnis zu machen, Emmi?«

Emmi nickte.

»Ich habe Sie stets bewundert. Schon als kleines Kind, liebe Emmi, waren Sie mir eine ganz besondere Patientin und sind es bis heute geblieben. Und Ihre kleine Lisa, die steht Ihnen in nichts nach. Die wird einmal genauso klug und großherzig wie Sie sein.«

Emmi hatte auf einmal einen dicken Kloß im Hals stecken. Deshalb konnte sie auch nur krächzen: »Danke, Doktor Blumenberg. Und Ihnen auch alles Gute …«

Dann verabschiedete Doktor Blumenberg sich bei Emmi, und als die Tür hinter ihm ins Schloss fiel, brach sie in Tränen aus.

Emmi Wagner, schalt sie sich selbst, du hast einfach ganz fest deine Augen vor alldem da draußen verschlossen, weil du dir dein kleines Glück von nichts und niemand verderben lassen wolltest. Was hatte Doktor Blumenberg gerade zu ihr gesagt: Sie wäre zuversichtlich, zupackend und unerschütterlich!

Unfug! Sie war blind, taub und stumm!

SECHSUNDZWANZIG

Wer über gewisse Dinge den Verstand nicht verliert,
der hat keinen zu verlieren.

GOTTHOLD EPHRAIM LESSING,
DEUTSCHER SCHRIFTSTELLER
(1729–1781)

Es war der 11. März des Jahres 1938, als Emmi nun wirklich nicht mehr so tun konnte, als würde das alles, was da draußen in der Welt passierte, sie nichts angehen. Und es war erneut ihr Schwiegervater, der kurz zuvor einen lautstarken Streit mit Emil gehabt hatte, weil er beim Abendessen – und dieses Mal sogar in Gegenwart der beiden kleinen Mädchen – von dem Elend, das dieser Hitler über sie alle bringen würde, angefangen hatte.

Emmi beförderte daraufhin die beiden Mädchen hoch in ihre Stube und hatte einige Mühe, sie zum Schlafen zu bewegen, so aufgewühlt und durcheinander waren sie wegen des Streites der Männer am Tisch.

»Mutti, was ist ein Krieg?«, wollte Lisa mit großen Augen von ihr erfahren.

»Das ist etwas, das du bestimmt nie mitmachen musst, mein Liebling, und darum erzähle ich dir auch nichts darüber.«

Beleidigt verschränkte Lisa die Arme vor der Brust. »Ich will das aber wissen.«

»*Will* sagt man nicht, Lisa, das weißt du doch«, tadelte Emmi sie.

»Ist Lisa böse?«, brabbelte Greta in ihrem Bett. »Ärgert Lisa Mutti?«

»Neeein!«, rief Lisa und streckte ihrer kleinen Schwester die Zunge heraus. »Du bist böse, Gretel!«

»Lisa! Jetzt reicht es. So ungezogen kenne ich dich überhaupt nicht. Was ist denn bloß in dich gefahren?«

Prompt verzogen sich Lisas Mundwinkel nach unten. Ihre Stimme klang weinerlich. »Es tut mir leid, Mutti. Es ist doch nur, weil Großvater das Wort so oft sagt und ich wissen wollte, was es bedeutet. Ich dachte, ich könnte Fräulein Müller davon erzählen. Dann wird sie mich bestimmt loben.«

Nun tat es Emmi direkt wieder leid, dass sie so streng mit ihrer Tochter gewesen war. Und irgendwie erinnerte sie Lisas Wissbegierde auch an sie selbst. Wie sie als Kind ihren Vater mit ihren Fragen das ein oder andere Mal so gequält hatte, dass er sich nicht anders zu helfen wusste, als sie hoch in ihre Kammer zu schicken. Und Emmi entsann sich auch noch gut, wie sie sich dann jedes Mal gefühlt hatte. Als hätte sie etwas Böses getan, nur weil sie gefragt hatte. Weil sie eben wissen wollte, warum etwas so war oder wie irgendetwas funktionierte.

»Frag du mich ruhig, Lisa, was du auch immer wissen möchtest«, sagte sie zu ihrer ältesten Tochter. »Eine Erklärung für das Wort *Krieg* will mir dennoch nicht so richtig einfallen. Es ist kein gutes Wort, und weil es so böse und gemein ist, sollten wir uns wünschen, dass wir es niemals wieder hören und erst recht nicht erleben müssen.«

»Oh«, machte Lisa. »Dann will ich Fräulein Müller auch nicht davon erzählen. Nein, etwas Böses möchte ich nicht zu ihr sagen.«

Emmi gab ihr einen Kuss. Dann sprach sie mit ihren beiden Mädchen das Nachtgebet, deckte sie richtig zu, gab ihnen jeweils kleine Küsse auf Stirn, Nase und beide Wangen, wie sie es immer tat, bevor sie das Licht löschte und leise die Stube ihrer Töchter verließ.

Von dort aus lief sie auf direktem Weg in die Bibliothek, wo sie Emil rauchend und mit einem Glas Whisky in der Hand vorm Kamin stehend vorfand.

»Dein Vater hat recht, Emil!«, kam sie ohne Einleitung auf das Thema von vorhin zu sprechen. »Und wir sind feige. Du und ich. Weil wir so tun, als wäre alles in Ordnung. Das ist es aber nicht. Denk nur an Doktor Blumenberg, dass er keinen anderen Ausweg mehr gesehen hat, als das Land zu verlassen. Und damit ist er wahrhaftig nicht allein. Die Juden werden konsequent verfolgt und dauerhaft gegängelt. Jegliches Recht wird ihnen aberkannt. Und was machen wir, wir verschließen die Augen vor dem Unrecht, das ihnen allen angetan wird.«

Emil stellte sein Glas auf dem Kaminsims ab.

»Was erwartest du von mir, Emmi?«, wollte er wissen. »Was soll ich deiner Meinung nach tun? Mich mit denen anlegen? Ich verrate dir etwas, das mache ich jeden Tag, weil es in der Fabrik ständig zu Übergriffen kommt, die ich zu regeln habe. Es gibt einige Arbeiter, die verehren Hitler über alle Maßen und gehen massiv gegen ihre jüdischen Kollegen vor. Und ich stelle mich dazwischen. Ich versuche, politische Meinungen und Ansichten so gut wie möglich aus der Fabrik rauszuhalten, aber es gelingt mir immer weniger. Ich verschließe bestimmt nicht die Augen, aber ich muss auch aufpassen, dass unser Werk den Rückenwind der letzten Jahre weiterhin abbekommt und uns nicht plötzlich ein eisiger Wind von vorn entgegenbläst.«

Emmi ließ sich wie ermattet in den Sessel sinken. »Und warum erzählst du mir davon nichts? Ich dachte, wir reden über alles miteinander.«

Emil fuhr sich mit der freien Hand durch das dunkle Haar. In der anderen hielt er bereits die nächste Zigarette.

»Weil ich nicht möchte, dass du dir unnötig Sorgen machst«, gestand er ihr. »Und außerdem genieße ich es, nach einem langen Arbeitstag heim zu meinen drei Mädchen zu kommen, und alles ist ruhig und friedlich. Ihr seid meine Quelle, aus der ich meine Kraft schöpfe.« Er kam auf Emmi zu, setzte sich auf die Lehne ihres Sessels und legte seinen Arm um ihre Schulter. Nachdenklich nahm er eine Strähne ihres dunkelblonden Haares und wickelte sie sich um den Zeigefinger.

»Ich bin besorgt, Emmi«, begann er schließlich weiterzureden. »Aber ich denke dennoch, dass Vater zu schwarz sieht. Ich kann mir nicht vorstellen, dass Hitlers ausgestoßenen Drohungen, seinen Ankündigungen von Krieg und der vollständigen Vertreibung der Juden hier aus Deutschland Taten folgen werden. Der Mann ist ein …«

»Schwätzer?«

Emil nickte. »Ja, ich glaube tatsächlich, er hört sich selbst gern reden.«

Emmi konnte sich ein Grinsen nicht verkneifen. »Und dabei hört er sich so entsetzlich gestelzt an. Wie er die Worte betont, dieses übertriebene Rollen und dabei alles so abgehackt.«

Emil stimmte ihr nickend zu.

Eine Weile blieben sie so sitzen, Emmi im Sessel, Emil auf der Lehne, den Arm um ihre Schulter gelegt, seine Finger strichen durch ihr Haar.

Emmi war zutiefst besorgt, aber sie vertraute auf Emil und war sich sicher, dass er sich nicht täuschte. Letzten Endes würde sich die Lage gewiss wieder beruhigen.

Und dann fiel ihr das Buch wieder ein – *Im Westen nichts Neues* –, und sie sank einigermaßen entspannt zurück in das dicke Lederpolster.

Nein, einen Krieg zu beginnen – so dumm war die Menschheit kein zweites Mal.

Am nächsten Morgen marschierten unter dem begeisterten Jubel der Bevölkerung die deutschen Truppen in Österreich ein. Emmi bekam erst etwas davon mit, als ihr Schwiegervater lauthals nach ihr rief. Erschrocken eilte sie hinunter in die Bibliothek, wo sie ihn vor dem Radioapparat stehend vorfand. Das Gesicht aschfahl, die Augen blutunterlaufen.

»Sie haben es gerade über den Volksempfänger verbreitet, Emmi. Hitler hat unsere Truppen in Österreich einmarschieren lassen und wird dafür vom gemeinen Volk als Held gefeiert.«

»Wie … ich verstehe das nicht«, stammelte Emmi perplex. »Was beabsichtigt er damit? Ich war mir bisher nicht einmal dessen bewusst, dass die Österreicher unsere Feinde sind.«

»Sind sie auch nicht.« Mit bitterer Miene schüttelte er den Kopf. »Propaganda. Dem Halunken geht es nur um Propaganda. Das ist alles Strategie, um die Voraussetzungen zur Kriegsführung zu schaffen.«

»Ich kann das nicht glauben, Hans-Hermann, nein, ich *will* das einfach nicht glauben!«, rief Emmi verzweifelt aus.

»Dieser Schweinehund hat sich mehrfach dazu bekannt, dass er die Deutschland 1919 vom Versailler Friedensvertrag auferlegten Lasten abschütteln will. Die ihm hierbei nicht folgen wollen, werden skrupellos von ihm aussortiert, wie sein ehemaliger Außenminister Konstantin Freiherr von Neurath, der Hitler loyal gedient hat, aber wohl seinen rasanten Kurs nicht mittragen wollte, er ist ohne Wenn und Aber durch den strammen Nationalsozialisten Joachim von Ribbentrop abgelöst worden. Jeder, der sich ihm in den Weg stellt oder anders denkt, fällt ihm auf irgendeine Art zum Opfer.«

Emmi wollte etwas erwidern, als ihre Schwiegermutter zur Tür hereinkam. Kopfschüttelnd sah sie von ihrem Mann zu Emmi und wieder zurück. »Verbreitest du schon wieder deine Schreckensszenarien, Hans-Hermann?«

Er winkte genervt ab. »Freu dich, Gerlinde, wenn ich unrecht habe. Und soll ich dir etwas verraten, ich freue mich dann mit dir. Aber dazu wird es nicht kommen. Leider! Ich hatte früher, als ich noch die Geschäfte in der Fabrik gelenkt habe, nur zu gern recht gehabt. Es war ein erhebendes Gefühl, aber heute würde ich beide Hände dafür hergeben, wenn ich nicht recht hätte.«

»Mit dir ist doch kein Reden«, beschwerte Gerlinde Wagner sich und verließ empört schnaufend wieder die Bibliothek.

In der nächsten Sekunde hörte Emmi sie in der Halle mit der armen Leni schimpfen, die wohl so leichtsinnig gewesen war, den Weg der verärgerten Hausherrin zu kreuzen.

»Sie ist nicht so …«, sagte Hans-Hermann Wagner und klang auf einmal ganz sanft.

Verwundert sah Emmi ihn an. »Redest du von Gerlinde?«

Er nickte. Dann zwirbelte er die Enden seines dunklen Oberlippenbarts nach oben und verließ ohne ein weiteres Wort die Bibliothek.

Ratlos schaute Emmi ihm hinterher. Wenig später hörte sie ihn etwas zu seiner Gattin sagen, die daraufhin amüsiert auflachte.

Am Abend erzählte Emmi Emil davon. Dass Hitler in Österreich einmarschiert war, wusste er natürlich bereits, doch er teilte noch immer nicht die Meinung seines Vaters, dass das alles nur Strategie war, weil es dem *Halunken* um die Ostgebiete ging. Polen, die Sowjetunion, das waren die von ihm auserkorenen feindlichen Länder.

»Ich kann mich nur wiederholen, Emmi, Vater verrennt sich. Das kommt davon, weil er den ganzen Tag daheim in seinem Büro hockt und in irgendwelchen Strategieblättern liest, die er selbst entworfen hat und von denen er behauptet, dass sie die Wahrheit über Hitlers Plan enthalten. Ich habe bisher nicht gewagt, es offen auszusprechen, aber ich denke, er leidet unter einer zunehmenden Verwirrung.«

Emmi war wie vom Blitz getroffen. »Du denkst, er verliert langsam den Verstand?«

Emil zuckte mit den Achseln. »So weit möchte ich nicht gehen … Ich vermute, es ist eher so, dass er sich verrannt hat und allein da nicht mehr herausfindet.«

Nachdenklich zupfte Emmi an den Enden der Bänder ihrer lachsfarbenen Bluse. »Ich werde ihn morgen auf einen längeren Spaziergang einladen. Das haben wir schon eine ganze Weile nicht mehr getan. Ein bisschen Ablenkung wird ihm bestimmt guttun.«

»Das ist ein guter Einfall«, fand Emil. »Frische Luft ist in den meisten Fällen eine gute Medizin.« Er zwinkerte ihr zu. »Für gestresste Ehemänner empfiehlt der vorsorgliche Hausarzt jedoch mindestens drei Küsse von der ihn liebenden Ehefrau.«

Am 1. September 1939 begann der Zweite Weltkrieg mit dem Überfall der deutschen Wehrmacht auf Polen. Der Reichskanzler Adolf Hitler behauptete, dass der Angriff auf Polen eine Verteidigungsaktion wäre. Angeblich hätten polnische Soldaten den Rundfunksender Gleiwitz überfallen.

Hans-Hermann Wagner war fest davon überzeugt, dass die SS den Angriff lediglich vorgetäuscht hatte, um einen Grund angeben zu können, warum sie Polen angegriffen hatten. Und auch Frankreich und Großbritannien schienen Hitlers Worten nicht Glauben zu schenken, denn sie forderten von ihm den Rückzug der deutschen Soldaten aus Polen innerhalb von zwei Tagen.

Hitler ließ das Ultimatum verstreichen und zwang Polen anschließend innerhalb von vier Wochen in die Knie.

Emmi wusste nicht, ob sie sich darüber freuen sollte – der schnelle Sieg über Polen konnte doch nur bedeuten, dass der Krieg bereits wieder beendet war.

Doch als sie ihren Schwiegervater dazu befragte, schüttelte der mit düsterer Miene den Kopf.

»Nein, Emmi, das war erst der Anfang. Hitler und seine elendige Bagage fühlen sich in ihrem Wahnsinn durch den schnellen Sieg über Polen nur noch bestärkt. Dieser Krieg wird bald weite Teile der Welt in Atem halten und unfassbares Leid über die Menschen bringen. Das, Emmi, das war nur der Anfang.«

SIEBENUNDZWANZIG

Nicht die Kinder bloß speist man mit Märchen ab.

GOTTHOLD EPHRAIM LESSING,
DEUTSCHER SCHRIFTSTELLER
(1729–1781)

Frühjahr 1940

Wir können das nicht so hinnehmen, Emil. Du darfst dir das nicht bieten lassen!« Aufgeregt lief Hans-Hermann Wagner vor dem Sessel, in dem sein Sohn saß, auf und ab. »Unser Lebenswerk lassen wir nicht für kriegerische Zwecke instrumentalisieren, mit denen wir nichts zu tun haben.«

»Schwiegervater, nun beruhige dich doch. Denk an dein Herz«, mischte Emmi sich ein. Bisher hatte sie nicht gewagt, etwas zu sagen, weil ihr schlichtweg die Worte fehlten, mit denen sie diesen Wahnsinn hätte kommentieren können. Aber die Gesichtsfarbe ihres Schwiegervaters versetzte sie nun ernsthaft in Sorge. Zumal er erst vor wenigen Wochen eine leichte Herzattacke erlitten und der Arzt gemeint hatte, er müsse sich unbedingt schonen und Aufregung möglichst vermeiden.

Emil räusperte sich, bevor er nach seinem silbernen Zigarettenetui griff, das sich auf dem Beistelltisch vor ihm befand, um sich eine weitere Zigarette anzuzünden.

»Emmi hat recht, Vater, denk daran, was dein Arzt dir gesagt hat. Zu allem anderen habe ich dir bereits mehrfach Rede und Antwort gestanden. Wir können nichts tun, wir haben keine Möglichkeit, uns dagegen zu wehren. Es liegt verdammt nochmal nicht mehr in unserer Macht.«

»Mein Erbe …«, begann Gerlinde Wagner nun auch noch verzweifelt zu jammern, »… die Fabrik, die mein Vater zusammen mit meinem Onkel so mühsam aufgebaut hat. Und jetzt … jetzt meint dieser schreckliche Mann, er könnte sich einfach unser Eigentum aneignen. Was bildet dieser Kerl sich bloß ein? Woher nimmt er das Recht? Ich … ich verstehe das alles nicht …« Schluchzend schlug sie sich die Hände vors Gesicht.

Ihr Gatte trat an ihre Seite, legte ihr die Hand auf die bebende Schulter. »Bitte reg dich nicht auf, Gerlinde. Ich werde gleich morgen früh in die Fabrik fahren und mir vor Ort einen Eindruck von dieser Ungeheuerlichkeit verschaffen.«

»Du, Vater, du willst dich der Wehrmacht entgegenstellen und ihnen sagen, dass sie sich zurückzuziehen haben?« Höhnisch lachte Emil auf. »Dann kannst du dich schon einmal mit Hitlers Arbeitslagern vertraut machen.«

»Was redest du denn da!«, empörte sich Gerlinde Wagner. »Dein Vater ist ein ehrbarer Mann. Wir, die Wagners, sind eine überaus angesehene Familie. Niemand wird es sich erlauben, nicht einmal dieser abscheuliche Hitler oder einer seiner Generäle, so etwas zu tun.«

Emil drückte seine Zigarette aus, zündete sich aber sofort eine neue an. Wieder inhalierte er den Rauch tief, bevor er ihn ausstieß. Dann erhob er sich, ging zu seinem Schreibtisch, nahm mehrere Blätter in die Hand und hielt sie seinen Eltern wie zum Beweis hin.

»Hier sind die Dokumente, die schriftliche Anordnung mit der Unterschrift des Reichskanzlers höchstpersönlich darauf. Dieses Dokument sagt aus, dass wir uns nicht dagegen wehren können, Teile unserer Zuckerrübenfabrik der Produktion von Munition zur Verfügung zu stellen. Weiter steht hier schwarz auf weiß, dass die Rübenkampagne mindestens für die Jahre 1940 und 1941 einzustellen sei, da die Arbeiter und die Gebäude für die Munitionsproduktion gebraucht werden. Die Baracken sind unverzüglich zu räumen, da sie ebenfalls benötigt werden.«

»Was dort steht, Emil, ist mir bewusst, ich habe es mehrfach durchgelesen«, erzürnte Hans-Hermann Wagner sich weiterhin. »Deshalb müssen wir es uns dennoch nicht bieten lassen. Meiner Meinung nach ist diese Anordnung nicht einmal das Papier wert, auf dem sie geschrieben steht.«

»Unsere Anwälte haben alles versucht, Vater. Wir haben keine Chance, wir müssen die Verfügung so hinnehmen. Die ersten Bauernfamilien haben bereits die Baracken geräumt, sind bei Verwandten untergekommen oder …«

»Und was lassen die sich dann als Nächstes einfallen?«, rief

Gerlinde ihm hysterisch dazwischen. »Verlangen die dann vielleicht, dass du in den Krieg ziehst?«

Allein bei der Vorstellung überkam Emmi ein eiskalter Schauer.

»Das ist doch Unsinn, Emil, oder?«, wollte sie von ihm hören.

Emil schnaubte verächtlich. »Es gibt ja glücklicherweise noch ausreichend Freiwillige, die es für ihren *Führer* an die Front zieht.«

Unwillkürlich musste Emmi an ihren Vater denken, von dem sie wusste, dass auch er damals zu diesen Freiwilligen gehört hatte, die es nicht erwarten konnten, für ihr Vaterland zu kämpfen. Entsetzliches war ihm dort dann widerfahren, so grauenvoll, dass er nie darüber hatte reden können.

»Wir ziehen uns jetzt besser zurück«, erklärte Hans-Hermann Wagner und half seiner Gemahlin aus dem Sessel. »Ich möchte mich noch ein bisschen in den ganzen Vorgang einlesen. Wann gedenkst du morgen in die Fabrik zu fahren?«, wandte er sich noch mal an Emil.

»Wie jeden Morgen, Vater, spätestens um acht Uhr.«

»Gut. Ich erwarte dich in der Halle.«

Nachdem die Wagners Emils Büro verlassen hatten, um sich in ihre Räumlichkeiten ein Stockwerk tiefer zurückzuziehen, atmete er hörbar auf. »Manchmal weiß ich nicht, wer mir besser gefallen hat, der stille, stets sachliche und ernste Fabrikant Hans-Hermann Wagner oder der regelrecht aufgeblühte, dafür aber geradezu renitente Mann, in den er sich seit seinem Ruhestand verwandelt hat.«

Emmi drückte sich mit den Händen, die sie hinter dem Rücken verschränkt hielt, von der Wand ab, an der sie gelehnt hatte. Sie ging zu ihrem Mann und hakte sich bei ihm unter.

»Es ist ja auch zu ungeheuerlich, was da gerade passiert. Und du kannst wirklich nichts dagegen tun?«

Emil schüttelte den Kopf. »Nein.«

Emmi atmete tief durch. »Kannst du mir dann wenigstens etwas versprechen?«

»Und das wäre?«

»Dass du niemals auf die dumme Idee kommst, für Ruhm und Ehre deines Vaterlandes zu sterben.«

Ein leises Lächeln mischte sich unter seine Züge, doch seine Stimme klang ernst, als er erwiderte: »Soweit das in meiner Macht liegt.«

»Was sollte davon nicht in deiner Macht liegen, Emil?«

Das Lächeln verschwand aus seinem Gesicht. »Wer noch annimmt, dieser Krieg wäre nur von kurzer Dauer, der hat sich meiner Meinung nach gründlich getäuscht. Hitler und seine Generäle scheinen in ihrem Machtwahn nicht zu bremsen zu sein. Aus den Unterlagen, die man mir gegeben hat, damit ich *planen* kann …« Er lachte über seine eigenen Worte bitter auf. »Planen … allein das Wort im Zusammenhang mit der Beschlagnahmung unserer Fabrik zu verwenden ist lachhaft. Wie auch immer, aus den Unterlagen geht hervor, dass zunächst mit rund einhundert Arbeitern geplant ist, Munition herzustellen. Und die sollen aus der Belegschaft gestellt werden.

Somit bleibt uns für die Zuckerproduktion niemand mehr übrig. Selbst wenn sie uns ließen, wir könnten nicht produzieren.«

»Und was lässt dich annehmen, dass sich der Krieg noch hinziehen wird?«, wunderte Emmi sich dennoch.

»Die Menge der Munition, Emmi, die unfassbar gewaltige Menge, die allein hier bei uns hergestellt werden soll. Und wir sind natürlich nicht das einzige Werk in Deutschland, das für Hitlers kriegerische Zwecke gerade vereinnahmt wird. Das bereitet mir Sorge, und deshalb kann meine Antwort nur lauten, dass ich dir dieses Versprechen nur geben kann, soweit es in meiner Macht liegt.«

»Hältst du es wirklich für möglich, dass man dich einzieht? Dass du dich an einem Krieg beteiligen musst, den du nicht willst, den wir alle nicht wollen?«

»Ich hoffe, dass es so weit nicht kommen wird, Emmi. Aber alles andere …«

»Ich weiß schon«, beendete Emmi mit bitterer Stimme seinen Satz, »… liegt nicht in deiner Macht.«

Anfang Mai nahm die Zuckerfabrik der Familie Wagner die Munitionsproduktion mit rund einhundert Arbeitern auf. Die ersten Arbeiter wurden, wie es von den Wagners verlangt worden war, aus der Belegschaft der Zuckerfabrik gestellt. Sie mussten Granaten und Bomben abfüllen, und das unter den schwierigsten Bedingungen, denen sich aber angesichts der ständigen Anwesenheit der Wehrmacht niemand zu widersetzen wagte. Doch schon bald wurde es den Arbeitern unmöglich, dem rasch ansteigenden Bedarf an Rüstungsgütern nachzukommen, so dass man beschloss, die Produktion auszuweiten.

Emil, der davon erst in Kenntnis gesetzt wurde, als sich Wehrmachtsangehörige daranmachten, die nächste Produktionshalle auszuräumen, um Platz für die Herstellung von noch mehr Munition zu bekommen, versuchte nach Kräften, sich dagegen zu wehren. Er besprach sich mit den beiden anderen Geschäftsführern, holte sich Rat bei den Anwälten der Fabrik ein und musste sich letztendlich doch auch diesem Beschluss fügen. Es war Krieg, dem sich alles und ein jeder zu beugen hatte. Altes Recht und Gesetz war außer Kraft gesetzt. Alles hatte sich dem Ziel, den Krieg zu gewinnen, unterzuordnen.

Sobald die neue Produktionshalle eingerichtet war, kamen neue Arbeiter, polnische Kriegsgefangene, die nach dem Überfall auf Polen für die deutsche Waffen- und Munitionswirtschaft zwangsrekrutiert worden waren.

Emil fragte sich noch, wo sie unterkommen sollten, da wurde südlich des Fabrikgeländes auf einem stillgelegten Acker bereits ein Barackenlager aufgebaut, nicht vergleichbar mit den Unterkünften, die die Wagners einst für die in Not geratenen Landwirte und ihre Familien erschafft hatten. Die Bedingungen, unter denen die polnischen Strafgefangenen dort leben mussten, waren einfach nur erschütternd, wie Emil seiner Frau mehrfach schilderte. Aber was ihn noch mehr erschütterte, war die Tatsache, dass bei der Munitionsproduktion hochgiftige Materialien eingesetzt wurden, die Sicherheitsvorkehrungen aber so mangelhaft waren, dass er davon ausging, dass viele der Männer und Frauen Schäden davontragen würden.

»Es gibt wohl Sauerstoffmasken«, berichtete er Emmi. »Aber die sind in so einem katastrophalen Zustand, dass sie überhaupt nicht eingesetzt werden können.«

Ein paar Tage später machte er dann eine Beobachtung, die ihm erneut nahezu die Fassung raubte.

»Nach Schichtende müssen die Arbeiter sich gründlich waschen und auch ihre Kleidung wechseln. Ich gehe davon aus, dass den Verantwortlichen durchaus bewusst ist, dass hochgiftige Materialien an ihnen und ihrer Kleidung anhaftet und dass sich zu waschen ein lächerlicher Versuch ist, die Menschen davor zu schützen.«

»Und du kannst ihnen nicht helfen, Emil, indem du auf ihre Rechte hinweist?«, fragte Emmi ihn.

Emils Miene verdüsterte sich. »Nein, mir sind die Hände gebunden. Sie lassen mich zwar hoch in mein Büro, so wie auch unsere beiden Direktoren, die Sekretärinnen und Telefonistinnen … unseren Buchhalter, aber alles, was die Munitionsproduktion betrifft … da lassen sie sich nicht in die Karten blicken. Nein, wir sind ohne jegliche Chance. Können nur das ganze Elend beobachten und die Klappe halten.«

Irgendwann fuhr Emil nicht mehr morgens um acht Uhr in die Fabrik. Es gab dort nichts mehr für ihn zu tun. Er hatte weder die Möglichkeit, sich um seine eigenen Arbeiter zu kümmern, noch konnte er etwas für die Landwirte tun, die ihre Unterkunft auf dem Gelände verlassen mussten, oder die polnischen Zwangsarbeiter, die extrem schlecht von den Wachhabenden behandelt wurden. Emil beschloss, sich alldem zu entziehen, indem er daheimblieb, wo tatsächlich kaum etwas davon zu spüren war, dass sie sich im Krieg befanden.

Emils Einberufungsbescheid kam einen Tag, nachdem sich ein schreckliches Explosionsunglück in einer der Munitionsfertigungshallen ereignet hatte. Zunächst nahm niemand großartig Notiz von dem Schreiben. Dazu waren hier alle viel zu sehr damit beschäftigt, das Unglück, das viele, viele Menschenleben gefordert hatte, zu bewältigen. Unter den Opfern befanden sich langjährige Arbeiter der Fabrik, einige davon hatten schon seit ihrer Jugend bei den Wagners in Lohn und Brot gestanden. Das Entsetzen und die Trauer waren dementsprechend groß.

So kam es, dass Emil erst von seiner Einberufung erfuhr, als der Befehl sich schon drei Tage auf dem Schreibtisch in seinem Büro im zweiten Stockwerk befand. Eines der Mädchen hatte das Dokument dorthin gelegt und dann bei all der Aufregung vergessen, dem gnädigen Herrn Bescheid zu geben.

»Nein! Nein, das dürfen die nicht von dir verlangen. Das ist doch nicht unser Krieg, Emil, nicht deiner. Wir haben ihn nicht gewollt. Wie können die jetzt von dir verlangen, dass du dich daran beteiligst? Dass du dein Leben für etwas riskierst, an das du nicht einmal glaubst?«, rief Emmi entsetzt, wenngleich ihr durchaus bewusst war, dass es bei den Einberufungen nicht darum ging, ob jemand an den Krieg glaubte oder nicht. Doch verzweifelte Hilflosigkeit ließ nun mal wenig Raum für logisches Denken.

Emil war ebenso erschüttert, bemühte sich aber darum, es Emmi nicht spüren zu lassen.

»Ich lasse mir schnell in den Fuß schießen und bin dann anschließend für diesen idiotischen Krieg nicht mehr zu gebrauchen«, versuchte er sich sogar an einem makabren Scherz.

Emmi brach in Tränen aus. In ihrem ganzen Leben hatte sie sich noch niemals so hilflos gefühlt wie in diesem Moment.

ACHTUNDZWANZIG

Echte Liebesgeschichten gehen nie zu Ende.

MARIE VON EBNER-ESCHENBACH,
MÄHRISCH-ÖSTERREICHISCHE SCHRIFTSTELLERIN
(1830–1916)

Die Sonne schien so warm vom Himmel, als wüsste sie es nicht besser. Als ahnte sie nichts von dem Schmerz, den Ängsten und der Traurigkeit, die Emmi empfand, während sie sich fest in Emils Arme schmiegte.

Von den Mädchen hatte er sich bereits verabschiedet. Beide hatten bitterlich geweint, waren aber sofort ganz tapfer gewesen, als er ihnen versprochen hatte, ihnen ganz viele Postkarten zu schicken. Gerade die kleine Greta war schier begeistert von der Aussicht gewesen, bald schöne Karten in den Händen halten zu können. Lisa hingegen war zu vernünftig, um es ihrem Vater noch schwerer zu machen. Also hatte sie ihre Tränen getrocknet und ihm artig Auf Wiedersehen gesagt.

Auch von seinen Eltern hatte Emil sich bereits verabschiedet. Gerlinde Wagner war untröstlich gewesen, Hans-Hermann

Wagner hingegen wieder so stumm und in sich gekehrt wie in den Zeiten vor seinem Ruhestand.

Der Bahnhof war von Männern in Uniformen überfüllt. Ihre wenigen Habseligkeiten, die sie mit an die Front nehmen konnten, trugen sie auf dem Rücken oder über ihren Schultern. Ihre Gesichter waren überwiegend ernst, man hörte Frauen weinen, aber auch Zuversicht und Stolz in den Stimmen derer mitschwingen, die ihrem Sohn, dem Ehemann oder dem Vater Lebewohl sagten.

Emmi klammerte sich an Emil wie eine Ertrinkende. Sie wollte es nicht wahrhaben, dass ihre schlimmsten Befürchtungen tatsächlich Wahrheit geworden waren. Dass sie hier auf dem Bahnsteig standen, wo jeden Moment die Eisenbahn einfahren würde, in die Emil einstieg, um von ihr in diesen verdammten Krieg befördert zu werden.

»Ich will nicht, dass du gehst, Emil«, wimmerte sie nahe an seinem Ohr. Sie sog seinen Geruch ein, spürte seine warme Nähe und wollte ihn nicht loslassen.

»Ich passe auf mich auf, Emmi«, versprach er ihr. »Du kannst dich auf mich verlassen.« Er lachte, dieses leise dunkle Lachen, das sie so sehr an ihm liebte. »Wie schon gesagt: Zur Not lasse ich mir in den Fuß schießen.«

Sie drückte gegen den Oberarm. »Sag doch nicht so etwas. Ich will mir nicht vorstellen, dass du verletzt wirst.«

Er küsste sie. »Wir sehen uns bald wieder. Lange wird dieser Krieg nicht mehr dauern. Davon bin ich überzeugt.«

Wie die Eisenbahn einfuhr, Emil schließlich einstieg, ihr am

Fenster stehend zuwinkte, dicht umringt von anderen Soldaten mit ebenso ernsten Gesichtern – all das erlebte Emmi wie in Trance.

Später hätte sie nicht beschwören können, wie sie zurück zur Villa gekommen war. Irgendwann lag sie in ihrem Ehebett. Der Anblick von Emils leerer Seite löste körperliche Schmerzen bei ihr aus. Von den Haarwurzeln bis zu den Zehenspitzen, alles tat ihr weh. Sie war sich sicher, nicht einmal die Hand heben zu können, weil die Qual einfach zu schlimm war.

Irgendwann – sie hätte nicht sagen können, wie lange sie schon starr und stumm dagelegen hatte, spürte sie eine Berührung. Eine Hand auf ihrer Schulter. Warm, tröstlich …

»Mutti, bitte weine doch nicht. Vati hat doch gesagt, dass er ganz bald wiederkommt.«

»O Lisakind«, wimmerte Emmi und zog ihre Tochter an sich.

Sie wusste, sie musste stark sein. Sie durfte sich nicht so gehenlassen, weil sie ihren Töchtern damit Angst machte. Sie musste die zuversichtliche Emmi sein, die sie schon immer gewesen war, und daran glauben, dass alles gut werden würde. Für ihre Töchter, für Emil und sie, für ihre kleine Familie.

Drei Monate später wurde mit dem Wiederaufbau der durch die Explosion zerstörten Anlagen begonnen. Hans-Hermann Wagner war in die Fabrik zurückgekehrt, wo er nach Kräften versuchte, seinen Sohn zu vertreten. Da auch die beiden anderen Direktoren eingezogen worden waren, sah er sich auf einmal nur mit Emils Sekretärin und dem schon reichlich in die Jahre gekommenen Buchhalter der Fabrik auf nahezu verlorenem Posten dort sitzen.

Inzwischen herrschte allgemeine Zuckerknappheit, so dass der Befehl erging, die Zuckerproduktion wieder aufzunehmen. Hans-Hermann Wagner wurde kurz und knapp mitgeteilt, dass man von ihm erwartete, im Herbst mit der Herstellung fortzufahren. Falls es ihm an Arbeitskräften mangelte, so bot man ihm großzügig an, mit polnischen und nun auch russischen Zwangsarbeitern, überwiegend Frauen, auszuhelfen.

Der ehemalige Fabrikant versuchte sich zu weigern. Er wollte sich diesem verdammten Hitler und seiner verbrecherischen Gefolgschaft nicht beugen, so dass Gerlinde sich sorgenvoll an ihre Schwiegertochter wandte.

»Ich fürchte um sein Leben, wenn er sich weiterhin so unnachgiebig aufführt, Emmi. Du hast doch immer ein gutes Verhältnis zu ihm gehabt und konntest auf ihn einwirken. Bitte rede mit ihm!«

Emmi versprach es ihrer Schwiegermutter, die daraufhin wissen wollte: »Hast du etwas von Emil gehört?«

Emmi nickte. »Er hat geschrieben. Nicht viel, aber er hat mir mitgeteilt, dass es ihm gut geht und wir uns keine Sorgen machen sollen.«

Gerlinde nickte. »Er ist so tapfer. Lässt sich nicht anmerken, wie er leidet. Hat er dir auch mitgeteilt, wo er stationiert ist?«

»Ich glaube, dass er sich noch in Deutschland befindet, irgendwo im Osten. Einmal hat er etwas von Polen geschrieben. Aber danach war dann wieder von Deutschland die Rede.«

Einigermaßen beruhigt nickte Gerlinde. »Solange er sich in Deutschland aufhält, müssen wir uns wohl nicht ganz so große Sorgen machen.«

Das hoffte Emmi auch und versprach ihrer Schwiegermutter, noch an diesem Abend mit ihrem Schwiegervater zu reden und zu versuchen, ihn zur Vernunft zu bringen.

Doch dazu sollte es nicht kommen. Keine Stunde später traf Thea Engel in der Villa der Wagners ein. Emmi war froh, sie zu sehen, da sie doch hoffte, ihre Mutter wolle endlich ihrem Drängen nachgeben, zu ihnen in die Villa zu ziehen. Emmi hatte Sorge, sie in diesen Zeiten allein in ihrem alten Haus zu wissen. Hier bei den Wagners waren hinlänglich Vorkehrungen getroffen worden, ein Luftschutzkeller befand sich ganz in der Nähe, und auch der eigene Keller unter der Villa bot allemal mehr Sicherheit als das alte Haus ihrer Kindheit.

Hatte sich zu Beginn des Krieges das Leben für die Zivilbevölkerung kaum geändert, so waren in letzter Zeit vermehrt Bombenangriffe auf deutsche Großstädte geflogen worden. Es schien so, als würde die Zivilbevölkerung auf einmal von den kriegerischen Auseinandersetzungen Deutschlands eingeholt werden. Die langjährige Begeisterung schlug bei so einigen ins Gegenteil um. Doch öffentliche Kritikäußerungen wurden vonseiten des Staates hart bestraft. Kaum jemand wagte zu widersprechen. Nur Hans-Hermann Wagner wollte sich den Mund nicht verbieten lassen.

Auch darüber wollte Emmi noch mal mit ihm reden, er brachte damit nicht nur sich in Gefahr, sondern auch seine Gemahlin, Emmi und die Kinder.

Doch nun stand Thea Engel plötzlich vor ihr.

»Mutti, hast du es dir überlegt? Ziehst du zu uns?«

»Ich muss dir etwas sagen, Emmi«, erklärte Thea Engel. Erst jetzt fiel Emmi auf, wie aschfahl ihre Mutter war.

»Was ist passiert?«, hauchte sie unheilvoll. »Hat Otto Pahnke etwas damit zu tun? Mutti, hat er gewagt, dir nachzustellen, dieser …«

»Nein, hör auf damit, Emmi! Darum geht es nicht«, fiel sie ihr ins Wort. »Es geht um Vati. Ich …« Sie sah sich in der Halle um, als befürchtete sie, belauscht zu werden.

»Sollen wir hochgehen?«, schlug Emmi vor. »Die Mädchen werden sich freuen, dich zu sehen.«

Doch auch das wollte Thea Engel nicht, und nun begann sich Emmi ernsthafte Sorgen zu machen.

»Himmel, Mutti, was ist denn bloß geschehen?« Auf einmal kam ihr etwas in den Sinn, etwas Absurdes, dass ihre Mutter etwas von Emil gehört haben könnte. Dass ihm etwas zugestoßen war und man sie statt Emmi verständigt hatte.

»Ist … ist es wegen Emil?«, hauchte sie ängstlich.

Thea Engels Augenbrauen wanderten verwundert nach oben. »Emil? Nein, nicht, dass ich wüsste. Ich meine, wie kommst du da drauf, mich nach ihm zu fragen?«

»Weil … weil du dich so sonderbar verhältst. Ich mache mir Sorgen, immer gleich Sorgen um Emil …«

Thea Engel nahm ihre Tochter in den Arm, sie zog sie ganz fest an sich und versicherte ihr: »Das kann ich natürlich gut verstehen, und es tut mir leid, wenn ich dich erschreckt habe. Wenn du meinetwegen angenommen hast, irgendetwas wäre mit Emil passiert. Aber so ist es nicht, Emmi, du musst ganz fest daran glauben, dass deinem Emil nichts zustoßen wird.«

»Das mache ich«, gab Emmi leise zurück. »Ich vertraue auf Emil und weiß, dass er zu uns heimkehren wird …«

Thea Engel löste sich wieder aus der Umarmung, umfasste aber Emmis beide Oberarme und zwang sie, ihr direkt ins Gesicht zu blicken.

»Es geht um deinen Vater, Emmi. Ich weiß es schon seit zwei Tagen. Aber ich musste das Ganze erst mal mit mir selbst ausmachen, überhaupt verstehen, was das zu bedeuten hat und … ändern tut es ja nichts mehr daran, an dem, was passiert ist.«

»Mutti, wovon redest du?«

Thea Engel schluckte schwer. Dann holte sie noch einmal tief Luft und fragte: »Erinnerst du dich noch an die Gieseckes, an Maria und Ernst Giesecke?«

Emmi dachte nach. »Hm … nur flüchtig. Ich weiß, dass Vati früher sehr eng mit ihm befreundet war. Aber dann hat es wohl irgendeinen Streit zwischen den beiden gegeben, den sie meines Wissens nie aus der Welt geschaffen haben. Ich weiß auch noch, dass sie in Klein-Algermissen in der Nähe der

Kirche gewohnt haben oder noch immer wohnen. Aber was ist denn mit den beiden? Wie kommst du nach all den Jahren darauf, mich nach ihnen zu fragen?«

»Ernst Giesecke ist vor einigen Wochen verstorben.«

»Im Krieg?«, vermutete Emmi gleich. »Aber war er nicht in Vatis Alter? Haben die ihn tatsächlich noch eingezogen?«

Thea Engel winkte ab. »Nein, nein, er ist einem schweren Nierenleiden erlegen. Er hat gewusst, dass er sterben muss, und seine Frau auch. Sie waren darauf vorbereitet. Schon lange.«

»Das tut mir leid. Dennoch verstehe ich nicht, warum dich das so mitnimmt. Du hattest doch überhaupt keinen Kontakt mehr zu den Gieseckes, oder?«

»Maria war vorgestern bei mir und hat mir einen Brief ihres verstorbenen Mannes gebracht. Darin entschuldigt er sich bei mir und meinen beiden Töchtern, dass er uns so viel Leid zugefügt hat.«

»Inwiefern hat dieser Mann uns Leid zugefügt?«

Thea Engel legte sich die Hand auf den Mund. Sie blickte kurz zur Seite, schien noch mal zu überlegen, ob sie es wirklich sagen sollte, wandte sich dann wieder Emmi zu und flüsterte: »Weil er mir den Ehemann und euch den Vater genommen hat.«

Emmi hatte für einen Moment das Gefühl, nicht mehr atmen zu können. »Was soll das bedeuten?«, krächzte sie, obgleich sich bereits eine schlimme Vorahnung in ihr breitmachte.

»Er hat Vati erschossen, Emmi. Er hat in diesem Brief an mich zugegeben, dass er an Vaters vierzigstem Geburtstag mit ihm eine Auseinandersetzung gehabt hat, bei der es wohl zu einer Rangelei zwischen den beiden gekommen ist. Dabei hat sich ein Schuss gelöst, und Vati …«

»Er hat Vati getötet?«, hauchte Emmi erschüttert.

»Er schreibt in seinem Brief, dass es ein Unfall gewesen ist, dass er sich eigentlich mit Vati hatte versöhnen wollen. Angeblich sind sie sich zufällig an diesem frühen Sonntag begegnet, weil beide zur Jagd wollten. Er hätte Vatis Geburtstag zum Anlass genommen und ihn angesprochen. Mehr hat nicht in dem Brief gestanden. Ich weiß, das ändert nichts und bringt uns Vati nicht wieder zurück …«

»Doch, das ändert alles«, widersprach Emmi. »Denn jetzt wissen wir, dass Vati uns nicht im Stich gelassen hat. Dass er seine dunklen Schatten noch viele, viele Jahre weiter ertragen, aber uns niemals alleingelassen hätte. So wie auch Emil uns nicht alleinlassen wird.«

Auf den Tag genau einen Monat später bekam Emmi eine Nachricht zugestellt. In dem kurzen Telegramm wurde ihr mitgeteilt, dass ihr Ehemann Emil Wagner bei einem Einsatz im polnischen Grenzgebiet verletzt worden sei. Er befände sich inzwischen im Lazarett in Halle, erhole sich aber gut von der Operation.

Emmi setzte sofort alle Hebel in Bewegung, um zu Emil nach Halle ins Lazarett reisen zu können. Sie war in großer Sorge um ihren Mann, doch fürchtete nicht um sein Leben, denn in dem Telegramm hatte gestanden, dass er sich gut erholte. Umso schlimmer traf es sie, als sie in Halle angekommen war, dann aber nicht zu ihm vorgelassen wurde.

Die Begründung dafür lautete, sein Zustand habe sich leider verschlechtert und er würde sie im Moment sowieso nicht erkennen.

»Kommen Sie morgen wieder«, sagte eine junge Schwester zu ihr. »Ihr Mann schläft gerade.«

Doch am nächsten Morgen war es zu spät. Emil Wagner verstarb am 17. September 1942, zehn Minuten nachdem seine Frau Emmi das Lazarett wieder verlassen hatte, an den Folgen schwerer Kopfverletzungen, die ihm durch den Splitter einer Granate zugefügt worden waren.

Er wurde neununddreißig Jahre alt.

NEUNUNDZWANZIG

Warum die Hölle im Jenseits suchen?
Sie ist schon im Diesseits vorhanden,
im Herzen der Bösen.

JEAN-JACQUES ROUSSEAU,
FRANZÖSISCHER SCHRIFTSTELLER
(1712–1778)

Während Emmis Welt in tausend Scherben vor ihr lag, sie meinte, nicht weiterleben zu können, weil dieser Schmerz so brutal in ihr rumorte, funktionierte sie nach außen wie das Uhrwerk ihrer goldenen Taschenuhr. Da waren ihre Töchter Lisa und Greta, die einfach nur untröstlich waren. Ihre Schwiegermutter Gerlinde, die tagelang nicht aus dem Bett aufstehen wollte, kaum ansprechbar war und sich nichts mehr wünschte, als ebenfalls zu sterben, um nahe bei ihrem Sohn, bei ihrem einzigen Kind Emil zu sein. Und da war Hans-Hermann Wagner, der verzweifelt versuchte, sich mit Arbeit in der Fabrik zuzuschaufeln, damit er sich bloß nicht mit dem Tod seines Sohnes auseinandersetzen musste. Selbst das Hauspersonal, die Zimmermädchen, Hilde, die langjährige Hausdame, und Berta in der Küche, alle waren so in Trauer um Emil, dass Emmi nichts anderes tun konnte, als zu funktionieren. Die zuverlässige, immer tapfere und tüchtige Emmi.

Nur wenn sie allein mit ihrer Mutter war, wenn die Mädchen abends in ihren Betten lagen und sie zusammen in Annis ehemaligem Salon saßen – längst nicht mehr auf dem Kanapee, das hatte Emmi in Lisas Zimmer bringen lassen, als Andenken an ihre *echte* Mutti, von der sie allerdings nicht wusste –, dann konnte sie sich fallenlassen. Dann lag sie in den Armen ihrer Mutter und ließ ihrem Schmerz freien Lauf.

»Warum, Mutti, warum ist das Schicksal so … so erbarmungslos. Vati, Anni und jetzt Emil, den ich mehr als mein eigenes Leben geliebt habe …«

Thea streichelte ihren Kopf, hörte ihr zu und versuchte zu antworten, aber manchmal fand auch sie keine Antworten auf Emmis Fragen. Sie war zu ihrer Tochter und den Enkelkindern in die Villa gezogen. In ihrem Dorf hatte sie das alte Haus so gut wie möglich gegen Vandalismus geschützt. Die Fenster und Türen mit Holzbrettern zugenagelt, alles, was irgendwie von Wert war, hatte sie hierher mitgenommen.

Es gab genug Platz in der Villa, dennoch bezog Thea die kleine Kammer neben der ehemaligen Kinderschlafstube, in der Emmi das erste Jahr gewohnt hatte. Es war ihr lieber so, sagte sie, und Emmi gab es auf, ihrer Mutter eine größere, komfortablere Kammer anzubieten.

So vergingen Tage, Wochen, Monate – draußen tobte noch immer der Krieg. Immer häufiger heulten nun auch hier bei ihnen die Sirenen, kündigten einen Bombenangriff an, und sie eilten in den Gewölbekeller oder an manchen Tagen sogar hinüber in den Luftschutzbunker. Dann saßen sie dicht aneinandergedrängt da, hielten sich bei den Händen, zogen die Köpfe ein und warteten darauf, dass es ein Ende nahm, dass alle Bomben gefallen waren. Sie hofften, dass ihr Haus noch stand und sie oben nicht von einer dieser ganz besonders tückischen Brandbomben erwartet wurden.

In der Fabrik wurde unverdrossen Zucker produziert. Viele der ehemaligen Belegschaft, überwiegend Frauen – die Männer, gerade die jüngeren unter ihnen, kämpften an der Front oder waren gefallen –, hatten die Arbeit wieder aufgenommen. Noch war es Hans-Hermann Wagner, der allein versuchte, die Zuckerrübenfabrik durch schwierige Zeiten zu lenken. Stets den Atem des Bösen im Nacken spürend, die verhassten Wachmänner, die Generäle – Hitlers verachtungswürdige Speichellecker, wie er sie nannte, wenn sie unter sich waren. Doch es bahnte sich an, dass das nicht mehr lange gut gehen würde. Sein Herz machte ihm zunehmend zu schaffen, und Gerlinde war in großer Sorge um ihn.

»Wir müssen ihn entlasten«, sagte sie eines Abends nach dem Essen zu Emmi und Thea. Die Mädchen waren schon hinauf in ihre Kammer gegangen. Lisa wollte noch lesen, Greta mit ihren Puppen spielen, bis es Schlafenszeit war. Auch Hans-Hermann hatte sich bereits zurückgezogen. Er klagte wieder über Magenbeschwerden, angeblich hatte etwas mit dem Essen nicht gestimmt.

»Es ist nicht der Magen, es ist sein Herz«, wusste Gerlinde Wagner.

»Kann sonst niemand seinen Platz in der Fabrik einnehmen oder ihn wenigstens ein wenig entlasten?«, fragte Thea Engel.

Emmi war mit ihren Gedanken wieder einmal bei Emil. Wann immer sich ihr die Gelegenheit bot, verlor sie sich in die Momente, die sie einst mit ihrem geliebten Mann verbracht hatte. Sie stellte sich vor, wie es war, wenn sie nach dem Abendessen die Kinder ins Bett gebracht hatten und dann später noch zusammen in der Bibliothek saßen. Wie Emil ihr von seinem Tag in der Fabrik erzählt hatte …

Sie war so sehr in ihrer Gedankenwelt versunken, dass sie die Worte ihrer Schwiegermutter überhaupt nicht wahrgenommen hatte.

»Emmi?«, rief ihre Mutter. »Träumst du mit offenen Augen?«

»Was … hast …. du gesagt?«, stammelte Emmi.

»Ich habe gesagt, dass ich in großer Sorge um Hans-Hermann bin. Thea und ich haben überlegt, wen wir vielleicht bitten könnten, dass er Hans-Hermann unter die Arme greift und ihn unterstützt. Nur, uns ist niemand eingefallen. Die Männer, die ich von früher kenne, die sind zu alt, die anderen kämpfen im Krieg oder sind gefallen.«

»Aber es gibt doch einen Werkleiter«, merkte Emmi an. »Schichtleiter. Techniker … der Firmenanwalt …«

»Emmi«, rief ihre Schwiegermutter erbost, »hast du mir denn nicht zugehört? Es ist niemand da. Sie sind alle im Krieg oder tot. Hans-Hermann ist allein mit einem Haufen Frauen und

Kriegsgefangenen. Direkt daneben wird in der Munitionsfabrik weiter produziert. Sechshundert Männer und Frauen. Russische, französische und polnische Kriegsgefangene. Sie hausen noch immer in Baracken, kriegen kaum etwas zu essen, es ist ein Elend, und an diesem Elend zerbricht mir Hans-Hermann noch …«

»Verstehe«, murmelte Emmi nachdenklich.

»Es würde mir das Herz brechen, wenn wir verkaufen müssten, aber wenn es zu Hans-Hermanns Bestem ist …« Gerlinde Wagner hielt kurz inne. Sie kramte ihr Spitzentaschentuch aus ihrem kleinen Stofftäschchen hervor, betupfte sich die Oberlippe, bevor sie mit weinerlicher Stimme fortfuhr. »Ich kann nicht auch noch meinen Mann verlieren. Das … das verkrafte ich nicht.«

»An wen solltet ihr auch schon verkaufen können, Gerlinde«, merkte Thea an. »Wir befinden uns im Krieg.«

Ratlos zuckte Gerlinde Wagner mit den Schultern. »Ich weiß es doch nicht, Thea, ich weiß einfach gar nichts mehr …« Es deutete sich an, dass sie in Tränen ausbrechen würde. Etwas, das früher undenkbar gewesen wäre, dass die stolze, oftmals so hartherzige und grobe Gerlinde Wagner Schwächen zuließ.

»Ich mache es!«, sagte Emmi da auf einmal. Es kam ihr so vor, als wäre das die logische Schlussfolgerung aus dem, was sich zugetragen hatte.

»Was meinst du damit: Ich mache es?« Ihre Schwiegermutter sah sie verständnislos an. »Dass du dir Gedanken machen wirst, wer infrage käme?«

Emmi schüttelte den Kopf. »Das habe ich bereits getan, Gerlinde.« Emmi wandte sich an ihre Mutter. »Mutti, könntest du dir vorstellen, dich tagsüber um Lisa und Gretel zu kümmern? Essen bekommen sie ja, das wäre alles geregelt. Aber du müsstest nach den Schularbeiten sehen. Greta braucht mehr Hilfe als Lisa, und wenn die Sirenen gehen, dann …«

»Warte«, fiel Thea Engel ihr ins Wort. »Ich kenne mich aus. Du musst mir nichts erklären. Oder vielleicht doch, was genau hast du vor?«

»Ich greife Hans-Hermann unter die Arme. Ich werde ihn in der Fabrik unterstützen.«

»Du?« Gerlinde Wagner fiel fast von ihrem Stuhl. »Das … das ist doch Unfug, Emmi. Du kennst dich nicht aus.«

»Doch, Schwiegermutter, ich kenne mich sogar sehr gut aus. Emil hat mir alles beigebracht, was ich wissen muss.«

Erneut wandte sich Emmi an ihre Mutter. »Kann ich mich auf dich verlassen, Mutti?«

Thea Engel nickte. »Natürlich, das kannst du.«

»Dann gehe ich jetzt zu den Mädchen hinauf und sage ihnen, dass ich ab morgen tagsüber nicht daheim sein werde«, beschloss Emmi und erhob sich.

»Emmi, nun unterlass doch bitte diesen Unsinn«, rief Gerlinde Wagner aufgeregt. »Du bist eine Frau. Du kannst keine Fabrik leiten!«

»Wer, liebe Schwiegermutter, will mir das denn verbieten? Einer der Direktoren? Der Werkleiter? Die Rechtsanwälte? Von denen ist doch keiner mehr da. Das hast du doch eben gerade selbst gesagt. Alle sind in diesem verdammten Krieg oder liegen wie mein Mann auf einem Soldatenfriedhof begraben.«

Mit diesen Worten lief Emmi aus dem Speisezimmer. Ihre Augen hatten sich mit Tränen gefüllt, die sie mit einem Taschentuch abtupfen musste, bevor sie die Kammer der Mädchen betrat.

Sie erzählte ihren Töchtern von ihrem Vorhaben, was Greta zunächst nicht sonderlich interessierte.

»Kann ich jetzt bitte weiter mit der Moni spielen?«, fragte sie und sah Emmi mit ihren großen blauen Augen flehentlich an. Moni war ihre Puppe, die sie über alles liebte, weil sie echte Wimpern und bewegliche Lider hatte.

Lisa hingegen wollte ganz genau verstehen, warum ihre Mutter den Großvater in die Fabrik begleiten wollte.

»Ich möchte euren Opi ein bisschen entlasten. Er schafft das auf Dauer nicht mehr allein. Jemand muss sich auch um die Landwirte kümmern, sie ermutigen, dass sie ihre Felder wieder mit Zuckerrüben bestellen. Viele haben unterdessen Steckrüben angebaut, ich muss mit ihnen reden, ihnen versichern, dass unsere Familie nicht aufgeben wird. Und vielleicht muss ich sie auch daran erinnern, dass wir in schlechten Zeiten für sie da gewesen sind. Das kann euer Opi nicht allein schaffen.«

Verstehend nickte Lisa. »Dann ist es nur gut, dass du jetzt auch Fabrikantin wirst, Mutti«, fand sie.

Emmi lachte leise auf. »Nein, Lisa, das werde ich sicherlich nicht.«

»Und wenn die Flieger kommen?« Greta drückte Moni ganz fest an ihr Herz. »Was ist dann?«

»Dann geht ihr mit euren Großmüttern in den Gewölbekeller oder den Luftschutzbunker. So wie wir es immer machen.«

»Ich meine nicht Lisa und mich«, erklärte Greta. »Du, Muttilein, wo gehst du dann hin?«

»Ich bringe mich wie ihr in Sicherheit.«

»Versprichst du mir das?« Gretas Augen füllten sich mit Tränen. »Versprichst du mir, dass du immer zurückkommst?«

Plötzlich wurde Emmi klar, warum ihre kleine Tochter so sehr darauf drängte. Sie hatte Angst, auch noch die Mutter zu verlieren, nachdem sie bereits ohne den Vater sein musste.

Sie zog ihre beiden Töchter in ihre Arme und versprach ihnen, dass es nichts auf der Welt geben würde, das sie davon abhalten könnte, zu ihren Töchtern nach Hause zu kommen.

»Das ist fein«, sagte Greta. Sie hielt Moni etwas auf Abstand, sah sie an und sagte: »Hörst du, Moni, du hast dir ganz umsonst Sorgen um Mutti gemacht …«

Am nächsten Morgen zog Emmi sich eines ihrer Kostüme an, die sie seit Kriegsbeginn nicht mehr aus dem Schrank genommen hatte. Sie frisierte sich ordentlich, betupfte sich sogar mit einem Hauch von Parfum und nahm ihre Handtasche von der Kommode, bevor sie hinüber zu ihren Töchtern ging, um sich von ihnen zu verabschieden.

»Versprecht mir bitte, dass ihr brav seid und eurer Großmutter keine Sorgen bereitet«, verlangte sie, wandte sich dabei aber überwiegend ihrer Tochter Greta zu.

»Mutti, ich bin dreizehn Jahre alt«, erwiderte Lisa mit ernster Miene. »Ich weiß längst, wie man sich benimmt.«

Greta schob schmollend die Unterlippe vor. »Ich auch!«, behauptete sie.

Emmi schmunzelte. »Entschuldigt bitte, ihr beiden, dass ich überhaupt etwas gesagt habe, wo ich doch weiß, dass ich mich auf meine beiden Mädchen stets verlassen kann.«

Sie gab erst Greta, dann Lisa einen Kuss auf die Wange und verließ eilig die Kammer der Mädchen, die sie sich zum Schlafen noch immer teilten.

Unten in der Halle fand sie ihren Schwiegervater Hans-Hermann Wagner schier außer sich vor.

»Sie haben ihn eingezogen«, erklärte er Emmi mit hochrotem Gesicht. »Er ist in meinem Alter, Emmi, ein alter Mann. Die Jungen und Gesunden haben sie alle schon verbrannt, die liegen in aller Herren Länder verstreut vergraben, jetzt holen sie auch noch uns, die Alten und Kranken …«

Die Rede war von seinem langjährigen Fahrer Freddy, der im Dienst der Wagners stand, seitdem Hans-Hermann sich mit Gerlinde vermählt hatte und in die Fabrik seines kurz darauf verstorbenen Schwiegervaters eingetreten war. In all den Jahren war Freddy aber weitaus mehr als nur Hans-Hermanns Fahrer gewesen, er war ihm ein treuer Begleiter und, ja, auch ein Freund geworden.

»Emmi, wo führt uns das alles noch hin?«, wandte er sich verzweifelt an seine Schwiegertochter. »Wann hat dieser Wahnsinn endlich ein Ende?«

»Ich weiß es nicht, Schwiegervater, ich weiß es nicht«, murmelte Emmi so hilflos, wie sie sich gerade auch fühlte.

Doch dann straffte sie die Schultern und erklärte: »Wir fahren jetzt erst mal in die Fabrik, Hans-Hermann. Ich versuche, etwas über Freddys Verbleib herauszufinden. Vielleicht täuschst du dich, und er ist lediglich etwas unpässlich und darum zu Hause geblieben.« Die Erklärung klang mehr als unwahrscheinlich, das war Emmi bewusst. Doch irgendwie musste es ihr gelingen, ihren Schwiegervater zu beruhigen.

»Wir?« Hans-Hermann sah sie konsterniert an. »Warum gedenkst du mich zu begleiten, Emmi?«

»Hat Gerlinde dir nicht gesagt, dass ich dich unterstützen möchte?«

Hans-Hermann Wagner begann nervös die Enden seines Schnauzbarts zu zwirbeln. »Nein, Gerlinde hat mir davon nichts erzählt. Und zu welchem Zweck möchtest du mich begleiten, Emmi? Fräulein Johanne ist mir inzwischen wieder überlassen worden. *Die* haben sie aus der Munitionsfertigung gehen lassen, und nun arbeitet sie wieder im Sekretariat.«

»Das weiß ich, Schwiegervater. Du hast es erwähnt. Ich dachte, ich könnte dir die Verhandlungen mit den Landwirten abnehmen …«

Der ältere Mann lachte bitter auf. »Emmi, wo denkst du denn hin? Mit wem willst du denn verhandeln, die sind doch alle im Krieg. Das ist doch der Irrsinn, diese braunen Halunken verlangen von uns, dass wir wieder produzieren, dass wir ihnen

Zucker liefern, weil der knapp geworden ist, und zur selben Zeit schicken sie die Männer an die Front. Auf den Äckern wachsen Steckrüben und Kartoffeln, was ich durchaus verstehen kann, aber keine Zuckerrüben.«

»Gut. Aber die Frauen sind daheimgeblieben. Sie sorgen dafür, dass die Felder weiter bestellt werden. Und die Alten, Hans-Hermann, die sind auch noch da, und mit denen werde ich reden. Ich werde sie überzeugen, dass sie noch immer auf uns vertrauen können. Dass wir weitermachen, dass die Wagners sich nicht unterkriegen lassen.«

Hans-Hermann Wagner sah noch immer nicht überzeugt aus. Aber er folgte seiner Schwiegertochter nach draußen – um direkt wieder etwas einzuwenden.

»Wie willst du zu ihnen hinkommen, Emmi? Wie sollen wir überhaupt in die Fabrik kommen?«

»Mit unserem Automobil«, gab Emmi arglos zurück. »So wie du jeden Tag in die Fabrik fährst, Hans-Hermann.«

»Freddy fährt mich. Ich habe in meinem Leben noch kein Automobil gelenkt«, erklärte er ihr. »Es war nie vonnöten …«

Damit hatte Emmi tatsächlich nicht gerechnet. Doch ein wirkliches Problem stellte auch das nicht für sie dar. »Wo befinden sich die Schlüssel?«

»Am Haken in der Fuhrmeisterkammer. Es ist ein dickes Bund, mehrere unterschiedliche Schlüssel befinden sich daran. Zum Starten, für die Türen, den Kofferraum und für den Tankdeckel. Das ist jetzt neuerdings so, früher musste Freddy nur die Kurbel nehmen. Aber früher hat er auch noch drüben im Diensthaus gewohnt, wie Hilde und Berta. Inzwischen fährt er mit dem Rad heim, weil ...«

»Entschuldige bitte, Schwiegervater, dass ich dich unterbreche, das weiß ich alles. Warte hier bitte auf mich. Ich hole die Schlüssel, und dann fahren wir los.«

»Aber wer soll uns denn fahren?«

»Ich fahre«, erklärte Emmi und eilte die Stufen hinab, bevor ihr Schwiegervater erneut Einwände erheben konnte.

Vor dem Krieg hatte Emmi Emils großen schwarzen Wagen einige Male gelenkt. Aus Spaß, aus Neugierde, Emil hatte stets danebengesessen und ihr gesagt, was sie zu tun hatte. Sie hatte sogar überlegt, den Führerschein zu machen, was Frauen inzwischen erlaubt war. Aber dann hatte der Krieg all ihre schönen Pläne zunichtegemacht.

Emils Automobil stand noch immer hier in der Remise. Emmi hätte sich hineinsetzen können, mit diesem Vehikel kannte sie sich wenigstens aus. Doch sie brachte es nicht übers Herz. Zu viele schmerzliche Erinnerungen an ihren geliebten Mann waren damit verbunden.

Sie fand das Schlüsselbund, schloss die Fahrertür auf, vorsorglich auch direkt die des Beifahrers, und steckte den passenden Schlüssel in das Zündschloss. Wenige Augenblicke später fuhr sie das Automobil aus der Remise und bat ihren verdutzt dreinblickenden Schwiegervater einzusteigen.

DREISSIG

Was die Raupe Ende der Welt nennt,
nennt der Rest der Welt Schmetterling.

LAOZI,
CHINESISCHER PHILOSOPH
(6. JAHRHUNDERT V. CHR.)

Herbst 1944

Mit großer Skepsis musterte die ältere Bäuerin Emmi von Kopf bis Fuß.

»Meine Söhne sind im Krieg. Mein Mann ist im letzten Jahr bei einem Bombenangriff ums Leben gekommen«, gab sie schließlich unwirsch zurück, während sie sich mit dem Ärmel ihres derben grauen Kittels übers Gesicht wischte.

»Aber sie kehren, so Gott es will, bestimmt bald wieder heim, Frau Mertens. Und dann müssen sie doch von irgendetwas leben und werden Ihnen dankbar sein, dass Sie inzwischen alles am Laufen gehalten haben.«

»Der Älteste ist gefallen. Der Jüngste in Russland in Gefangenschaft. Vom Mittleren habe ich lange nichts gehört. Weiß nicht, ob der noch am Leben ist.« Sie klang dabei so abgeklärt, beinahe schon gleichgültig, wie man es nur in Zeiten dieses elendigen Kriegs sein konnte.

Emmi verstand die alte Bäuerin mit dem von der harten Arbeit unter freiem Himmel gezeichneten Gesicht. Sie verstand sogar sehr gut, dass sie nicht an die Zukunft denken mochte. Dennoch musste es weitergehen. Dieses geschundene Land brauchte jetzt die Frauen, die die Ärmel hochkrempelten. Für die Männer, die eines Tages aus diesem Krieg heimkehren würden.

»Wir produzieren wieder, Frau Mertens, bereits seit Herbst 42. Natürlich nicht in dem Maße wie vor dem Krieg. Aber …«

»Wir machen weiter in Steckrüben«, fiel die Bäuerin Emmi ins Wort. »Und es ist auch gar keiner da, der die Zuckerrüben ernten könnte. Wir machen alles von Hand, meine Schwiegertöchter und ich. Steckrüben und Kartoffeln sind leichter zu ernten und machen uns alle satt.«

Emmi konnte die Bedenken der älteren Bäuerin verstehen, doch wenn jeder so dachte und vorging, dann konnten sie die Zuckerrübenfabrik bald dichtmachen. Sie musste die Frau überzeugen, sie durfte sich nicht wieder eine Absage einhandeln.

»Und wenn Sie zunächst nur ein Feld bestellen oder vielleicht sogar nur ein halbes und ich Ihnen verspreche, dass wir Ihnen einen guten Preis machen werden? Wir Wagners stehen zu unserem Wort, so wie wir zu unseren Geschäftspartnern stehen. Aus diesem Grund haben wir auch damals verarmten Landwirten ein Dach über dem Kopf und Arbeit in unserer

Fabrik gegeben.« Eigentlich hatte Emmi dieses Argument nicht anbringen wollen, weil es ihr zu anbiedernd vorkam. Doch die ältere Bäuerin verhielt sich ihr gegenüber so feindselig, dass sie sich einfach keinen anderen Rat mehr wusste.

»Nein! Davon weiß ich nichts. Und jetzt gehen Sie endlich! Kommen hier angefahren in Ihrem schicken Wagen, in Ihrem vornehmen Kostüm und wollen mir was vom Leid dieses Krieges erzählen«, keifte die Alte sie unfreundlich an. »Wo soll Ihnen denn Leid zugefügt worden sein? Sie in Ihrer protzigen Villa und …«

»Ich habe wie Sie meinen Mann im Krieg verloren«, unterbrach Emmi die Bäuerin mit bitterer Stimme. »Ich bin Witwe, genauso wie Sie. Aber ich verstehe Sie, Frau Mertens. Sie haben den Mut verloren. Ich kann es Ihnen nicht verdenken …« Damit wandte sich Emmi um und ging zu ihrem schicken Automobil in ihrem schicken Kostüm.

»Warten Sie«, rief die Bäuerin ihr hinterher. »Ich wusste nicht, dass der junge Wagner gefallen ist. Das tut mir leid.«

Emmi schluckte. Bloß keine Schwäche zeigen, rief sie sich innerlich selbst zu, auch wenn es ihr jedes Mal einen schmerzlichen Stich ins Herz versetzte, wenn Emils Name fiel. Die Frau vor ihr hatte Mann und Sohn verloren und wusste auch nicht, ob sie ihre beiden anderen Söhne wiedersehen würde, und dennoch stand sie nicht verzweifelt weinend vor ihr.

»Ihr Mann hat so viele Jahre mit meinem Mann und meinem Schwiegervater zusammengearbeitet. Er ist einer der wichtigsten Lieferanten für die Zuckerrübenfabrik gewesen. Geben

Sie sich einen Ruck, und wenn Sie es im Gedenken an Ihren Mann tun.« Erwartungsvoll streckte Emmi ihr die Hand entgegen. »Bitte, Frau Mertens!«

Die Bäuerin rang mit sich. Schließlich sagte sie zögernd: »Einen Acker, wir versuchen es zunächst mit einem Acker.«

Am liebsten wäre Emmi ihr dankbar um den Hals gefallen.

»Prima, Frau Mertens, ich bin mir sicher, sie werden diesen Entschluss nicht bereuen«, sagte Emmi lächelnd. »Dann kann ich Ihre Lieferung für die kommende Zuckerrüben-Kampagne also fest vermerken?!«

Die Bäuerin nickte. »Wenn wir dann noch alle am Leben sind, ja, Frau Wagner, dann können Sie fest damit rechnen.«

Nachdem sie sich von der Bäuerin verabschiedet hatte, lief sie wie beschwingt zum Automobil. Hans-Hermann würde staunen. Dabei hatte er ihr prophezeit, dass sie sich an der alten Mertens die Zähne ausbeißen würde.

»Die macht nicht mehr in Zuckerrüben, Emmi, den Weg kannst du dir sparen.«

Emmis nächstes Ziel war der ehemalige landwirtschaftliche Großbetrieb der Familie Klusen. Wie einst Bauer Mertens hatte auch Bauer Klusen zu den wichtigsten und größten Lieferanten der Fabrik gehört. Soweit Emmi es wusste, waren beide Söhne im Krieg gewesen, aber schon wieder eine Weile heimgekehrt. Hans-Hermann hatte ihr erzählt, dass sie verletzt worden waren und danach nicht mehr an die Front zurückkehren mussten. Wie schlimm die Schwere ihrer Verletzungen jedoch war, darüber war ihm nichts bekannt. Er vermutete, dass sie kriegsversehrt waren und deshalb für keinen Einsatz mehr taugten.

Als Emmi das Automobil vor das große Bauernhaus lenkte, fiel ihr Blick zuerst auf einen grauhaarigen Mann, von dem sie annahm, dass es sich bei ihm um den alten Klusen handelte. Er hing, mehr als dass er saß, auf einer schlichten Holzbank direkt neben der Tür des Bauernhauses. Doch nachdem sie dem Automobil entstiegen war, erkannte sie, dass sie sich getäuscht hatte. Der Mann war jung, höchstens Mitte zwanzig. Emmi hatte sich von seinem schlohweißen Haar täuschen lassen.

Sie begrüßte ihn freundlich, woraufhin er langsam den Kopf hob und ihr das Gesicht zuwandte. Emmi erschrak so sehr, dass sie einen Schritt zurück machte. Die linke Hälfte seines Gesichtes war nur noch eine unförmige Masse. Keine Stirn, kein Auge, kein Ohr – alles war weg.

Aus einem ersten Impuls heraus wollte sie zu ihrem Automobil zurückgehen. Sie war so erschrocken und gleichzeitig so bestürzt von seinem Anblick, dass sie nicht imstande war, mit ihm zu reden. Doch dann besann sie sich auf den Grund, warum sie hierhergekommen war, und auch darauf, dass sie nun ständig damit rechnen musste, immer wieder auf Männer zu treffen, die aufs Schlimmste vom Krieg gezeichnet waren. Am meisten jedoch schämte sie sich, dass sie den Mann spüren lassen hatte, wie schrecklich sein Anblick für sie war.

Emmi atmete tief durch. Sie umfasste ihre Handtasche und sprach den so schrecklich verunstalteten Mann erneut an. »Mein Name ist Emmi Wagner. Ich …«

Die Tür des Bauernhauses öffnete sich, und ein älterer Mann erschien im Rahmen.

»Ach«, machte er. »Sie sind wohl die Schwiegertochter des alten Wagner. Ich habe schon gehört, dass Sie von Hof zu Hof fahren oder zumindest zu denen, die noch nicht komplett zerbombt sind, und versuchen, die Bauern zurückzugewinnen. Habe gehört, dass wieder produziert wird in der Hildesheimer Börde. Ja, ja, es muss weitergehen. An den glorreichen Sieg, den uns der Führer versprochen hat, glaubt wohl kaum noch einer.« Der Mann klang so böse und verbittert wie die alte Frau Mertens zuvor. Doch da war auch noch etwas anderes in seiner Stimme, etwas, das Emmi störte, es kam ihr so vor, als machte er ihr einen Vorwurf, als wäre sie höchstpersönlich für all das Leid verantwortlich. Bauer Klusen war wichtig für die Zuckerrübenfabrik. Das wusste sie. Und darum musste sie diplomatisch bleiben und ihre Empfindungen ausblenden. Und auch der Schreck, den ihr der Anblick seines Sohnes beschert hatte, durfte jetzt keine Rolle mehr spielen.

Als hätte der Bauer Klusen ihre Gedanken erraten, deutete er mit der Hand auf seinen Sohn.

»Ja, gucken Sie sich ruhig mal meinen Jüngsten genau an. Den haben wir so aus Frankreich zurückbekommen. Noch alle Gliedmaßen dran, aber trotzdem zu nichts mehr zu gebrauchen. Da ist nichts mehr, was in seinem halben Kopf noch funktioniert. Jetzt frage ich Sie, wäre es nicht besser gewesen, er wäre als Held gefallen? Für sein Vaterland? Statt nur noch dasitzen zu können und mit dem einen Auge blöd zu glotzen. So blöd, wie der jetzt im Kopfe auch ist.«

Emmi war erschüttert. Sie konnte nicht glauben, dass ein Vater so über seinen Sohn redete. Wie abgestumpft und hartherzig hatte dieser Krieg die Menschen bloß werden lassen? Oder war das Verhalten dieses Mannes keine Folge des Krieges, sondern schon immer seinem Charakter entsprechend gewesen? Emmi wusste es nicht. Das Einzige, das sie mit Sicherheit wusste, war, dass sie jetzt gehen wollte. Großbauer und ehemals wichtigster Lieferant hin oder her, Emmi hatte kein Interesse mehr an der Fortführung dieses Gespräches.

»Auf Wiedersehen«, sagte sie knapp und wollte gehen.

»Wie jetzt, so schnell lassen Sie sich vertreiben? Mir wurde erzählt, Sie wären eine ganz Kluge und hätten damals schon die Idee gehabt, die pleitegegangenen Bauern bei sich in der Fabrik aufzunehmen, natürlich wegen der Verbundenheit. Und jetzt würden Sie alles versuchen, um die Bauern zurückzugewinnen, die ehemaligen Aktionäre, und das, obwohl auf dem Gelände der Rübenfabrik noch immer Munition produziert wird. Nebenan sitzen die Kriegsgefangenen der Nationalsozialisten und fertigen eine Granate und Bombe nach der anderen. Dahinter die Baracken, in denen die schlimmer hausen als jedes noch so elende Viehzeug, aber die Wagners, die starten wieder durch. Lassen sich doch von ein bisschen Krieg nicht erschüttern.«

Emmi versuchte sich zu sammeln, um diesen Vorwürfen zu begegnen.

»Ihr Sohn ist von einer Granate getroffen worden, Herr Klusen, ist es so?«

»Gucken Sie hin, trauen Sie sich«, verlangte er rabiat.

»Das muss ich nicht, Herr Klusen. Und ich muss mich von Ihnen auch nicht persönlich für das schlimme Schicksal Ihres Sohnes verantwortlich machen lassen. Wir, meine Schwiegereltern, meine beiden Töchter und auch mein verstorbener Mann, haben diesen Krieg nicht gewollt. Und wir wollen auch nicht, dass auf unserem Gelände Munition produziert wird. Wir wollen überleben. Wir wollen diesen verdammten Krieg überleben und eine Zukunft haben. Und diese Zukunft, Herr Klusen, die wollte ich Ihnen anbieten. Mehr nicht!«

Emmi machte einen Schritt auf den Sohn des verbitterten Bauern zu. Sie stellte sich direkt vor ihn und berührte ihn sacht an der Schulter.

»Es tut mir unendlich leid, was Ihnen angetan wurde«, sagte sie zu ihm. »Mein Mann ist auch am Kopf getroffen worden. Er ist leider verstorben, man konnte ihn nicht retten. Aber ich möchte Ihnen versichern, dass ich sonst etwas dafür gegeben hätte, wenn ich ihn zurückbekommen hätte. Auch mit nur noch halbem Gesicht, es wäre mir alles lieber gewesen als sein Tod.«

Emmi ging zu ihrem Automobil, stieg ein und fuhr ohne ein weiteres Wort davon.

Am nächsten Vormittag kam Bauer Klusen in die Fabrik. Rüde verlangte er, Emmi zu sprechen, die gerade mit ihrem Schwiegervater die Rübenkampagne im kommenden Jahr durchging und festgestellt hatte, dass sie noch weit davon entfernt waren, auch nur annähernd an alte Zeiten anzuknüpfen.

Emmi war enttäuscht. »Ich rede mir den Mund wund. Aber es sind so viele nicht in der Lage, an die Zukunft zu denken. Und wenn wir mal ehrlich sind, Hans-Hermann, wer weiß, wie lange dieser Krieg noch andauern wird und ob wir uns diese ganzen Bemühungen nicht ersparen sollten. Bisher haben wir Glück gehabt, dass wir nicht zerbombt wurden. Aber denk nur an die letzten Luftangriffe der Amerikaner und Engländer auf Hildesheim. Die halbe Innenstadt ist zerstört. Wenn die nun mitkriegen, dass sich auf unserem Gelände ein Munitionswerk befindet, dann steht von unserer Fabrik bald auch nichts mehr.«

»Du denkst ans Aufgeben, Emmi?«, wunderte sich Hans-Hermann Wagner, als der Landwirt Klusen zur Tür hereinkam. Er klopfte nicht an, er stand einfach im Raum.

»Wollte Ihnen nur sagen, dass wir bei der Kampagne im nächsten Jahr dabei sind. Auch die Jansens und Bothes. So wir denn noch alle leben …«

EINUNDDREISSIG

Die Zukunft hat viele Namen:
Für Schwache ist sie das Unerreichbare,
für die Furchtsamen das Unbekannte,
für die Mutigen die Chance.

VICTOR HUGO,
FRANZÖSISCHER SCHRIFTSTELLER
(1802–1885)

8. Mai 1945

Die Wagners saßen gemeinsam in der Bibliothek und lauschten mit angehaltenem Atem der Rundfunkansprache Karl Dönitz': »*Deutsche Männer und Frauen! In meiner Ansprache am 1. Mai, in der ich dem deutschen Volk den Tod des Führers und meine Bestimmung zu seinem Nachfolger mitteilte, habe ich es als meine erste Aufgabe bezeichnet, das Leben deutscher Menschen zu retten. Um dieses Ziel zu erreichen, habe ich in der Nacht vom 6. zum 7. Mai dem Oberkommando der Wehrmacht den Auftrag gegeben, die bedingungslose Kapitulation für alle kämpfenden Truppen auf allen Kriegsschauplätzen zu erklären. Am 8. Mai 23 Uhr schweigen die Waffen …*«

»Ist das sicher?«, fragte Thea Engel, während sie die Hand ihrer Tochter ergriff. »Ist der Krieg wirklich vorbei?«

Emmis Wangen begannen zu glühen, auch sie wagte es kaum zu glauben. Der Einzige, der davon nicht überrascht zu sein schien, war Hans-Hermann Wagner.

»Hitler ist tot. Selbstmord, heißt es, hätte dieser elendige Feigling begangen. Den Nationalsozialisten ist keine andere Wahl mehr geblieben, als sich geschlagen zu geben. Der Krieg war ja schon lange verloren!«

Lisa und Greta sprangen übermütig von ihren Stühlen, sie nahmen sich an den Händen und tanzten vergnügt lachend durch die Bibliothek.

»Der Krieg ist aus!«, riefen sie immer wieder im Chor. »Der Krieg ist aus!«

Auch Gerlinde Wagner war in Feierstimmung, sie bat ihren Mann darum, eine Flasche Wein zu öffnen, damit sie alle anstoßen konnten.

»Bei all dem Leid«, sagte sie mit belegter Stimme, »wir haben dennoch Glück gehabt, dass unser Haus noch steht und die Zuckerrübenfabrik heil geblieben ist, womit ja in den letzten Wochen nicht zu rechnen war.«

Tatsächlich war es großes Glück gewesen, dass die amerikanischen Bomben nur auf die Munitionsfabrik gefallen waren und sie komplett zerstört und dabei nicht auch die Zuckerrübenfabrik in Schutt und Asche gelegt hatten.

Doch Hans-Hermann, der von der ersten Sekunde an Hitler und seine Gefolgschaft zutiefst verachtet hatte, war nicht danach zumute, mit seiner Frau, Emmi und Thea Engel anzustoßen.

»Ich öffne euch die Flasche«, bot er an, »aber anstoßen … nein, das kann ich nicht.«

Kurz darauf zog er sich zurück. Angeblich wollte er sich hinlegen, aber Emmi ahnte, wo sie ihn finden würde.

»Darf ich mich zu dir setzen, Schwiegervater?«, bat sie ihn, wartete dann aber seine Antwort nicht ab, sondern nahm dicht an seiner Seite Platz, auf der Bank am Rande der Wiese, auf der Lisa, als sie noch klein war, stundenlang im Gras sitzend gespielt hatte.

»Es ist doch gut, dass nun endlich alles vorbei ist. Warum bist du so betrübt?«

Er holte tief Luft, bevor er, wie so häufig, wenn er in Gedanken war, die Unterlippe vorschob. »Mir steht der Sinn trotzdem nicht nach Feiern, Emmi. Dieses Kriegsende lässt Deutschland als Verlierer zurück, und verstehe mich jetzt bitte nicht falsch, du weißt, dass ich schon immer gegen diesen Krieg war, aber uns stehen keine leichten Zeiten bevor. Die Siegermächte werden Deutschland besetzen und uns gängeln, was nachvollziehbar ist, denn immerhin bedeuten wir für die ganze Welt Nazi-Deutschland. Das wird uns anhaften. Auch denjenigen, die nichts damit zu tun haben wollten und von Anfang an das Unheil, das dieser Wahnsinnige über die Welt bringen würde, kommen gesehen haben.«

»Aber, Hans-Hermann, wir haben doch nichts zu befürchten, weder von den Amerikanern, den Engländern noch den

Russen. Ich kann mir das nicht vorstellen, denn wir haben nicht mit Hitler sympathisiert, haben seine üblen Machenschaften nicht unterstützt, sondern stets verurteilt. Besonders du hast dich oftmals auf einem sehr, sehr schmalen Grat bewegt, weil du dich konsequent geweigert hast, bei den Nationalsozialisten mitzumachen.«

Hans-Hermann Wagner winkte verächtlich ab. »Du täuschst dich, Emmi, für die Welt sind wir alle Nazis. Jeder von uns, und so werden sie uns auch behandeln – wie Verbrecher.«

»Wir haben uns dennoch nichts zuschulden kommen lassen.« Emmi wollte das nicht so hinnehmen.

»Denk doch nach, Emmi«, fuhr Hans-Hermann Wagner fort. »Ich bin Fabrikant. Seit 1942 produzieren wir wieder. Auf unserem Gelände wurden jahrelang in einer Munitionsfabrik Granaten und Bomben hergestellt. Munition, die die Angehörigen derer getötet hat, die jetzt hier das Sagen haben werden. Was meinst du, wie die uns beurteilen werden, in unserer Villa und als Inhaber einer großen Fabrik, in der auch ihre Landsleute als Zwangsarbeiter gearbeitet haben. Glaubst du wirklich, sie werden kommen und sich die Mühe machen, zu differenzieren, wer gegen Hitler war oder wer dafür? Was sie beurteilen werden, das ist das Bild, was sich ihnen bietet.«

»Und was sollen wir deiner Meinung nach tun: den Kopf in den Sand stecken? Uns zu etwas bekennen, was wir nicht zu verantworten haben? Ich habe meinen Ehemann in diesem verdammten Krieg verloren und du deinen Sohn. Wer kann annehmen, dass wir das gewollt haben?«

Mühsam erhob sich Hans-Hermann Wagner von der Bank. »Ich will dir keine Angst machen, Emmi, versteh das bitte nicht falsch. Ich will dich nur darauf vorbereiten, dass dieser Frieden, auf den wir alle so sehr gehofft haben, nicht bedeutet, dass nun alles gut wird.«

»Es kann so oder so nicht wieder alles gut werden, weil Emil gestorben ist. Das wird mich bis ans Ende meiner Tage begleiten, Hans-Hermann. Aber ich habe auch eine Verantwortung zu tragen. Für meine Töchter. Für meine Mutter. Für dich und Gerlinde. Und auch für die Arbeiter in der Fabrik und die Landwirte, die auf uns hoffen. Denen habe ich versprochen, dass wir weiter produzieren werden, wenn sie uns nur die Rüben dafür liefern. Statt Steckrüben und Kartoffeln anzubauen, habe ich sie zu Zuckerrüben überredet. Ich stehe also in der Verantwortung, und ich werde alles tun, um dieser Verantwortung gerecht zu werden.«

Der alte Fabrikant nickte. »Das ehrt dich sehr, Emmi, dennoch fällt es mir schwer, heute mein Glas auf diesen Frieden zu erheben, weil er einem Krieg folgt, der niemals hätte sein dürfen. Und ja, der mir meinen Sohn genommen hat und viele andere Menschen, die mir nahegestanden haben …«

Einige Tage später fuhr Emmi wie gewohnt in die Fabrik, wo sie bereits erwartet wurde. Ihr Schwiegervater war in der Villa geblieben, er litt wieder unter Magenbeschwerden, wie er erklärte.

Als Emmi das Büro betrat, saß ein amerikanischer General

auf Hans-Hermanns Stuhl. Vor ihm auf dem Tisch befanden sich jede Menge Unterlagen, die er zuvor wohl eingehend studiert hatte.

Emmi musste sich erklären und ihm dann zahlreiche Fragen beantworten, die alle darauf abzielten, herauszufinden, ob sie eine glühende Anhängerin Hitlers gewesen war.

Nach einer halben Ewigkeit, in der er sie mit seinen Fragen gelöchert hatte, schien es ihr aber tatsächlich gelungen zu sein, ihm glaubhaft zu vermitteln, dass das Gegenteil der Fall gewesen war.

Als der Amerikaner sich schließlich vom Stuhl erhob, sich mit einem Lächeln von ihr verabschiedete, konnte sie es einen Moment lang selbst nicht glauben.

Erst als Minna Schuster, die im Vorzimmer arbeitete, ihren Kopf zur Tür hereinstreckte und sich mit ängstlichem Blick bei ihr erkundigte, wie denn das Gespräch mit dem Ami verlaufen sei, klatschte sie lachend in die Hände und rief: »Minna, wir dürfen weitermachen! Er … also dieser Major General Taylor hat uns die Genehmigung erteilt, mit der Produktion fortzufahren. Ich habe ihm glaubhaft versichern können, dass wir keine Nationalsozialisten waren und für diesen ganzen Irrsinn nicht verantwortlich zu machen sind. Auch nicht dafür, dass die Nazis die Zwangsarbeiter in unserer Fabrik eingesetzt haben.«

»O mein Gott!«, rief Minna Schuster. »Ich muss es sofort überall erzählen. So gute Nachrichten, endlich wieder gute Nachrichten«, jubelte sie und wollte gleich loslaufen. Doch dann wandte sie sich wieder zu Emmi um und fragte sie: »Was genau haben Sie denn aber nun zu diesem Major General gesagt, Frau Wagner?«

Emmi hob die Hände. »Einfach nur die Wahrheit: Unser Geschäft ist Zucker und nicht Waffen!«

Zu Hause wurde sie mindestens genauso gefeiert wie in der Fabrik. Und dieses Mal stieß auch Hans-Hermann Wagner mit ihr, seiner Gemahlin und Thea Engel an.

»Gut gemacht, Emmi«, lobte er sie. »Dann können wir endlich wieder richtig loslegen.«

Doch nun war es Emmi, die Bedenken hatte. Darum bat sie um ein Gespräch unter vier Augen.

»Mir wäre wohler zumute, Hans-Hermann, wenn du der Fabrik noch eine Weile fernbliebest«, kam sie sofort auf den Punkt.

»Wie bitte? Aber du hast doch gerade erklärt, dass dieser Taylor uns die Genehmigung erteilt hat.«

»Mir, Schwiegervater«, sagte Emmi leise. »Er geht davon aus, dass ich die Fabrik leite, dass ich die Fabrikantin bin.«

»Du?« Ihr Schwiegervater schnappte nach Luft.

»Ja, in mir sieht er keine Gefahr. Ich entspreche nicht dem Bild, das Major General Taylor vom bösen deutschen Nazi hatte.«

»Verstehe«, murmelte ihr Schwiegervater. »Ich hingegen entspreche diesem Bild durchaus.«

Emmi nickte. »Ich fürchte, ja. Es ist ja nur für den Übergang. Wenn erst einmal ein bisschen Ruhe eingekehrt ist, die

Amerikaner, Engländer, Russen … keine Ahnung, wer da noch alles kommt, wieder abgezogen sind, dann kann alles wieder so wie früher sein. Ich möchte mir auch gar nicht anmaßen, deine Fabrik leiten zu wollen.«

Hans-Hermann Wagner erwiderte nichts darauf. Er saß einfach nur stumm da.

»Entschuldige …«

»Nein, warte, Emmi, du musst dich nicht entschuldigen, weil du recht hast. Es ist das einzig Vernünftige, was wir tun können. Wir dürfen nicht darauf hoffen, dass die Amerikaner alsbald wieder abziehen werden. Wahrscheinlich kann es sogar Jahre dauern. Und ich werde nicht jünger.« Er lächelte sie an. »Und wenn wir ehrlich sind, dann ist es dir zu verdanken, dass wir überhaupt wieder produzieren konnten und es weiter tun können. Wenn du nicht von Hof zu Hof gezogen wärst und die Landwirte für uns zurückgewonnen hättest, ständen wir heute mit leeren Händen da. Es ist einzig und allein deinem Geschick zu verdanken, Emmi, dass das nicht der Fall ist.«

»Danke«, erwiderte Emmi gerührt. »Das ist lieb von dir, dass du das sagst, Hans-Hermann. Aber ohne Emil hätte ich keine Ahnung davon gehabt. Er hat es mir … beigebracht. Ohne ihn …« Emmi stockte. Sie wollte vor ihrem Schwiegervater nicht in Tränen ausbrechen.

»Ich wäre ein Idiot, Emmi«, sagte Hans-Hermann mit besonderem Nachdruck, »wenn ich nicht in der Lage wäre, zu erkennen, wann es Zeit ist, das Feld zu räumen. Ich habe das damals bei deinem Mann, bei Emil, gewusst, und, ja, jetzt sagen es mir mein Verstand und mein Gefühl wieder ganz deutlich: Räum das Feld, alter Mann!«

»Du übergibst mir die Fabrik?«, fragte Emmi ungläubig.

Hans-Hermann Wagner zwinkerte ihr zu. »Ich sagte doch gerade, ich bin kein Dummkopf. Auch wenn Gerlinde das unter Garantie von mir behaupten wird.«

Emmi lächelte. »Sie wird nach ihrem Riechsalz verlangen.«

Hans-Hermann Wagner lachte auf. »O ja, das wird sie.« Doch dann wurde er wieder ernst. »Auch wenn es sich anders anfühlt, Emmi, dir muss bewusst sein, dass du dennoch bei null anfängst. Und auch, dass du dir Hilfe holen werden musst. Du brauchst Fachleute an deiner Seite, ohne die wird es nicht gehen. Es werden hoffentlich Männer aus dem Krieg zurückkehren, die früher von Bedeutung für die Fabrik waren und mit denen du dich einigen musst. Aber du kannst unbesorgt sein, ich stehe fest an deiner Seite. Zwar im Hintergrund, aber ich werde da sein. Immer!«

Emmi legte ihm kurz die Hand auf die Schulter. »Danke«, sagte sie und krempelte anschließend demonstrativ die Ärmel ihrer Bluse hoch. »Dann fange ich am besten sofort damit an.«

Hans-Hermann Wagner nickte. »Das gefällt mir, Emmi. Keine unnötige Zeit vergeuden. Ran ans Werk, werte Fabrikantin!«

Danke

… möchte ich zuallererst meiner geliebten Oma **Emmi** sagen. Wie ich es vermisse, dich von *früher* erzählen zu hören. Davon, wie du deinen Mann, meinen Opa, kennengelernt hast und wie schmerzlich sein Verlust zeit deines Lebens für dich war. Ich kann dich noch viele Jahre nach deinem Tod vor mir sehen, Omi, du stolze und mutige Frau, und deine Stimme hören, der ich so gern gelauscht habe, die mich so oft in den Schlaf begleitet hat – für immer in meinem Herzen!

… meinem Agenten **Bastian Schlück**, weil du von der ersten Sekunde an von der Geschichte begeistert warst und dann auch prompt dein Anruf kam und wir uns ewig lang über unsere Familien unterhalten haben, wie das früher war und was man alles erst erfahren hat, als man (wir) längst erwachsen war – bei mir war es meine »echte« Oma Anni.

… meinem Verleger und Lektor **Reinhard Rohn**, ebenfalls für die Begeisterung, und dann natürlich für das sehr feine und kluge Lektorat. Ich verspreche, dass zukünftig weniger gewispert, geraunt und geflüstert wird – Ehrenwort!

… meiner Mutter **Marlies**, dafür, dass ich dich mit Fragen löchern durftе, die dich manchmal gequält haben, weil dir die Erinnerung immer schwerer und schwerer fällt. Aber ich bin froh, dass ich sie dir noch stellen konnte und hoffentlich noch lange kann – du Kämpferin!

… last but not least – **Gabriella Engelmann** und **Frauke Scheunemann** – ihr wisst schon, warum und wofür!

Christine Kabus
Die Birken der Freiheit
Roman
553 Seiten. Broschur
ISBN 978-3-7466-3826-3
Auch als E-Book lieferbar

Die Birken des Nordens

Oldenburg, 1914: Luise reist nach Estland, wo die adelige Wilhelmine einen jungen deutschbaltischen Baron heiraten soll. Nicht wissend, dass es sich um den Zukünftigen ihrer Herrin handelt, trifft Luise auf Julius und verliebt sich in ihn. Die beiden Frauen fassen einen verwegenen Plan, aber ihr Glück steht auf Messers Schneide, denn schon bald bricht der Erste Weltkrieg aus.

Estland, 1989: Bislang hat sich Merike stets ihrem tyrannischen Großvater gefügt, doch jetzt schließt sie sich gegen seinen Willen nicht nur der Unabhängigkeitsbewegung an, sondern kommt auch hinter streng gehütete Geheimnisse der Familie – und entdeckt ihre deutschen Wurzeln.

Vor der wildromantischen Kulisse Estlands beschreiten drei Frauen neue Wege auf der Suche nach Freiheit und Liebe

atb aufbau taschenbuch

Ulrike Renk
Ulla und die Wege der Liebe
Eine Familie in Berlin
Roman
528 Seiten. Broschur
ISBN 978-3-7466-3765-5
Auch als E-Book lieferbar

Berlin, 1928: Nach der Trennung von Heinrich beginnt Ursula ein neues Leben. Sie engagiert sich politisch und nennt sich Ulla. Der Alltag als alleinerziehende Mutter ist nicht leicht: Ihr gelingt es kaum, für den Lebensunterhalt ihrer Kinder zu sorgen. Schweren Herzens gibt Ulla schließlich dem Drängen ihres Vaters nach und bringt sie in einer Pflegefamilie auf dem Land unter. Alle Freude scheint aus ihrem Leben verschwunden nur die politische Arbeit gibt ihr eine Perspektive. Dann lernt sie Wilhelm Moll kennen. Wie sie setzt er sich für gesellschaftlich Benachteiligte ein. Die Liebe der beiden scheint perfekt, doch dann kommen die Nationalsozialisten an die Macht und ihrer beider Leben sind in Gefahr.

Regelmäßige Informationen erhalten Sie über unseren Newsletter.
Jetzt anmelden unter: www.aufbau-verlage.de/newsletter

atb aufbau taschenbuch